星投げびと

コスタベルの浜辺から

W・H・オーデン＝序文
千葉茂樹＝訳

ローレン・アイズリー

Loren Eiseley

THE STAR THROWER

工作舎

*

THE STAR THROWER

by Loren Eiseley

This edition published by arrangement with John A. Eichman, III, c/o Clark, Spahr Eichman & Yardley, Philadelphia, PA, USA through Tuttle-Mori Agency, Inc., Tokyo.

*

メイブルのために

目次 ＊ CONTENTS

序文——予知かなわぬもの ＊ CONCERNING THE UNPREDICTABLE……008

I 自然と自伝 ＊ NATURE AND AUTOBIOGRAPHY

1——鳥たちの裁判 ＊ THE JUDGMENT OF THE BIRDS……026
2——長い孤独 ＊ THE LONG LONELINESS……042
3——惑星を一変させた花 ＊ HOW FLOWERS CHANGED THE WORLD……054
4——無邪気な子ギツネ ＊ THE INNOCENT FOX……070
5——守護霊 ＊ THE GHOSTLY GUARDIAN……090
6——鳥と機械 ＊ THE BIRD AND THE MACHINE……100
7——火の猿 ＊ THE FIRE APES (EXCERPT)……114
8——イースター——顔の島 ＊ EASTER: THE ISLE OF FACES……120

9 蛙のダンス ✴ THE DANCE OF THE FROGS……136
アルバート・ドライヤー老／科学者の正体／春の夜道／黒手袋

10 隠れた教師 ✴ THE HIDDEN TEACHER……154
知恵の力／自然

11 五番目の惑星 ✴ THE FIFTH PLANET……176
星のハンター／希望／偉大なる計画／奇妙な影響／消滅

12 最後のネアンデルタール人 ✴ THE LAST NEANDERTHAL……194
心／先祖返り／意思

II 科学とヒューマニズム ✴ SCIENCE AND HUMANISM

13 星投げびと ✴ THE STAR THROWER……220
コスタベルの浜辺／髑髏／孤独な使命／虹

14 科学と聖なる感覚 ✴ SCIENCE AND THE SENSE OF THE HOLY……248
記憶の化石／畏怖／旅人

15 人間の冬 ✴ THE WINTER OF MAN……272

＊

16　人間対宇宙 ＊ MAN AGAINST THE UNIVERSE……280
衝撃／ふたつの哲学／明日

17　自然へのソローのまなざし ＊ THOREAU'S VISION OF THE NATURAL WORLD……304
コンコードヤマネコ／地水火風／永遠の目

18　ウォールデン――ソローの未完の仕事 ＊ WALDEN: THOREAU'S UNFINISHED BUSINESS……324
放浪者／心の跡／文明の鉄則

19　「自然」はどれほど自然か ＊ HOW NATURAL IS "NATURAL"?……350
マスクラット／知識と倫理／奇跡の隠し味／緑の島

20　内なる銀河 ＊ THE INNER GALAXY……376
本物の芝居／人間の顔／カモメと木箱

訳者あとがき ＊ TRANSLATOR'S POSTSCRIPT……400

出典／邦訳参考文献……404

著者紹介／訳者紹介……406

＊（ ）内は原注、［ ］は訳注。

＊

INTRODUCTION: CONCERNING THE UNPREDICTABLE
序文――予知かなわぬもの

神の創造には、肯定もあれば否定もあった。高みがあれば深淵もあり、明瞭さばかりではなく曖昧さもつきまとう。進歩と継続の一方で、つまずきと断絶もある。そして、価値ばかりではなく無意味さもあるのだ。人間をふくむ個々の被創造物は、これらをもっとも不公平なかたちで経験する。その運命は測りがたく隠された正義にゆだねられている。しかし、創造そのものおよび被創造物が善なることには、すべてに対立が存在するという事実をもってさえ、反駁することはできない。

――カール・バルト「教会教義学」より

考えてみれば妙なことなのだが、私がはじめてローレン・アイズリー博士のことを知ったのは、この国《アメリカ》においてではなく、オクスフォードにおいてだった。ある学生が一冊の本、『The Immense

Journey』を私に手渡したのがはじまりで、それ以降、彼の本を集められるだけ集めて熱心に読みふけった。作家としての、また思想家としての先祖はソローとエマソン。そして、ラスキンとリチャード・ジェフリーズ、きっと読んでいたにちがいないと確信しているW・H・ハドソン。さらに、ドイツのノヴァーリス、オーストリアのアーダベルト・シュティフターらをも彷彿とさせる。このふたりの作品はおそらく彼も読んではいないだろうと思うのだが、私に確信があるわけではない。それというのも、『The Unexpected Universe』のなかにとりあげられた引用の数々には、私もおどろかされたからだ。アメリカ人の、しかも科学者が「ヴェルスパー」［アイスランドに伝えられた北欧神話『古エッダ』の冒頭の詩］やジェイムズ・トムソンの『The City of Dreadful Night』、チャールズ・ウィリアムズの戯曲『Cranmer』などといった一般にはほとんど知られていない文学作品をひもといていようとは、いったいだれに想像できよう。

アイズリー博士は、なにかのはずみで考古学者に、人類学者に、そして博物学者になってしまった。しかし、私が氏の本意を正しく把握しているとするならば、彼は科学者、芸術家、医者、法律家等々にならんとするまえに、まず、ひとりの人間たらんと願っていた。ほかのどの動物たちも得意な「分野」などもたないのだから。彼は著書をとおして、ひとつの問いを投げかける。「物理学や天文学、生物学その他の科学の領域における最新の発見によって、人間の自身についての個人的、もしくは集合的概念にどれほどの違いが生じるのだろう？」その答は、ごくわずか、だと私は信じている。

自然界に生きる生物として、私たちが他の動物たちと縁戚関係にあるということを悟るのに、ダーウィンの登場を待つにはおよばない。いずれの動物も、呼吸をし、食べ、消化し、排泄し、交接し、子を成し、例外なく肉体的な死を迎える。「死後の世界」をどうとらえていようとも。自分の祖先についての豊富な知識にもかかわらず、私たちは都市化によって、トーテムシステムや動物にまつわる民間説話をもつ未開の民よりも、動物の王国への親近感や感謝の念からはるかに遠ざかってしまった。

忠犬アルゴスが主人であるオデュッセウスの帰還を知ったときの逸話について、アイズリー博士はこう述べている。

「アルゴスとオデュッセウスのあいだに一瞬ひらめいた魔法とは、たがいの変化を認識し、形態の幻を超えて求めあう情愛だった。それは、故郷を捨て、飽くことなく遠くへとさまよう人間への自然の嘆きの声なのだ。〈汝の朋輩《ほうばい》を、そして、汝が生を受けし緑の森をゆめゆめ忘れるなかれ。忘却のつぎに、災厄がおとなうであろう。人間は、人間以外の朋輩の眼に映るおのれの姿を見ぬうちは、おのれ自身ともあいまみえることはないのだ〉」

デカルト以前にはこのような警告の必要などなかった。その一方で、ダーウィンおよび遺伝学者がなんと言おうとも、人間とは自意識をもち、ことばを話し（言い換えれば、他の存在に名前をつけ）、笑い、祈る存在であり、また、歴史や文明の創造者として生物学的進化の達成後にも変化しつづけ、私たちが知るあらゆる生物のなかでもっとも独自な存在であるという事実にかわりはない。私たち人間の行動を、人類以前の先祖を基盤に説明しようとするあらゆるこころみは、しょせん寓話にすぎず、通常、卑しい行動を正当化するために編みだされたものといってよい。カール・クラウスはこう記している。

「人間が獣のようにあつかわれるとき、人間はこう言うだろう。〈冗談じゃない。私は人間だぞ〉と。そして、獣のようにふるまうとき彼は言うだろう。〈しょせん私は人間にすぎないのさ〉と」

いや、アイズリー博士のことばに耳を傾けよう。

「人間を類人猿かツパイへとおとしめることによって、可能となる定義や描写などいっさい存在しない。かつて、そのツパイのなかに彼がいたことは真実なのだが、彼はもういない」

また、G・K・チェスタトンはこう述べている。「もし、神聖な存在が堕ちたというのが事実でないのなら、動物たちのある一種族が完全に気がふれたとだけは言えるだろう」。

現代の科学が変えたのは、非人間的宇宙についての私たちの思考のほうだ。人間とは、過去に何が起こったのかは多少なりとも知ることができるにしても、このさき何が起こるのかは、決して予測することのできない、物語のなかの登場人物なのだということに、私たちはうすうす気づいてはいた。最近になるまでまるでわからなかったことだが、宇宙についてもまったくおなじことがあてはまるのだ。しかし、もちろん、宇宙の物語ははるかに神秘的ではある。私たちがなにか行動を起こすとき、その動機についていくらかは知っている。しかし、宇宙では、それまでになかったことが突然起こる理由を言いあてることはほとんど不可能だ。それでもなおかつ、「偶然《ランダム》」な出来事などというものがあるとは、私は個人的には信じることができない。「予測不可能」というのは事実を映した表現だが、「偶然」のなかには、祈りを忘れた人間に特徴的な、ある種の思想的なかたよりがふくまれているのだ。アイズリー博士もこのことばを一度使ってはいるが、彼も私同様、それを信じているとは思えないのだ。

「地球の大気中の酸素は、始生代に起こったもうひとつの偶然《ランダム》な出来事である生物学的発明、光合成の産物らしい。このたったひとつの〈発明〉が、この惑星上の生命の性質のすべてを決定したのだ。現在、これをあらかじめ定められていた運命だったといえる可能性は一切ない。おなじように、生殖機構のひとつの結果である遺伝的要素に起こる突然変異や組み換えなどの偶然《チャンス》の高度な具現化もまた、予知不可能なものであっただろう」

私はここで、偶然《チャンス》など信じていないという私自身の偏見を正直にうちあけなければならない。私は神意と奇跡を信じているのだ。もし、光合成が偶然によって起こった発明なのだとしたら、それは私たちにとってとんでもない幸運な偶然だったとしか言いようがない。生物学上、何百万とおりもの別の姿の人間の可能性のなかから、私がこの地球を闊歩しているという事実は、「統計学的にほとんど不可能な出来事」だとすれば、これを奇跡と呼ばずしてなんと呼ぶのだろう。この恩恵に値するよう最善を尽くすほかない。否定的な力としてはたらく自然選択はわかりやすい概念だ。たとえば氷河期のように自然界に起こる劇的な変化が、温暖な気候に適応した多くの種に致命的な影響をおよぼすことは明らかだ。私の腑に落ちないのは、生態的地位《ニッチ》の空白を埋めるように、そこに適応するようないくつかの生物が進化するという事実が、「偶然」な突然変異の結果として説明しうるとする説なのだ。たとえば肝吸虫がひしめく肝臓のように、その生態的地位《ニッチ》が特殊な場所であればあるほどその思いは強まる。アイズリー博士はジョージ・ゲイロード・シンプソンのつぎのことばを引用している。

「自然条件の異常と進化上の危機の相関は、純粋な偶然ではないだろう。生命とその環境はたがいに依存しあい、ともに進化していくものなのだ」

アイズリー博士は弱肉強食の神話について、すばらしいことばを遺している。

「世界の主要な物語の一部は、たいした能力のなさそうな小さな生きものがあちこち這いまわるうちに、ちょうど無力な少女アリスのように、ウサギの穴や予期せぬ地面の割れ目に落ちてしまい、新しい支離滅裂な世界に飛びこんでしまうというかたちで登場している。最初の地を這う魚は、今日的な標準から見れば不格好な役立たずの脊椎動物にしか見えない。彼は水中を追われ、いまだ一切の脊椎動物が存在していない大陸の浜辺へと必死に這いあがってきた落伍者だ。危機に瀕して、なんとか敵から逃れてきたにすぎない。体表の湿った魚は浜辺でぜいぜい息をつき、あたたかい血をあたえられた哺乳類は、爬虫類が動けない夜を待ってうろつきまわり、トカゲ似の鳥は、ひょんなことから空中に飛びだしてしまう。いっさいの競合選択肢をこなごなに打ちくだきながら。このような特異な出来事は、〈過剰な特殊化〉や〈非効率〉ゆえに窮地に立った者が生の銀幕《スクリーン》を不意にぬけだしたようなものと言わねばならない」

『The Unexpected Universe』の主要なテーマは、放浪者にして航海者、冒険や知識、力や意味や正義を追い求める探求者《クエストヒーロー》としての人間だ。その探求《クエスト》は、つねに難破や待ちぶせと背中合わせの危険なもので、つぎに自分になにが襲いかかるのか決して知ることはできない。その探求は決してみずから選びとったものではない。往々にして疲れはてて後悔する。しかし、人間の性に強いられてつづけるほかないのだ。

アイズリー博士は述べている。

「動物の場合とちがって、世界はもはや、既知としてあたえられることもない。それは知覚され、意識的に考えられ、抽象化され、検討されるべきものなのだ。しかしそうする瞬間、人は自然界の外にいる。対象物は、それぞれ人間にとってのみ意味を発するアウラとでも呼ぶべきものにとり巻かれている。
ほとんどの動物は自分の役割を心得ているのに対して、人間は、メッセージをまったく覚えていなかったり、とりちがえたりしがちで困惑しているかに見える。（中略）本能の欠如から、人間はいつでも意味を追い求めつづけなければならない。（中略）人間は書き手となるまえに読み手となった。コールリッジがかつて呼んだように、宇宙の全能のアルファベットの読み手に」

この主旨を伝えるために、アイズリー博士はまず、想像上の冒険、ホメロスの叙事詩『オデュッセイア』からはじめて、さらにふたつの歴史的な冒険をあげている。ひとつは、クック船長のレゾルーション号による航海だ。クック船長は、当時、南アメリカ大陸のさらに南方もしくは西方にあるとされたゆたかで居住可能な「未知の大陸《テラ・インコグニタ》」を確認すべく派遣されたのだが、彼が到達した場所は、彼自身の描写によれば「身の毛もよだつ恐ろしい南極圏」だった。そして、もうひとつはビーグル号によるダーウィンの航海だ。この航海で、ダーウィンは種の不変性に疑問をいだかせる資料を発見した。最後にアイズリー博士は、自分自身の冒険にまつわる逸話を数多く披露してくれている。私にとって、その部分が本書のなかでも、もっとも魅力を感じた部分だった。『オデュッセイア』について、彼はこう語っている。

「オデュッセウスが経験した東地中海の呪われた海域の横断は、西洋の知的伝統の出発点として、故郷を恋い焦がれる人間に、宇宙と自身の本然《ネイチャー》が押しつけた苦しみを象徴している。今日の不安な雰囲気のなかでは、『オデュッセイア』のなかにふくまれているあらゆる心理学的要素が、過度に存在している。達成を希求するはげしい意思、キュクロプスの目潰《めつぶ》しに顕著にあらわれた技術的な賢明さ、ロートス［この実を食べると現世を忘れ夢心地になるという伝説の植物］の島での眠りへの誘いに対する断固たる拒絶、そして、人間同士の暴虐行為。しかし、絶望のなか、かの古代の英雄は意味深くも叫び声をあげた。〈われら人間にとって、放浪ほどつらいことがほかにあろうか！〉

アイズリー博士の自伝的な文章のほとんどが、聖なる遭遇を描いたものだ。ときに喜ばしく、ときに恐ろしい。それらの文章にふれて以降、嘆きの浜辺に難破する危機にさらされた放浪者としての彼の印象がこびりついた。墓地での三度もの遭遇が、ただの偶然などということがありえようか。また、彼は人間の仲間うちよりも、動物たちといるほうがくつろげる、孤独の似合う人物だ。子どものころに出会った人を別にすれば、彼に「メッセージ」をもたらした人間はことごとく異邦人だ。ある者は屑《くず》屋を業とし、またある者は海星《ひとで》を海へと投げかえす不思議な人物だ。瓶にいまわしい寄生虫をたずさえて漂泊する科学者がいるかと思えば、ネアンデルタール人の容貌をもつ西部の荒野で出会った少女もいる。

多くの場合、氏の聖なる遭遇は人間ならぬものどもとのものである。クモ、死んだ蛸の目、彼の愛犬のシェパード、飢えた野ウサギや子ギツネなどがそうだ。彼が心底からの哀れみ深い人物であることもまた明らかだ。彼自身のことばを借りれば「消え去りしもの、世界の失敗者たちを愛し」ていたのだ。その典型的な場面が、はげしい転倒で血まみれになった際に、回復しつつある意識のなかで、いまや死を目前にした血の細胞、白血球や血小板に謝罪をしたというエピソードだろう。「あー、いかないでくれ。ごめんよ。ほんとうにわるいことをした」彼はそうつぶやいたのだ。

さらに重要な点は、彼が人並はずれた祈りの能力、別のことばで言えば、聴きとる能力をもった人間だということだろう。祈りがもつ嘆願という側面にはいささかの重要性もない。私たちは、無意識のうちに願わずにいられない。二に二を加えて五になることを願うような、とるにたらない望みばかりなのにもかかわらず。しかし、祈りのもっとも重要な部分は、望みをかけたあとに、私が聖霊と呼ぶものの声に耳を傾けることにはじまるのだ。それを人が「オズの声」と呼ぼうが、「夢見」、はたまた良心のお告げと呼ぼうが、口出しするつもりはない。しかし、それを、「超自我の声」と呼ぶならば話は別だ。あの「存在」は、私たちがすでに知っていることしか告げはしない。一方、私がいう「声」とは、つねに新奇で予測不可能なことを語るもののことなのだ。それは痛みをともなう自己変革にまでおよぶ、思いもかけない指示を告げる。

しばし、話を脱線させよう。昨年の九月、私はストックホルムで開催された「事実の世界における価値の場」というシンポジウムに参加した。参加者のほとんどは科学者で、なかには非常に著名な方もいた。しかし、その場で彼らの多くが、今日私たちに必要なものはひとそろいの「倫理的公理《エチカル・アクシオム》」であると、ことあるごとに語るのに、私はおどろきあきれてしまった。そんな標語は、私には陳腐な戯言にしか思えない。公理は、知性にむけて直説法で述べる。ある公理からは、ある種の数学が生じ、別の公理からは別のものが生じるだろう。しかし、それらを比較うんぬんするなどまったくのナンセンスだ。あらゆる倫理的宣言は、反抗しがちの意思に向けられるもので、命令法をとらねばならない。「汝、汝の隣人を汝自身のように愛せよ」という宣言と「二点の最短距離は直線である」という宣言は、まったく次元の異なる話題に属している。

しかし、ここでアイズリー博士にもどろう。「声」は通常、直接的にではなく、みずからの役割には無頓着な使者を通じて語られるのだが、以下にひく夢においては、彼は媒介者ぬきで声を聞いている。

「それは、窓をたたく雪のなかからあらわれた、巨大でぼんやりとした熊《ベア》のような形をしたものの夢だった。それは、ガラスを叩いて、執拗に森のなかへと誘う。私はメッセージの切迫性を理解した。雪のなかのその巨大な運搬人《ベアラー》の形態そのもののように無骨で判別しがたいメッセージの。私ははかりしれない恐怖のなかで、霜に封緘《ふうかん》された獣が窓をたたくおちつかない音と同時に、そのメッセージの重要性にも抵抗し、苦しんでいた。

突然、私はベッド脇の電話をとった。受話器のむこうからは、雪の使者からのメッセージとおなじくらいなぞめいていて、しかも、はるかに奇跡的なメッセージがきこえてきた。夢のなかの降りしきる雪のなかに立ったまま私が聞いたその声は、はるかな過去からやってきた私自身の少年時代の声であることに、私は直観的に気がついていた。純粋で甘く、信じられないぐらい洗練され、この世のものとは思えない美しい声でありながら、どこかしら容赦のない断固としたその声は、すでにメッセージを告げおえていた。〈突然おじゃましてごめんなさい〉ささやくような、だが清澄《せいちょう》なその子どもの声がそうつづけた。私の過去のはるかな年月のむこうからつらなる細い電線を通って、その声はやってきたのだろう。〈ごめんなさい。突然おじゃまして、ほんとうにごめんなさい〉その声は、私が話しかけるまえに薄れて消えてしまった。もはや、はっきりと目が冴えて、寒さのなかで、ガタガタとふるえていた」

私はかつて、アイズリー博士は黒胆汁質《メランコリック》なのではないかと思われてならない、と述べたことがある。彼は、人間がことばを話し、働き、祈る唯一の生きものであることを認識していたが、唯一の笑う生きものであることを、一度も公言したことがない。真の「笑い」は、知恵者の優越的な忍びわらい（それも確かにあるが）などに惑わされることがない。私たちがほんとうに笑うとき、それは、ともに、そして、たがいを笑いあっているのだ。真の笑い（腹の底からの笑い）を、私はカーニバルの精神と定義しよう。

ふたたび脱線だが、中世時代に知られ、わずかの地域でそのまま伝えられたカーニバルの意味について、ゲーテは一七八八年の二月に、その貴重な地域のひとつであるローマを訪れ見聞し、書きとめている。カーニバルとは死すべき運命にある人間という種の結束を祝福するものだ。人間はこの世界に同意なしにやってきて去っていくもので、生きるために飲み食らい、排泄し、おくびし、放屁《ほうひ》せねばならず、種として生き残るためには子を成さねばならない生きものだ。この点についていだく感情は複雑だ。ありきたりの個々人としては、人間が、年齢や性別、階級や能力など一切関係なしに、すべておなじ舟に乗る仲間であることを知ることは、深いよろこびのもととなるだろう。しかし、一方、独自の個性をもつ人間として、例外をゆるすことのない世のなかを怨む。私たちは、無分別な動物でいたいという願いと、実体のない魂になりたいという願いのあいだで揺れうごいている。どちらの願いがかなえられたとしても、自分自身に疑いをいだかなくてもすむからだ。このあいまいさに対するカーニバル的解答こそが笑いのめすことなのだ。なぜなら、笑いとは抗議であると同時に受容でもあるからだ。カーニバルのあいだ、あらゆる社会的な差別は保留される。性別さえもがだ。若い男が少女のように装い、少女は少年を演じる。仮面の着用は、社会的立場からの逸脱の象徴だ。人間という動物の珍奇性は、グロテスクな付け鼻やにせの巨大な腹や尻、出産や性交のばかげた模倣などをとおして、みずから表現される。笑いの抗議の側面は「あざけり合戦」というかたちで表出する。人びとは小さな危険のない物を手に手にもち、厚紙でつくった短剣を抜きかざし、たがいにはげしく罵《ののし》りあうのだ。「お父さんなんか殺されてしまえ!」幼い少年が自分の父にあびせる罵声をゲーテは聞いた。

伝統的に、享楽と饗宴の日々であるカーニバルは、断食と祈りの日々である四旬節の直前におこなわれる。中世のカーニバルにおいては、教会儀式の風刺は広くおこなわれていた。しかし、ルイス・キャロルが述べた文学的風刺についての見解は、あらゆる風刺の真実をついている。「ただ賛美者のみが、詩を風刺しうる」そして、ただ、信ずる者だけが、神の冒瀆をもおこないうるのだ。笑いの世界は、日常の生活や世俗的な仕事の世界よりも、はるかに信仰や祈りの世界と緊密な関係をもっている。私たちは皆、笑いの世界では人間という種の構成員のひとりとして、信仰と祈りの世界ではそれぞれ独自の人間として平等でいられるのだ。その一方で、仕事の世界では、私たちは決して平等でいることはできず、それぞれ異なっていながら、相互に依存しあっている。科学者だろうが、芸術家だろうが、コックやタクシードライバーであろうが、どんな職業についていても、それぞれ「私たちの本分」をはたさねばならないのだ。自然を八百万《やおよろず》の神々が住む場所と考えているうちは、社会の効率や仕事の成功を神頼みにしても、おぼつかないだろう。しかし創世記によれば、神は、彼の片腕としてエデンの園の面倒をみさせるためにアダムをつくったのだ。それがいまは、まるで神が、自然界のすべてについて私たちが責任をもつことを期待しているかのようだ。それはつまり、私たちは宇宙を「神がいても介入しない」とみなさなければならないということだ。神は天地創造によって、その神性を隠している。

個人的なものであれ、集合的なものであれ、人間の満たされた人生は、これら三つすべての世界への正当な敬意が払われてはじめて可能となる。祈りと労働なくしては、カーニバルの笑いは醜いものに転じ、喜劇的な猥雑《わいざつ》さは、唾棄《だき》すべきポルノグラフィーになりさがり、あざけり合戦はほんとうの憎しみや残虐性を生んでしまう（私の目には、ヒッピーたちはこの時代にあからさまに失われてしまったカーニバルの感覚をとりもどそうとしているように映るのだが、労働を拒絶しつづけるかぎり、彼らが成功をおさめることはないだろう）。笑いと労働がなければ、祈りはグノーシス的で偏屈な形式主義に転じてしまうだろう。また一方、笑いと祈りをともなわず、ただ労働のみに生きる者は、異常な権力の偏愛者となり、自然をその場かぎりの欲望のままにおのれの奴隷となす暴君となるだろう。そのようなこころみの果てには、セイレーンの島での難破のような、完全な破滅という結末しか用意されていない。

アイズリー博士にとっては、伝統的な形態におけるカーニバルは、私にとってと同様に気に召すものではなかったと私は思っている。彼も私も、人だかりや喧噪《けんそう》を楽しむことはできない。しかし、内向的な知性たちにさえ、みずからの威厳をいつでも忘れる用意がありさえすれば、カーニバルの経験を共有することはできるのだ。アイズリー博士もまた、子ギツネとの思いがけない出会いの際に、経験しているではないか。

「その生物は非常に幼かった。彼は恐ろしい宇宙でひとりぼっちだった。私はひざをついてしのびより、彼のすぐそばに座った。それは、木材のしたにあった穴ぐらから私を見あげる小さなキツネの子だった。彼の兄弟はどうしてしまったのだろう。親ギツネは狩りに出かけて留守なのにちがいない。子ギツネは無邪気にも、がらくたのなかから鶏のものらしき骨をくわえ、私のほうに誘うようにふった。彼の表情には無限の遊び心に満ちたユーモアがうかがえた。（中略）

散らばった骨のまんなかにいる大きな目の無邪気なキツネは、前足をそろえて前にさしだし、しきりに首をたてにふっている。生まれつきの礼儀正しさで私を遊びに誘おうとしているのだ。宇宙はすばらしいかたちでこちらに顔を向けてくれた。キツネの顔があまりに小さかったので、宇宙そのものが笑っていた。

それは人間の尊厳のための時間ではなかった。それは、星のむこうに書きとめられた礼節の丹念な遵守《じゅんしゅ》のための時間だった。子ギツネが興奮を隠しきれずにクンクン鳴いているあいだ、私はまじめくさっておなじように手をそろえて前につきだした。鼻からキツネの穴ぐらの空気を吸いこんだ。衝動的に、私はぎこちなくもっと白い骨をつまみあげて、その本来の目的を完全に忘れてはいなかった歯でくわえて首をふった。ほんの数秒間、私たちは夢中でころげまわった。（中略）

海岸でキツネの穴ぐらの前に腰をおろして、鶏の骨といっしょにころげまわるという至極簡単な手段によって、ほんの一瞬、私は宇宙をとらえた。それは私がなしとげたもっとも厳粛で意義ある行動だった。しかし、ソローがかつて彼自身の風変わりな用事について書きとめたように、これは王立協会に報告したところでなんの役にも立ちはしないことだ」

なにはともあれ、幸いなるかな。アイズリー博士は知らせてくれた。ブラボー！

W・H・オーデン

I

NATUER AND AUTOBIOGRAPHY

自然と自伝

1 鳥たちの裁判
THE JUDGMENT OF THE BIRDS

ヴィジョンや聖なる知恵を求める者は、仲間から離れ、ひとり野生の地へおもむき、そこでしばらくすごさなければならない。これはもっとも原始的な宗教をはじめ、あらゆる宗教に共通する掟《おきて》で、探求者がふさわしい人間であれば、メッセージをたずさえてもどってくるだろう。求めていた神からのメッセージではないかもしれないが、耳を傾け熟慮に値するようなヴィジョンや奇跡を目にすることだろう。

近ごろつくづく思うのだが、この世界はまったく奇妙なものだ。しかし、あまりに長い時間、われわれ自身がこの奇妙さの一部であったために、それを当然なことと受けとめてしまっている。われわれはまるで「イカレ帽子屋」のごとく右往左往しながら、自分のことを退屈な日常に暮らしている平凡な生物にすぎないと思う。実際にはこうした発想を裏打ちするような事実など何もないのだが、そこは人の心、だからこそ、薄れかけた人生の味わいをよみがえらせてくれる壮大な知恵を求めて、人はときに野生の地へと足を踏みいれなければならないのだ。偉大なニュース網も世界をおおうラジオネットワークも、この件に関してはなんの役にも立たないことを、わずかに残された健全な猜疑心で知る。奇跡はラジオ放送とは相容れない。自然からの啓示は、たったひとつの孤独な方法によってしか得ることはできないのだ。

まず最初におことわりしておきたいのだが、私自身は、天から知恵や予言を授かるような人間ではない。しかし、ナチュラリストという者は、たしかに人生の大半を孤独にすごす。私も例外ではない。大都会ニューヨークのそこかしこにも野生は息づいており、孤独な者ならば私が語る類《たぐい》の経験に出くわすことはある。ここでそれを記そう。鳩たちのことや化学物質の飛行や鳥の審判について。奇跡をかぎわける能力を保持する人や、ありふれた日常生活の流れのなかから、きわめて異質な次元へ開かれたポイントを見分けることができる人の目にとまるかもしれないという期待をいだきながら。

もちろんニューヨークは、この地球の奇跡的な自然を楽しむに最適の地とはいえない。疑うまでもなく、耳を傾けるべき興味深い物語や見るべき奇妙な光景は数多く存在するのだが、その驚異を完全にとらえるには、あらゆる方向に注意をそそがなければならない。人ごみのなかで押しあいへしあいしている者には望むべくもない。にもかかわらず、人が孤独になれる野生の地は、いかなる大都会にも必ずある。それはホテルの一室かもしれないし、夜明け前の高い屋根のうえかもしれない。

ある夜、市街地のホテルの二十階にある部屋の闇のなかで目が覚めた。おちつかない気分がひろがる。思わず起きあがり、古風な大きな窓の桟にとりつき、カーテンをあけて外を見た。外は夜明け前のあわいの時を迎えていた。それは眠りのなかでため息をつく時間。起きているものは影のなかから立ちあらわれる世界を見定めようと、たよりない視力をふりしぼる時間。私は寝ぼけまなこで開いた窓から身をのりだした。闇の深さを予期していたが、あのようなものを目にしようとは思っていなかった。

私ははるかな高みから、闇のなかにかすかに浮かびあがる一連の奇妙な形をしたキューポラ状の屋根を見おろしていることに気づいたのだ。まったくの沈黙のうちに、街の外へと飛びたちはじめた鳩の翼が反射する光のおかげで、だんだんキューポラの輪郭がはっきりとしてきた。白い翼の鳩たちは、秘密の使命を帯びてキューポラに開いたすきまを出入りする。この時間、街は彼らのものだ。静かに、翼で一刷毛することもなく、鳩たちはマンハッタンの摩天楼をわがものとする。はるか地の底の闇に沈む真夜中の世界を尻目に、彼らは人間にはまだ感知できないわずかな光のなかへと舞いあがる。

半分眠ったまま窓の桟にもたれかかっていた私は、一瞬の幻想を見た。一夜のうちに世界がすっかり変わってしまうほどの雪。私も行きたいなら、彼らとおなじように窓から飛びたつしかない。思いきって底なしの空にむかって飛びだせばいい。林立するなじみの煙突と、ちらつく深淵への恐怖のなかで育った若鳥の、単純な信念を胸に。

私はさらに身をのりだした。白い翼がつぎつぎと行き交っている。つぎつぎと。しかし、音はまったく聞こえてこない。人間はまだ眠りについていることを、この光がもうしばらくは彼らのものであることを知っているのだ。それとも、私はただ、自分では築いたおぼえのない翼の街に住む男の夢をみているだけなのだろうか。おそらく私自身が、窓枠に立って眼下に横たわる古来からの恐怖にさらされる不愉快な夢をみている一羽の鳥なのかもしれない。

鳥たちはぐるぐる旋回している。私に必要なのはわずかな勇気だけ。窓枠を軽くひと蹴りしさえすれば、光の街へと飛びだせるのだ。窓枠を握る私の手にはもはや、前ぶれのような力がこもりはじめている。あの街に飛びだして、最初の曙光《しょこう》のなか、屋根のうえを飛びまわりたいのだ。いてもたってもいられなくなった私は注意深く部屋のなかにもどり、廊下に通じるドアをあけた。椅子のうえに置いたコートが目にはいり、ゆっくりと意識がもどってきた。外へ出るにはエレベーターで降りるという別の方法もある。結局、私は単なる人間にすぎないのだから。

私は着替えて、本来の自分をとりもどした。それ以来、極力光の街を目にしないよう気をつけた。私は人間の偉大な創造物を奇妙に反転したアングルからのぞき見てしまったのだが、それは本来のものとは似ても似つかない。翼がめぐりめぐるさまを決して忘れることはないだろう。そして、指先に感じるわずかな力や空気の感覚によって、人がいかに簡単に屋根のうえへと身を踊らせうるかも。しかし、それは自分ひとりの心にとどめておいたほうがよい知識だ。私はときどき思いかえしてみる。心の奥底の深い闇のすみずみまでが、羽ばたきはじめた翼の旋回で明るく照らされるようになるさまを。あとにはすべてが終わった寂寥感《せきりょうかん》が残るのだが、それは翼が障害物をかるがるかわすような感覚でもある。

ものごとを反転した角度からながめるという能力は、人間の想像力にだけあたえられたものではない。人間同様、そうめったにあらわれるものではないだろうが、動物たちも程度の差はあれ、この能力をもっているのではないかと思っている。うまく時をつかめば、偶然であれ意識的であれ、ふたつの世界の境界上に立つことはできる。そしてときとして、このふたつの世界が転移し、浸透しあい、そこに奇跡が起こるのだ。

私はかつて、その瞬間が一羽のカラスに訪れたのを見た。

このカラスはわが家のすぐ近くに住みついていた。私は彼を傷つけたことなどなかったが、彼はつねに高い木のうえにとまって人を避けていた。彼の世界は、私の視界の端からはじまっていた。

その日の朝、あたり一面は数年に一度という分厚い霧の底に沈んでいた。視界は完全にゼロ。すべての飛行機が運行を見合わせていた。外を歩く者は眼前につきだした自分の手を見ることさえむずかしかった。

私はおぼろげに見える小道の跡をたよりに、漠然と駅のあるはずの方向をめざして野原をよこぎっていた。突然、霧のなかから黒い大きな翼と巨大な嘴《くちばし》が飛びだした。ちょうど私の目の前に。あまりの近さに私はすっかり縮みあがってしまったのだが、その鳥は恐怖で半狂乱の声をあげて私の頭上を飛び去っていった。カラスのあのような声を、それまで一度も聞いたことはなかったし、二度とふたたび聞くこともないだろう。

平静をとりもどした私は考えた。やつは方向を失い、完全にとりみだしていた。彼はこの霧のなかに飛びだすべきではなかったのだ。哀れな頭をどこかにぶつけてしまうだろう。

その日の午後じゅう、あのおびえきった大きな鳴き声は、私の頭蓋に鳴りひびいていた。たんに霧のなかで迷ってしまったというのでは説明がつかない。とりわけ、私が知るあのカラスのような老獪《ろうかい》な悪党にとっては。あのカラスに石さえ動かすほどの悲鳴をあげさせたのはいったい何だったのかと、あらためて自分の姿を鏡に映してみたほどだ。

結局、例の小道を家にむかって歩いているときに、答がひらめいた。すべてがずっとはっきり見えてきた。あのとき、世界の境界が転移したのだ。あの霧のせいだ。私が知るあのカラスは、正常な状況下では決して人間に近い低空を飛ぶようなことはしない。方向を失ってもさほど問題ではない。しかし、あのときはそれ以上のことが起こってしまったのだ。彼は高空を舞っているつもりだった。しかし、彼は霧のなかから突如あらわれた化《ば》けものめいた巨大な私を見た。彼にとってそれは身の毛もよだつ不自然な光景だったにちがいない。彼はカラスの領域の核心をおかす宙を歩く人間を見たのだ。カラスにとっては考えうる最悪の前兆である宙を歩く人間を。この遭遇は、彼にとってみれば、屋根の上百フィートの位置で起こったはずのことなのだから。

かのカラスは、朝、駅に向かう私を見かけるたびに鳴き声をあびせる。私はその声のなかに、ものごとはつねに目に見えたとおりのものであるとは限らないことを知ってしまったものの、心の不安を感じとる。空の高みでおそるべき驚異を見てしまった彼は、もはやありきたりのカラスとは違う。彼は信じがたい角度から人間の世界を経験してしまった。彼と私は共通の視点を分かちあった。それぞれの世界が浸透しあい、私たちは奇跡への信仰をともにした。

この信仰は、ふたつのおどろくべき光景を目にしたことでさらに強化された。私はかつて月面のように殺伐とした荒野のうえを、奇妙な化学物質が飛行するのを見た。また、さらに幸運なことに、ひと群れの鳥たちが生への審判をくだす場面に参加したこともある。

その土地は、古い航海者の地図には「邪悪なる土地（Mauvaises Terres）」と記され、幾世代もの心をへたのち、現在はバッドランドと呼ばれている。戦争と逃避という厳然たる事実のなか、その地の峡谷をやわらかなモカシンがゆきすぎたが、太古からの静寂をかきみだすささやかな事件が絶えて、すでに一世紀がすぎようとしている。その土地は、エジプトの王たちが眠る死の谷とおなじくらい生命の乏しい場所だ。巨大な霊廟である王家の谷同様に、そこはかつて生命を宿していた乾いた骨の場所だ。いまでは、空気のない月の谷の底さながらの深い沈黙におおわれている。

鋭い岩山のいずこにも生命のきざしはない。影を落とすのは、風が彫刻した巨大なワイングラス状の砂岩だけだ。長い年月にさらされて、あらゆるものが剥《は》がれおち、くだけちり、摩耗していく。古代の火山活動が吹きあげた塵は、いまなお土壌を不毛化し、この地の色は、死の惑星に訪れる孤独な夕焼けの色だ。ごくたまに訪れる者がいれば、唯一、骨の収集が目的だ。

それはつめたい風が吹きすさぶ、秋の午後おそくのことだった。私は重い荷物を背負って、恐竜の背中のようにごつごつと突起のある丘をよじ登っていた。岩は波打ってあらゆる方角へくだけおちていく。青い空気は丘のふもとから紫色へと暮れかかっていた。私は太古に絶えはてた生物たちの石化した骨でずっしり重いナップサックをゆり動かし、コンパスを確認した。日が暮れるまでにはそこを抜けだしたかったのだが、すでに太陽は西へと沈みはじめていた。

そのときだった。私があの飛行物体を見たのは。それは黒いほこりが緊密に小さく固まったようなもので、踊るように動いたかと思うと、急速に直進し、ふたたび集合するといったありさまだった。北の方角からつぎつぎあらわれ、コンパスの針のごとき正確さでまっすぐ私めがけて飛んできた。巨大な峡谷の影を奔流のように流れてくる。夕陽をあびて赤く染まった岩の尖塔《せんとう》のうえを越え、あるいは影に見え隠れしながらこちらに向かってくる。浸食された土と風化した岩の荒野をよこぎり、私のまわりの空気をかすかな野生のささやき声で満たし、小さな生きた弾丸は、夜のなかへと消えていった。

この話を聞いても驚異の念にうたれる人はあまりいないかもしれない。おそらく、夕暮れどきの死の世界のただなかに立ってみなければ、実感してもらうことはむずかしいだろう。しかし、私はそこに立っていたのだ。五千万年という時間が私の足のしたに眠っていた。緑したたる世界で吠え声をあげていた五千万年前の怪獣たちは、まったく完全に姿を消してしまった。そのときの光は、はるかかなたの宇宙をさまよっているのだ。消え去った時代のあらゆる化学物質は、私のまわりの地中に埋もれている。私のまわりには、タイタノシアの剣歯や、足音をしのばせるネコ族、絶滅してしまった奇妙な動物たちのぽっかり眼窩《がんか》をあけた頭蓋骨が埋もれている。そこにおさまっていた眼は、私たちとおなじように、目の前に展開される現実世界をしっかりと見つめていたのだ。暗く、野蛮な脳をもった彼らは、蒸し暑い夜の世界をうろつき、吠えていた。

そして、彼らはいまでもそこにいる。別の言い方をするならば、彼らをつくりあげていた物質はいまなお、この地の土のなかに埋もれている。彼らから出た炭素は、浸食された石に黒い模様を描いている。鉄分の染みは粘土のなかに。鉄分はかつてのありかである血液を記憶していないし、燐《りん》は野蛮な脳のことは忘れてしまっている。私たちの生きたからだが、来るべき時間の淀《よど》みや細流へと退潮していくのとおなじように、それぞれに固有のささやかな瞬間は、いずれも化学物質の奇妙な配合から退潮していったものだ。

私は掌に一杯の土をすくいとった。ささやき声をあげながら南へ向かう野生の飛行が、私を飛びこしてせまりくる闇のほうへと飛んでいくあいだじゅう、私はその土を捧げもっていた。燐が行く。鉄が、炭素が、そして、せわしげな羽音をたてて行くのはカルシウムだ。死の惑星にひとり立って、信じがたいような奇跡が通りすぎていくさまを見つめていた。それらは真実のコンパスにそって、荒野を越えていった。それぞれが峡谷の空気をひびかせるほどのよろこびの声をあげていた。ひとつのからだのように道をそれ、おのれ自身を知り、孤独で、急速にせまる闇のなかで身をよせあい、それぞれが独立した存在として近づく夜を感知していた。そして、それぞれのアイデンティティーを確認しあいながら、ついに、私の視界から消え去っていった。

私は掌の土を落とした。丘のふもとで、鉄や炭素、そのほか生命を構成する化学物質が、ふたたび谷間を沈黙の世界へともどしていくのを聞いた。私がくる以前、ヴィジョンを求めてこの丘へたびたび訪れていた野生の部族の男のように、私は偉大な闇にサインを残した。からかうつもりではなかったし、からかわれもしなかった。その夜遅くキャンプ地にたどりつくと、焚火のそばで毛布にくるまっていた男が、目を覚まして眠たげに私にたずねた。

「なにか見たのかい?」

「どうやら、奇跡をね」私は静かに答えた。それは自分自身への答だった。背後では、広大な荒野が、昇ってきた月の光を受けておぼろげに輝きはじめた。

私は生の審判がくだされるのを見たと述べた。人間ではないものによる審判を。かごのなかの鳥を見つめている人や、動物の知能を人間の基準ではかろうとしているような人には無縁な話だ。それは私の遠い過去の、あふれんばかりの水と緑にかこまれた場所からやってくる。たとえもう百年生きたところで、二度とそんな場面に出くわすことはないだろう。それどころか、百万人にひとりの確率で見ることさえかなわないだろう。なぜなら、人はその沈黙の世界への侵入者だからだ。光は正しく、観察者は目に見えてはならない。そんな実験を企てる者などいない。もし、見ることができたとしたら、それはまったくの偶然によるのだ。

私ははるばるある山へとやってきた。シダや松の針と格闘しながら、半日以上歩きまわりくたくただ。私は林間にあいた小さな空き地の端にたどりつき、木の幹に背中をもたせかけて腰をおろした。その空き地のうえには長いよじれた枝がさしかけられていた。偶然のいたずらか、私の姿は空き地からは見えないのに、私からはその空き地が丸見えだった。

あたたかい陽《ひ》ざしとやさしい森のささやきが、私を眠りへとひきこんだ。目が覚めたとき、おぼろげながら、その空き地にひろがるある種の動揺とざわめきに気づいた。松の木を通してななめに射しこむ光のさまは、さながらがらんどうのカテドラルを思わせるものがあった。私には長い光の筋に浮かぶ樹々の花粉が見えた。空き地のうえにわたされた枝には、身もだえする赤いヒナを嘴にくわえた一羽の巨大なカラスがとまっていた。

私の眠りをやぶったのは、ヒナの親鳥の憤激の叫び声だった。親鳥たちはなすすべもなく、ただ空き地のなかをぐるぐる円を描いて飛びまわっている。黒光りする化けものカラスは、気にかけるそぶりも見せない。カラスはヒナをひと呑みにすると、しばし、枝で嘴を研ぎ、静かに座っている。ここまでの経過は、よくある小さな悲劇にすぎないのかもしれない。しかし、突然あたりの森一面から、おだやかな抗議の声がわきあがりはじめた。小さな親鳥の苦悶の声にひかれて、空き地には数種類におよぶ小鳥たちがやってきて、飛び交った。

あえてカラスに攻撃を挑むものはいない。しかし、鳥たちは家族を奪われたものによせる本能的な共感の声をあげた。空き地は、鳥たちのやわらかな羽ばたきの音と鳴き声で満たされた。その翼で殺人者をさし示すかのように羽ばたいた。おかしてはならない漠とした倫理をカラスが破ってしまったことを、彼らは知っているのだ。そのカラスは死の鳥なのだった。

そして、生の核心にあるかの殺人者たるカラスは、おなじ光に羽を輝かせ、ふてぶてしく、身じろぎもせず、おちつきはらって、ほかをよせつけずに座っていた。

ため息は完全に静まった。そして、そのとき、私は審判がくだされるのを見たのだ。審判の結果は死ではなく生だった。あれほど力のこもった判決を二度と見ることはないだろう。あの痛ましいほど長くひき延ばされた声音を聞くことは二度とないだろう。抗議の嵐のただなかで、彼らは暴力を水に流したのだ。まず最初に、ウタスズメのためらいがちな、しかし、クリスタルのように透明な鳴き声がひびきわたった。そして、はげしい羽ばたきのすえに、最初は疑わしげに、やがて、つぎからつぎへと歌いつがれていって、邪悪なできごとは徐々に忘れ去られていったのだ。鳴鳥たちは奮い立って、歓喜の声で喉をふるわせた。生きていることは甘やかで、陽ざしは美しい。だから彼らは歌うのだ。彼らはカラスの重くたちこめる影のもとで歌った。カラスの存在を忘れてしまったのだ。彼らは死ではなく生を歌いあげる歌姫たちなのだから。

私は空を飛ぶことのかなわない輩《やから》だ。私の四肢は地上を這う生物のものだ。たとえ心の山でも、意思の努力をそうとう払わなければ登れない。私は奇跡とも呼ぶべき審判の場に立ちあった。しかし、私にそなわった人間の心は、日に日に私が目にしたあの異教的な光景へ質問をあびせかけ、自分自身で疑問をふくらませてしまう。ついには、暗い闇と不確かな感覚がふたたび私をとりかこむだろう。

そのとおりだった。梯子《はしご》のうえで、生命をめぐるもうひとつの観察をするまでは。それは秋のある寒い夜のことだった。私は降りしきる落葉と、ちらつきはじめた雪のなか、郊外の街灯のしたに立っていて、突然、なにか巨大で毛むくじゃらの影が路面で踊っているのに気づいた。私のうえにのしかかるその影は、奇妙な球状のものの上についているように見えた。見まちがいではなかった。私はまるく網をはったクモの巣の影のしたにいたのだ。路面に大きく影をおとしながら、すべてのものが地下にもぐろうというときに、糸を紡いでいるのだった。彼女の網は歩道のうえにまで投げかけられていて、私はすでにその影に半分からめとられていた。

「まるで小さな太陽を見つけたつもりで、自然の秩序にたてつこうとしているようだ」私はそう思った。

私はよく観察してやろうと庭から梯子を調達してきてのぼった。街灯の支柱からていねいに張りめぐらされた宇宙の中心に彼女はいた。霜も梯子ものともしない、黒と黄色に彩られた生命力の具現化した姿。彼女は私を無視して、巣の改良をつづけた。

ちらつく雪が頬にふれる。私は梯子のうえで彼女の宇宙に見入った。緑色の光沢をはなつ甲虫の死骸が二、三、巣にひっかかったままゆっくりと揺れている。蛾の羽の目玉模様の破片が光り、おそらくはセミの残骸と思われる大きなものが、格闘のすえに絹糸に包まれている。そのほかにも、ここでこなごなに砕かれた何の羽ともわからない赤や青の小さな破片が点在している。

いつか、それらの光は鈍り、色も落ち、輝きが失われるときがくるだろう。そのとき、ふたたび露に磨かれ、絹糸に水滴を宿して、すべてが光に包まれてきらめくさまを夢想した。それはまさに、すべてが変わってもなお姿をとどめる心のようなものではないか。甲虫の羽のような経験の食べかす、それが心なのだ。

私はさらにしばらく彼女を見つめつづけたが、光を放つあたたかな球体の支配という冒険が、目に見えない巨大な力である冬の前では、無謀で救いのないものであることをしぶしぶながら認めないわけにはいかなかった。にもかかわらず、私の心には、数年前、はるかかなたの森の空き地で出会った鳥たちの姿と力強くこだましていた歌声とがよみがえった。一種のヒロイズムなのかもしれないが、それは、星にまでとどく綱をはることができれば、一匹のクモさえも断固として屈服と死を拒絶する世界なのだ。人間もまた、最後にはこのように闘うのかもしれない。あのクモの巣と、おそろしげな黄色の住人は、光り輝く体験として蓄積されて、霧の立ちこめた私の脳に一瞬の輝きをあたえてくれるであろうことが、徐々にわかってきた。

ゆっくりと梯子をおりながら私は考えた。心とはまったくおどろくべきものであると。街灯に巣をかけるクモに、勇気づけられるのだから。そこには、虚無との身の毛もよだつ最後の闘いをおこなうものに伝えるべき何かがあるのかもしれない。私は未来へのメッセージとして、注意深く書きとめようと思った。「霜のおりる日々には、小さな太陽を探すべし」と。

しかし、そこまで書くのはためらう。人知のおよばない巨大さ、宇宙につながる生命の本質といった奇跡が逃げ去ってしまうのだ。たとえ梯子からおりただけにすぎないとしても、野生の地からもどってきた使者は、その意味を定義することなく、出くわした奇跡を報告するべきなのだ。そうすることによって、現出した奇跡は人びとの心にこだましつづけ、それぞれがより多くの知恵を導きだす。いったん意味づけされてしまうと、シンボルを求める心は満たされることがない。

そこで、最後に心にのみ書きとめておいた。「街灯に巣をかけるオニグモを発見。クモには寒すぎる晩秋。寒さは人間にもこたえる」私はふるえながら街灯のもとを立ち去った。心のなかに明かりをともして。最後にそのオニグモを見たとき、彼女はしっかりと網を張っていた。私は注意深く彼女の影を踏まないようにして、その場をあとにした。

2 長い孤独 THE LONG LONELINESS

この宇宙には人間ほど孤独な存在はない。ともに暮らす動物たちとは、社会的記憶や経験において茫漠たる溝によってへだてられている。そして、そのことを知るだけの知性をそなえているがゆえに、人間は孤独なのだ。野や森の兄弟たちが生物学的進化という目に見えない法則にいまだ支配されている一方で、人間は歴史や社会、知力の変化という異質な世界へ足を踏みいれた。動物たちは、みずからは理解できない自然の力によって形成されている。彼らの心には過去も未来もない。そこにはただ、自分の世代に限られた永遠につづく現在があるだけだ。森の踏み分け道、空や海の秘密の通路のなかに。

しかるに人間は、死を迎えるその日まで、みずからの歴史を胸にいだいたまま孤独なのだ。私たちは子どものころ、動物と会話を交わしたいと熱望し、なぜそれが不可能なのかを理解するのに苦しんだものだ。やがて成長し、孤独な大人の世界に踏みこむにしたがって、私たちはゆっくりとあきらめていく。ウサギは芝生に放置され、犬は犬小屋へと追いやられる。そして、自然との、ことばにはしがたい心の交流や、きわめてまれに起こる秘密の交流の瞬間によってのみ、人間はしばしば孤独な運命から逃れることができる。SFにおいては、ほかの生物とまったく対等にコミュニケーションを交わすという夢がしばしば語られている。

したがって、失われた子ども時代を思い起こさせるものに出会ったとき、私たちのだれもが強いおどろきと好奇心を感じるのだ。それは、海に生きる私たちの兄弟分、イルカの最近の研究によせられる多くの人の反応からもうかがえる。

数百万年前に陸を離れ、偉大な母なる海へともどっていった彼ら小型の鯨類は、研究者たちによって、地球上で人類に次ぐもっとも高等な知性をもつ動物であるとみなされている。ヴァージン諸島にあるコミュニケーション研究所のジョン・C・リリー博士によると、イルカの脳は人間の脳よりも四十パーセント大きく、機能も同様な複雑さをもつという。捕獲されたイルカが、サルにとってもむずかしい問題をいとも簡単に解くことにおどろき、リリー博士はつぎのように述べている。「知性を尺度にしたヒエラルキーにおいて、人類が最上位を占めるという通説に、疑問をいだきはじめている」

リリー博士は、イルカたちが水中でホイッスル音によるコミュニケーションを交わしていることを発見したが、それに加えて、研究室で聞かせた音を反復して発声するおどろくべき能力をもっていることも発見した。実験に参加したイルカが、実験室内で経験した楽しい衝撃を再現しようとしているのは明らかだった。人間は空気のなか、イルカは水のなかと生活の場が違い、そのために喉の構造もまったく違っているにもかかわらず、実験室内で研究者が発した一連の数字を、ドナルドダックのような声でまねてみせたイルカさえいたという。

この発見にはおそろしいほどの重要な意味があり、適切に理解されるにはすくなからぬ時間がかかるかもしれない。心理学者の研究には大きな障害となる水中という未知の世界に住むこの動物は、強固な社会的なシステムをもつばかりでなく、実践的なコミュニケーション活動の面でも、人類にもっとも近い類人猿をもはるかにしのぐ積極性を示しているという。イルカはさらに、傷ついた仲間を助けるなどの感動的な利他的行動、友愛の情まで示している。もし、そうだとしたら、ある疑念をいだかずにはいられない。手を自由に使うことによってまわりの環境へ力を誇るといったタイプの知性のなかに押しとどめられた結果、人間は、たとえば海のようなまったく違った領域に生きる生命体が高度に築きあげてきた知性の体系を、理解することはできないのではないだろうか。

おそらく水という障害が、コミュニケーションを交わし、ゆかいな仲間にもなりうる生物とのあいだをへだててしまっているのだろう。はるかな宇宙の果てにのりだし、私たちを待つ生物を探し求めるまえに、私たちをとりかこむ自然環境のなかから学ぶべきものはまだまだあるのだ。いずれにせよ、イルカは哺乳類だ。古代から伝わるおなじ出産方法をとり、愛情に満ちた母性をもっている。血はあたたかで、私たち同様、空気を吸っている。からだのなかには、はるか哺乳類の曙の時代にまでさかのぼる共通の名残《なごり》の骨を宿している。

イルカは表面上は魚とおなじような流線型のからだをしている。しかし、魚とは違って冷血動物ではない。生命の系統樹上では、魚よりはるかに上に位置するイルカの鰭足《ひれあし》は、鰭というよりは前足の発達したものだ。イルカは生命の適応性と新しい経験に対する積極性の生き証人だ。はるか太陽系外の星々のうえに思い描くものよりもずっと奇妙な環境が、この地球上のいたるところに存在している。未知のものに気づかないのは、地球に対する表面的な慣れのせいだ。水槽から頭をもたげたイルカが「スリー・ツー・スリー」と声をあげてはじめて、私たちが子ども時代に思い描いていた驚異の世界が再現されたのだ。

私たちはコミュニケーションや知能研究の専門家ではないが、知能とは、そして、言語とは何かをあまりに単純化してしまったり、陳腐に定義づけしてしまいがちだ。そのためにかえって、人間のこともほかの動物のことも混乱してとらえたり、神秘化してしまったりする。イルカの行動にともなう神秘も、人間自身の行動さえも、解剖学者のメスで簡単に解きあかすことができるようなものではない。神秘はもっと深いところによこたわっている。心の本然のすべてを、そしてその宇宙における役割をも含むものなのだ。

人間は、地球上にうちたてた物質的モニュメントを知性のあかしとする存在だ。だが、人間並、あるいはそれ以上の知性をもちながら、なんらモニュメントを残さない存在はありえないものだろうか。一見、この発想はあまり意味をもつものにはみえない。人間は環境を動かすがわの生物だ。道具を使うことによって、環境のうえにみずからの意思を表現する。そのため、私たちは道具の使用と知性とを一対一の対応関係にあると考えがちなのだ。

しかしながら、この考え方のなかに無意識な人間中心主義が反映されていないかと私たちは自問しなければならない。しばらくのあいだ、人間の知性を維持したままイルカのからだのなかに入って、イルカの王国をさまよってみよう。想像力を駆使することによって、もしかしたら知性への先入観を払拭《ふっしょく》できるかもしれない。私たちが知能の証拠とみなしている道具や鉄道、研究室などとは異なる、高度な精神の象徴を理解できるかもしれない。自分の肉体から離脱する方法に熟練したならば、われわれ忙しい人間の関心事であるロケットや死などの価値を、多少なりとも低めることも学べるのではないだろうか。さらには長いあいだ信じこまされていた、複雑怪奇なパンドラの函《はこ》をあける「手」こそが宇宙の知性のシンボルであるという価値観を低めることも。

それでは想像のなかで、まず、手を鰭足に変えて、住みなれた地上を離れて海へと旅立とう。生まれ落ちたときとおなじように一糸もまとわず、深く深くもぐろう。私たちがもっているのは、イルカもまたもっているただひとつのもの、しっかり身に染みついた生物学的集団性だ。それは、原初の人類同様に、海のなかの新しい世界でも集団で行動することを認める、遠い祖先からの遺産ともいうべき社会性だ。リリー博士の研究に照らせば、文化的な習慣をとりのぞいたあとの、私たちイルカに本来そなわっている知性はなんと高いのだろう。水に閉ざされて、私たちの手は水中の移動になくてはならない鰭足へと変化した。

結果は明白だ。水を介していかにうまく仲間たちとコミュニケーションをとったにしても、私たちはサンゴ礁に水中帝国を築きあげることはできない。宮殿の壁にイルカ王の勝利宣言を書くことはできないのだ。ただ、人間の描写能力を超えた水の荒野を知るのみだ。私たちは激流の河口の底の知られざる峡谷の秘密の訪問者だ。無邪気なおどろきのうちに大陸の静脈からあふれ出てくる漂流物を調べてまわるだろう。人間の死体もあれば大蛇もいる。大木も流れてくれば、はるか上流で子どもの手をはなれたおもちゃのボートもあるかもしれない。緑に輝くビンが私たちをかすめて泥の底に沈んでいくかもしれない。無意味な出現や消失は、私たちの哲学を形成する。薄い花崗岩の地殻をとおして、地球の鼓動を聞くだろう。火山の溶岩は蒸気をぼこぼこ吹きあげる裂け目のなかで、不気味なうなり声をあげている。海霧と海鳥の叫び声と海藻が私たちの思い出を構成する。さまざまなかたちの死を目にし、場合によっては、海の領域のむこうからやってくる緑色の光のなかをゆっくりと壮厳に沈んでいく戦艦を見ることもあるかもしれない。

これらおどろくべき美の世界のすみずみに対して、私たちはもっとも単純な軟体動物以上に自分の影響力を発揮することはできない。タコでさえ、その柔軟な腕で私たちにはとてもまねのできないような小さなシェルターをつくる。手をもたない私たちには、この惑星を気ままに吹きぬける海風を追いかける自由だけがある。

イルカが発するホイッスル音が、ほんとうに意味をもつもので、脳で自由にあやつることができるものだとしたら、私たちは自分自身をみつけることができる世界を探し求めるだろう。しかし、それは実験で感知できるような世界ではない。せいぜい、通過する船底に好奇心から鼻をすりよせては、銛《もり》を打ちこまれるのがおちだ。いいかえれば、私たちの発想は、過去への扉を開いてくれた文字も火も知らない、小さな集団であたりをうろつく最初の人類のものの程度でしかないということだ。

文字なしには歴史を長く頭のなかにとどめておくことはかなわない。数世代のあいだに蓄積された知恵を把握することはできても、文字なしには、過去の出来事はたちまちあいまいな神話や寓話のようなものに衰退してしまう。人類にとって最大の事件といえる四度にわたる大氷河との戦いは、私たちの記憶からは跡形も残さずに消えてしまっている。文字をもたない父祖たちが姿を消すとともに、わずかな世代交代のうちに、人類史上最大の物語もまた死滅してしまったのだ。このエピソードはしかし、彼我の脳の生物学的質の相違とはなんのかかわりあいもない。それは、手が可能にした発明、文字という道具の有無の違いでしかないのだ。「大凍結時代」の生きた目撃譚が記録として遺るには、文字の発明は遅きに失したのだ。

現在にいたっても、原始的な生活をいとなむ種族は、みずからの過去についての歴史的認識は浅い。ただ、メッセージを書きとめた詩人のことばのみが、千年もの時をへだててなお、人の心をうつ。文字に書きとめられたからこそ、ゴルゴタの丘の十字架のもとの嘆きの声も、いまなお人びとの心にひびきわたるのだ。人間にせよイルカにせよ、洞察するだけではただ宇宙についての個人的な見解をいだくにすぎない。その知恵を無限の世代にわたせるようになるまでは。数世紀の熟考のうちに、人類はこの問題についての唯一の答を見いだすにいたった。つまり、文字に書きとめられたことばは、人の死をのりこえて受け継がれていく、という答だ。

筆記、そして後の印刷は、あらゆる用途に融通可能な私たちの手が生みだしたものだ。だからこそ、最後の氷河期以来新たな遺伝的な進歩などないのにかかわらず、筆記によって先祖からもたらされた知性をもとに、現代の人類は、勝利に酔いしれている。

私たちがよく知っている賢い動物は、おおむね課題解決に長《た》けている。私たちの親類である類人猿や象、アライグマ、クズリなどといった動物は、すくなくともまわりの環境を操作するいくらかの方法を知っている。しかし、それぞれの種の本能的な呼びかけをのぞいて、直接的な模倣以外のコミュニケーション手段をもっていない。新しい状況でことばをつくりだすことはできないし、そうしたことばをほかの仲間に伝えていくこともできない。ある個体がどれほど賢いとしても、その知恵は、やがては死ぬその個体の脳のなかにとどまってしまう。この事実にはばまれて、炉辺をともにする忠実な友である犬と会話を交わしたいという望みすら満たすことができないのだ。

ところがリリー博士は、水中で発する高いピッチのホイッスル音によって、イルカたちは彼らの望みや問題を伝えあっていると主張する。そこでひとつの疑問が生じる。彼らが発する音は、意味を象徴化し、追加可能で、学習によって習得されうる真の意味で言語と呼べるものなのか、あるいは、集団で生きる動物に生得的にあたえられた信号にすぎないのか。これについては、まだはっきりとした答は得られていない。しかし、実験室内の音や声をまねしようとするイルカの熱意は、言語の敷居を超えうる発声能力の存在を示唆していることはまちがいない。

知能の高い陸棲動物の多くは、環境の探索に有効な物をつかむ器官をもっている。人間やその親戚である類人猿は手、象には繊細で詮索好きな鼻といったぐあいに。イルカに関しておどろくのは、操作可能ないかなる器官をもたないのに非常に優秀な脳をもっていることだ。しかし、イルカにはある種の音響測定ともいえるおどろくべき距離測定能力がそなわっている。人間が人工的につくりだすいかなる機械よりもはるかに正確なこの鋭い能力こそが、おそらくは一見可能と思われるよりもずっと多くの知識を、この水中で暮らす動物にもたらしているのだろう。人間は知能を道具に結びつけて考える。手と道具は、人間が達成してきた知能の無意識的なシンボルとなっている。緑の波がうちよせる海というおとぎの国にただよう、まったく別種の、孤独なほとんど肉体を遊離しているといってもいいような知性を思い描くことは、私たちにとっては非常に困難だ。物を築き、文字を書き、地球環境の薄皮一枚変化させる手をすらもたないのに、私たち人間にも比肩するほど高度な知性を。さらに加えて、その知性があたたかく友好的で、熱意あふれることを示す事例も知られている。彼らは傷ついた仲間がおぼれてしまわないように懸命に奮闘するのだ。イルカは哺乳類の脳がまだ原始的で小さい時代に陸を去った。鋭敏で探索に向いた指からの刺激を受けることなく、彼ら偉大な海の哺乳類たちは独自の道を歩んで、高度なレベルの知性へといたった。彼らのなめらかなからだのなかには、おどろくほど精巧な機能が隠されている。彼らがなぜあのような形態をもっているのかは、完璧な謎に包まれている。それはあたかも、人間とイルカの両方が、ともに何か巨大なものの目の一部を占めていて、外部の永遠のいとなみと、内部である海――ゆたかで奇妙な生命に満ちている点において心に似た海――の核心の双方を見ていたいと焦がれているようにも思える。

とどのつまり、生きた動物に銛を打ちこむような能力や、地球の空気にストロンチウムの毒をばらまくような能力をもたない動物から学ぶべきことがあるのだろう。ハーマン・メルヴィルが目にした、マッコウクジラが子どもの世話をしている牧歌的な光景、水の蒼穹《そうきゅう》を思いだしてみよう。メルヴィルが書いたマッコウクジラについてのことばをイルカに置き換えてもよいだろう。「天才的なイルカだと？　イルカは本を物《もの》したことがあるのか、演説をしたことは？　いいや。彼が天才であることは、彼がなにもしないことによって明らかなのだ。なかんずく、天才であることを証明しようなどとは決してしないことが。彼のピラミッドのような巨大な沈黙がすべてを語る」

もし、人間が手を失ってかわりに鰭をもつにいたったら、モラルは機能し、人はみな哲学者でいられただろう。しかし、みずからの思想を世界のうえに刻みつけて誇示するといった破壊的な力はもたなかったろう。イルカのように家などもたず、海流と海風に身をまかせてただよう生活をおくっていただろう。知性的だがいつまでも孤独で、青い永遠の光の世界からやってきた未知の落下物に対しては好奇心旺盛な観察者となっていただろう。こうした役まわりは、現在の人間にとっては当然の贖《あがな》いになるだろう。こうした変身がほんとうに起こるとしたら、他者を傷つける力も衝動もなく、生きとし生けるものすべてと楽しく語りあえる子どものように、無垢な気分をとりもどせるのではないだろうか。すくなくとも、イルカと人間とが語りあい、自分自身にさえ絶えず恐怖や怒りをむける原因となっていた人間の長い孤独に終止符が打たれる日を待ち望まずにはいられない。

3 惑星を一変させた花

HOW FLOWERS CHANGED THE WORLD

太陽系の僻遠《へきえん》から、地球の地質学的変化を時代順にたどり、ずっと観察しつづけることが可能なものがいるとしたら、彼は地球が放出する光が微妙に変化していることに気づくだろう。地球がまだ火星のような砂漠の星だったころには、広大な石や砂利の堆積地や砂漠からの反射光、むきだしの玄武岩の黒、やむことなく動きつづける黄色い嵐などが見えただろう。絶え間のない雲の動きと海からの断続的なきらめきは、この星にちがった表情をあたえていただろうが、基本的には荒れはてた印象の星だった。そして、幾度もの千年紀がすぎ去り、長いながい時をへて、新しい緑の光が徐々にひろがり、輝きを増しはじめた。

それは、遠くから精巧な器具を使って観察している者にとってみれば、地球の長い歴史のなかで感知しうる唯一の変化かもしれない。しかし、ゆっくりと広がる緑のきらめきには、浜辺の湿地から、まだ何も身にまとわないむきだしの大地へと踏みだした、生命の壮大な物語が象徴的にこめられている。緑のさまよえる指は、太陽の光をあびる広大な大陸棚の、成分ゆたかな化学物質の混沌の海から、蛇行する川にそって這いあがり、忘れられた湖の浜辺をふちどった。

初期の段階の植物は、湿地や水路から離れることはできなかった。生殖の過程で水との直接的な接触が必要だったのだ。湿地や水流の辺域に封じこめられた原始的なシダやコケ類のまわりには、岩はまだ裸のままよこたわり、風はむきだしの大地から砂塵《さじん》を巻きあげて吹きぬけていた。草ががっちりと大地を包みこむようになるまでには、さらに何百万年という時間が必要だった。緑の行軍は、地面のうえに湿った足場を確保したが、それ以上の進展はなかった。彼らはまだ種子という生殖機能をもっておらず、顕微鏡的に微細な胞子を水に泳がせ、雌の細胞へと送りとどけなければならなかった。そのような植物のなかには、生殖の局面で雨水を利用するという高度な適応を身につけたものもあったが、おおむね、湿地の環境で大幅に繁殖に成功していった。現在ではそこは、人間のありふれた環境の一部であるように見える。しかし、真実をいえば自然に関して「ありふれた」状況などはありえない。昔むかし、世界には一本の花もなかったのだ。

四十億年という地球の歴史の尺度から見れば、ほんの一億年ほど前には、五つの大陸のどこを探してもまだ花は存在しなかった。極地から赤道まであらゆるところを探しまわっても、つめたく単調で暗い緑色しか見つからない。植物には緑以外の色を生みだすことはできなかったのだ。

爬虫類の時代の終焉のほんの少し前に、どこかで、静かながら荒々しい爆発が起こった。何百万年にもおよぶとはいえ、まごうことなき爆発、それこそ被子植物、つまり花を咲かせる植物の登場だった。偉大な進化論学者チャールズ・ダーウィンも被子植物の登場を「いとわしき謎」と呼んでいる。それほどに、あまりに突然あらわれて、すさまじい勢いで広がったのだった。

花々はこの惑星の表面を一変させた。もし花がなければ、私たちの知る世界は、そして、私たち人間そのものは、決して存在していないのだ。イギリスの詩人フランシス・トムソンは、かつて、一本の花をひきぬけば、星界がゆがむと書いた。彼はナチュラリストのように、直観的に生命の複雑な相互関連性を感じとっていたのだろう。今日では、花の出現には、人間の登場に匹敵するほどの謎が秘められていることが知られている。

もし、爬虫類の時代にもどることができるとしたら、湿気たっぷりの湿地や鳥のいない森が、いまよりもあたたかいところであることに気づくと同時に、いまよりもずっと退屈で眠たげな世界であることがわかるだろう。いたるところで、草食の恐竜が巨大な肉食の同輩を疑うように、その鎌首《かまくび》をもたげる。人間の風刺画を地でいくような巨大な二足歩行のティラノサウルスは、未来の都市をうつろな頭で闊歩し、地質学的時間の闇に向かってゆっくりと進んでゆく。

この世界では、はげしい狩り以外に目にするものはないし、動くものといえば、本能にあやつられた夢遊病患者のような歩みだけだ。現代を尺度にこの世界をながめたら、そこはスローモーションの世界に映るかもしれない。活動のほとんどは日中におこなわれ、つめたい夜には動きを止めてしまう。今日のもっとも原始的な温血動物と比較しても、彼らの脳はゆるやかな代謝にその活動を抑えられている。

高度な代謝と体温を一定に保つというからだの構造は、生命が進化によって獲得したすばらしい特質だ。それによって、過酷な寒暑にさらされる環境への適応の幅を大きくひろげ、それと同時に、精神的効率のピークの維持をも可能にした。高度な代謝機能をもたない生物は、天候の奴隷だ。秋の日に、初霜にさらされた昆虫たちは、まるでぜんまいの切れた小さな時計のように動きを止めてしまう。その一匹を掌《てのひら》のうえにつまみあげ、あたたかい息を吹きかけてみれば、その虫はふたたび動きだすだろう。

このような生物たちは、避難所に逃れて冬を眠ってやりすごすのだが、彼らは絶望的なまでに動きを止められている。今日でいえば、リスなどいくばくかの温血動物は、冬眠のあいだ、代謝活動を減少させる生存の戦略を身につけたが、仮死状態で天敵に見つかれば、まったく救いようのない姿をさらすことになる。そこで、熊のように大きな動物も、リスのような小さな動物も、安心して眠りをむさぼることのできる隠れ家をみつけなければならなくなった。そもそも冬眠とは、大きな動物よりは、姿を隠しおおせることが容易な小さな動物むきの冬のすごし方といえるだろう。

しかし、高度な代謝機能をもつということは、体温と効率を維持するために、多大なエネルギーを摂取しなければならないことを意味する。この理由から、今日も現存する温血の哺乳類のなかから、食料を得ることがむずかしい冬の数か月を、緩慢で無意識的な生き方へと機能を落とす方法を身につけるものがあらわれたのだ。かろうじて高度とはいえ、彼らは凍った池の底で眠ってすごす冷血動物のカエルとおなじ手順をふむ。

あたたかい血をもつ鳥や哺乳類の鋭敏な脳は、多量の酸素供給と栄養価の濃縮された食物を必要とし、それなしでは生命の維持は不可能となる。このエネルギー源を提供し、生物界の位相をすっかり変えてしまったのが、花を咲かせる植物の台頭だったのだ。彼らの出現と、鳥および哺乳類の隆盛の曲線は、おどろくほどの一致を示している。

二億五千万年以上の昔に、朝露や雨に子孫の繁栄を託していた小さな植物は、爬虫類の時代の夜明けに向かってゆっくりと、風に花粉を運ばせる種属へと道をゆずっていった。今日のマツの森は、花粉を放散する植物を代表している。受精を外部の水にたよらなくてもよくなると、乾燥した地域への進展が可能となった。胞子の代わりに、次世代を育てる栄養を内蔵した単純で原始的な種子が発展したが、ほんとうの花の時代までには、さらに数千万年という時間が必要だ。長いながいためらいがちな進化の手探り状態の後に、すべてを一挙に変えてしまう荒々しさで、真の革命的爆発が世界を襲った。

この事件は、爬虫類の時代が終わろうとしている白亜紀に起こった。花をもつ植物の時代が到来する以前は、私たちの祖先、温血の哺乳類は、木の影や藪《やぶ》のなかに隠れている二、三種類のネズミのような生物しかいなかった。肉を切りさく鋭い歯をもつ幾種類かのトカゲ似の鳥たちは、古代の森のなかを邪悪な目的でぎこちなく翼をばたつかせながら飛んでいた。こうした、とるにたらない生物には、なんら注目に値するような能力はあたえられていない。特に哺乳類は数百万年にわたって生きつづけてはいたが、強大な爬虫類の影で息をひそめて生き残ってきたのだ。真実をいえば、人間はこの時期まだ、魔法のランプのなかの魔神のように、ネズミ程度の大きさの生物のなかに封じこめられている。

鳥に関していえば、爬虫類のいとこであるプテロダクチルスは、より遠く、より巧みに飛んでいた。鳥にはひとつ、哺乳類と生理機能のうえで共通点があった。鳥たちもまた、あたたかい血と、それに付随する体温の調整機能を発展させてきたのだ。にもかかわらず、鳥の羽毛をすべて抜いてしまえば、不気味でめざわりなトカゲに見えなくもない。

しかしながら鳥も哺乳類も、さえない見かけとは大きく違っていた。彼らは花の時代を心待ちにしているのだ。彼らは花と、花の種《たね》がもたらすものを待っているのだ。翼長が二八フィートの皮の翼をもつ、魚を食べる巨大な爬虫類が、やがてはカモメにおおいつくされる浜辺の上空を舞っていた。

内陸では、原始的なかたい球果をもつマツやトウヒの単調な緑の森が、いたるところに進出していた。裸の種《たね》が地面に落ちるのをはばむ草はまだない。巨大なセコイアは天をついて伸びていた。当時の世界にはある種の魅力がただよっている。しかし、そこは巨人の世界だ。世界は樹間を堂々と歩きまわる爬虫類の動きにあわせて、ゆっくり動いていた。

木そのものも、旧来の成長の遅い、巨大なものだった。その名残は、今日でもカリフォルニアの海岸に残るセコイアの森に見ることができる。そのいずれの木もが、硬く、行儀よく、まっすぐで緑色だ。単調なまでの緑。そこには一切の草はない。陽《ひ》の光をあびた広々とした草原も、愛らしいヒナギクに飾られた草地もないのだ。この光景にはごくわずかな多様性しかない。それはまさに、巨人の世界なのだ。

数日前の夜、世界が遠い昔のその時代以降変わったことを、まざまざと教えられる事件がわが家で起こった。私は夜中に、居間から聞こえてくる耳なれぬ物音で眠りをやぶられた。それは小さな音ではなかった。木材がきしむ音やネズミが走りまわる音なんかではない。それは、軽率な人間がワイングラスを踏みつぶしでもしたような、鋭い、何かをつんざくような音だった。私はたちまち目を覚まし、からだをこわばらせ、息をのんだ。私はつぎの足音を待った。しかし、それっきりだった。

どうにもじっとしていることができなくなり、電気をつけて、部屋から部屋へと歩きまわって、椅子のうしろをのぞいたり、クローゼットをあけてみたりした。なにひとつ異常な点をみつけることができずに、私は途方に暮れて居間の中央に立ちつくしていた。そのとき、絨毯《じゅうたん》のうえの小さなボタン状のものが目にとまった。それは硬そうで磨きこまれたようにキラキラと輝いている。よく見ると、部屋のあちこちにもいくつか散らばっていて、私のことをぬけめなく観察している小さな目のように、光っている。皿のうえに置いてあった松毬《まつぼっくり》が、コーヒーテーブルのむこうに吹き飛ばされている。皿が爆発音の原因だったとは、とうてい考えられない。皿の脇に緑のベルベット製のリボンのような細いものが見えた。私はふたつの断片をくっつけてもとのサヤの状態にもどそうとした。しかし、いずれもかたくねじれてしまっていて、どうしてもかさねあわせることはできなかった。

私はほっとして椅子に腰かけた。深夜の謎が解けたからだ。そのねじれたリボンは、二、三日前に私がもって帰って、その皿のうえに乗せておいたフジの莢《さや》だ。この莢が、深夜を選んで子孫繁栄のもとを部屋じゅうに飛び散らせたのだ。大地に根をおろし、一箇所から動くことのできない植物は、子孫を広い空間へと飛ばす方法を編みだした。私の目の前すぐそこを、何百万ものミルクウィードの軽やかな綿毛の大群、鉤爪《かぎづめ》をもったイガノクリ［イネ科の雑草］の種《たね》たちが通りすぎていく。コヨーテの尾にまぎれこんだ種《たね》も、ハンターのコートについた種《たね》も、風にのったアザミの綿毛も、なんとか、みずからの生命の限界にうちかって勝利をおさめてきた。しかし、こうした能力はそもそものはじまりからそなわっていたわけではない。それはひとえに、たゆみない努力と実験のたまものなのだ。

わが家のカーペットのうえの種《たね》は、古いいとこである松毬の裸の種《たね》とは違って、落ちたその場所にかたくなって横たわりつづけるわけではない。彼らは旅行者だ。その考えにうたれた私は、翌日、いろいろな種《たね》を集めてきた。それらの種《たね》は、私の机のうえに一列になってならんでいる。小さなカプセルにこめられたたくさんの命たち。羽のついたものもあれば、鉤爪や刺のついたものもある。そのいずれもが、真の花を咲かせる被子植物の種《たね》だ。この小さな箱のなかには、一億年以上も前の白亜紀に起こった、地球の姿を一変させるきっかけとなった爆発の秘密が隠されているのだ。そして、ひときわ頑丈な野草の種《たね》を真剣につつきながら考えたのだが、そのなかのどこかに、かつて人間もいたのだと思えてしようがないのだ。

恐竜時代の終わりに、どこかのむきだしの高地に咲いた最初の単純な花は、初期の松毬の親戚とおなじような風媒花だった。それはごくめだたない花だった。この時点では、鳥や昆虫をより確実な受精の媒介者とするアイディアをまだもちあわせていないからだ。ただ自身の花粉をばらまき、風のきまぐれにまかせてやって来たほかの花の花粉を受けとるだけだ。現在もなお、昆虫の密度のうすい地域の多くの植物は、この原則に従っている。にもかかわらず、真の花、そしてその生産物である種子の登場は、生命の世界にとって画期的な意味をもつのだ。

ある意味では、植物の世界に起こったことは、動物の世界にも平行して起こっている。外部に卵をほうりっぱなしにしている魚と、胎内で受精し、生存可能な段階まで数か月にわたって母体内で成長する哺乳類との比較を考えてみればよい。生物学的損失がすくないのは、花を咲かす植物と同様だ。泳いでくる精子によって受精する単細胞である原始的な胞子では、急速な分布は望めないし、それ以上に、若い植物は成長のために無から闘わなければならない。一切の栄養をあたえてもらえず、すべて自分の努力によって獲得しなければならないのだ。

対照的に、花を咲かせる被子植物は、花の中央で種《たね》を育てる。種《たね》の成長は外部の湿気とは無関係に、花粉の受精によってはじまる。胞子とは異なり、種子は成長のために十分な栄養をたくわえた小さな胚を内包している。さらに、タンポポやミルクウィードのように綿毛を装着して一陣の風にのって何マイルも旅することもできるし、クマやウサギの毛にしがみつく鉤爪をもつものもある。また、芳醇な果実で鳥たちをひきつけ、体内にとりこまれて、消化されずに遠くはなれた土地で排出されるという戦略をもつものまである。

このような生物学的発明は際限なく分岐していく。植物は、それまでは絶対に到達できなかったところにまで旅するようになった。旧来の胞子やかたい松毬の種には侵入できなかった異質の環境にまで、進出するようになった。十分に栄養をあたえられた小さな箱入り娘の種《たね》は、いたるところで頭をもたげるようになったのだ。旧来の繁殖方法にたよる多くの植物は、この圧倒的に不公平な闘いに敗れて消え去っていった。彼らは人目にふれない環境へと繁殖領域を縮小していった。巨大なセコイアのごとく遺物のようにもちこたえているものもあるが、多くの種は完全に姿を消してしまった。

巨人たちの世界はもはや死にゆく世界となった。森や谷を飛びはね、空をも飛ぶこのすばらしい種《たね》には、また、驚異的な適応能力もそなわっていた。もし、われわれが、いきなりそういう世界に出くわしたならば、きっと仰天するだろう。古くてかたい巨大な樹木の世界が、いたるところで見なれぬさまざまな色を光り輝かせ、奇妙な果実や複雑な曲線をもつ莢をさげた世界にとって変わられているのだから。なかでももっとも重要なのは、魚を食べ、草を噛《か》む恐竜たちが夢みたこともない、栄養の凝縮された食物が生みだされたことだ。

それらの食物は、いずれも植物の繁殖の過程で生みだされたものだが、三つの源からなっている。ひとつは、花粉を運んでもらうために、昆虫や美しい宝石のようなハチドリをひきつけることを目的とした甘露たる蜜と花粉だ。そして、もう少し大きな動物を魅惑する果汁たっぷりの果実。たとえばトマトのように、果実のなかにはかたい殻に包まれた種《たね》が秘められている。さらに、それでもまだ不十分とばかりに種《たね》のなかにまで、種《たね》の胚芽を育てるための栄養がこめられているのだ。フライパンのなかのポップコーンがはじけるように、花を咲かす植物の信じられないような爆発は世界じゅうでつづいた。地質学的な見地からすればほんの一瞬のうちに、被子植物は世界を制覇した。草は裸の大地をいまにいたるまで覆いつづけ、その種類は六千種を超えている。あらゆる種類の蔓《つる》植物や薮は、空飛ぶ種《たね》をたずさえて新しい木々のしたをのたうち這いずりまわっている。

　この爆発は動物の生活にも影響をもたらした。新しい食料源にあわせて、みずからを特殊化した昆虫群があらわれ、知らないうちにその植物の受粉を担うことになった。花は大きさを増し、種類もまためざましくふえた。あるものは、あえかなこの世のものとも思えない花を夜に咲かせ、夜のあわいに蛾《が》をひきつける。またあるランの一種には、雄グモを魅惑するべく、雌グモの姿をとるものもある。また、昼の光のなかで真っ赤な炎のような花をつけるものもあれば、草原に遠慮がちにきらめくものもある。精巧なメカニズムで、花粉をハチドリの胸にあびせたり、花から花へとブンブンうなりながら熱心に飛びまわるハチの黒い腹に花粉をくっつけたりする。蜜は流れ、虫たちは栄える。そして、鋭い歯をもつ古代のトカゲ似の鳥の末裔《まつえい》たちまでもが、奇妙な変化をとげはじめた。かみつく歯を棒状の嘴《くちばし》につけかえて、種《たね》をついばみ、花蜜の真の移し身とも呼ぶべき昆虫をむさぼり食うようになった。

地球上のいたるところに、草の大地は広がった。花の時代の初期に起こったゆるやかな大陸の隆起によって、地球全体の気温はさがった。陸地を闊歩する爬虫類や海辺の崖地にいた皮張りの翼をもった化《ば》けものどもは姿を消した。いまや、空を飛ぶものは、熱い血をたぎらせる高速の代謝機能をもつ鳥だけになった。

哺乳類もまた、生き残った。おそらくは、カミナリ竜たちが姿を消したあとの突然の高位継承にいささかとまどいながらも、彼らは新しい領域へと進出を果たした。そもそもは森のなかで木の葉をかじっていた小さな生物だった彼らの多くは、太陽の光がさんさんと降りそそぐ草のはえた新しい世界へと乗りだしていった。草のなかには高密度の珪素がふくまれているため、じょうぶで耐性の強いエナメル質の歯が必要とされるようになったが、たまたま草といっしょに飲みこんだ種《たね》には高い栄養価がふくまれていた。新しい世界が温血の哺乳類の眼前に広々と開けた。マンモスや馬、バイソンといった巨大な草食獣が登場した。彼らのまわりをうろつくのは、絶滅してしまったオオオカミや剣歯虎《サーベルタイガー》などの獰猛《どうもう》な肉食獣たちだった。

彼らは肉食獣ではあるのだが、一段階をはぶいて結局は草の栄養によって生命を維持していたのだ。暑い日中も凍える夜も、彼らの勢力的なエネルギーを高度に効率的に支えたのは被子植物にたくわえられたエネルギーだった。穀草類においては重量の三十パーセントからそれ以上を占めるそのエネルギーは、草原につどう無数の草食動物のなかに、ゆたかな蛋白質と脂肪という集約されたかたちで蓄えられているのだ。

森のはじっこには奇妙な、古い形の動物がいまだにぐずぐずとうろついていた。からだは樹上生活者向けで、人間と比較すればタフでごついのだが、彼がじっと観察している世界から見れば、虚弱者ともいうべき動物だった。彼の歯は、森の木の実をかじったり、たまに捕まえるうかつな鳥をかみくだくには十分の強度をもっているのだが、大型のネコ族の鋭い牙とは比べるべくもなかった。彼は休むことを知らないゆたかな好奇心につきうごかされて、からだを起こしては情熱的にまわりをうかがっていた。おそらくはぎこちなく不安定ではあっただろうが、うしろ足で走ることもできたろう。しかし、彼が地面におり立つのは、そのめったにない瞬間だけだったろう。それもこれも、樹上生活の遺産のせいだった。彼には自由に動く手があたえられていたが、風のように地を駆けるための足はそなわっていなかった。

新しい世界のなかでほかの動物と伍《ご》していこうなどという考えは、とっとと忘れるべきだった。歯にしろ足にしろ、あまりにも手遅れだった。彼は中途半端な役立たずだったのだ。自然は彼にやさしかったとはいえない。まるで、心を決めかねて考えあぐねたかのようだ。おそらくはそれゆえに、彼の目には悪意の炎が宿り、何もあたえてもらえなかった追放者のひらめきで、自分がほしいものは自分の手でつかむほかはないことを知ったにちがいない。ある日、この奇妙なサルの小さな一群は、草原へとよろめく足を踏みだした。そして、そこに人類の歴史がはじまった。

自然のはかりしれない知恵により、サルは人になるべくしてなった。というのも、花がすばらしい品質の種《たね》や果実を生みだすようになったことによって、エネルギーの蓄積をまったく新しい、集約されたかたちで手に入れることができるようになったのだから。緩慢な動きのぼんやり頭の恐竜同様印象的ではあるが、彼らの時代が、いまや地球上にほとばしり、森の樹間に見え隠れする生命の多様性に支えられていたかどうかは疑わしい。川のほとりの草地におりたったサルのなかには、好奇心から石を拾いあげ、漠然と手のなかでもてあそぶものもいただろう。おなじグループの者同士は、くぐもった声をかけあって、背の高い草のなかへと種《たね》や昆虫を求めて入っていった。かのサルはみつけた石をまだ手にもったまま、においを嗅いでみたり、もてあそんだりしている。彼は指のなかの石の重みが気にいったのだ。動物を襲うようになる日はすぐ目の前だ。

もし、彼らの最初の百万年を早送りの映像で見通すことができるとしたら、手に握られた石が、石斧から松明《たいまつ》へと変わっていくさまを見ることができるだろう。巨大なバイソンや雄叫びをあげるマンモスがたむろする草原の世界は、数をふやしつづける飽くことを知らない肉食獣を養うための場所へと堕《お》ちていく運命にあった。人間は大型のネコ族という大先輩のように、間接的に草からエネルギーを摂取しているのだ。のちに彼らは火を発見するのだが、それによって、手ごわい肉への食生活のすさまじい転換にかならずしもうまく適応していなかった胃のエネルギーの吸収力を、飛躍的に高めることになった。

彼の四肢は伸び、草のうえをより自信に満ちて歩くようになった。しかし、人間に大陸の縦横無尽な横断をゆるしたエネルギーの搾取は、最後に彼を裏切ることになる。大氷河期に、獲物たちが姿を消してしまったのだ。獲物がいなくなったとき、もうひとつの手が、はるか昔に川のほとりで石をつまみあげた手とおなじように、今度は植物の種《たね》をむしりとって、しみじみと見つめるのだった。

その瞬間、泥に汚れた手のなかに握られた種《たね》、小麦の先祖のなかに、ほのかな光が輝きはじめた。その光は人間が築きあげる黄金の塔、めまぐるしく回転する車輪、図書館に納められた莫大な知恵の蓄積がはなつ光の片鱗《へんりん》なのだった。花からの贈りものと、無限ともいえる多様な果実がなかったならば、人も鳥も、たとえ今日まで生き残っていたとしても、似ても似つかないものになっていただろう。トカゲのような姿をした始祖鳥が、セコイアの枝のうえで甲虫をついばみつづけ、人間はいまだに夜行性の食虫動物として、闇のなかでゴキブリを噛みしめていただろう。ひとひらの花びらが世界の姿を一変させ、私たちにあたえてくれたのだ。

4 無邪気な子ギツネ THE INNOCENT FOX

世界は魔術師にとってのみ永遠に流動的で、無限に変化し、つねに新しい。ただ彼だけが変化の秘密を知り、あらゆる物質がなにか別のものに変わろうと熱心に身構えていることを知っている。世界にあまねく存在するこの緊張状態から力をひきだすのだ。

——ピーター・ビーグル

1——予感

静かな水たまりから、自分を見あげる人の影をはじめて目にしたその時から、人間は意味の虜《とりこ》となった。人間はまた、巨大でなまなましい存在感をもつ樹々《きぎ》がおおいかぶさるようにのしかかってくる森でも意味に出会う。指でふれようとした瞬間、水たまりの幻想は消え失せてしまうが、彼は家にもどり伝説をつくりだす。巨大な樹は決してことばを語ることはないが、人は、その樹幹にやどる妖精を知っている。歴史の曙《あけぼの》のころから、人びとはそうした刻印を読み解こうとする熱にうかされつづけた。心の深奥を記した本が、疲れを知らないクモによって封印され、隠されてしまったずっとあとの時代にいたっても。

ある人びとは、あいまいな雲のことばや、わたり鳥がつくりだす文字を熱心に読みとろうとする昼間の解読者だ。一方、私がそうであるように、夜の司書もいる。そのはかない書物は、木の根に記された骨や、孤独な散歩のさいに藪《やぶ》から聞こえてくるカサカサいう物音から構成されている。活動するのは昼間とはいえ、人はせいぜいが黄昏の生物だ。昼間の世界への偏愛、長年にわたる照明装置の発明や使用への強迫観念、夜と競い、眠りを死であるかのように放棄しようとする性向は、自分では認めずとも、影のことをよく知っているあかしではないだろうか。私たちはかつて暗い森からやってきた。そのときに負った傷は、いまだ体に刻まれているのだ。心は、種《しゅ》の記憶や個人の記憶の深層からわき起こる夜の恐怖にとりつかれている。

結局、私たちはこの地球の精神的薄明の世界に住んでいる。おそらく、あらゆる剥奪《はくだつ》のなかでも、人間が生来さらされつづけてきたこの剥奪が、もっとも過酷なものであったのではないだろうか。剥奪ということばを使ったが、むしろこの喪失感は無意識の予感というべきものかもしれない。私たちは自分のことを昼間の動物と思いながらも、なかなか見つからない理不尽な靄《もや》のかかった領域からの出口を手探りしている。そのような出口が存在することだけは本能的に知ることができるらしい。

生け垣のなかには、子どもならすぐに見分けられる世界の果ての別の次元へと通じる神秘的な穴がある。私は道に迷ったあげく、その穴をみつける羽目になった最初の人間というわけではない。そうした通り道はたしかに存在する。さもなければ、人間も誕生しなかっただろう。サンタヤナは、かつて、人生とは忘却の世界から思いがけない世界への移動だと主張したが、それにはそれなりの根拠があるということだ。

私たち大人は生きることに汲々《きゅうきゅう》としている。その結果、目にはいる世界は狭い。年を経るうちに、とうとう生け垣のなかに予期せぬ世界へ通じる穴をみつけだす人はいる。その穴を安全に通りぬけるには子どもの仲間が不可欠なのだが、そのときにたまたまそばにいることのほうがめずらしい。一度や二度刺にさされると、もっとも忍耐力のある者でもすごすご引きさがったり、そんな出口など存在しないと怒りだしてしまいがちだ。

私の経験はそれとは正反対だ。私は運に恵まれた。なんとかみつけだそうと躍起になって失敗をくりかえしたのち、私に助っ人があらわれた。それは子どもではなく動物だった。その動物はごくごくありふれた殺風景な住処《すみか》から出てきた。ふりかえってみても、彼には神秘的なところも非現実的なところもまったくなかった。それでも不可思議だった。それはきっと、動物たちにとっての人間の不可思議さとおなじものだったろう。

2——奇跡の縁

それは一九六七年のある秋の日の深夜のことだった。そのとき私は、書斎の窓から、隣接する木立のはるかむこうにおぼろげに見えるヴィクトリア調の古い家をぼんやりとながめていた。その家の屋根には、はりだし窓がついていた。このエピソードは、本や書類の繭のまんなかにいた私が、自分の人生には何かが欠けているとかすかに気づきはじめたそのときに起こったことなのではないかと思う。この感覚に動かされて、私は目を机のうえからはなし、窓の外に展開する郊外の容赦のない開発のさまをがっかりした思いでながめていた。ここ数年というもの、窓から外を見るたびに、私が愛したものの死を知らされずにすむことはなかった。

ついにはお人よしの大胆さがあだとなって、最後のリクガメが新しくできた高速道路の犠牲となった。もはや彼とおなじ種のカメはいない。芝地のうえの排水管をねぐらにがんばっていた勇敢なシマリスは、新しくできたスーパーマーケットとともにやってきたネズミに駆逐されてしまった。窓からの景色の大部分は、いまや駐車場が占めている。私はとことん希望のない現代という恐怖に閉じこめられてしまった。奇跡など起こりようがない。私は木立のはるかうえに見える屋根裏部屋にいることを願いながら、探索の知恵、はっきりとした結果など生みそうにない探索について思いをめぐらしていた。

子どものころから、私は予期せぬ出来事と美しいものに魅せられてきた。もともと私が科学の道へと導かれたのはそのためだった。しかし、いまでは本能的になにかそれ以上のものが必要なことを感じている。私が求めているものは奇跡の縁《ふち》にある。科学者として奇跡を信じてはいないが、このことばの定義にはひろい解釈の余地を残したいと願っている。

私の生涯は、無意識のうちにずっと探索の連続だった。探索とはいっても、職業にともなう骨や石の探索ばかりではない。さらに、この年齢になると羽目をはずすことができるようになった。実際に、若者にはとてもまねができないような豪胆さを発揮できるのだ。私に必要なのは、精神的にも肉体的にも、どことも知れないところへ旅立つことだけだった。

その瞬間、木立のむこうに見えている屋根窓が稲妻のように青白く輝いた。前述したように、時は深夜だ。その光が街灯を反射したものである可能性はまったくない。その遠くはなれた黒い窓の内側で、一定の間隔をおいて、人工的な強力な稲妻が明滅していた。それは、なみはずれた装置をもったごく限られた技術者のみがつくりだせる類《たぐい》のものだった。

その古い家はごくありきたりの借家だった。のちに知ったことだが、住人も質素な中流階級に属する人たちだった。しかし、それでも、真夜中に単独、もしくは複数のだれかが、屋根裏部屋で風変わりな実験にうち興じていたことはまちがいない。私は見てしまったのだ。しかも数夜にわたって。私は退屈していたところだったし、眠りとも無縁だった。マッド・サイエンティストたちが秘密の部屋で、未曾有《みぞう》のおどろくべき研究に没頭しているという想像は、私を大いに楽しませてくれた。

それ以外に、そんな深夜にいったい何をするというのだ。つかのま火花を散らし、すぐに消してしまう理由が、ほかに考えられるだろうか。つづく数日のあいだ、高倍率のフィールド・スコープを窓辺にすえつけた私の目は、青白い閃光《せんこう》にくらんだ。それはまるで、遠い屋根をおおう秋の木の枝のゆらぎのようだった。科学の古来の狂気じみた情熱は、大研究所の専門家集団に属さぬ者の心にこそ、保たれているにちがいない。単なる技術を超えた秘密を、手探りで求めつづける新鮮な知性が存在しているのだと熱烈に考えた。進化論が最初に予測され、しかし、なおそのメカニズムは初期のガルヴァーニ電池同様に謎とされていた時代のエマソンたちの夢のことを思った。木の葉がまいちる季節に、毎夜まいよ、定刻になると飛びちる稲妻を窓から見つめながら、私は熱烈に夢想した。炸裂《さくれつ》する放電が屍肉をよみがえらせ、神経を刺激し、思いもよらない生物を生みだしているのではないかと。そのような目的でもなければ、夜中に屋根裏部屋で熱心に骨を折ろうなどという人間はいないではないか。

そうこうするうちに、実際にはなにひとつ知らないまま、どんどん自分の夢想へとのめりこんでいった。それは、その古い家が紅葉した木々のなかでぼんやりと眠たげに見える昼間にも、私の頭のなかを占めていた。有名な科学者の実験室をガラスばりのドアごしにのぞき見ていた若き学生だったころのレベルにまで、私の驚異の感覚や夢はよみがえった。私はもはや読書から遠ざかった。暮れなずむ書斎に座りこみ、予期せぬことが起こるのを待ちつづけた。しかし、結末は私の期待を裏切るかたちでやってきた。

ある夜、例の窓は暗いままだった。私の高倍率の望遠鏡がとらえたのは、月の前をよこぎる鳥の姿だけだった。格子模様のある煙突のまわりをコウモリが飛び交っている。わずかに残っている木の葉は、屋根のしたの暗がりへと散っていく。

私は期待をこめて実験の再開を待った。しかし、その夜はなかった。翌日の夜、はげしい雨が降った。あの窓は光を発しない。落葉が街灯のしたの濡れた歩道を黄色く染めていく。つぎの夜も、またつぎの夜もおなじだった。窓の外をうち沈んで見つめつづけるというこのエピソードは、まったくのところ、科学そのものの姿ではないかと思うようになった。閃光と泡立つレトルト、そしてとらえがたい完成の見込み……。夢はいずれも、土砂降りの雨と濡れた歩道をおおう落葉とのうちに終わってしまうのだ。腐食した金属の小片以外なにも意味あるものを残さず、実験への参加者たちは、わが家の謎の隣人たちのように静かに消え去るのだ。

私はかつて大きな都市の廃墟の墓地にたたずんでいたことがある。もうひとつの廃墟を想像するのはむずかしいことではなかった。冬の冷気が迫るまでぼんやりとかいなく例の窓をながめた私は、旅に出ようと思った。結局、私の失望感が何ゆえかもわからず、自分が何を探していたのかさえ、わからなかった。

いや、ほんとうは心のどこかではわかっているのに、自分でそれを認めようとしていないだけだった。私は奇跡を待っていたのだ。奇跡は連続性をともなわない。おそらく、かの屋根裏の科学者は不確かな退去によって私の気をひいたのだろう。私の心のなかで奇跡を特徴づけているのは、自然の摂理のうちにあらわれる、突然の出現と消滅だ。はからずもこのゆるやかな定義は個々の人間にもあてはまる。実際、奇跡は一瞬にして自然の摂理をうちくずし、まったく正反対の場所へと連れていってしまうのだ。私の最初の経験は、実験室のレトルトや電気コイルがいかに強力な吸引力をもとうとも、それ以外のものにも目を向けなければならないというヒントをあたえる、ただ私にじれったい思いをさせるだけのものだった。たしかに奇跡はあった。しかし、それは秋の日のかなしい奇跡だった。私のなかでは、奇跡はとりわけ生命や動物の世界と関連が深いという気持ちがふくらんでいった。

私の心の受けいれ準備がちょうど整ったところで、深い森のなかの心細い道を、夜、長時間ドライブせざるをえない用事ができた。それは本質的な経験だったとあとになって気づくことになる、探し求めていたものとの接近遭遇だった。疑いようもなく、私は問題の核心に深く迫っていた。一般の人びとは、奇跡とは、目にし、報告できるものだと考えている。しかし、そんなものではない。奇跡に気づくだけでも、かなりの洗練が必要なのだ。

端的にいえば、人は感受性を磨かなければならない。いまとなれば私にもわかるのだが、屋根裏部屋のあの稲妻は、宇宙にみなぎる突拍子もない可能性の、原材料にすぎないのだ。あの稲妻は、人の心によって召喚《しょうかん》され、解放される力にすぎない。願いによって何かほかのものに変わることはないが、いっそう悪くすることはあるかもしれない。核分裂はそのわかりやすい例だ。いや、奇跡は明らかに別のものだ。それは自分で見いだすべきものだった。

こうした考えに心をうばわれて、私は山をくだる旅をはじめた。長いあいだ、私はひとりだった。思いがけず、曲がりくねった険しいくだり道をたどった。轍《わだち》のうえを跳《と》びはねたときには、偶然にも、草の影に無数の輝く瞳をとらえた。巨大なマツの樹のはざまの、壁のように立ちふさがる見通しのきかない藪につっこんだこともある。

突然ハンドルをとられるような何時間もの緊張がつづき、目がおかしくなった。車を止めるべきだったのだが、その余裕がない。私は頭をはっきりさせようと首をふるばかりだった。山あいの峡谷を長時間走るうちに、何かが始終、私の車のヘッドライトのさきにいて、ときどき瞬間的に光のなかに浮きだすことにぼんやりと気づいた。

それがどんな動物にせよ、おどろくべき速さだ。私には結局、はっきりした姿は一度も確認できなかった。しょぼつき、ごしごしこすった私の目には、それは人間のように直立したものにも見えたし、さまざまに変わる姿にあわせて色も変化した。

ときどき、そいつは前方に跳びはねる。かと思うと、私のほうに顔を向けては、踊りながら後方に移動する。疲労の果てにあらわれたこの一匹の動物、ヘッドライトのなかに瞬間的にひらめくその生きもののことを、民話などに登場する変幻自在の狼のようなものではないかと意識しはじめていた。それは動物ともいえない。空をすべりはねる神話そのものではないか。背筋に悪寒がはしる。ここは、イロクォイ族［北アメリカの北東部の森林地帯に居住していたインディアン］の仮面にまざまざと姿をとどめる、人喰い鬼や空飛ぶ生首の森なのだ。私はさまよっていたが、その森には通じていた。私のからだのなかを流れる血は都会のそれではない。とても人間だとは思えない。それは、どこか違う時間、遠い場所からやってきた。

私は車のスピードを落とし、自然の摂理の崩壊を目の当たりにしたあらゆる動物がおぼえるであろう恐怖と必死に闘った。しかし、ほんとうに自然の摂理などあるのだろうか。なんとか判断力の炎をともすうち、突然、この疑問のばかばかしさに気づいた。答を推測できないのに、なぜ、予期せぬものの前で震えあがらなければならないのだ。そこには摂理などない。どんな摂理であれ存在するならば、それは人間が必死で考えるものよりも、はるかに荒々しく強力なのだ。

最終的にその生きものがばかばかしくもブチ犬の仲間だと判明しようと、月並な魔術師の仕掛けとわかろうと、なんの役にも立たない。半マイルも道を駆けくだってきたこの「犬」の、もともとの姿をはっきりと確認する方法などあるのだろうか。彼に聞くわけにはいかない。

現にこの犬は、どんどん変わりつづける一連の形で、私を介して、一瞬、犬の形に凍りついたものだ。ことば以上の実質をともなうわけではない。しかし、夜の闇に姿を消したあとまで、犬の形をとどめるかどうか、どうしたらわかるというのだ。経験によって？　否、それは疾走する色彩と多重の顔の綾織りのなかから私がたまたま選びとったものであり、人をよせつけない無人の森のなかへ静かに飛びこんでいってしまえば、ふたたび形などとどめないのだ。判然としたカテゴリーがあると考えるなら、自分自身をあざむくことになる。その犬はふたたび、連続的に変化する形にもどるのだ。私が去れば、もはや「犬」ではない。

人間特有の精神的努力によって、私は跳びはねる幻想に「犬」の肉体をこじつけたが、彼も、そして私自身も、その形をとどめることはできなかった。私たちは矛盾に満ち、非現実的だった。私たちは神経網と眼球内のレンズの産物だった。その犬とおなじように、ついには、私もまた未知の森のなかへと飛びこんでいかねばならぬよう運命づけられていた。私を私たらしめる見かけの肉体は、犬の色同様、もはや、ひとつの骨の塊から霧散しかけていた。もし、私たちに摂理があるとしたら、それは変化の摂理だ。私はふたたび車を走らせた。おぼつかないながらも、浄化されて。呪われた森のどこかしらで、何者かが走り、変化をつづける。私にはそれ以上のことは知りようがない。おなじように、スピードを増すにつれ、私の心も跳ね、変化していた。以上が、ふさわしい時、ふさわしい状態で私のもとに訪れた、真実の奇跡の顛末だ。

3——宇宙

このエピソードは、魅力にとぼしい人跡まれな浜辺で起こった。それはごくありふれた科学的調査の初日の午後にはじまった。その浜辺には、古代の気まぐれな海流によって、はるかかなたの海岸から運ばれ座礁した船の残骸が、重い砂に埋もれていた。秋の光のなかでいよいよ非現実感をます建物の蜃気楼が、水平線のかなたにゆらめいていた。

写真を撮りおえ立ち去ってゆく同僚たちの、いつやむとも知れない話し声は、突然ひろがりはじめた濃密な霧にのまれて、たちまちかき消されてしまった。霧は隆起した船の肋材《ろくざい》のうえにも立ち込めた。いっとき、なにか小さな動物の足跡に霧が指をさし伸ばすのが見えた。まるで、その動物と遅まきながら会話を交わそうとでもしているようだ。足跡は砂丘のうえで幾筋も交差していて、霧はそこで逡巡《しゅんじゅん》した。最後に霧は、私にもしのびより、まるで私の顔をじっとのぞきこむかのように包みこんだ。恐怖をおぼえることはなかったが、その場を立ち去ることを阻まれたことは、かすかなショックとともに理解した。

そこで私は、ひっくり返ったボートに背をもたれて休むことにした。あたり一面、静けさは濃度を増し、霧はその触手を伸ばしつづけた。何者もその霧から逃れることはできない。

壊れた野鳥の卵に、霧はためらいがちに、意味ありげに手を伸ばした。それまで、じっと動かず身を隠していた砂とおなじ色をしたスナガニが、突然、霧から意思を吹きこまれたかのように、浜の草地へとにじり歩きだすのを見た。一羽のカモメが頭上はるかを通りすぎたが、その鳴き声は、なにか常ならぬ悲しみを帯びて聞こえた。

私はぼんやりと、神は霧そのものなのか、それとも霧の創造者にすぎないのかという原始的な会話を思いだしていた。私の思想の大部分は初期の人類をめぐってついやされてきたので、その発想は、とくに不合理なものとも神を冒瀆したものとも思えなかった。神が存在するなら、彼自身の世界、もしくは彼がたまたまやってきた世界を徹底的に調べつくすのに、これ以外の方法があるだろうか。

私は目をつむり、霧の小さな粒子が顔をやさしくなでるがままにした。それと同時に、えも言われぬ親和力にうながされ、隣接する山の峡谷をぬけていく巨大な霧そのもののように、私の心が内陸へとひきこまれていくのを感じた。

空からさしこむ一条の光のなかで、私の意識は廃墟の墓地の墓石のうえにぼんやりと渦巻いて、半分消えかけた碑文にふれてから、その都市へ、かすかに滑ってゆく。目的があったはずだが、未来から慈悲深くもどされたがゆえか、それを果たすことはできなかった。

ふいに私は散りぢりにされ、ボートの肋材のなかへもどったことに気づいた。実存のかなわない壊れた船体［殻］のなかに。「われは骨のなかに生きるもの」——亡き詩人チャールズ・ウィリアムの一節が、かたくなに私の頭のなかで主張する。ほんとうだ。私はあの大規模な霧が凝縮されてできた水滴のようなものにすぎない。茫漠《ぼうばく》とした思考の霧は、私の触手なのだ。

浜辺の壊れたボートの肋材よりも実体のない骨の残骸から、私は過去の扉をぬけて、あの巨大ですべてを調べつくす霧のように動いた。はるか内陸のどこかにある街で、あの霧はブリザードへと姿を変える。はためいて飛び去る新聞に書かれた一九二九年という年号には意味がない。ブリザードはセイント・エリザベスと刻まれた大きな門を襲う。私はもはやブリザードではない。私は階段を駆けあがる、苦しげでせわしい息をつく、先をいそぐ小さな影だ。

その男は枕に頭を沈め、疲れはて、黄色くやせこけている。私は彼の息子だが、彼は私のことを、しかとは認められない。無言の彼の死にゆく心を占めているのは、残された思考を総動員しなければならない問いかけだ。あの時点での私は、若すぎて理解することはできなかった。いまになってはじめて、難破したボートからしのびでた気の急《せ》いた影には、その問いかけを解釈することもよみがえらせることもできる。ベッドのうえの死を目前にひかえたからだは、決して死ぬことのない偉大な心によってのみ、死の勢力を押しとどめるのだ。

記憶という非現実的な物質であり、散りぢりになった霧の粒子である私は、その男が最後に両手をもちあげるのを見た。おかしなことに、この退廃しきったからだのなかで、ただ両の手だけは変わっていなかった。それは力強い手だった。その手は一生のうちにさまざまな役割を果たしてきた職人のそれだった。彼は役者であり、労働者であり、運転手だった。それはひとりの男の手であり、間接的にはすべての人間の手でもある。なぜなら、それが彼という生命の本質だからだ。最後に訪れた清澄《せいちょう》な瞬間、彼は両手をあげ、まるで他人のものでも見つめるように、ひっくり返し、信じられないような面《おも》もちで興味深げに見つめて、そして、ふたたび落とした。

彼もまた影であり、口をあけた骨のなかの霧なのだが、意思の最後の目的であるかのように、外見上まっさらの不死の部品ひと揃いを見た。やはり影である私もまた、四十年の時をへだてて、ついに問いかけの声を聞いた。「手よ、おまえはなぜ死に際してそんなに私からはなれて、しかもなお命令を受けているのか？　生き生きとしていて、精巧なおまえはなぜ、私に仕えてきたのだ？」ここにきて彼は、往年のおちつきはらった態度で手を返し、じっと見つめた。「私たちのパートナーシップとは、なんだったのか。影である私はいま旅立とうとしているのに、かくもおまえたちだけが生きぬこうとしているとは？」

彼の最後の思念は、彼自身についてのものではなく、部品の運命についてのものだったと誓っていえる。彼は外にいて、ものごとの秘めたる目的を見つめようとしていた。そして彼の風格ある手は、彼自身が中心から消え去ろうとしているなか、最後の目的としてとどまりつづけた。彼の手は、最後の意識を形にしていた。生涯、彼の手は立派でありつづけた。死に際して、彼の両手は主人の最後の問いかけを否定する他人となった。

突然、私は転覆した船の影にひきもどされた。私は寒さで凍りついたように、そこに何時間も座りつづけていた。私はもはや、微動だにしないゲートを打つブリザードの分身ではない。イナゴの年は終わった。そのかわりに、知られざる部族マクシ族の呪術師が神と呼ぶ霧の創造者の年となった。しかし、霧の創造者は、はかりしれない目的にふれようと、長く見捨てられていた浜辺を丹念に調べあげた。非存在の壊れた殻、気まぐれなキツネの足跡、そして霧の創造者につかえた人間だけが、時間の隙間をすりぬける流れと化すのだ。

私は生物学者だったが、自分の手を見つめることはあえてしなかった。霧と夜がせりあがってきた。私は数時間のあいだ、はるか遠くにいっていた。重い羊皮の敷物にかがみこんで、なにも考えずに待っていた。呪術師が彼の神の朝の分光を待つように。やがて、薄明かりが海にさしはじめ、私がもぐりこんでいた難破船の木材もわずかに赤く染まった。このときから、私は世界をちがった目で見るようになった。

　私は幾晩にもわたって、あの屋根裏部屋の窓を跳ねる強烈な稲光を見つめた。それは、エマソンが科学にとりくんだ初期のころ、爬虫類を哺乳類に変える力になると夢みた光だ。私は深夜に、マッド・サイエンティストたちが新しい創造物をつくろうとしているところを見ていたのだ。しかし、ついにあの幻想的な稲妻の光は、すくなくとも私にはなんの結果も残さずに途絶えてしまった。あのなぞめいた窓は、結局は闇をとりもどし、科学者たちは（ほんとうに科学者だとしたら）、秘密を胸に去ってしまった。私はそのことを思いだして、ため息をついた。そのときだった。私が奇跡を見たのは。私が奇跡を目にすることができたのは、地面に腹ばいになってキツネのにおいをまとい、世界を横柄に見くだす直立した人間の視点に立っていなかったからだ。

　最初、私は自分が見ているものが何なのかわからなかった。さまよう注意力が一点に集中したとき、それはまぎれもない、朝日を受けて輝く小さなひと組のピンと立った耳となった。そのしたには、私のことをおずおずと見つめる小さな整った顔があった。耳はあらゆる音に反応して動いた。カモメの声に聞き耳をたて、遠い船の霧笛の音を吸いこんだ。じきに気づいたのだが、耳はただ好奇心のおもむくままに動く。いまだ恐怖を知らないのだ。その生物は非常に幼かった。彼は恐ろしい宇宙でひとりぼっちだった。私はひざをついてしのびより、彼のすぐそばに座った。それは、木材のしたにあった穴ぐらから私を見あげる小さなキツネの子だった。彼の兄弟はどうしてしまったのだろう。親ギツネは狩りに出かけて留守なのにちがいない。

子ギツネは無邪気にも、がらくたのなかから鶏のものらしき骨をくわえ、私のほうに誘うようにふった。彼の表情には無限の遊び心に満ちたユーモアがうかがえた。「もし世界にたった一匹のキツネしかいないとして、そいつをおれが殺せるとしたら、迷わずやっちまうな」イギリスのパブで耳にしたことばがよみがえった。私はさらに身を低くし、人間の気高さから苦しいほどはなれていた。人間はいくらがんばったところで、宇宙の正面に到達することは絶対に不可能だとくりかえし言われている。人間は宇宙の辺境しか見ることがないよう運命づけられているのだ。ただ退却中の自然のみを知るにすぎない。

散らばった骨のまんなかにいる大きな目の無邪気なキツネは、前足をそろえて前にさしだし、しきりに首をたてにふっている。生まれつきの礼儀正しさで私を遊びに誘おうとしているのだ。宇宙はすばらしいかたちでこちらに顔を向けてくれた。キツネの顔があまりに小さかったので、宇宙そのものが笑っていた。

それは人間の尊厳のための時間ではなかった。それは、星のむこうに書きとめられた礼節の丹念な遵守《じゅんしゅ》のための時間だった。子ギツネが興奮を隠しきれずにクンクン鳴いているあいだ、私はまじめくさっておなじように手をそろえて前につきだした。鼻からキツネの穴ぐらの空気を吸いこんだ。衝動的に、私はぎこちなくもっと白い骨をつまみあげて、その本来の目的を完全に忘れてはいなかった歯でくわえて首をふった。ほんの数秒間、私たちは夢中でころげまわった。私たちは骨にかこまれた無垢の存在だ。卵のなかの骨、穴ぐらのなかの骨、暗い洞窟のなかの石斧のそばの手の骨、最後には壁にライフル掛けのある部屋でつめたくなった人間の形をした骨……。

しかし、念願の奇跡をやっと見たのだ。私は万物の初源、宇宙のはじまりを見た。それはほんとうに子どもの宇宙、小さな笑っている宇宙だった。私は子ギツネをあおむけにころがして、走った。いちばん近い尾根めざして文字どおり走った。太陽は海から半分姿を見せている。そして、世界はなにごともなかったかのように、普通の状態にゆれもどった。親ギツネはもうわが家めがけて早足で駆けているだろう。

それから少しして、尾根のうえで一匹のキツネとすれちがった。このキツネは私が銃をもたないことをよく知っていて、頭と尻尾《しっぽ》を高くあげたまま優美にすぐそばを駆けぬけていった。こちらのことを十分気にしているが、目はそらしている。そんなことは問題ではない。私とそのキツネの大人同士の流儀だ。私たちは目を合わせないまま、注意深くすれちがい、それぞれの朝のなかへと別れていった。

しかし、私には霧が訪れ、太陽の光をあびたピンと立ったひと組の耳を見るというめったにないチャンスをものにした。私はついに、ベッドのなかの彼が、なぜ手を落とす前にほほえんだのかがわかった。彼もまた死の苦しみのなかで、ものごとの正面にいたった。彼の手は一種のおもちゃだったのであり、小さなお気にいりのおもちゃ同様に、最後にはうち捨てられるべきものだったのだ。そこには意味があり、また意味がない。ただ、苦悩はたしかにある。

時間がねじれているかのように、意味はすべてはじまりのなかにある。それは、病院のベッドのうえに横たわる六十歳の男が、宇宙の終わりの暗闇をぬけてほんの短い時間だけ近づくことのできた、とどまることのない小さな美しい意味だ。絶望的な世界の相貌《そうぼう》の裏には何ものかがひそむのだが、彼はそれを私に告げるにはあまりに弱っていて、手は無情にも落ちてしまった。

例の霧が私の顔をまさぐったのは、あれから四十年後、まさに私が彼とおなじ歳《とし》になったときのことだった。私は私の奇跡にゆるされたと、安心して書きとめてかまわないだろう。偉大なもののやり方の常として、それは非常に小さなものだった。宇宙へ向けて放たれた時間の矢を、わずか五分ほど正すことがゆるされたのだ。それはだれにもあたえられる恩恵ではない。もし、このエピソードについてのレポートを求められるとしたら、人は皆、矢をもとに戻すための方法をみつけねばならない、と書くだろう。疑いようもなく物質界では不可能なことだが、記憶や意思のなかでは、こころみさえすれば達成できることなのだ。

海岸でキツネの穴ぐらの前に腰をおろして、鶏の骨といっしょにころげまわるという至極簡単な手段によって、ほんの一瞬、私は宇宙をとらえた。それは私がなしとげたもっとも厳粛で意義ある行動だった。しかし、ソローがかつて彼自身の風変わりな用事について書きとめたように、これは王立協会に報告したところでなんの役にも立ちはしないことだ。

5
THE GHOSTLY GUARDIAN
守護霊

どこへいくにも幽霊を従えている動物がいる。幽霊はその動物の頭の少しうえか、すぐうしろに不気味に浮かんでいる。動物園の檻《おり》を這いのぼっていようと、アマゾン河やオリノコ河の濃い熱帯雨林の木を登っていようと、幽霊はつねに神経をはりつめて、まわりに注意をはらいながらそこにいて、状況にあわせて、うしろに引いたり、前に身をのりだしたりしている。

その動物は葬式の黒いドレスを身にまとった細身の生きものだ。からだに比べると手も足も尻尾《しっぽ》も異様に長く、その姿は緑のカーテン越しに不鮮明にしか見ることはできないが、しばしば、森のなかをにじり歩く巨大でおぞましいクモと見立てられる。その結果、彼には「クモザル」という名があたえられたのだが、彼につきまとう幽霊とは、おどろくほど長い彼の尻尾のことなのだ。多彩なバリエーションをもつ、お尻の飾りにはなかなかうるさい世界じゅうのサル族のなかでも、クモザルの尾はもっともおどろくべき代物だ。

クモザルの尾には把握力がある。つまり、尾で物をつまみあげて口もとへと運ぶこともすれば、風にゆらぐ枝に座るときにはしっかりとからだを支えもする。万が一、樹上高くからまっ逆さまに落ちてしまったようなときには、この超能力ともいうべき尻尾の力は彼の命を救いさえする。この尾の筋肉と神経は常識はずれの機能をそなえていて、尾の持ち主がライフルで撃ち殺されてしまっても、彼が地上に落ちるのをくい止めるほどなのだ。

しかし、この物語のなかでいちばん奇妙なのは、クモザルの尻尾ではない。クモザルの尻尾はおそらくはもっとも器用で、文字どおり尻尾そのものに独立した生命が宿っているかに見えるほどのものだ。しかし、もっと奇妙なのは、彼らの居住地にはそれぞれの祖先はまったく違いながらも、おなじような尻尾をもつ、非常に多彩な動物たちが生存していることなのだ。あの尻尾はまさしく守護霊なのだ。森のある特定の地域に住む非常に多様な生物たちが、それぞれ宙をさまよう付属物を手に入れたという事実から比べれば、クモザルの尻尾自体は、それほど神秘的な存在というわけでもない。

祖先や習慣は大きく違っていながら、クモザルとおなじ時代、おなじ地域に住む動物が、あるものを共有している。それが物をつかむことのできる尻尾なのだ。環境に選択された突然変異のふるいにかけられてきたはずの生物界においては、意外な現象だ。三本目の手ともいえる不思議な尾をもつぶらさがり屋たちの存在は、自然が、みずからがもたらした生物界の膨大な複雑さのどこかで、いかさまサイコロを振っていることのあかしではないだろうか。

純粋な偶然を基礎とすると、宇宙のうしろの神秘的な進化の力が、世界じゅうからアマゾン河流域のこの地域だけを選び、特別な贈りものを目をみはるばかりに潤沢にさずけた理由は見えてこない。それはまるで世界じゅうの人間が同時にコインを投げあげたところ、サンフランシスコの住人のコインだけがいっせいに「尻尾」（裏）を出したようなものだ。極端なたとえではあるが、この問題がはっきり浮き彫りにされる。こうしたできごとは、数学的な法則の埒外《らちがい》のものとみなされる。背筋にぞっとする悪寒が走り、説明を求めたくなる。

それが、クモザルの背後をただよう守護霊を見たものの反応だろう。とりわけ、さらにつづけて、南アメリカに生息する物をつかむ尾をもったオマキヤマアラシの仲間、ヒメアリクイなどの檻の前を通りすぎたときには。そのようなものには慣れっこのナチュラリストのつもりの私も肌が粟立つ。自分にもそのような尻尾がはえてきたような気分になって、こそことその場を立ち去り、ベンチに腰かけて人知のおよばぬ自然界の尻尾について黙想するだろう。南アメリカに生息する全部で六つの属（種ではなく属）におよぶサルのうち、把握力のある尻尾をもたないのは一属だけだ。

もし、あなたが生物学とは縁のない人であれば、無関心に、それがどうした？　と思うのかもしれない。漫画をはじめ、あちこちで目にするサルは、たしかにどれもこれも尻尾でぶらさがっている。それがサルというものだ。しかし、「というものだ」とは無知の隠蔽《いんぺい》にほかならない。単純な事実として、アフリカ大陸には真に把握力のある尾をもったサルはただの一匹もいない。それでも、アフリカの樹上生活者であるサルたちは、南アメリカに住む親戚たちとなんら変わることなく、なに不自由なく生きている。アフリカのサルたちは、尻尾の助けを借りずに木を登りおりしているのだ。そして、ほかのアフリカの生きものたちのなかにも、よく知られていないトカゲとウロコ張りのアリクイであるセンザンコウをわずかな例外として、この役に立つ小分身をあたえられているものはいない。

いや、ここには「というものだ」以上のなにかが見うけられる。すくなくとも、鋭くかえりみて、このきまり文句でお茶を濁さずにじっくり見定めようとするとき、はかりしれないほどすばらしいものになるだろう。この尻尾の一件は、要するにいまだに現代の科学者を悩ませ、哲学者たちを無益に困惑させている遺伝と変化の謎だ。私たち自身もはるか樹上の世界によじ登り、不安定な蔦《つた》の垂木《たるき》にしがみつき、または、林床をおおいつくす気まぐれな雨期の暴れ川をながめおろすことによって、はじめて、ときには仲間を慈しみをこめて愛撫《あいぶ》し、ときには死のあとにまで忠実にからだを支えつづける、クモザルの小さなグロテスクな付属物を生みだした暗い力について何かを学べるのかもしれない。

アマゾン河とオリノコ河の流域には、世界じゅうのどこよりも、人跡未踏の広い熱帯雨林が残されている。ここは、大陸をおおいつくす大氷河と緑の力との、百万年にもわたる押しつ押されつの闘いがくりひろげられる以前の地球の大部分の姿をとどめる過去の世界だ。それがいまでは、人間のはなつ火と斧とに攻めたてられ、森のどこかしこもが絶滅への過程にある。最後の砦《とりで》は、アフリカと南アメリカの赤道沿いの地域、南洋諸島のわずかと、アジアの一部地域を北限とする高温多湿の土地にかぎられている。これらの地域では、そしてとりわけブラジルのアマゾナス州では、人の行き来は森がつくる巨大なアーチのしたを流れる水路にたよるしかない。ここでは人間は川の庇護から数フィート離れたら、跡形も残さず消え失せてしまうちっぽけな影にすぎない。もし彼がこの果てのない緑のひろがりの上空を飛んで墜落したなら、本物の海の底深くにのみこまれるごとく、完全に消え失せてしまうだろう。そうなのだ。ここは海だ。よせてはかえす緑の波のうえを風と鳥がすぎゆく海なのだ。深海は沈黙の世界だ。しかし、波のしたの珊瑚《さんご》の森に生物がいるのとおなじように、薄暗い緑の森の樹上にある蘭の庭を荒々しく駆けぬける生きものもいる。

大きなジャングルの林床部は、海溝の深みにもたとえられる。そこは不毛で暗く、樹上部から落ちてくる死骸を受けとめている。この薄暗い一隅には、高度な形態の生命は住みついていない。熱帯雨林の真の生命は、地上百フィート以上もの高みにある巨大な屋根裏部屋のなかにいる。雨期になると森のなかを何百マイルにもわたって呑みこむ洪水からも安全なこの高所では、サルたちがゆさゆさ揺れる道を渡り、ヘビは蔦のネットワークを這いまわり、彩りゆたかなオウムは耳ざわりな声をあげ、カエルまでもが空中の池で生まれ、木の葉のしたの世界へおりて行くことはない。

つまり、そこは友好的な幽霊の助けを必要とする生物たちの世界なのだ。そして、それらの動物のなかでも、手すりがくだけ落ちたぐらぐらする階段をのぼりおりするものにとって、尻尾ははっきりと目につく、なくてはならないものなのだ。それも、旧来のものではなく、いつも背後を這いまわっていて、しっかりと身の安全を守ってくれる尻尾が。敏感なむきだしの先端部には、滑り止めの指紋のような渦巻模様のしわまでついている尾が。

ぐらぐらゆれる綾織りのケーブルのいたるところに死が身をひそめている場所では、ヤマアラシから木登りアリクイにまでいたるあらゆる動物が、尻尾にふたつ目の生命を宿していたとしても決しておどろくべきことではない。尻尾研究者にとってのほんとうの謎は、別の点にある。コンゴの密林に住む樹上生活者は、ただの一種も把握力をもつ尾を利用しないのに、アマゾン流域のそれぞれ縁戚関係のない動物が、どのようにして、このような尻尾を獲得するにいたったかが問題なのだ。これはまったくなぞめいた状況だ。この地域で振られた偶然のサイコロは、すべておなじ結果を振りだしたのだ。

進化の通説では、一連の偶然の変化が動物の遺伝形質を変えるという。生物学的用語で「突然変異」と呼ばれるこの変化は、あたえられた生活環境における安寧な繁栄をうながすとされる。目には見えない微小な積みかさねで、こうした有利な突然変異が受け継がれていって、ついには、物をつかむ尻尾などといった高度に進歩をとげた道具をもたらすにいたることもあるだろう。今日の実験が告げうるところによれば、これらはすべて、動物を破滅へと導く悲惨な不利益な偶然と比較すれば、圧倒的にまれにしか起きない偶然の適応の結果ということになる。たしかに偶然の適応は、握る尻尾をもった一種類のサルの存在については説得力をもつかもしれない。それはまた、近縁の種におなじような尻尾があらわれる可能性の説明にあてはめることもできなくはないだろう。なぜなら、からだの構造が近ければ、おなじ筋道を通っておなじような突然変異を起こす傾向が高くなるかもしれないからだ。とりわけ、彼らの環境が非常に似ているとしたらなおさらのことだ。しかし、ひとつの大きなジャングルのなかに住む数えきれないほどの、たがいにまったく違う種に属する動物たちが、物をつかむ尻尾というたったひとつの便利な器官を、くじびきで引き当ててしまったのだ。ある一定の地質学的時間のなかで、彼らは遺伝子のつまった神秘的な小さな包みのなかから、遺伝的特質を引き当ててきた。それは似たような問題をまったくおなじ方法で解決するもので、偶然の変化と選択によって獲得したことになるのだ。

「簡単なことだ」ひとつの答が浮上する。「すべての尻尾はおなじ方向に変化しがちなのだ。それはいくつかの有益な変化のなかのひとつの可能性だ。それだけのことだ」

もし、そう言い放つ人がいるとしたら、なにがなんでもアフリカの樹上生活を見なければならない。ひと目でも見た瞬間に、この答が簡単などとは言えなくなってしまう。そこにはじつにたくさんの尻尾があるが、アフリカの哺乳類のなかには、鱗《うろこ》をもった太古の遺物であるセンザンコウ以外に、物をつかめる尾をもつものはひとつもいないのだ。もし、物をつかめる尻尾が偶然によってそんなに簡単に生まれうるものならば、なぜアフリカにはほとんど存在しないで、南アメリカではこれほどに普通なのだろうか。

慎み深くもサルに話をしぼっているあるライターは、クモザルのような南アメリカ型のサルは親指が退化したため、その欠点を補うために物をつかむことのできる尻尾を発達させたという見解を発表している。大いにけっこう。しかし、アフリカのコロブスモンキーも親指がないが、物をつかむ尾はもっていない。やはり、この指摘には無理があるようだ。いずれにせよ、樹上生活者のオポッサム、キンカジュー、そのほかのアマゾンに住む風変りな動物たちは、前足の指に欠損などないのに把握力のある尾をもっていることの説明にはなっていない。

頻繁に洪水で水浸しになってしまうアマゾン流域の低地という地勢が、アフリカの森よりも、握る尾の選択を活発に刺激したという説もある。この説に関してはウアカリモンキーについて検討しなければならない。怒りっぽい顔にも頭にも一切毛がはえていない不気味なほど人間的な表情のサルで、茶色のぼろぼろの毛皮をはおっている姿は、仮面舞踏会でオラウータンを演じていた人物が、ちょうどかぶっていたマスクをはずしたところのように見える。彼はずんぐりした、未発達の、ほとんどなんの用もなさない握れぬ尻尾をもっているのだが、アマゾンの洪水に負けず、幸福な繁栄をつづけている。

いずれにせよ、握る尾をうながした突然変異の選択について、さまざまな説明がこころみられるなか、なぜ、そううまいぐあいにこの限られた地域でだけ、そうしたことが起こったのかというおそるべき問題をみごとに説明した例はひとつもない。おなじような特徴をもつ、別種の動物がたくさんいることで、問題はさらにむずかしくなる。その特徴には数種の付随的な適応がふくまれている。適度に平板化した脊椎、尾および下部背筋の増強化、尾を巻いたり自由に操作する方法の獲得、そして、それらをコントロールする脳の発達などだ。

ダーウィンはつねにこうした問題に悩まされ、神秘的で知られざる法則がこうした事実をつかさどっているのだと、よく語ったという。彼の追随者の多くとは違って、彼は生命と進化の謎のすべてを解決できたなどという幻想はいだいていなかった。彼の著作を読んでいると、その偉大な魂が、この問題を軽く見る追随者たちについて、どれほど心を痛めているかにしばしば気づかされる。もし、ふたつのへだたった地域に、それぞれ独立してそっくりな形態をもった動物が出現したことが立証されたとしたら、自然淘汰の場に偶発的な突然変異がはたらいたという説明とは別の可能性を考慮せざるをえない旨の発言を、ダーウィン自身がしている。奇妙なことに南アメリカのサルたちは、ダーウィンが提示した仮説に、まったくおなじとは言えないまでも非常に近い進化上の問題を提起している。このサルたちは旧世界のサルたちと解剖学的にまったくおなじではないが、おどろくほど似ていると言える。実際、熟練した研究者でもなければ、その違いを認識することはむずかしいだろう。しかし、このふたつの地域のサルたちが分かれたのははるか古代のことで、化石の収集家たちのあいだでも、旧世界のサルと新世界のサルとを結ぶ、共通の祖先の痕跡は知られていない。そのかわりに、多くの専門家たちのあいだでは、かつてアジアから南アメリカにまでわたって広く分布していた古いサルの祖型であるキツネザルから、ふたつの世界のサルたちは平行して発展をとげたのではないかと考えられている。つまり、サルよりもはるかにさかのぼったレベルの祖先から、非常に近似した脳、顔、生態、全体的な外見をもつ生物が、世界のへだたった地域で生まれたということだ。このような発展は、ほかに適切なことばがないので「偶然」と呼ばれている単純な作用とはまったく違った、目に見えない進化をうながす力の存在を示唆しているのかもしれない。旧世界と新世界のサルの別起源説を絶対的に証明しうる状況にはまだいたっていないが、現在のところ提示しうるもっとも説得力のある説ではあると言えるだろう。

この謎がダーウィンの考え深い魂の好奇心をそそったであろうことは疑いようもない。とりわけ、南アメリカのサルの一種が、体重との比率で人間よりも重い脳をもつことがわかったあとには。しかし、おそらくは私たちにとって幸運なことに、リスザルは小さいまま樹上生活をつづけているため、大きくていたずら好きな頭が、私たち人間をおびやかすことはない。いずれにせよ、この奇妙な平行現象には、生物学者がいう偶然の結果におさまりきらないものがある。

ひそやかで遠くはなれた緑の屋根裏の古い世界で、まるで魔法の鏡をのぞきこむように、忘れがたいほど自分に似ていて、しかもやはり違っている顔をたまたまちらりと目にする。からみつき、支え、あるいは細身の幽霊のようにゆらめく尾を持ったあまたのモノたちが、ゆっくりと緑の木のなかを移動していく。そこには何かがある。とりわけクモザルの、単純な偶然の産物と呼ぶにはあまりにも力強く、意思的な尻尾には。その尾は完璧な個性をそなえた小さな生きもののようにただよっている。すくなくとも、真の哲学者に、宇宙はすべて偶然に支配された世界であると断じるまえに、ためらいがちに沈思し、黙考させるだけの力はある。

6

鳥と機械

THE BIRD AND THE MACHINE

あの小さな骨は、何年も前につめたい高原の砂礫《されき》と風のなかに姿を消してしまったことだろう。あの羽は、家畜用のフェンスのしたにかたまったタンブルウィードのなかに吹きよせられて、柵のすみに集まってきた死んだ子牛やすべてのものといっしょに、山の雪のなかで朽ちてしまったにちがいない。朝食時に『ニューヨーク・タイムズ』に目をやりながら、どうして鳥たちのことを、しかも、大陸の半分もの距離をへだてた場所で若いころに出会った鳥のことを考えているのかは自分でもよくわからない。秘蔵しておいた記憶を、やがて奇妙なとりあわせで、引きだしてならべて見せる脳の記憶処理のやり方は、まったくおもしろいものだ。本人が望もうが望むまいが、ときにはほんとうに見たか否かさえにかかわらず、なんらかの意図をもって、意味を引きだしているかのように見せたりするのだ。

私はいつでもその作用におどろかされてきたのだが、いま読んでいるのは、つつましやかなレベルでおなじようなことをなしとげる機械があるという記事だった。その機械は、動物とおなじように這いまわるし、そう遠くない未来にはそれ以上のこと、たとえば自分で仲間をふやすようなことをやってのけるかもしれないというのだ。それなら、やがて……。ともかく読み進もう。そいつらは、いまに私たちよりもすごい機能をそなえ追い越し、闇をとおして耳を傾け、夜の空のうえで銃をもてあそぶようになるだろう。そして、抗議する人はいない。

毎日、朝食時に出会うのはこの手の新世界なのだ。それは私が所有する生物学に関する本や学術誌にたちむかう世界だ。椅子に静かに座っていても、頭のなかの歯車がきしむ音や、脳の回路を開閉しながらメッセージが流れる際の真空管の点滅の音まで聞こえてくるような気がするときすらある。とんでもない時代がやってきたものだ。ロボットが原子爆弾とともに誕生したのはいかにも意味ありげだし、いまや頭脳というものは、一種のより複雑なフィードバックシステムにすぎないのだという。エンジニアたちは、すでにその根本をすっかり握って、機械原理ですべてがことたりると言っている。一度こうと決めれば、人はいつだって自然に先んじることができる。たいしたことではない。そう、きっとうまくやりとげるのだろう。思うに、だからこそ、私も椅子に腰かけて、新聞記事を握りつぶしたまま、あの二羽の鳥と青い山の陽《ひ》の光を思いだしているのだろう。机のうえにはもう一冊の雑誌が開かれている。「機械は日々賢くなっている」この見出しを否定するつもりはないが、私は鳥にこだわりたい。私が信じるのは、機械ではなく生命なのだ。

いったいどこに違いがあるのだ、と言う人もいるだろう。たしかに骨格はすべてジョイントと滑車だ。それは認めよう。十八世紀の機械製作の初期の段階では、その近似はひと目でわかった。ホッブズは書いている。「全身に動きをあたえる心臓はぜんまいにほかならないし、神経はたくさんの糸、接合部は歯車ではないのか」工場で機械をいじくりまわしていれば、人はいずれ世界のことを大きな機械のなかに「細分された無数の機械」として見るようになることは避けがたいことだ。

このアイディアは荒々しく受けいれられる。ぜんまい仕掛けの人形である小さなオートマトンは、あちこちを旅してまわった。ぜんまい仕掛けで小さな世界をつくりあげ、設計者みずからがたずさえて全国をまわったのだ。指まで動く精巧さで、場面も展開するなど、おどろくような仕掛けが施されていた。細胞の存在は当時はまだ知られていない。魂が宿っていると考えられていようがいまいが、人とこの人形たちの動きには、違いはなかった。人は自分のことをその部品や機能におきかえて考えた。自分はより偉大な設計者によってつくりだされた、ぜんまい仕掛けの人形のより精巧なモデルにすぎないのだと。

十九世紀に入ると細胞が発見され、一転、人間というひとつの機械は、細胞という名の膨大な数の微細な要素からできあがっていることが知られるようになった。いまではさらに、細胞そのものも抽象的な化学的機械として漠としたエネルギーの流れへと分解された。秘密はいたるところに潜んでいるようだ。歯車はどんどん小さくなり、その回転は速くなったのだが、それをとらえようとすると生命は消え失せてしまう。とどのつまり、生命はそこにはなかったのだということになる。ポイントは歯車で、いずれもっとうまくつくることができるにちがいない。いまに、本物のチーズに向かう本物のネズミよりも素早く正確に走る機械ができる。

それが実現することに疑いをさしはさみはしないが、秋の日にアザミの種《たね》を収穫するネズミのほうが、私にとってはずっとすばらしいものに見えるし、迷路のなかを駆ける機械ネズミよりも、さまざまな活動にいそしむ本物のネズミのほうが複雑に思えるのだ。それに、ネズミに宿る未来の姿を想像するのも好きだ。人間も、ごく普通のネズミ型の食虫動物から進化したのだから。それは電子頭脳は感じることのないすばらしい謎を残してくれる。電子頭脳が変わるとしても、それは人間が何かを施したからにほかならない。しかし、人間は自分自身に何をなそうとしているのか、自分でもわからないのだ。時間の尺度《スケール》と変化というつかみがたいものは、彼自身のなかで音を立てている。ドングリのなかにこめられたオークの力と可能性、あるいは赤く染まりおぞましく散るそのさま。どちらもみごとだし、ネズミもそれをもっている。そして、私にとって忘れることのできないあの鳥たち。彼らの意義を評価するまえに、私はまず最初に時間についての教えを得た。あのころ私は若く、広大な砂漠にひとり取り残されていた。ある調査をより効果的に進めるために、何百マイルものあいだに人員をひろく散らしたのだ。私はそこで、時間とは、おなじ宇宙のなかに存在する一連の水平面なのだということを学んだ。速度《テンポ》とは人間の幻想にすぎず、それぞれの細胞のなかで主観的な時計が時を刻んでいるのだ。

長い月日がたつうちに、私はゆっくりした平面に生き慣れて、そこの生命や生活《ライフ》を難なく観察できるようになった。私は真夏の灼熱の峡谷を、日増しにゆっくりと登りおりして歩くようになった。平地につきだした巨石群の陰で長い時間昼寝をした。私は人間の世界のことを忘れてしまったし、世界もまた私のことを忘れてしまった。峡谷でときどき頭蓋骨を発見したことで、その地に踏みとどまりつづける理由ができた。私はそうした発掘品に、純粋で冷静な好奇心をいだいた。多くのナチュラリストの先人同様に、私もまた、生命を慎重で抑えた関心で見るようになった。私はむきだしの骨によろこびを見いだすようになっていた。

そのとき私は、目の前に広漠とした砂丘を見おろす高い峰のうえに座っていた。私は長い午後を座りつづけた。最後にちらりと足もとを見やると、何かぼんやりした輪郭が目にはいった。とぐろを巻いたガラガラヘビだ。それもかなりでかい。どのくらいの時間、そいつが私といっしょにそこにいたのかはわからない。私は彼をおどろかしはしなかったのだ。私たちはともに高原の空気と太陽に焼かれながら、原初の世界の夢遊病者の時間に閉じこめられていた。おそらく彼は、私がやってくる前からそこにいたのだろう。私が立ち去るときにもヘビは眠りつづけていた。私にはほとんど見分けることのできなかったそのとぐろは、私がそれまで気づくことのなかったガレ場や砂地にふたたび溶けこんでしまうのだろう。

別の機会に私はさらに高い峰に登った。そこには、風に運ばれてその高みにまで登ってきたものは何でも捕らえてはなさないような盥《たらい》状の窪地があって、風にねじれた頑丈で背の低い松は、半分ほどまで砂に埋もれていた。そこには二、三の華奢《きゃしゃ》な鳥の骨や、年代の推定できない壊れた貝殻、長いあいだ必死で岩の割れ目にしがみついていたために節くれだった指のように不格好になった松の根などがあった。私はまだらに生えた松の陰にもぐりこんで、またしてもそこで眠りこけた。

すでに秋めく季節で、やがて寒さがつのり、そのあたりに生きていたものどもは、もっとつめたい時間のなかに埋もれていった。眠りと覚醒のあいだにさまよう私は、まわりの根をながめた。それから、何世紀をもへて剥《は》げかかった樹皮のうえに置いた眠りでこわばった手をゆっくりゆっくりと一フィートほど動かし、日没後にかじかんだ顔をもちあげた。私は節くれだった疼《うず》く手足をもつ不格好な代物で、岩につっこんだ指をゆっくりと膨張させて、岩がばらばらに砕けるのを待つほどの長い時間を痛みに耐えてきた。そう思ううちに脈拍が遅くなり、そのまま居つづけたら、さらに深く低い霜の脈となるか、石ころや雪片を輝かせる水晶のような生命となったろう。さもなければ、宇宙空間をゆく隕鉄の見る夢に。

くだりは薄暗がりのなかだったが、そこには、たしかに時間が流れていた。その階段《スケール》をしたまで下りてきたところで、人は逆の方向へゆくこともありうるのだという考えが私を撃った。それから何か月もたたないうちに、私は芝生からつきだした巨岩のように、巨大な骨がごろごろしているという噂の、遠くはなれた風の強い高原で登ってくる仲間と合流した。私は爬虫類とともにまどろんで、一世紀単位の木の脈拍で動いていた。嗜眠《しみん》状態だった私は、目には見えない時間を速める梯子《はしご》をのぼりはじめた。私の義務に関する鳥たちの会話が交わされたのはそこでだった。鳥たちははげしい、生を駆けぬける生物だ。時間の重い眠りから逃れでてきた爬虫類が、陽の光に満ちた草原で踊る妖精のような生物に姿を変えられたのだ。これは疑いようもなく稚気を帯びた幻想だが、あの放牧地の傾斜地で起こった何かのせいで、それは一生消えない印象を私に残したのだ。私は捕らわれの身の鳥を見ることすら耐えられなくなった。

私たちがその谷に入ったのは、靄《もや》がたなびく春の夜のことだった。そこは、いまだかつて人間が足を踏みいれたことなどなさそうに見える場所だったが、私たちに先駆けて入った偵察隊の報告で、丘の片面を登ったところに、うち捨てられた石造りの小屋があることはわかっていた。前世紀の土地開拓熱の時代に建てられ、この辺境の地が鍬《くわ》を拒んだときに、ふたたび、牛飼いたちに捨てられたのだった。

あの土地のいたるところにそのような場所があった。文字も刻まれていない石が目印となっている捨てられた墓地や、何者かが盾にしたらしき腐食した弾薬筒などがまわりに散らばる岩などが。それが、いまでは石のもとで眠る男たちの放牧地争いの唯一の痕跡なのだ。私には仲間の車の一行が、たちこめる靄のなかを出たり入ったりしながら曲がりくねって登ってくるのが見えた。懐中電灯の明かり、収集缶に反射するトラックのライト、トレイラーの底に積んだ恐竜の大腿骨がはねる音。私はしばし岩のうえに立って見おろしながら、過去を捕まえるのにはどれほどのお金と道具が必要なのだろうと考えた。

私たちは、過去の遺物に加えて、現在をも持ち帰れという指令を受けていた。鳥であれ、爬虫類であれ、何かを生け捕りにしてこいというのだ。どこか海外の動物園が新しい動物を求めていたのだ。これぞ、科学における相互関係だ。おそらくは、私たちが所属している博物館は、調査の見返りに迷子のダチョウの卵でもほしかったのだろう。どのみち、私の仕事は何羽かの鳥の捕獲を手伝うことで、トラックよりさきに現地入りしていたのもそのためだった。

その小屋は何年にもわたって使用されていない。私たちはそこをきれいに掃除して、根城にするつもりだった。しかし、屋根には穴があり、垂木《たるき》に巣をつくった鳥が出入りしていた。何もかもが吹き飛ばされてしまうようなこんな土地では、小屋があれば必ずこうなる。鳥ですら、雨風をしのぎ、コヨーテから身を守る場所が必要なのだ。荒涼とした土地で自然にもどりつつあるその小屋は、鳥たちをひきつけた。小屋のなかに入るまえに、まず、ひさしで耳をそばだて、穴が見つかるまで屋根板をそっとつつきまわし、あるとき、突然そこは彼らの場所となり、人間は忘れ去られたというあんばいだったのではなかろうか。

最近、私はしばしば思う。この世界でもっとも美しい景観は、最後の人間たちが山へと逃れてしまったあとに、鳥たちがニューヨークをとりもどす光景だ。もちろん、その世を生きて見ることは決してないだろうが、そのときの音はよくわかる。なぜなら、私は高いところで暮らしてきて、鳥たちがどのようにわれわれを見はっているかを知っているからだ。スズメたちが、私がいることに気づかずに、ためらいがちにエアコンディショナーの外側をつつくのを聞いたことがあるし、ほかの鳥たちがテレビのアンテナを通じて振動をチェックする手口も知っている。「やつは行ったかい?」彼らはたずねる。したのほうから振動が伝わってくる。「まだだ、まだだめだ」と。

話をもとにもどそう。私はそっとドアに手をかけた。いつでもつけられるように懐中電灯をもっている。そこにいる鳥がなんであれ、それで目をくらませて、屋根から逃げられないようにしようというのだ。私は小さな梯子も持っていた。いちばん奥の壁に立てかけて大猟がみこめる棚を探るつもりだ。私には必要な情報がすべてそろっていた。熟練の殺し屋さながらだ。ドアを押しあけた。ちょうつがいは、わずかに軋《きし》んだ。一、二羽の鳥の気配がする。たしかに聞こえたぞ。しかし、飛び立つものはなかった。屋根の穴を通してかすかに星明かりが見える。

私は忍び足で部屋をよこぎり梯子を立てかけ、懐中電灯も準備した。頭と腕が棚のうえに出るまで、するすると梯子をのぼった。棚のうしろのひさしの近くが、わずかに星明かりを受けている以外は、墨を流したような暗闇だ。彼らが見たこともないような明かりで目をくらませて、一網打尽だ。私はそこにいるのが何であれ、とり逃がさないように慎重に手をひろげた。それから、懐中電灯は棚のはじに立てておいた。これで両手が自由になった。

すべてが完璧だ。たったひとつのささやかなディテールをのぞいては。それはそこにいる鳥が何なのかを知らないことだった。そんなことはそもそも考えもしなかった。考えたとしてもなにも問題はない。私が受けた命令は、何かおもしろそうなものを捕まえること、ただそれだけだ。

私は懐中電灯のスイッチを入れた。思ったとおり、はげしい羽ばたきが起こり、羽が飛び散った。しかし、私が彼らを捕まえるどころか、彼らのうちの一羽が私を捕まえた。そう、彼は私の手に襲いかかったのだ。私の拳よりさほど大きくない猛禽《もうきん》だったが、その手際はみごとだった。明かりがついた瞬間、彼は短い金属的な雄叫びをあげた。私の手が彼のよこの鳥のうえにおりると、彼は私の親指に爪と嘴《くちばし》をくいこませることに熱中した。争っているうちに懐中電灯は棚からころげ落ち、彼の連れ合いは視力をとりもどし、屋根の穴をさっと通りぬけ、おもての星のなかへと飛び去ってしまった。それらはすべてほんの五秒のうちに起こったことだ。皆さんはきっと、私が梯子から落ちたのだろうとお思いだろうが、それは違った。私はプロの殺し屋の面目を保つことができた。彼は私の手のことを敵だと思いこんでしまう過ちをおかしたのだ。そのうしろに控えた目の存在に気づかずに。嘴でじつに効果的に私の親指をやっつけて、爪で私の手をずたずたにひき裂いたのだが、結局、最後には、私は彼を捕まえた。二本の手の勝利だ。

彼は人生の絶頂期にあるアメリカチョウゲンボウのみごとな若い雄だった。彼らをペアで捕獲できなかったのは残念だったが、あの状況で二羽は手にあまったと認めざるをえない。血を流しながら慎重に彼の羽を折りたたみ、ふたたび襲われないように背中をつかみながら、私はそう考えた。このチビスケは自分の身を挺して連れ合いを守ったのだ。彼はそのように生まれつき、いまでは声をたてることもなく希望を失って私の手のなかで身を休めている。しかし、ランプの光の影のなかで、ほとんど冷酷ともいえる荒々しい目つきで私のことを見つめている。彼は慈悲を示すことも乞うこともなかったし、高原の空気のなかで、私になにかを伝えようとすることも、かすかな当惑を見せることもなかった。

私は彼の目をのぞきこむのをやめ、わが図体を梯子からおろした。そして、鳥が暴れて傷つかないよう小さい箱にいれて、到着するトラックを出迎えた。長いながい一日だったが、暗闇のなかでのキャンプの用意が残っている。朝になれば、この鳥はただの過去のエピソードとなるだろう。骨といっしょにトラックに積まれ、残りの生涯を送ることになる街なかの小さな檻へと向かうのだ。いいことだってある。私は傷ついた親指をなめて、血を吐きだした。殺し屋にはつきものの光景だ。私はプロの評判を保てた。


夜が明けた。高地の景観は突然に変化する。谷の底に低くたれこめていた靄はすっかり消えていた。空はふかい青に澄みわたり、はるかかなたの岩のでこぼこまで見てとれる。私は早く目が覚め、鳥を閉じこめた箱を、組み立てている最中の檻のわきに置いた。山のわき水のようにつめたい風が草のうえを吹きぬけて、私の髪をなびかせた。生きているには最高の日だ。私はあたり一面を見まわした。もう一羽のチョウゲンボウが飛びだしていった屋根の穴も見たが、私の見るかぎり、彼女の気配はどこにもなかった。

「たぶん、いまごろはもうよその郡だろうさ」そう皮肉まじりに考えたが、今日の仕事にとりかかるまえに、昨夜の獲物を見ておくことにした。

人目をはばかるように、私はもう一度キャンプ地のまわりをあちこち見まわしてから、箱をあけた。彼をおどろかせないように気をつけながら、羽をきちんとたたんだままの状態で彼のからだをつかんだ。彼は私の手のなかで弱々しく横たわっている。羽毛を通して彼の心臓の鼓動が伝わってきたが、ただうつろに私の頭上はるか上方を見つめるばかりだ。

光にあふれた頭上に広がる空を、これが見納めとばかりに見つめる彼の視線は、私にはたどることなどできない遠くにまでおよんでいる。そのとき、ふたたびそよ風が吹きぬけて、あたりに生えている木の葉をいっせいにゆらした。まちがいなくその瞬間にその行動をとることをきめたのだが、それを意識するまでもなかった。私はただ、手を伸ばして彼を草のうえに置いたのだ。

彼は希望を失ったまま、長い時間身動きもせずにその場に横たわっていた。その瞳は彼をおおう青い天蓋を見つめたままだ。彼の心はすでにどこか遠くに旅だってしまっていて、私の手から解放されたことすら感じることができないのかもしれない。彼は自分の足で立つことさえしていなかった。胸を草につけて横たわっていた。

長い時間の後、彼は一瞬のうちに姿を消した。光のまたたきのように、じっと見つめる私の視線をかいくぐって、羽ばたきの前兆すら見せることなく、突然、消え失せた。彼はまっすぐに、まぶしくて見つめていることのできない、そびえたつ光の無のなかへ昇っていった。そのあとには長い沈黙がつづいた。私は彼の姿をみつけることができなかった。光がまぶしすぎる。そのとき、どこか遠い空の高みから、叫び声がひびきおりてきた。

そのころの私はまだ若く世間知らずだったが、その声を聞いた瞬間、私の心はひっくり返った。私が聞いたのはあの雄のタカの声ではなかった。私はからだの位置を変え、はるか空高くを見た。すると、長い時間休むことなく飛びつづけていた彼女が、太陽の目から飛びだしてきたのだ。そして、その高空から、峰々をひびかせる名状しがたい究極のよろこびの声を降りそそいだ。その声は長い年月をも超えて、私の静かな朝の食卓のカップをふるわせる。

そして、二羽の姿が見えた。彼はまっしぐらに彼女めざして空をかけあがった。彼らは大きな輪のなかで出会い、やがてその旋回は翼のダンスへと移っていった。もう一度、たった一度だけ、ことばを交わしあう二羽の声がひとつの野生の叫びとなって、谷のあいだをひびきわたる。そして、彼らは人間の目の決してとどくことのない、どこか高いたかい領域へと永遠に姿を消したのだ。

私はいまや年老いた。眠りは浅いし、見るべきものはほとんど見つくし、もう、なにごとにもそうおどろくことはない。「機械のつぎなる特性は?」朝刊の見出しが踊る。「それは、自己複製能力かもしれない」。

新聞を置いた私の心に、あてこすりのようなことばが浮かぶ。「人間の構造、組成、行動のどれをとっても、科学の力によって、複製、合成が不可能なものはないように見える。その一方で……」

街のいたるところで、かたい軽快なメカニズムのなかの歯車が回転しはじめた。画像がコンピュータの画面を流れ、名前がつぎつぎとはじき出される。賢明なる機械は何千というリストのなかから、求める犯罪者の指紋を選びだす。実験室では機械仕掛けのネズミが、味わうことのできないチーズめがけて迷路を素早く駆けぬける。二度目には本物のネズミよりも速く走るだろう。

「その一方で……」私の思考がふたたび動きだす。その一方で、機械は子を産まないし、痛みを感じない。ほかの機械の運命を思いやって、かすかな希望を胸に空虚な空を何時間も旋回するという拷問をかって出ることもないのだ。また、荒々しい鳥の情熱で心からのよろこびの雄叫びをあげ、大空を輪を描いて踊ることもない。天国の中央から聞こえてくる、宇宙よりももっと遠いはるかかなたからの声は、私の朝食の皿のまわりでかすかな唸《うな》りをあげて通りすぎていく。

7

火の猿

THE FIRE APES (EXCERPT)

私は彼のその行動を目撃した世界でただひとりの人間だ。ほかのだれもが急ぎ足だった。あの病院の周囲のだれもが忙しく、さもなければベッドにふせっていて、見るどころではなかった。私は足首を骨折しており、松葉杖を使っていた。いそぐにいそげなかった。それをただひとつのいいわけにして、私は堂々とベンチに座っていたのだ。そのような事情がなければ、私もまた、見ることはできなかっただろう。私には、それが意味することもわかった。私にはそれなりの視座があって、それについて考える時間もあった。結局、いまだに喜ぶべきか悲しむべきかよくわからないのだが、ぎょっとするような体験だったことは確かだ。しかし、それは恐ろしいというより、気味がわるいものだった。なぜなら、私は突然、不可思議ながら、ぎりぎりの最後までを見たのだから。私たちの終焉を。あのリスのせいだ。

ベンチの目の前に鳥の餌台が立っていた。だれが立てたのかは知らないが、リス好きではなく鳥の愛好家が立てたのは明らかだった。餌台は地面にまっすぐ立てられた細いパイプのうえに乗っているのだが、パイプの最上部にはひっくり返しになって口をしたにあけたパン入れの缶がとりつけられていた。細くてツルツルしたパイプとその缶は、鳥たちが集まって餌をついばむ小さな木でできた屋根つきの餌台にリスを寄せつけないためのものだ。餌台はリスから守ってくれるブリキの盾のうえに乗っているのだ。なかなかに考えぬかれた工夫のほどこされた餌台だし、設置されているのもリスが跳《と》びうつれそうな木のない場所が周到に選ばれている。

その日の朝、私はそこで、五匹のリスがつぎつぎと軽快な足どりで芝生をよこぎってやってきて、この難解なパズルに挑むようすを観察した。餌台のうえにパンがあることは、リスたちはまちがいなく知っている。問題はどうやって登るかだ。五匹のリスは、いずれも細いパイプに爪を立ててよじ登ろうと試していたが、ブリキの傘がじゃまになって到達できないことに気づくばかりだった。どのリスも、まるで抗議するように、ゆっくりとパイプをすべりおりてきたが、私のくすくす笑いに気づくと、自分の威厳を保とうというのか、必死でなにごともなかったかのようにふるまいながら姿を消した。

しばらくして、六番目のリスがやってきた。しかし、私はそのころにはもう飽きてしまっていて、見るともなしに見ているようなあんばいだった。どうせ自然のなりゆきどおりにしかならないと、ひとりよがりにきめつけることによって、いったい人間は、どれほど多くのことを見すごしてきたのだろう。私ももう少しでうたた寝をして見すごすところだった。もし、そうなっていたとしたら、私はそのままその場をはなれ、いまでも種の限界を信じこみ、人類という存在レベルの不可侵性を信じたままでいたかもしれない。はたまた、人間の脳の独創性をまつりあげる人間中心的なドグマにおちいったまま死んでいったのかもしれない。

　しかし、私の片目だけは、寝惚けまなこながらもかろうじて半分開いていた。人間の終焉はその目をとおして、私の脳裏にやきついた。それはじつにささやかなエピソードだ。もしそれがリスでなければ、そもそも私は見もしなかったろう。そこで何が起こったのか。つまり、彼は立ち止まり考えたのだ。支柱のましたで上を見あげて……。私には彼が考えをめぐらしているのがわかった。つぎに彼は登りはじめた。

　はずみをつけるように登ったため、細いパイプはかすかに揺れはじめ、それにあわせてブリキの缶もぐらつきはじめた。つぎの瞬間には、かしいだ缶のへりに前足をいっぱいに伸ばして手をかけ、一気にからだを振りあげて乗りこえてしまった。そうやって、鳥だけがゆるされる禁断の餌台に彼は座っていた。彼はそこで優雅な食事を終えると、やがてやってきたときとおなじ素早さで姿を消そうとした。私は舌を鳴らして彼の注目をひいた。草のうえを楽しげに歩いていた彼は、片方の前足をあげたまま立ち止まり、私にその小さな森の人を思わせる賢《さか》しげな目で、一瞥《いちべつ》をくれた。いまでもときどき、あれはきわめて重要な意味をもった出会いの瞬間だったのではないかと考えることがある。太陽の光をあびた野原でのあの瞬間に、現在と未来が、なにか半意識的な奇妙な方法で、たがいの運命をはかりあったのではないだろうか。やがて彼は毛皮を秋の太陽の光にきらめかせて、私には追うことのできない木のなかへと軽やかに駆けていった。私はのろのろと自分が座っているベンチの影へと視線をもどした。

やつは賢いリスだったんだよ。私は自分にそう言い聞かせる。たしかに、やつはとびきり賢いリスだった。でも、それだけのことでやっぱりただのリスなのさ。それに、もっとむずかしい問題を解決するサルだっているじゃないか。一オンスの脳のいいところをたまたま見た。自然誌の珠玉の一篇。しかし、その意義は……。

その瞬間だった。あのリスを目前にしたときの、背筋を這いのぼった悪寒の意味がわかったのは。視座について述べたことをご記憶だろうか。私は何百もの墓場の骨のかけらに夢中な、地質学的時間にどっぷりつかった人間だ。これまでずっと、過去をあつかってきた。この星の征服者のひとりといっても過言ではないだろう。しかし、あのリスはよく動く指をもっていた。彼は私のもとをはなれ、軽やかに未来へと去っていった。

悪寒はいくつかの映像をともなってやってきた。それらの映像は、あたかも、私の心のおくに眠っていた記憶が、あの小さなひょいともちあげた前足にくすぐられでもしたかのように、ぼんやりと浮かびあがってきた。決して気持ちのいい映像とはいえない。遠い過去の異生物たちの映像だ。たとえば、沼の岸辺で、水から頭を出してあえいでいる両生類の映像。彼の眼前に広がる陸地は、鳥の声ひとつしないまったくの静けさにおおわれている。生物はいまだ水を離れることができず、地上に進出を果たした脊椎動物は一切いない。また別の映像のなかでは、巨大な脳をもたない怪物たちが、湿気の多いシダの森のなかで大声でうなっている。藪《やぶ》の影では小さな生気のない哺乳類が目をぎょろつかせている。また別の映像では、空疎で淋しい空気を切り裂いて、爬虫類のような姿の鳥が邪悪な目的を胸にときどき飛び交っている。そして最後は、小さなテナガザルのような霊長類が、広々と開けた草原を二本の足でまっすぐ立ってうろつきまわっている映像だ。彼がふりむいた瞬間、私はいい知れぬ親近感をいだくのだが、彼は影のなかに消えてしまった。

ほかにもいくつかの映像があるのだが、それらはいつも巨大でからっぽな回廊を描きだしているようだ。最初は空虚で、のちには生命で満たされる惑星としての回廊を。いつもそれらの回廊沿いは、熱心な観察者たちで満たされていた。木の葉の影から、草の影から、森のはずれから、彼らは見つめている。ときどき、観察者はちらりと出てきてはすぐに逃げ隠れる。ときには、彼らが姿をあらわしたことによって、奇妙な変化がこの回廊にもたらされる。

私があのリスを認めたのは、まさに死にゆく街のはずれの最後の瞬間だったのではないかと思うのだ。彼は傲慢ともいえる大胆さで森をあとにしたが、姿はまだリスのままだ。街が死につつあるのは明白だが、その原因ははっきりしていない。そこに重大な意味があるようには見えないことに、私はかすかなショックを受けた。それは何世紀にもわたるゆるやかな死だ。小さな目は、木の葉の影のいたるところで私たちに迫ってきている。そこに至って、とうとう私にはわかった。それは特別に喜ぶべきことでも、悲しむべきことでもないのだと。街は森のはずれの小さな輝かしい脳のもち主たちへの餞別《せんべつ》だ。彼らがどれほど長い時間待ちつづけたのか、私は知っている。

私たちもまた、かつては森のはずれで待っていたのだ。そろそろ、立ち去ってもいいころだ。私たちの膨大な知性の回廊は、百万年のからっぽの空間に伸びていたかもしれない。しかし、そんなことは問題ではない。あのリスならきっとうまくやる。もし、彼がだめだとしても、つぎには森のネズミが控えている。彼らは皆、木の葉の影でいまかいまかと待ちかまえているのだ。

8

イースター——顔の島

EASTER: THE ISLE OF FACES

イースター島。それは太平洋に浮かぶ縦十二マイル、幅七マイルほどの、原始的な哺乳類の三錐歯のような形の小さな島だ。島の三端には火山錐が配置されている。海に向かうなだらかな傾斜地には、火山岩を切りだして組みあげたアフと呼ばれるいくつもの巨大なプラットフォームがよこたわっている。斜面の、そして、古い石切り場のあちこちには、あるものは立ち、あるものは寝そべった状態で、動きを止めた巨大な石の顔、モアイが置きざりにされている。それは遠い、想像もつかない過去のヒントとして、島そのものとおなじようにそこにある。人が訪れる以前この島は、広漠とした太平洋を渡ってきた木の森におおわれていたにちがいない。いまではまばらな藪《やぶ》が生えているばかりで、かろうじて家畜と二、三百人の島民を支えているにすぎない。この島は一七二二年のイースターの日に、オランダの航海家ロッヘフェーンに発見されて以来知られるようになった。ジェームズ・クック、ジャン・フランソワ・ド・ラペルースらの太平洋の大航海家たちも数年後にこの島を訪れて、二千人から三千人の島民でにぎわっているという記録を残している。しかし、彼らがどのようにこの島に渡ってきたかという伝承は残っていない。

　私たちが知りうるのは、この島の住民たちがはかりしれない熱情を創作へとそそいだということだけだ。その創作活動も、はじまったときと同様に突然終わったように見受けられる。六百体をゆうに超す石像が、石切り場および斜面に残されているのだが、それぞれの重さは何トンにも達するのだ。完成した直立する像の頭のうえには、別の石切り場から運ばれた赤味がかった帽子状の石が乗せられている。投げだされたままの道具や多くの未完成品は、目的のわからない知られざる宗教が、突然、しかもおそらくは悲劇的に最後を迎えたことをうかがわせる。疲弊した神の奴隷だった大衆が、いきなり司祭団をうち殺したのだろうか。島にはそれを匂わせる伝説が残っているが、それらは、巨大な石像が石切り場からどのように運ばれ、立てられたのかという現代に残された謎同様にぼんやりとしている。たとえ少数であっても、宗教的な熱情に駆られた者たちは、おどろくほどの偉業をなしとげうるものだ。私たちが決して読むことのない、そして私たちをいつまでもひきつけてやまない物語は、この不可思議な偉業のもつ意義のなかに眠っているように見える。まるで、ひとりの狂信的な彫刻家が島じゅうの人間をたきつけて、自分の意思に従わせたかのようにも見える。人間の姿の石像を刻むことにすべての時間をついやすというひとつの集合的意思が、イースター島の社会のすみずみにまで浸透したかのようだ。石切り場に残された石像から判断すれば、島じゅうを神々で満たそうという目的が存在したのは確かだ。もし、あれが神であるとしたらだが。今日でもなお、その遺物を目にすれば、それが、なみはずれた宗教的情熱だけが駆りたてうる、膨大な労力の賜物であることは疑いようもなく確信できるだろう。このような作品を生みだすことができるのは、さきを見通すことのできる人間だけだ。

ポリネシアは広大な海域だ。イースター島を越えた波は、何にさえぎられることなく、二千マイル離れた南アメリカの海岸にまで達する。すでにトゥアモトゥ諸島を発見していたカヌーに乗った冒険家たちは、この広漠とした海で、ひからびた支配者の忘却のなかへただよい出たにちがいない。イースター島は、漠たる世界の辺境にある最後の島だ。イースター島は最果ての島なのだ。イースター島を発見した古代人は、事実上世界を一周したようなものだ。勇気と石斧とアウトリガー型のカヌーさえあれば、人はこの惑星のどこへでも行けることを証明してみせたのだ。

ポリネシアの名で知られる太平洋の大三角形は、ハワイ、イースター島、ニュージーランドを結ぶ海域だ。ここは人間が地球上最後に定住した場所で、ある意味ではもっとも奇妙なところでもある。そのほとんどが海なのだが、果てしない海にいくつかの小さなグループにまとまって点在する島々は、いずれも肥沃《ひよく》でゆたかなのだ。近代の夜明け前、三千年にわたって、この広大な海域で生きるための鍵を学んでいた。彼らは、台風や未知の嵐をものともせず、ある者は漂流し、ある者は自力で漕いで島から島へと広がって、広大無辺な太平洋を征服していった。やがて、海に支配される脳からは奇妙な心理世界が生まれてくる。ある島では食人風習が、別の島では巨大で神秘的な顔といったぐあいだ。ここはほかに類のない孤立した場所なのだ。この広大な海域に暮らす者たちは、近すぎる隣人からの目に見える反発をなんら受けることなく、独自の文化的幻想に思う存分ふけることができる。ロバート・ルイス・スティーヴンソンの小説『声たちの島』のなかで描かれている、姿を見せない魔術師たちと小さな炎のように、十八世紀までポリネシア人たちの姿は、ほかの人間には見えていなかった。史的にいえば太平洋の中央からの海の移民たちは、からだをもたない、非物質的な存在だった。彼らは木の小さな棒で組み立てた奇妙な海図をつくり、星をたよりに舵をとり、島のうえにかかる雲の秘密を知っていた。彼らの伝説は、いずれも原初の海からひっぱりあげられた島の話や、海の深淵へとふたたび沈んでしまった陸地の話だ。歴史をもたないあらゆる人たちと同様に、彼らは歴史をひきよせる。彼らの通り道をかくしてしまう海霧は、沈んだ大陸や、失われた都市、忘れられた技術を暗示する。彼らは何者なのか。どこからやってきたのか。そして、世界の最果てイースター島では、なぜ、人間には遠すぎるかなたを見つめる悲しい目の巨大な顔を彫ったのか。ロマン主義者たちは、これをアジアの失われた都市や、砂漠のもとに眠る都市、熱帯の深い緑のジャングルに粉みじんに砕かれてしまった都市と結びつけてきた。かと思えば、ポリネシアの漂流者たちを、逆にペルーから西へ向かった者たちと言いだしたりもする。この手の多くの話や、巧妙に編みあげられた理論はなかなかに幻想的だが、それもまた人の世というものだ。十九世紀の初頭からイースター島は西洋の文学においてはシンボルのような存在となった。異邦人（つまりわれわれ）にとっての憧憬のシンボルに。海のむこうをじっと見つめる石の顔は、時空を超えて、おそらく現在においてのみその終幕を表現できる偉大な人間ドラマのなかで、不滅の役割をになうことになった。一八八五年に、スティーヴンソンは、のちに世界じゅうで知られる『ジキル博士とハイド氏』の物語に結実するある奇妙な変身の夢をみた。物語のなかで不運なジキル博士は、人間の人格はひとつではなくふたつであるという、おそろしい発見をする。人間の意識は反対の力に苦しめられているのだ。スティーヴンソンは、ヴィクトリア時代の最大の関心事であった善と悪の闘いの縮図としてこの作品を書いた。このテーマは人間の歴史とおなじぐらい古い。この問題についてのヴィクトリア時代特有のアプローチは、ダーウィンによる人間の肉体の進化の発見と平行して起こってきた、人間の心についての新しい概念だった。

ダーウィンおよび彼の追随者は、人間は野獣と野獣の闘いのなかから生まれたのだから、文明への教化の過程でごくゆっくりと退潮していった深夜の蛮行の名残りを引きずっていることは避けがたいと考えていた。人間の心の複雑さが、フロイトの鋭いメスで切り開かれるのはまださきのことだが、もし、人間が野獣から進化してきたのなら、不死の楽園や堕落の神話は放棄されなければならないことは明白になっていた。昇ってきたサルか、堕《お》ちた天使か、人はどちらかを選ばねばならない。たいへん奇妙なことなのだが、イースター島の巨大な顔がふたたび歴史に参入し、科学的な関心をひきつづけるようになったのは、イギリスにおいてそのような神学論が戦わされているさなかのことだったのだ。

ある城の尖塔《せんとう》のなかをたがいにもつれあって、上をめざす階段の伝説がある。設計者のすばらしい知恵によるおどろくべきデザインによって、二本の階段はたがいにもつれあっているにもかかわらず、のぼる途中でおりてくる者と顔を合わせるような場所はただの一箇所もない。いずれもが専用階段なのだ。これとおなじように、人間の倫理感の不完全さは、完璧で無垢な状態からさがってくる過程の堕落とも、そもそも不完全なネバネバの状態から暗い階段を這いあがってきた動物がひきずってきた傷と見ることもできる。ふたつの命題の輪はたがいにもつれあって回転するのだが、決してひとつになることはない。

これが進化論的哲学が起こったあとに西洋人が直面したジレンマだった。由緒正しいイギリス人の祖先は、氷河期に焚火をかこんで動物の骨をしゃぶり、道具にするために石を叩いたり、削ったりしていたことになる。世界に冠たる大英帝国の誇り高き上流階級の人びとにとって、これはまったくおぞけをふるいたくなるような話だった。そのような場合の常として、この異説と断固戦おうとする思想家の一派が登場した。人びとの関心がイースター島にもどったのはそのような状況のなかでのことだった。人びとは自分たちの生まれが卑しいことを決して受けいれたくはなかった。人はいまでも夢をいだいている。世界じゅうの巨大な宮殿の廃墟のただなかで、人は自分たちが降《お》りくだってきた道を夢みている。ただ、西のいのち若き者たちだけは、別の夢をみつけだした。はるか昔に、深い森の枝々のあいだから、明るい太陽が照りつける世界へと這いだしたという夢を。ダーウィン時代のイギリスでこのふたつのアイディアは出会い、まぜあわされた。『種の起原』が発行され、地下から石器が発掘されたあとになると、多くの知識人層は、人間の謎を例のふたつの階段の寓話でたとえるようになった。人間は長い年月をかけて苦しみながら心とからだを少しずつ変化させて昇ってきたのか、それとも、地中から発掘された無骨な初期文明の残骸は、神聖な霊的状態から堕落した生物のもので、その生物は偉大な過去の記憶をなにひとつ引き継がず、先祖たちがつくったモニュメントの廃墟のなかで野蛮な生活をしていたのか。この論争は科学の殿堂で大きくひびきわたり、教育のある者は、この疑問に対して熱心な議論を戦わせた。原始的な道具だけで、人間の進化が証明されるわけではない。唯一の説得力ある証明と受けとめられる「ミッシング・リンク」の化石は数十年も発見されなかった。「堕落主義者」たちは、人間に関するかぎりは、進化論の考古学的論証をさかさまにすることに成功した。人間は野蛮な状態から発展してきたのではない。彼らは退化してきたのだ、彼らはそう唱える。「単純な道具そのものは、人間の状態が動物と近かったことを示すに十分な証拠とはいえない」と、この時代のある学者は書いている。人間の進化論に反発する面々は、人間が降《お》りくだってきたことを示す証拠を求めて世界じゅうを探しまわった。

リバプール哲学協会の理事長アルバート・モットは、一八七三年に「野蛮な生活の起源」と題する講演をおこなっている。そのなかで、彼はイースター島を例にひき、ここでは先祖たちよりもはるかに劣った住民が現在生活していることを公表した。モットは、だだっぴろい海のなかにポツンとつきだした小さなこの島じゅうに散りばめられた、サイズも重量も巨大な石像と石組みのテラスについて強調した。

「もしこの島にはじめて住みついたのが、事故で漂着したカヌーの乗員だとしたら、あのような像とテラスをつくりだす技術をこの島に来てから発展させたというのはあまりに途方もない考えだ。あの野蛮人たちがあのような環境下で、時間と労力をあれほどの労働についやしたと考えるのは、不条理きわまる」モットはそう語っている。

あの石像の起源がイースター島で生まれたという説を受けいれるかわりに、彼ら島民は、はるか昔に消えてしまったある強力な海洋国の、最前線の植民地だったにちがいないとモットは主張している。彼らの子孫は「肌の白さはほとんど退化して、ありきたりの野蛮人のようになってしまってはいるが」。イースター島からほかに目を向けて、モットは似たような古代遺跡が太平洋の未知の島のどこかできっと発見されるにちがいないという示唆を残している。世界のほかの地域へと目を移し、「野蛮人の生活は退廃と堕落の結果である」という自説を補強する証拠を展開した。イースター島のような例は、「単独のもっとも野卑な形質の人間が長い年月をかけて、この地球をおおうようになった」という信念をつきくずす、とモットは結論づけている。

私がふたつの階段の寓話で象徴した堕落論者と進化論者の論争は、その後三十年にもわたって欧米の文学界にも影響をあたえつづけた。この論争が重要性を失っていったのは、本格的な人間の化石が発見され、考古学的過去へのより正しい認識がなされるようになってからのことだった。堕落論者たちは、肝心なテーマではまちがいをおかしたわけだが、人間の文化については多くのなかなか鋭い観察を残した。たとえばモットは、ダーウィンの偉大な学者仲間アルフレッド・ラッセル・ウォレスに多大な影響をあたえている。人知れない太平洋のまんなかからひょいとつまみあげられ、人間の思弁の偉大な転換期のなかにほうりこまれたイースター島は、神秘の島として世界じゅうに知られることになった。大西洋の霧のなかにひそむ幻のアトランティス大陸とおなじように、イースター島は、太平洋のまんなかに沈む謎の大陸をはじめとしたロマンティックな諸説に多大な貢献をした。

堕落論者の主張が忘れ去られて長い年月をへたいまもなお、イースター島と、そこにあるなぞめいた石の顔は、文学上の紛争の種《たね》でありつづけている。イースター島に関する新理論は、エキセントリックなものであれ、そうではないものであれ、毎年つぎつぎと出版されているのだ。いまや明らかとなったのは、モットの講演が人間の心のある普遍的な琴線にふれたということだ。私たちすべてのなかにひそむ、神秘を愛する心の琴線に。私たちは、夢みる石の顔と歴史を失った三つの火口をもった島にとりつかれてしまったのだ。広大なポリネシアの海域と、そこに住む人びとは、たんにイースター島の知られざる悲劇の核心を解くカギとして、多くの人びとの心を占めた。大陸は消えたのか、高度な文明は存在したのか、そして、永遠に海の深淵へと沈んでしまったのか。ポリネシア人たちはアジアから来たのか、それともアメリカ？　そして、モットが語った白人に近いポリネシア人とは？　彼らはどんな人種に属し、いったいどこからやってきたのか。彼らの漂流術とは？　これらの謎は永遠に解きあかされることなく、めぐりつづけるのだ。

この物語は、慎重な科学的な側面からみても十分に魅惑的だ。海にかこまれた百もの島々の海岸にうちあげられたがらくたも、つなぎあわされるべきだ。たとえば、珊瑚礁の浜辺に、そのあたりでは見かけない緑の石でできた手斧の刃がうちあげられているかもしれない。また、無人島の砂浜で、アウトリガー型のカヌーが朽ちているかもしれない。カヌーの積荷からはココヤシがこぼれ落ち、やがて芽吹き、光あふれる太平洋の風に木の葉をそよがせるだろう。海岸から少しあがった砂のなかには、真っ白にさらされた人間の骨が埋もれているかもしれない。何匹かのネズミは長い航海を生きぬいて、島の藪のなかへと駆けこむだろう。珊瑚島に男たちだけが流れつき、はるかな水平線の海のきらめきを飽くことなく見つめつづけ、やがて年老いていくさまを知ることもあるだろう。ひとり、またひとりと死んでは埋められて、やがて最後の男は墓場のさびしさに耐えきれず気が狂ってしまうのだ。すぐ近所の島へ快適な交易の航海にでた男女が、土砂降りの雨のなかに姿を消してしまい、二度と姿をあらわさないこともあるだろう。運がよければ、何百マイルも離れた無人島が彼らを受けいれたかもしれない。さもなければ、海からあがる蒸気そのもののように、あとかたもなく消え失せてしまうのだ。こうした冒険から帰ってくる者はほとんどいない。漂泊のオデュッセウスのように無事にもどることはない。海はあまりにも広く、故郷の島はあまりにも遠い。しかし、古い記録をひもとけば、無事に島をみつけても絶望的な望郷の念にかられて、ふたたび故郷を見いだす希望と、広大な海の藻くずと消える覚悟の両方を胸に、たよりない小舟で海に乗りだした者もいたのだ。

私たち大陸を住処《すみか》とする者には、この太平洋的世界を完全に理解することは不可能だ。私たちは安全な高みから見おろしているにすぎない。私たちは三百年をついやして、世界の地図をつくりあげた。羅針盤とクロノメーター、六分儀は、数千マイルをへだてた海のなかから、粟粒ほどの小島さえをも正確に導きだしてくれる。対照的に世界じゅうでふたつの民族だけは、孤立して生きることがどういうことかを教えてくれる。ひとつは、自分たちのことを世界で唯一の民族だと考えていたため、そこを訪れる冒険家たちのことを幽霊だときめつけていた十九世紀の極地方のエスキモー。そして、まわりとへだてられて、無限に広がる海のうえに、自分たちの島以外の陸地があることをおどろきをもって知った太平洋の島民。

モットが白人に近いと表現した壮健な褐色の民は、アメリカではなくアジアからやってきたのはまちがいなさそうだ。彼らは西風ではなく東風にのってやってきた。豚をはじめ、彼らが家畜として飼っている動物はいずれも東のものだ。たしかに、サツマイモなどアメリカを起源とする数種類の植物があるにはあるが、文化的なつながりを支持するにはものたりない。せいぜい、忘れられた偉大な航海者がかつて一度はやってきたことを示す程度だ。ポリネシア人の血統には、モンゴロイドの要素に加えて、のちに黄色い波にのみこまれてしまった、忘れられたアジア型白人の要素も受け継がれている。はるか南のフィジィーで、より黒いメラネシア人との混血が顕著だ。島という環境そのものが、島民に選択的影響をはたらかせたことは疑いようがない。小さな島々では近親交配が推奨される。三千年ものあいだ、少数の氏族が繁殖し、膨大な海域へと広がっていった。こうした発展によって、本来のポリネシア人的同質性を高めていっただろう。なにも計画的で大規模な移民を想定するまでもない。増加する人口のなかから、途切れることなく人の住まない島へと渡っていく者がでたと考えるだけで、太平洋のまんなかへの進出の十分な説明となっている。極地方をのぞいては、そこは地球で最後に開かれた場所だった。人口の過密による抗争が生まれるまでは、それぞれの島は小さな楽園そのものだった。島によって文化や言語に差がではじめたが、それは些細なものにすぎなかった。この広大な太平洋トライアングルのすべてにわたって、基本的な言語体系はおなじなのだ。

神すらもがココナッツの殻や魚の背中に乗って旅するこの島々のあいだには、消えた大陸の痕跡や伝承のかけらもない。どの島の動物にも植物にも、大陸型と呼べる特徴は存在しない。植物も、動物も、長い年月のあいだに偶然によって海に運ばれ島の海岸にたどりついたものばかりだ。塩水にさらされても生き残った種《たね》や、太古に人によってもたらされた動物や植物なのだ。家畜の豚や犬、鶏などは、食用の栽培植物同様に、ポリネシア人たちがいかに何度も何度も確たる目的なしに、島々のあいだを行ったり来たりしていたかをはっきりと示している。コンパスをもたない無謀な漂流の結果、島に新しい植物や動物がもたらされたあとに、人が死に絶えた例もあれば、その反対に、もとの文化の産物をいっさいもたない環境で生き残った人びともいた。

新しい島の世界で、人びとは大陸で学んだことの多くを忘れてしまったが、新しく学んだこともたくさんある。標高の低い珊瑚島は人に制限をあたえた。石の使用に限界があるので、貝殻でつくった道具に大きくたよるようになった。イースター島のように、ある程度の標高のある火山島では、また別の環境を提供した。島という共通点に目をうばわれてしまうと、文化的な差異が見えなくなってしまう。小さな島が近くに点在する海域では航海は推奨され、航海術の研鑽《けんさん》も尊ばれるだろう。見わたすかぎり何も見えないイースター島のような絶海の孤島では、冒険心をもつ者がいなくなり、航海術も衰退するだろう。発見の時代にポリネシア全体には数十万の人口を数えただろうが、それは三千年にもわたる途方もない人命の犠牲のうえに立つものなのだ。島の住人たちは熟練した海の男ではあったが、航海に必要な器具をもっていなかったため、太平洋の中央へとどんどん進出していった影には、数えきれない悲劇があったことだろう。

巨大な遠洋航海用カヌーが数十人を一度に運び、いっしょに積んだ家財道具をほかの島で使うということはあったろうし、増えつづける人口の圧力が、新天地を求める動機となったことを裏づける証拠もある。にもかかわらず、こうした努力が意図的なものだという説が、のちの時代に大げさに書かれたものであることは疑いようがない。原住民たちをまったく手つかずの状態で目にしたクック船長は、ポリネシアの島々で暮らすほとんどの住人は、意図的にではなく、偶然にそこにたどりついたものと感じている。十八世紀になっても、偶然に海に乗りだしてしまった男たち、女たち、そして子どもたちがはげしい嵐を生きぬいて、一千マイルも離れた島へ流れついた証拠が見られる。なんとか生きてほかの島にたどりついたとしても、彼は二度と故郷の地を踏むことはない。ここにこそ、人が無限大の海の果てにまでたどりついた旅の秘密が隠されている。それぞれの世代ごとに種《たね》は遠くまで運ばれた。それが偶然であれ、意図的なものであれ、最終的な結果はおなじことだ。もし、人類学的な調査で失われた大陸の痕跡を一切みつけることができないとしても、それはつまり、記録には残されていない人間の壮大なる勇気の歴史を掘り起こしたことになるのだ。ポリネシアへの植民には、ひとつの大陸の征服以上に多くの人命の犠牲を払っているのだ。おそらく、いつか人間は、宇宙船で巨大な暗黒に乗りだして、狂ったように惑星を探し求めることになるのだろう。まるで、失われたカヌーマンたちが、数千マイル四方の海のなかから長さ一マイルほどの珊瑚礁を探したのとおなじように絶望的な思いを胸に。

結局、失われた大陸などないのだ。学者たちはそういう結論を出さざるをえない。ここでどのような彫刻が彫られようと、どんな象形文字が木の板に彫りこまれていようと、島伝いに風に運ばれた種《たね》のようにどんなめずらしいものが見つかろうと、それは太平洋の航海者たちが発見した島人たちがつくりあげたものなのだ。しかし、手をかけた庭からぬけだして風に運ばれる種《たね》のように、環境によっては別の場所で野生化し、奇妙で旺盛な繁殖力を示すことはあるだろう。おそらく、巨大な石切り場で石の顔がよこたわるあのはるかな場所では、水平線のかなたを見つめつづけるうちに、すべてを捧げるにたる、名状しがたい観念にいたったのかもしれない。世界の果てにきて、ほかにやることもなくて。石は彫られるべくしてそこに存在した。そして、黙想のための深い孤独があった。

イースター島にはほかのポリネシアとは違った言語体系がみられるが、それは関係性の欠如を示すものではなく、ほかのポリネシア地域との長い年月にわたる孤立を示すものだ。島民の伝統的記憶がごく限られたものしか残っていないことの部分的原因は、一八六三年の南アメリカの奴隷商人たちの突然の上陸にある。島民の多くを奴隷としてほかの場所に運び去ってしまったのだ。石像と石の台座も、この島独特の特徴と化けものじみた巨大化がともなっているとはいえ、決してまったくほかでは見られないものというわけではない。しかし、だからといって、意味がないなどということは決してない。むしろ、時と適切な石とに機会をあたえられ、太平洋全域にまたがるあちこちできらめく、ある文化的な特性を色濃く反映しているもののように見える。人間はいつでも何かをつくりあげてきた。おそらく、孤独のなかでこそ、最高のものを。すくなくとも、ポリネシアの島々からは、それはうかがえる。

夕陽がなぞめいた表情の石像を照らすその場に居合わせた者は、石像がこの時代の終焉をいかに適切に象徴化しているかにふたたび感じ入るにちがいない。石像の顔はあいまいで名状しがたく、生身の人間を表現したものとは思えないからだ。それゆえに、それはすべての人間であり、かつ、だれでもない。石像は波うつ広大な海を無表情に見つめている。かつて人間がやってきた海、そして、いずれまた、原初の元素となって消えいるであろう、生命の源である海を。その顔に涙のあとはない。ついには、現在の太陽とは様相を変えたずっとあとの時代の赤い陽光のなか、波が石像をすっかりとりかこんでしまうとき、人類の秘密は――もし秘密なるものがあるのだとしたら――彼らとともに消え去るのだ。そして、海は以前のようにすべてをおおいつくす。海鳥たちは凧にのって、けむりのように西へと飛び去っていく。夜には星がまたたくだろう。人間は、あるいは人間が自身の不滅を刻みこもうとした石はどこにいってしまったのかと問う者はだれもいない。石に刻まれ物質の虜《とりこ》となるのを拒む、あまりに悲劇的で、あまりに強力な思念らしきものが、つかの間、あたりにただようだけだ。これは、人間の卓越した心からのメッセージだ。海の旅人にして宇宙の旅人であるその像は、いつも霧のかなたから私たちに手招きしている。

9 蛙のダンス

THE DANCE OF THE FROGS

1——アルバート・ドライヤー老

彼は探検家クラブの会員だったが、ペンシルヴァニア州からは一歩も外に出たことはなかった。かつて、高い評価を受けていた科学者であったことは知られているのだが、私などのように世界じゅうを旅してまわった者のなかには、その点について、つい、ニヤリとしてしまう者もあった。人のことを笑うのは、若気の至りというものだ。私も自分のことをひとかどの冒険者だと考えていたのだが、やがて、暖炉の火の影で飲物をすするアルバート・ドライヤー老こそが、私たちのうちひとりとして到達することのできなかった恐怖の国へ旅し、神のおぼしめしでかろうじて生きて帰ってきた人物だということを知ることになる。

彼は年老いた陰気な男で、家族も親友と呼べる仲間もいなかった。彼がこのクラブの会員になったのは数十年も前の話で、そのころ彼は、両生類を対象としたおどろくべき実験で名をあげた花形動物学者だった。彼はメキシコアホロートルの成体を発見、いや事実上創造し、さらに、サンショウウオにおける画期的な細胞移植を成功させたのだ。そのときクラブは彼に媚《こ》びへつらい、探検の有無を問わずに彼を会員に仕立てあげたのだった。しかし、その後の経過は幸運なものとはいえない。天才科学者は厭世家になりはてた。栄光は過去のものとなり、アルバート・ドライヤーは自分の寂しい部屋にこもり、寂しい酒を友とし、お気にいりの火のそばを離れなくなった。

私が彼の話を聞くことになったのは、ひょんなきっかけからだった。その年、私は北へ旅したのだが、クラブは北部の森林に住むラブラドルのナスカピ族の宗教についての講演をしてくれないかと頼んできた。私はかねがね、自然に生きる人びとの迷信と森の知恵との奇妙なごたまぜからなる宗教生活について研究していた。さらにいえば、私はそのころ、「呪術師のテントの振動儀礼」と現代の「霊媒の小部屋現象」との奇妙な類似点について、すくなからぬ知識を得たところだった。

「忘我状態の人がこもる特殊なテントと、霊媒の小部屋とのあいだに違いはありません。唯一の違いは発せられる声のタイプだけだといってよいでしょう。数多くの物理的現象は、ほとんど一致しているとさえいえます。円錐形のテントが強い力でゆさぶられたり、物が飛び交うといった現象は、西洋の心霊現象でもおなじみのものばかりです。違いはといえば、声の種類だけなのです。沼地から、あるいは山から聞こえてくる動物の声が発せられます。それは原始的な人びとが畏《おそ》れをいだいて進みでて、食べものをこいねがう、孤独な自然そのものです。そこでは獣の王が最高位を占め、人は声をもたないのです」

低い、ためらいがちな疑問の声が、部屋の後方から私の耳にとどいた。講義中だったが、私はそれがドライヤーだということに気づいて、ぎょっとした。

「獣の王だと。それはいったい何なんだ?」

「動物には種ごとにそれぞれ、巨大なリーダーがいると考えられているのです」私はそう説明した。「それは各動物の霊的な統治者なのですが、伝説はいささか複雑です。あるときは、意思や知性といった人間的な資質をもつとされますが、姿は動物です。彼らは群れの動きを管理しているため、彼らしだいで人間の生死もきまるのです」

「そいつらは見えるのかい」ふたたび部屋のうしろから、ドライヤーの低く困惑したような声が聞こえてきた。

「原住民たちはごくまれに目にすることができると信じています」私はそう答えた。「ある意味では、それはアーキタイプの概念を示していると言えるのかもしれません。ちっぽけで移ろいやすい存在の背後にある元型という意味で。彼らは物質をよみがえらせる力をもつ不滅の存在です。自然の生命の背後、あるいは上にはたらいている力、とでも言えばいいでしょうか」

「そいつらは、踊るかい?」ドライヤーはさらにつづけた。

これには私もいらだちをおぼえた。こんな詰問調のドライヤーおやじは見たことがない。

「その質問には答えようがありません」私はとげとげしくそう答えた。「私の情報提供者は、その点について詳しい報告をしておりませんから。しかし、彼らは暗黙のうちに、そうした化《ば》けもの的存在を信じきって彼らに話しかけたり、機嫌をとったりするようです。ゆれるテントから聞こえてくるのはその声なのです」。

「わかった。インディアンたちはそう信じているんだな。で、君はどうなんだい？」ドライヤーおやじは執拗にそう聞いてきた。

「これはこれは」私は肩をひょいとすくめて、ほほえみを浮かべている聴衆たちを見わたした。「私は奇妙なものをたくさん見てきました。途方に暮れるようなものも。しかし、私も科学者のはしくれですからね」

ドライヤーは人をばかにしたような音を喉の奥から発すると、ふたたび影のなかにひっこんで、自分のもの思いに逃げこんでしまった。私の講演は終わった。私はバーをめざした。

2——科学者の正体

夜はすぎていった。会員たちは各々自宅へと向かうか、部屋へと散っていった。私は丸一年森のなかにこもってきたところだったので、人の声と仲間に飢えていた。しかし、最後には私はただひとりグラスを片手にたたずんでいた。私はあたたかい快適な部屋でこそ思うべき、北部の青白い雪原のことを、ほろ酔い加減で、暖炉の火のぬくもりを楽しみながら思いだしていた。

小一時間もたっただろうか。聞こえてくるのは、炉棚のうえの古風な時計がときを刻む音と、表通りのかすかな夜の雑音ばかりで、クラブは静まりかえっていた。私はうたた寝をしてしまったようだ。いずれにせよ、私のむかいに椅子がひき寄せられていることに気づくまで、少々時間がかかった。私は話しかけた。

「なんだかじめじめした夜ですね」

「霧さ」影のなかの男はくぐもった声を出した。「だが、濃すぎるほどの霧じゃない。やつらは、このぐらいの霧が好きなんだ」

「えっ?」私は思わず聞き返した。それがドライヤーの声だということにはすぐに気づいた。私はへまをしてしまったのかもしれない。いや、考えなおしてみればそうでもないのかも。

「そして、春だ。そう春とは切っても切りはなせない。もちろん、なぜだかは神のみぞ知るだがね。でも、感じるんだ。そうだろう? そして、彼らだってもっとはげしく」

「えーっと」私はしどろもどろだ。「それはきっと……」老人は私が考えていたよりずっと人間的だった。彼は手を伸ばして私のひざにふれた。その手にはいつものように手袋がはめられていた。私たちはつねづね、やけどのあとを隠しているのだろうと推測していたのだが。それから、彼は静かにほほえんだ。

「なんのことを話しているのかわからんだろうな」彼は話題をきりあげた。「それはさておき、さきほどは気分を害してしまってすまなかったね。どうか、ゆるしてくれたまえ。君の話に強くひかれたものでね。でも、少々やりすぎたようだ。君の講演を邪魔するつもりなどなかったんだが。ただ、ちょっと……」

「いいんですよ」私は答えた。「ちっとも気にしてません」ドライヤーの口からこんなことばが出てくるなんて、おどろきだった。ぐあいでもわるいんじゃないだろうか。私はベルを鳴らして飲物をたのみ、会話をもっと無難な方向に移そうときめた。もっと学者にふさわしいような。

「カエルですよ」と、私はことばをつないだ。「あなたの実験には感服していました。そう、カエルの実験です」。

私は老人をおだててみた。彼はグラスを手にもち、目の高さまでもちあげ、グラスごしに私を見た。彼の目には、かすかに人を茶化すようなユーモアの色が浮かんだ。

「カエルね。それはちがう。いや、正しいのかも。私にもよくわからない。たぶん正しいのだろう。だが、正しい判断をするに十分な時間はなかった」彼の目からユーモアが消えた。「おそらく、ついてゆくべきだったんだ。やつらもそれを望んでいた。それは確かだ。でも、あまりにも急にやってきたから。君ならどうしたね?」

「わかりません」私は正直にそう答えて、すぐ後悔した。

アルバート・ドライヤーはきびしい声でいった。「わかるべきだね。かりにも原始的な宗教を研究しようというのなら。いや、そうでないとしてもだ。私もそうではなかったのだから。それでも、やつらは、私が考えもしないときに突然やってきたんだ。——いやいやうっかりしていた。

君はやつらのことを信じていないんだったな」

彼は肩をすくめ、尻を半分浮かした。そのとき私は、はじめて彼の黒手袋をした手と何かにとりつかれたような顔を、まじまじと見つめた。私は心の奥底で、アルバート・ドライヤーが科学の名のもとで耐えてきた者の正体を知ったような気がした。私は目上の人の前で若者がふるまうべき態度をもって立ちあがり、ひとことひとことはっきりと言った。「ドライヤー博士、お願いです。もう一度おかけになって、お話を聞かせてください。私のような若造には、自分が信じているのか、そうでないのかもさっぱりわからないのです。ご教示いただければ、たいへん光栄です」

その瞬間、不思議なすばらしい威厳がアルバート・ドライヤーの表情から輝きでた。それこそが、本来の彼の姿なのだ。彼は腰を折り、椅子に座った。もはや私たちのあいだには、老人と利己的な若者とのあいだの壁はなくなっていた。ただ、ふたりの男がランプのもとにたたずみ、まわりには深遠な静けさが広がっているのだった。宇宙の果てまで、とふと思った。人とランプはそういうものだ。人はからだを丸めあわなければならない。明かりはあまりに小さく、空間《スペース》はあまりに広いから……。

3――春の夜道

「それはだれの身に起こったっておかしくはない」アルバート・ドライヤーはそう語った。「とくに春には。覚えておくといい。私はピョンピョン跳ねたんだ。ほんの数フィートだがね。私は跳ねた。それも覚えておくといい。場所を覚えておく必要はないんだ。すくなくとも、あのときの場所は」彼はそこで口を閉じ、グラスのなかの氷をゆすると、さらにくつろいで話しはじめた。

「スカイキル川に沿った湿地に通じる道でのことだったよ。いまじゃあもう、すっかり開発されてしまったんだろうな。しかし、そのころ私は、そのあたりに研究施設つきの小さな家をもっていたんだ。湿地のそばなのはとても好都合だったよ。両生類の研究はずいぶんはかどったものさ。それ以上に、そこには野生が残っていたし、人通りなどない寂しいところなのがよかったんだ。私はひとりでいたかったんだ。ナチュラリストの永遠の願いというものさ。わかるだろ?」

「もちろんです」私はそう答えた。彼は若い妻を亡くし、悲しみと孤独と絶望のなか、そこにひきこもってしまったことを、私は知っていた。彼は自分からそんなことを口にするような男ではないが。「もちろん、わかります。ナチュラリストには最高の条件ですね」と、私は同意した。

「そのとおり。私の最高の研究はそこでおこなわれたんだ」彼は黒手袋をはめた手をあげ、黙想にふけるかのように見つめた。「アホロートルの研究だ。イモリのネオテニーさ。夢中でとりくんだ。そう、私には」彼はそこで躊躇《ちゅうちょ》した。「忘れたいことがあった。働きつづけて夜を明かしたこともしょっちゅうだった。実験の結果を待っているあいだには、気晴らしに深夜の散歩に出たものだ。まったく妙な道だったなあ。野生が残っているのは確かなんだが、舗装されていたし、街に近いせいか、ところどころには街灯も立っていたんだ。道は起伏に富んでいて、ところによってはおおいかぶさるような森で、まるで樹木のトンネルのなかを歩いているようだったよ。で、突然、湿地に出るというわけさ。道は古い使われていない船着場で終わっていた。

ひとりになれる場所。歩きながら、思索のできる場所。ぼんやりした明かりでできた自分の影が長く伸びて、つぎの明かりにたどりついたとたん、すっとんでもどっていく、そんな場所だった。私はいつも、自分の影がどんどん、どんどん伸びていくようすを見ながら歩いていたよ。だが、あの晩はちがったんだ。まるで宇宙のなかを行く道のようだった」

「寒かったんですか?」私はたずねた。

「いや、ちがう。宇宙ということばはうまくないな。まちがったイメージをあたえてしまう。寒くはなかったんだ。春のことだよ。カエルたちの季節さ。一年の最初のぬくもりだ。木の葉も生えはじめていた。窪地には小さな霧がたまっていた。ぬれた葉と沼地、まさに彼らのお気にいりの季節だ。月は出ていなかった。街灯の明かりだけの、秘密めいた暗い夜だった。なんでこんなところに街灯があるのか不思議に思ったものだ。深夜の散歩中の私と移動中のカエルをのぞいたら、照らすものなんかないんだ。それでもやっぱり……」

「はい?」彼が口を閉ざしてしまったので、私はうながした。

「すまない。ちょっと考えごとをしていたものでな。ものごとのからまりあいについてね。街の政治家がリベートと引き換えに、役に立たない道に、役に立たない街灯を据えつけた。もし、そんなことがなければ、私はあれを見ることはなかっただろう。私はピョンピョン跳《と》びはねることもなかったろうな。それでもなお、跳《は》ねたとしたらその効果は……。君はどうなったと思うかね？　効果は高まったかな？　彼らの力を増幅させたかな？　だれにそれがわかる？」

「ピョンピョン……ですか？」私は話が深刻にならないように、そう言った。「おっしゃることがよくわからないんです。ほんとうにピョンピョンと跳びはねたんですか？」

一瞬、彼の瞳のなかで何かがきらめいたようだった。「そう、文字どおり。それだけのことさ。君は若い。直情的だろ？　君にはわかるはずだ」

「おそれいりますが……」反撃の番だ。

「あー、忘れていたよ。君はあの場にはいなかったんだものな。いくら、あのピョンピョンをわかってもらおうと思っても、無理かもしれないな。私を見てごらん。くそまじめな男だよ。そうだろ」彼は楽しげにそう言った。

「威厳たっぷりの」私はうなずきながら用心深くそう言った。

「けっこう、けっこう。しかし、だ。お若いの。ピョンピョンと跳びはねたくなることもあるのさ。春の田舎道だ。べつに女の子がそばにいなくってもな。ちがうかね？　君だって、跳ねたくなるだろう。君のからだの奥深くで、何かが告げるんだ。いまこそカエルの季節だと。そして、君もピョンピョン……」

「そして、私もピョンピョン」まるで催眠術にでもかかったように、私はくりかえした。狂気か否かはともかく、アルバート・ドライヤーの力はそこにあった。クラブの明かりのしたにいる私たちのまわりに、人通りのない道の夜の湿り気がじわじわと迫ってきた。

4――黒手袋

「その年の春のおとずれは遅かった。霧があちこちの窪地にたまっているんだが、そんな風景を見るのははじめてのことだった。もちろんまわりにはカエルたち。種類にして二十、何千というカエルたちが、さまざまなトーンでケロケロ、ゲコゲコ、グワッグワッとやっていたよ。池の最後の氷が解けたとたんにわきおこる、春の使者たちの美しくも強烈な銀の音色だよ。ひとりですごした長い冬のあとに耳にしたら、生涯忘れられない」彼はことばを切って身をのりだし、心を集中してじっと何かに聞きいっていた。彼の耳には、はるか昔の湿った野原から聞こえてくる銀の音色がとどいているかのようだった。

私はおちつかない気分で、グラスをがちゃつかせた。彼の視線がふたたび私のうえに定まった。

「そのときだったよ、やつらがあらわれたのは」彼はいままで以上におちつきはらってそう言った。「すべての両生類は、つがい、卵を産むために水のなかにもどってこなければならない。ヒキガエルだって、何マイルもの道のりを跳ねてきて水の流れに身をひたすんだ。もっとも、私のように夜、適切な場所に出かけていかなければまず見ることはできないがね。しかし、あの夜は……

そう、まともじゃなかった。これは控えめな表現だがね。遅れていた。生きものたちにもそれがわかっているようだった。地面の奥底から強力で原始的な生命の力がわきあがってくるのが感じられた。水がやつらをひきあげていた。いわゆる水じゃない。不毛の街でも人に気づかれることなく静かによこたわっている、母なるもの、原始生命の力、天地創造の日々に私たちをつくったものそのもの。

そのときの私は、春の夜おそくに家に帰ってきたあほずらの若者となんらちがいはなかった。生命を、とりわけ両生類を研究する学徒であることだけをのぞけば。いってみれば、生物に対してはずっと感度が高いはずだった。私はいろいろな実験を手がけていたから」——黒い手袋が私の目の前でジェスチャーをくりかえした。「感じやすかったことが、あかされたんだ。

それはあの川へと消えるあの道路のうえではじまった。はじまりは、いやになるほど単純だ。まわりじゅう、どの街灯のしたにも、小さいの大きいのとりそろえて、カエルたちが着実に川のほうへ向かって跳ねているのが見えた。彼らも私もおなじほうに向かっていたんだ。

そのころの私には、気まぐれ心も、あの大きなうねりにひきつけられる感受性もあった。私もそのなかに加わることにしたんだよ。べつに神秘的というほどのものじゃない。ただ、私はピョンピョン跳ねだしたんだ。陽気にね。跳ねながら川をめざす群れといっしょに前へ進んでいると、大きなピョコピョコと動く影ができるのだが、それが楽しくてしょうがなかった。

春の宵に湿った舗装道路を跳ねるというのは、浮かれ気分をうながすものでね、とりわけくだり坂ではそうなんだ。私たちもやはりそうだったよ。少しでも大きなジャンプを、少しでも遠くへ、という気持ちはどんどん大きくなっていった。なにか狂気のようなものが私にはたらきかけたんだろうね。息が苦しくなるまで跳ねていると、すくなくとも最初のうちは自分の影もいっしょに跳ねて、苦しがった。

跳んでいるときだけ、私はひとりではないんじゃないか、という気持ちがふくらみはじめた。この感覚は最初はごく弱いものだった。普段はごくおとなしい散歩者である私なのだが、抑制された自我のなかには存在すると思っていなかった潜在的なエネルギーと敏捷性を発見して夢中になっていたからだ。

街灯のしたを通りすぎるときだけ、私はその存在に気がついた。ヒョコヒョコ跳ねる私の影とならんで、もうひとつ、大きなものがグロテスクなさまで跳ねているんだ。それは、まわりのカエルの世界の不気味な暗示のようだった。大きさもさることながら、影の動きから判断するに、それは私よりももっと高く、もっと楽しげに跳んでいることがうかがえて、私は衝撃を受けた。

〈それはけっこう〉君はそう言いたいだろうね」ドライヤーはそこでいったんことばを切り、寛大な表情で私を見つめた。

「〈どうして、まわりを見まわさなかったんです？　それが科学的態度というものでしょう〉そう言いたいだろう？　たしかにそれは科学的態度といえるだろうね、お若いの。しかし、深夜のからっぽの道のうえではできないんだ。しかもその影が自分の影によりそい、さらにひとつ、またひとつと増えてくると、見まわすどころじゃない。

立ち止まることはできない。右も左も見ることはできない。そこにあるはずのもののことが、恐ろしくてできないんだ。そのかわりに、ただ踊りつづけるんだ、狂ったように、絶望的に。あの影が後方に去ってくれないかと願いながら、力いっぱい跳びつづけるんだ。さもなければ、つぎの街灯のしたに来たときに、ただの木の葉のダンスだったんだと証明されないかを願って。またたは、この深夜の酔狂な踊り手が別の道に姿を消すことを願って……

決して見ることはない。見ることができないんだ。なぜなら、それをやってしまうということは、私たちが生き、存在し、つかの間の時を刻むこの宇宙を破壊してしまうことを意味するからだ。決して見てはいけないんだ。なぜなら、いまや影たちに加えて、巨大な両生類の足がきざむ間のぬけた足音が聞こえはじめているからだ。音は決して高くはないが、すぐそこに、肩のすぐうしろに迫っている。春の完全な狂気とともに跳びあがり、彼らのリズムは骨の髄までひびいてくる。単なる肉体や血には耐えられないほど途方もない悦楽の高みまで。

もはや私もその一部だった。この世のからくりの背後にある精霊の狂ったダンスの一部だったんだ。おそらく、あの原始的で根源的な夜にくりひろげられた湿地の供宴で、私の街灯のしたでの不注意なジャンプが彼らを呼びよせ、注意をひきつけ、四次元的道路から時間の世界へと飛び降りさせてしまったのだ。

いやいや、あのときは、こんなに整然と考えていたわけではない。肺はパンクしそうだったし、からだは疲れきっていた。それでも私は、決して目を向けることのできない、私を決して追い越すことのない伴走者たちといっしょに力のかぎり前へ前へと跳ねつづけた。千回もの春（ジャンプ）がもたらすたとえようもないエクスタシーは私をけしかけて、自宅の玄関口をよろこんで素通りして川へと向かわせた。長いあいだ忘れられた道へ、湿地と春に課せられた忘れがたい運命へと。

それどころか、私は跳ねながら変わっていった。私のなかにまだ残っていた最後の人間としての恐怖と警戒心が奮い起こされたのだと思う。私の意思は休止状態で、跳ねつづけることをやめられなかった。さらに、催眠的とでもいうのか、ある種の不思議な感覚が、私のからだまでもが変容している、もしくはいままさに変わろうとしていると告げた。私は高まりゆく安堵感のなかで跳ねつづけた。私は……

ちょうどそのときだった。船着場の明かりが見えはじめたのは。私たちは道の終点に近づきつつあったのだ。そして、前述したように、道は川のなかで終わっている。そのことが、私に人間としての恐怖という感情を目覚めさせてくれたのだと思う。人間は陸の生きものなのだ。人間はみずから望んで両生類の影という化けものじみた仲間たちと、深夜に川のなかへ跳びこもうなどとはしないのだ。

それでも、彼らの力はまだ私をとらえていた。私たちは狂ったように船着場へ、そこに吊るされている明かりのもとへ、明かりがはなつ光が十字架のように交差した場所へと向かっていた。私のなかの一部は必死で止まろうとするのだが、別の一部は跳びつづけようとする。しかし、足もとに口をあけた水を目にするという、狂わんばかりの恐怖の最終局面で、私は叫んだ。〈助けてくれ！　神様、助けて！　イエス様、私を止めてください！〉」

ドライヤーはことばを切り、明かりのもとに近づくようにからだの位置をずらした。それから、ふたたびおちついて語りはじめた。

「私は決して信心深い男じゃないんだ。その叫び声はそのときの私の恐怖のすさまじさを露《あら》わにするものにすぎなかった。それでも、奇妙なことは起こった。光の十字架が望みをかなえたのか、神への訴えがききとどけられたのか、そんなことは知りようがない。

しかし、その電撃的な一瞬で、私は自由の身となったのだ。それはまるでわるい憑《つ》きものがおちたような感じだった。ある瞬間まで、私は人ならぬ年をへたものどもと跳《と》びはねていて、つぎの瞬間、私は船着場のうえでガタガタと震えるひとりの人間にもどっていた。なかでもいちばん奇妙なのは、その深夜の時間帯に突然沈黙が訪れたことだろう。私はアークライトが描く光の弧を見おろしたが、私の足もとで、大移動の途中のちっぽけなカエルの子が弱々しく跳ねた。やつらには凄《すご》みの気配など痕跡すらなかった。しかし、いずれわかってもらえるだろうが、私にはおそろしいゆりもどしが待っていた。私はもう二度と彼らを実験の対象としてあつかうことができなくなってしまったんだ。それ以後、私の研究は途絶えた。私の仕事は過去のものになってしまったんだ」

彼は語りおえ、酒をすすった。それから、私の目をのぞきこんで、おそらくはそこにただよっている困惑を認めながら、黒い手袋をしたほうの手をもちあげて、ゆっくりとその手袋をはずしはじめた。

なんの警告もなしにほかの人にそんなことをすべきではない。しかし、私がなにか証拠を求めているように彼に感じさせてしまったのではないだろうか。私は目をそらした。だれだって、水掻きのある両生類の手をもった人間など見たくはないものだ。

私はどぎまぎして椅子を立つと、彼の声が椅子の奥深くから這いのぼってきた。

「問題は手ではないんだ。ことは選択への疑問なんだ。私は臆病者だったのだろう。心の準備もできていなかった。おそらくそうなんだ」彼の声は居心地わるげに自分の記憶を探っているようだった。「おそらくは、疑問などいだかずに、彼らとあの春を受けいれればよかったんだ。彼らを信じてそのまま跳びつづけるべきだったんだろう。すくなくとも彼らはとても楽しそうだった」

彼はため息をつき、グラスを置き、からっぽの空間をじっと見つめはじめた。私のことすら忘れてしまっているように見えたので、私はつま先立ちして静かにその場をあとにした。

*

*

10 隠れた教師

THE HIDDEN TEACHER

ときとして最良の教師は、ただひとりの子ども、もしくは希望の褪せた大人に、たった一度だけ何かを教えてくれる。

——作者不明

1——知恵の力

おそるべきなぞかけは、今日の哲学者にはじまったわけではない。科学の実験主義的手法は、ただ単に人のよりどころのない感覚をひろげたにすぎないと言えなくもない。二千年以上も前にユダヤの砂漠にかしずくヨブという名の男は、失意のあまり、彼が信じる神に対して不公平感を訴えた。それに対して、天から吹きおりるつむじ風にのった無慈悲な問いかけのことばが、この嘆願者にあびせられる。それはまさに現代科学のひびきを帯びた問いかけだった。神はヨブに言うのだ。鷹が舞いあがるのはだれの知恵によるのか、雨の父親はだれか、雪の倉に入ったのはだれなのか、と。

このドラマでは、かたわらに立つエリフという若者も重要な役割をになっている。エリフは神に抗議をこころみる年長者に対しておずおずと挑みかかる。神が自分のことばに少しも答えられない、というのは誤りだと。神はさまざまなかたちで語りかけているが、人間がそれを悟らないのだと。個々の信念がどのようなものであろうと、隠れた教師とでもいうべき存在を考えることは、たったひとつの教育の型にとらわれすぎずにすむという点で、おそらくとても良いことなのだ。

私たちは教師から学んでいると考えているし、たしかにときにはそうだろう。しかし、教師は、学校や立派な研究室でばかり見つかるというものではない。私たちが学びうることは、私たち自身の内なる知恵の力にかかっていることもある。それ以上に、もっとも偉大な教師でさえ、姿を隠しているかもしれないのだ。年よりがかならずしも賢者であるとはかぎらず、また、教師は教えを受ける若者の都合のいいように教えるわけでもないことを見定めたのもエリフという若者だった。

たとえば、私はかつて一匹のクモから思いがけない教訓を得たことがある。それははるか西部の地で、ある雨の朝に起こった。私は化石を求めて峡谷をさまよっていた。そして、ちょうど目の高さにいた黄色と黒に彩られたばかでかいクモとはち合わせしたのだ。その巣は涸《か》れ谷のはしに生えたバッファローグラスの丈高い穂のあいだに張りめぐらされていた。そこは彼女の宇宙そのものだった。彼女にとっては、彼女が暮らす巨大な円の外にある世界はないに等しい。彼女の爪の延長ともいえるデリケートな構築物をとおして、彼女はわずかな振動までつぶさに感じとっている。彼女は風を感じ、雨粒を感じ、捕らえられた蛾の羽ばたきを感じる。獲物がかかろうものなら、巣のじょうぶな縦糸づたいにたちまち馳せ参じて、吟味にかかるのだ。

好奇心にかられた私はポケットから鉛筆をとりだして、糸にふれてみた。反応は即座にあらわれた。やっかいな邪魔ものにたぐられた巣は、うなり声をたてんばかりに振動しはじめたのだ。このおどろくべき巣に鉤爪なり翼なりが少しでもふれようものなら、たちまち逃げ出せなくなるだろう。振動がおさまってくると、巣のオーナーが獲物の悪戦苦闘ぶりを確かめるために糸をあやつっているのが見えた。鉛筆のさきっちょは、この宇宙にとって前例のない闖入者《ちんにゅうしゃ》だ。クモはクモの発想でものを考える。それはまぎれもなくクモの宇宙なのだから。クモの巣の外は不条理でまったく異質な世界であり、せいぜいが餌《えさ》の供給源でしかない。谷間の道をぼんやりした無力な影のように歩きながら私は考えた。あのクモの世界には私など存在しないのだと。

道々、さらに考えた。いまこのときも、私のからだのなかの細いパイプを、ある種の根源的な知性とも呼べるものをたずさえて這いまわっている白血球にとってはどうなのだと。白血球の恩恵なしに私は存在できないのだが、私が思考する「私」という概念は、それらアメーバ様の生命体にはなんの意味もないのではないか。そのかわりに、私とは、白血球に意義あるメッセージを伝達し、かりにそれらに思考能力があるとしたら不滅にも映るであろう自然環境をもたらす、ある種の化学的なクモの巣なのだ。細胞は、私にとってさえ薄ぼんやりとした光としてただよい霞《かす》みはじめた意識を織りこんだ奇妙な織物のなかで、生まれては死にをくりかえしながら世代を継いできたし、これからもそのように生まれ、死んでいくのだ。

それ以降、私はいたるところに宇宙を見るようになった。あるものは大きく、あるものは小さな、生命を宿したたくさんの宇宙。人間の宇宙もふくめ、それらはいずれも何らかのかたちで限定された境界をもっている。そして、私たちはたがいの生活をさまざまな違った位相で浸透しあいながら生きている。あたかも、ドアをすりぬける幽霊のように。

その後、何年にもわたって、私の心は何度となくあのクモとのはるかな出会いの瞬間へと立ちもどった。あの網の目の宇宙のおぼろげな記憶の断片からは、いまもなお、メッセージが立ちのぼってくる。いったい何がこれほどまでに私を悩ませるのだろう。人間の勝利に対してあのクモが示した完璧な無関心ゆえなのだろうか？

もし、そうだとしたら、あの勝利はじつにリアルで、否定のしようもなかった。精神的な意味においても露出した地層の継目においても、私はかなたに伸びる時間を何度となく目にしてきた。その失地回復は現代科学の最大の功績といってよいほどなのだ。私は人間自身をもふくめたあらゆる生命が生まれた原初の海にただよう細胞を見た。古代の海の塩分は私たちの血にとどまり、石灰質は骨に残る。浜辺を歩くたびに靴や衣服を脱ぎすてたくなったり、まるで長い戦争でホームシックにかかった難民のように海藻や白くあせた流木のあいだを漁《あさ》りまわりたい古代の衝動にとりつかれる。

そして文字どおり、決して親切とはいえない環境との生命をかけた戦争は、三十億年ものあいだくりひろげられてきたのだ。最初は奇妙な化学物質が、酸素の欠けた空のもとでわきたつことからはじまった。その戦いは太陽の光を統御することをおぼえた最初の緑の植物が登場するまで延々くりかえされた。かくもひ弱で壊れやすく、そのくせとどまるところを知らぬ夢と飢餓感に満たされた人間の脳は、木の葉の力で燃えさかる。

血液の細胞は酸素をからだじゅうに、とりわけ脳にせっせと運ぶ。ほんのわずかでもこの命の空気が途絶えれば、私たちが意識と名づけた現象はたちまち生なき闇に沈んでしまう。からだは奇跡の器だが、その生命はみずからは生みだすことのできない元素にゆだねられているのだ。ただ緑の植物だけが、はるか宇宙のかなたからやってくる光を変化させる秘密を握っている。人間とほかの生命との複雑な結びつきを、これほど鮮やかに描きだす関係は、ほかには考えられない。

化石の研究からは、過去に地球に誕生したおそらくは九十パーセントにものぼる生物は、死滅してしまったといえる。人間よりもはるかに長い時間この地球に栄えていた生物も、絶滅してしまったか形をとどめないほど変化してしまっている。トラの長すぎる牙は行きづまり、最後のマンモスは人間の槍《やり》の前に倒れた。特殊化した者は、彼らを生みだした環境が滅びるとともに消滅するのだ。

この三十億年におよぶ生物たちのゆるやかな手探りのうちで、ただ一種の生きものだけが、過剰な死をもたらし奮闘を無に帰す特殊化という罠から逃れることに成功した。それこそが人間だ。しかし、大きな声で言うべきことではない。なにしろ、人間の歴史はまだ完結していないのだから。

直立の姿勢によって二本の手が自由になり、まわりの環境を探索し操作することができるようになって、ついに脳という特殊化した器官——逆説的ながら特殊化の罠からの脱出を可能にした脳——をもつ生物があらわれたのだ。自然の僻遠《へきえん》やひび割れのなかに追いこまれた多くの生物たちは、のちの絶滅という代償をはらって、つかの間の生存をなしとげたにすぎない。

草の葉のあいだのクモの思念がつくった網状の小さな宇宙に、私の心をたちもどらせ悩ませるのは、この事実なのだろうか。

おそらくは。

洞窟の壁に動物の姿を描きだしていた心は、いまでは時間と空間を超えて、みずからの心の果てしない分割化にとりくんでいる。人間は、ほかのすべての生命をつかさどるという境界をも打ちやぶってしまった。どうやら私は、あの峡谷の縁《ふち》で空にむかって自分の宇宙をたぐる大グモをしばしば思いうかべる理由をみつけたようだ。

あのクモは、ミニチュアサイズの人間の象徴だったのだ。あの円形の網こそが明快なアナロジーになっている。人間もまたクモとおなじように、星のきらめく宇宙にまでのばした巣のまんなかにいる。それは同時に有史前の暗い過去の領域にのばした巣でもある。パロマー山の頂上にある巨大な目は何百万光年かなたを見つめ、パラボラの耳はさらに遠い銀河のささやきをとらえ、一方で、電子顕微鏡をとおして、自分自身を構成する微細な粒子までをものぞきこむ。これは、かつて地球に存在したいかなる生物も紡ぎだすことのできなかった巣だ。あのクモのように、人もまた巣のまんなかに横たわり、耳をそばだてる。知識は自分が出現する以前の地球の歴史の記憶をも授けた。あのクモの爪のように、じかには入れない世界にふれることもできる。いまこのときにも、ぼんやりした未来の要素を彼があやつる目には見えない巣の一部として編みあげるように、新しい機械で計算し、分析し、時間に手をのばしている。

しかし、なおも私のクモは暮れなずむ空を背景に記憶のなかに浮かびあがってくる。クモの宇宙のクモの思考。雨粒や蛾の羽ばたきを感じ、外の世界を知らず、外界からつっこまれた鉛筆のような予期できぬことをゆるさない宇宙。

人間はこのクモと、いったいどこが違うというのだろう。人間の思考は、クモの思考同様に限られている。アダムとイブの楽園の夢を追い求め、アメリカの緑の森の奥でその夢を見失ってしまった人間が、いちばん近くの星に土壌の腐敗、戦争や暴力、管理しがたい人口増加の重荷といった脅威をもたらそうとしていることを考えてみればいい。月のむこうの蜃気楼のように、いまふたたび夢が手招きしているのだ。勝手に網を紡ぐがいい。それが人間の生来の気質というものなのだ。しかし、その一方で、私は自分のからだのなかの川を流れている白血球を思わずにいられない。かぎりある宇宙のなかで休みなくはたらきつづける細胞のことを。あのクモには、私の顔も、私が彼女の世界につっこんだ小さな探針も、識別する能力が与えられていない。それとおなじで、私たちはいったい、目にすることのできないどのようなものの一部なのだろう。

私たちも自分の感覚器官の延長にたよりすぎている。つめたい広大なツンドラのまんなかからはじまり、宇宙へ飛躍するまえのほんのつかの間の氷河期の心の達成感。もはや人間は、たとえ宇宙の終わりまで見たとしてもまだ満足できない。核エネルギーを槍のように手のなかでもてあそんでいながら、それでもまだ十分ではない。稲妻や過去や未来を見たとしてさえも。こんなことをつづけていれば、人間の偉大なる脳は、学ぶことを知らない野獣のための自然界に満ちみちた、おなじみの罠の餌食となってしまうだろう。

宇宙の果ての銀河のささやきを聞いても十分ではないし、生命の暗号ともいうべきDNAの螺旋《らせん》構造を詳細に調べつくしても、なお十分ではない。これが私たちの拡張する認識だ。しかし、その外に光と銀河を夢みる究極の夢見人《ドリーマー》の巨大な暗黒が依然としてよこたわっている。行動や物質的な存在が生まれる前に、暗闇のなかでイマジネーションが育っている。人間にはこの究極の謎や創造力がそなわっている。銀河から、からだのなかを流れる自分を超えた何ものかのためにはたらく細胞へと目を向けるとき、氷河期をのりこえ、科学という鏡と魔術をのぞきこんでいる、自己を編みあげる人間という存在を顧みてみよう。彼は自分自身や、自分の野生の顔つきだけを見にきたわけでは決してない。彼は彼を超越した領域の、心からの聴衆であり模索者であるからこそやってきたのだ。それこそが、原初の薄暗い洞窟のなかでさえ奉った、さまざまな名で呼ばれる崇敬の対象なのだ。人間が自己を編みあげてきたのは、才覚を超えた天分ゆえであり、だからこそ、始源の単細胞もそうであったように、奉仕すべき霊的な生物を探しつづけねばならなかったのだ。

2――自然

ヨブの相談相手であり批評家でもある年若き男エリフは、才覚を超えた天分のことをたんに「教師」と言った。ことばに対する感情的問題にすぎないのだろうが、今日、この教師を「自然」におきかえたほうがずっと受けいれやすいようだ。あのクモにも、周到に張りめぐらされた彼女の宇宙に侵入した目に見えない私のいたずらにも遍在している自然。しかし、自然はただ単に現実を象徴しているわけではない。生命のなかにおいては自然は未来を用意し、選択肢を提供する。自然は教えてくれる。自然の教えは、ヨブの詰問をあざ笑うように無視するつむじ風の声のようにしばしば隠されてあいまいなのだ。

数か月前に、近所のショッピングセンターの風通しのいい一角で、すばらしい小さな生きものに出会った。ちょっと見には、店のひさしからするすると降りてきた足の長い毛深いクモのように見えた。つぎの瞬間、それはまるで糸にぶらさがったクモのようにゆっくりと空中に身をのりだし、駐車場のほうへと飛んでいった。そして、ふたたびひょろ長い足で突風にのっておそろしい速さでこちらのほうへもどってきた。

その生きものが、実際にはフィラメント状の種《たね》であるとは容易に気づかなかった。その種《たね》はまるで意識をもつ動物のような不思議な正確さで、安全な隠れ場所を探して飛びまわっていたのだ。現に、そいつは捕まえようとする私の手をすりぬけた。そのしなやかな足はミルクウィードの綿毛よりもじょうぶで、風をとらえて、すばやく舗道のうえを走りまわった。その姿は、秘密の荷物をもってあちこち跳びはねている小人《ノーム》のようだった。私に言えるのは、それまで一度も見たことのない新種の、生命のごちゃまぜアルファベットのひとつだということだけだ。

新種だと？　まずまちがいなく、植物学者は私の思いこみを笑うにちがいない。しかし、しばし私の話を聞いてほしい。子ども時代のほんとうの話を。いや、私は人並とはなにかを知るにも、自分が見たものに驚嘆するにも十分な年齢《とし》になったばかりだった。私が目にしたものは、その名がなんであれ、まさしく隠れた教師から贈られたものなのだ。

ヒンズー教の神クリシュナが子どものころ、口をぬぐってやった母親はうかつにも彼の口のなかをのぞきこんでしまい、そこに宇宙を見たという。慈悲深くもそれはただちに母親の目から隠されたのだが。ある意味においては、それは私の身に起こったことなのだ。ある日、学校に転校生がやってきた。学年は私より一年上だった。何日かして、校長先生がその少年を連れて算数を勉強中の私たちのクラスにやってきた。彼の眠たげで横柄さをたたえた表情は、いまでも目に浮かぶ。私たちのクラスはもっとがんばらなければいけないと厳しく宣告された。

この事前の訓告がすむと、子どもにはまったく太刀打ちできそうにない、おそろしげな数式が何列も黒板に書かれていった。クラスの生徒たちはお手上げといったようすで、ただただ黒板を見つめていた。先生の準備が終わると例の転校生がぶらぶらと前に歩みでて、退屈しきったようすで私たちから媚《こ》びへつらう教師へと一瞥《いちべつ》をくれるや、猛烈ないきおいで答を書きはじめた。現代のコンピュータのごときスピードで、黒板はすぐ埋めつくされた。それから彼はぞんざいに大あくびをしながら、ぶらぶらと教室から出ていった。

最後の石斧を手に森のはしに立つ、眉の隆起した子どものように、私は新しいタイプの人間の誕生を目撃したのだ。彼は教師たちをはるかに超えていた。つまらない目的に利用されていたが、数学的な完璧さのきらめきをたたえた目には見えない宇宙の網が、だれから教わりもしないのにこの少年の心のなかに光を宿したのだ。わがままで人を見くだした態度をとる子どもに育っていた彼は、私たち原始人に刺激をあたえ、事実、教師たちにも無理なことを学ばせるために、クラスからクラスへとひきまわされていた。彼はあまりにも貴重な存在だったため、とてもではないが、私たちが遊ぶ校庭へと解き放たれることなどなかった。まあ、もっともなことだ。数か月後には、彼の両親はふたたび彼を連れ去ってしまった。

それから長い年月をへてふりかえってみると、私はあのとき、人間の教えではなく、理解を超えた方法で連結された百六十億もの神経細胞をもてあそぶ「教師」にさらされていたのだ。教師という擬人化した表現が気にいらなければ、光を求めてうずまく風のなかから聞こえてくるなじみの声、自然といってもよい。いずれにしても、私は生命の無限の創造性の幸運な目撃者だった。この創造性は、いまもなお、黒い鱗《うろこ》をもつ生物が卵から生まれていた巨大爬虫類たちの時代、最良の生物たちはまだためらいがちに活動をはじめたばかりの時代同様に、アンバランスで偶然に満ちているように見える。

生命において形態は長く維持されるものではない。私たちは時とともに内側から崩壊する。死ぬのだ。私たちがおぼろげながらようやく理解しはじめたばかりの暗号の、隠れた教えによって築かれているからだは、もとの元素へと分解してしまう。のちの世代に受け継がれるものは、私が出会った天駆ける種《たね》のような形をした指令のつまった小さなカプセルだ。私たちははじめての生物学的教訓を得た。どの世代においても生命は針穴を通すようにして受け継がれているのだ。それはしばらくのあいだ、成体の外見とは似ても似つかない分子状の姿で存在する。それはふたたび人間もしくは爬虫類になる道を自分に教える。時がたつうちに、暗号にはさまざまな違いが出てくる。ときには、プテロダクチルスに起こったように、風とともに永遠に消えてしまうこともある。

さもなければ、暗号が個々の統計学的変化によって微妙に変わっていく。消えていったネアンデルタール人がかつてそうしたように、やがて私は、遺伝型を取りかえることもできた生物を末期の目でながめるだろう。遺伝子の暗号は純粋な言語とおなじように、とりかえしのつかない道筋にそって分岐し、進化していく。

もし、自然の教えが針の目を通すように伝えられるのならば、また、人間の知覚領域以下の、時間も感知できないほど微細な分子の闇を通して伝えられるのならば、同時に、文明という名の記念碑的構造物もまた、針の目を通すように伝えられると言えるだろう。それらはことばという目には見えないひと吹きの空気によって、世代から世代へと伝えられてきた。ことばはまた、象徴的に粘土に刻みこまれたかたちで見ることもできる。水辺の泥に押しつけられた繊細な足跡が飛びたって長い時間をへたあとにも秋の鳥の訪問を教えるように、廃墟に残った走り書きの刻まれた小さな粘土板は、何千年もの時の砂漠を超えて人間の思考の種《たね》を伝える。この場合、教師は社会の脳なのだが、それは精密なヒエログリフとして圧縮されねばならず、この驚異的な技にとりくんだ者の心はほとばしるメッセージのなかで消え去る。遺伝子の暗号とおなじように永遠の時間のなかでせきたてられて何度も何度も組み換えられる。まちがった時代に記録されてしまったアイディアが、劣性遺伝のように隠れていて、突然変異のごとくよき時代にいのちを吹きかえすこともある。

ときとして、考古学者が偉大な秘密の隠された墓のうえの石板をもちあげた瞬間に、幸運な者は全人類の由来を見通す暗い入り口をつかの間、目にすることがゆるされている。こうして、メッセージは再三伝えられるのだ。メキシコの考古学者ルス・ルイリエは、パランケのピラミッドの鍾乳石のしたに隠された巨大な墓にはじめて入ったときのことをこう語っている。

「暗い影のなかから、おとぎ話のような光景が浮かびあがってきた。それは別の世界の不気味で不思議な光景だった。氷で彫った魔術師の洞窟さながらで、壁は雪のクリスタルのようにキラキラと輝いていた」

象形文字や浮き彫りの壁画のうえに松明《たいまつ》をかざしたとき、この探検家は驚嘆の声をあげている。

「千年以上にもわたって、この場を目にした者は私たち以外にいないのだ」

あるいはまた、知られざるファラオの伝説を読む者もいるだろう。このファラオは愛する女性が神なる王の墓にいっしょに埋葬されるよう秘密裡に計っていた。これは、あらゆる先例をものともせず、何千年をも超えた個人的なメッセージを伝えようとする憐憫《れんびん》による行為なのだ。

ここまでのところ、私たちはあるひとりの隠れた教師について語ってきた。聖書に登場する自然の象徴ともいえるつむじ風から聞こえてくる痛烈な声についてだ。分解や腐敗に支配された生物の、見た目の力のおよばない針の目を通るような微小世界の、おどろくべき構造的記憶について見てきた。みずからの社会的記憶を次代に伝えるため、このおなじ暗号の原則を無意識に利用した人間の心を見てきた。社会のなかでつかの間、生きる細胞のひとつにすぎない個人が消え去ってもなお、組織の構造は残る。かりに変化するとしても、遺伝子的継続性の流れのなかに受け継がれてきたものとかけはなれてはいない、目には見えない範囲でのことだ。

この世界では、星々の年齢と比べれば、生命はまだまだ若い。それゆえに、私たちは遠い先行者である爬虫類の中継者としての役割を過小評価することによって、自分たちの知的達成度を高めようとする。そして、あの古《いにしえ》のつむじ風の目から見れば、総体としては疑いようもなく私たちこそが、いまだに私たちを包む原初の夜明け時代の、わずかに冗漫で危険なドラゴンなのだと考えることを拒絶する。

「総体として」と述べたことに注意していただきたい。というのも、人間のあいだでこそメッセージの役割が、そしてそれゆえに個々の教師（ここでは隠れた教師というべきだが）の役割がより明らかにあらわれはじめ、その教えはより多様性を帯びはじめるからだ。死んだファラオは、意図しておこなったわけではないが、意味深い行為によって、失われた宗教の装飾品よりも長く、人間の慈悲深さを印象づけることに成功した。

現代の多くの教育者同様、私も教師に成績をつけて評価しようとする学生たちの要求には耳を傾けてきた。そのなかで、三十歳を超えた人間は、若者に教えることはできないということばを、耳にたこができるほど聞いた。しかし、単純で高貴な行動によって、感受性の高い人びとに、意図せずに教えを残した何千年も前に死んだファラオには、どのようにして評価をくだしたらよいのだろう。

何年も前に、のちに世界的に知られた人類学者となるよう運命づけられた学生が、特筆すべき知恵をもたない講師によるヘブライ語の言語学的特異性についての講義を聞いていた。その時点でその学生は、家族からの強い希望もあって、神学者の道に進もうと考えていた。講義に熱がこもってきたころ、後部の座席を占めていたこの学生は、興奮気味に講師に挑みかかった。

「おっしゃることはよくわかります。モヒーガン族のことばとじつによく似ていますね」

言語学者は眼鏡をいじりながら間《ま》をおいた。「君、モヒーガン語は死んだ言語です。十八世紀以降、記録にはいっさい残されていないのです。はったりはやめたまえ」

「おことばですが、先生」学生は希望をこめて反撃した。「私は現在もモヒーガン語を話す老女を知っています。彼女が存命のあいだは、モヒーガン語は死んだとは言えないでしょう。彼女はピーコット族とモヒーガン族の混血です。私は彼女から単語を教えてもらって、会話を交わすこともできます。彼女は私が子どものころから、私の面倒をみてくれていたのです」

謹厳で古風な学者は言った。「君、今夜六時、わが家のディナーに来てくれたまえ。この問題をじっくり話してみたいのでね」

数か月後、この学生は注意深い指導のもと、モヒーガン語についての論文を出版した。それは、忘れられた言語および北部森林のインディアンの民族学について書かれた、その後につづく長大なシリーズの記念すべき第一巻となったのだ。彼は隠れた教師の魅力にひかれて、人類学へと専攻を変えた。しかし、だれがその教師なのだろう。彼自身か、彼の言語学の講師か、それとも、自分たちのことばを聞きたいばかりに、子どもにやさしく語りかけていた、死滅した言語の最後の孤独な語り手だろうか。

のちに彼は、私を指導してくれた教授のひとりとなった。彼が三十歳をはるかに超えていたことは、しぶしぶながら早々に告白しなければならないのだが、彼からはじつに多くのことを学んだ。私が彼から学んだことのほとんどは、うすぎたない学生食堂でコーヒーを飲みながらかき集めたものだ。私たちが語りあったのは、私たちのどちらよりも数百年も古いことがらについてだった。私たちの共通の関心事は、ヘビや肩甲骨占いや未開の森のハンターたちの忘れられた儀式だった。

私は彼のことをつねづね、なみはずれた人物、さらにいえば私の隠れた教師だとみなしている。しかし、なんということだ。いまでは、何もかもが時代遅れのものとされてしまった。私は彼が提示する奇異なテーマの非現実性に異を唱えたことなど、決してなかった。私たちは受けいれ態勢万全だった。彼はカヌーの名人で、私は学位の保証を得るまえに溺れてしまうことが明らかな場所へと連れまわされたのだった。今日なお、彼から教わった知識の断片は、使われないまま私の心の屋根裏の片隅に残っている。そのほとんどは役立てる機会をみつけられずにいるのだが、それでも、何らかのかたちで私の人生のすべてに色を添えてくれている。私はこの年老いた教授のものだといえる。彼が隠れた森の母の子となったのとおなじように。

しかし、ほかにも教師はいる。たとえば、狩猟民たちのあいだでは予言者の夢にあらわれる動物のカウンセラーの存在が知られていた。また、古代ギリシアでは枕辺に立つ魔的な超自然な存在が知られていた。身をかたくして横たわっていると、ときに恐ろしい声が聞こえるのだ。「おまえは眠っている」声は何度もそう告げる。横たわる者は、あたかも、自分への死の宣告を受けているようだ。「アトレウスの息子、アキレスよ。おまえは眠っている、眠っている」隠れた存在はそう告げて、消えてしまうのだ。

私たち現代人は、夢についていろいろな知識をもっている。しかしそれでもなお、夢は惨事の予言だけではなく、内なる教師や癒し手にもなりうることを知っている。また、偉大な芸術は人間の夜の思考であるとも言われている。はるかな虚無のかなたで超新星が突然輝くように、夜の思考はなんの前ぶれもなしに、底知れぬ無意識の深みから浮かびあがってくるのかもしれない。批評家は天文学者のように、あとになって観測することはできても、由来を明かすことはできない。

若いころに家族と離れ、そのまま亡くしてしまった苦い過去をもつ作家の友人が、中年にさしかかったころの出来事の顛末を聞かせてくれた。当時彼は、自伝的なエピソードを盛りこんだ非常に気の重い作品にとりくんでいた。ある夜、彼は夢をみる。じつになまなましく、細部のリアリティーに身の毛もよだつような夢だった。

夢のなかの彼は、冬の夜の闇のなかを雪をきしらせながら先をいそいでいた。彼は長いあいだうち捨てられた果樹園のなかのなじみの小道を駆けあがっていた。その道は彼が子ども時代をすごした家へとつづいている。家に近づいてみると、窓は暗く人の気配もない。しかし、夢の力に駆りたてられて、彼はポーチにあがり、かつての自分の部屋の窓をのぞきこもうとした。

「まったく突然だった」彼はそう語った。「突然、ガラスに顔を押しつけたいという強い欲望と、それに反発する気持ちとがごちゃまぜになってぼくを襲ったんだ。直観的に、家のなかではみんながぼくのことを待っているのがわかった。のぞきこみさえすれば。かつて愛し、そして憎んだ父と母とが。しかし、窓は暗いままだ。ぼくはしばらくためらっていたが、マッチをすったんだ。その瞬間、凍りついたような沈黙のなか、青白くよそよそしい父の顔がガラスのむこうに見えた。母の顔もあった。その顔にはもっと後年につくはずの深いゆがんだしわが刻まれていた。

猛烈な怒りの波が押しよせて、臆病な気持ちをのみこんだ。ぼくはマッチの火を包むように手でおおいながら、窓にどんどん近よった。あの恐ろしいものに対峙するまで。マッチの火が消えかかったとき、ぼくの顔はほとんどガラスにくっつかんばかりだった。夢のなかではよくあることだが、瞬間的になにかが変わってしまって、ぼくがのぞきこんでいる顔は、ぼく自身の顔だということに気づくんだ。まるで真っ黒なガラスに映っているみたいだった。何かにとりつかれたような父の顔は、ぼくの顔そのものでもあったんだ。母の年老いた顔に刻まれた深いしわは、ゆっくりとぼくの顔へと再形成されていった。光は完全に消えてしまった。その悪夢におそろしい精神的ショックを受けて、ぼくは汗びっしょりで目が覚めた。ぼくは故郷から遠くはなれた島の港にいた。夜は明けかかっていた。珊瑚礁《さんごしょう》にうちよせる波の音が聞こえていた」

「で、君はその夢をどう解釈したんだい?」彼の話への共鳴からくる身ぶるいを悟られないよう、椅子に深く身を沈めながら私はたずねた。

「それはぼくに何かを教えてくれたんだ」彼はゆっくりとそう答えた。そしておなじようにゆっくりと、彼の容貌は美しく変貌していった。私がよく知っていた疲労の刻まれたしわは、かすかに目立たなくなったようだった。

「その夢は何度か見たのかい」自分自身の経験に照らしてそうたずねてみた。

「いいや、一度きりさ」彼は答えて、はにかんだような表情を見せた。「ぼくはそれが自分自身だということを学んだんだが、それだけじゃない。もっともっと大事なことも学んだんだ。それは、ぼくは彼らだったということなんだ。これは大きなちがいさ。あまりにも遅かったんだが、それでよかったんだ。ぼくにはわかった。ぼくの家系は途絶えるところだが、ぼくにはわかったんだ。彼らもわかってくれると思うよ」彼の声は静寂のなかへと消えた。

「君は大事なことを学んだんだ。君は探していた何かをみつけたんだ」私がそう言うと彼は黙ったままうなずいた。しばらくの沈黙のあと、彼はつけ加えた。「墓から出てきたんだ。わが墓、心からね」

暗い夜道を家にむかって歩きながら、私は彼の体験について考えていた。そしてこんな結論を得た。炎と稲妻を自由にあつかうようになった野獣は、人間として最後を迎えているのかもしれない。彼は巣を築くことはできたが、それを維持することはできず、彼自身のイメージを超える以外には自分自身を救うこともできない。最後にいたって、究極の謎のまえで彼がつくっているのは彼自身なのだ。おそらくそれゆえに耳を傾ける巣が開かれてよこたわっている。知識によって、私たちは私たちの過去を、愚行を超えて成長できる。ほこりがあがり歩きはじめるまえに、闇のなかの夢見人《ドリーマー》が意図したことに近づける。古い本のページには、私たちは教師の手のなかにあると書かれているし、人間がどうあるべきかはいまだ明らかではない。

11 五番目の惑星

THE FIFTH PLANET

1——星のハンター

「あそこにはもうないな」彼はそう言った。彼は私が知るかぎり唯一の、星々のなかに骨をみつけようとしている男だった。そのとき、私たちは満天の星のもと、彼の羊の群れのなかに立っていた。「あそこにはもうないな」と彼はくりかえした。

「何がないんだい?」グレイの羊たちの背中のうえにきらめく銀の光を見ながら、私はまったく無邪気にたずねた。べつに深い考えがあったわけではなく、ただ会話をつづけようとしただけのことだ。

「五番目の惑星がだよ」彼はそう答えた。私はしばらく考えこんだ。確認のために二度ほど頭のなかで数えなおしてから、混乱した子どもをなだめるような口調で言った。「でも、五番目の惑星は木星じゃないか。ちゃんとあそこに見えてるよ。三脚を据えなおせば、すぐ見つかるさ。惑星は、ありがたいことにそんなに簡単に消えやしないよ」

「ところが五番目は消えちまったんだ」彼はそう言いながらも、三脚の位置を変えて木星の方向に目を向けた。羊たちはあいかわらず草を食《は》みつづけている。きっと私の聞きまちがいだろう。この高地の谷間を吹きぬける風はすさまじい。霜さえもが岩をくだく小さなピシッという音をたてている。

私たちはいつのまにか月のうえに突っ立っているのにちがいない、と思うほど寒かった。私はなんとしても部屋にもどって、火のそばに腰かけたかった。しかし、幾晩も幾晩もつづいてきたことだ。私が仲間を得たいと思う以上、これよりほかにしようがないのだ。彼はある意味では、私と同様に骨の狩人だ。ここには人がたくさんいるわけではないし、十分な助け手があるわけでもない。だから、彼がまともではないことがわかったとしても、彼を辱めるわけにはいかないのだ。かりに、私が彼の農地の周辺を一日探して骨をみつける確率が百に一つだとしたら、彼は百万に一つの可能性にかけてひと晩探しつづけているのだ。やはり、まともじゃない。そんなばかげた賭《かけ》にかかわりあっていられるほど、人の一生は長くない。小さな望遠鏡を手に、羊の群れのなかに突っ立って星のあいだに骨を探すようなまねをするなんて、まったくばかげている。

最初に彼と出会ったときには、私も彼の行為に魅《ひ》かれたのではなかったろうか。地球のことやその過去にとりくむ人間の常として、宇宙についてそれなりの好奇心はいだいているのだが、私自身は星のハンターではない。それは遠いはるかなものへいだく関心だった。それに、私は地面をのぞきこみすぎて近視眼的だったが、ラドナーはそうではなかった。彼は望遠鏡ののぞきすぎで、私と会ったときには斜視気味だった。彼は星を追いかけまわしているうちに、ため池にでも落ちて生涯を終えるようなタイプの人間に見えた。

彼は決してプロフェッショナルではない。そんなことはありえない。彼はズブの素人であり、狂信的でもあった。たまたま始めたのはいいが、この手の連中にありがちなことに、手のひき方を知らなかった。それはウィリアムズと、隕石の飛来にはじまった。そして、最後には……いやいや、まずはことの発端からはじめよう。

2――希望

まず、ウィリアムズが隕石を探しにやってきた。ありきたりのものではない、とてつもないやつをだ。二十トンはあろうかというやつが、三つの州にまたがって大地を震わせ目撃されたのだ。私はウィリアムズのことならよく知っていた。私たちはかつておなじ機関で働いていたことがある。星が落下し、どこにいったかを見きわめるうえで、彼ほどすぐれた目をもつ者などいないことも知っていた。

彼はかき集めた情報を地図に書きこみ、三角測量し、かの高地をめざしたのだった。もちろん、彼はラドナーのもとへ駆けこんだ。その土地では、なにをするにも彼の指示に従わざるをえない。

そこはラドナーの農場だし、手助けしてくれたのもラドナーだった。彼らは運がよかった。農場の働き手のひとりが、隕石が落ちてできた穴を目撃していたのだ。彼らはウィリアムズにとって最高の勲章といえる隕石を発見した。通常は、世界のどの地であっても、そそくさと梱包されて博物館に送られ、地元で多少の祝い酒の場が設けられたあとは、あっという間にすべてがもとの状態にもどってしまうものだ。

問題は、あそこでは何もかもがまともではなかったことだ。まず第一に、どでかい鉄の塊を掘りだすために、時間と道具と、さまざまな物資が必要だった。ウィリアムズはラドナーのところに数週間とどまったのだが、ウィリアムズのことを知る私には、そこで何が起こったのかは想像にかたくない。ウィリアムズは、ただ単に素朴な羊飼いのジム・ラドナーを感化し、彼をスター・ハンターに仕立ててあげてしまっただけなのだろう。それはそれでわるくない。日曜の夜になるとポーチに出て星を見あげる善良なアマチュアでいるかぎりは。しかし、ウィリアムズにかかると、ことはそれではすまなかった。

彼は天文学者でなければ伝道師こそふさわしい、生まれついての教師だった。そして、その素質はラドナーを改心させることに差し向けられたのだ。彼はまず、ラドナーに隕石の観測の重要性を納得させることに目的を定めた。そのこと自体、普通に進むかぎりはなにも害のないことだが、おまけとして悪魔的なひとふれをくれた。よき羊飼いの魂の奥深くに浸透する、ウィリアムズのように熱狂的な人物によってのみ可能なひとふれを。

それは無垢で無知なアマチュアには、到底、抗《あらが》いがたいことであるがゆえに、倫理に悖《もと》る不道徳な行為だと言っていい。ラドナーにはこれに対抗する十分な準備をする余地などなかった。彼はたちまち口をぽっかりあけた放心状態におちいり、頭がぐらつくまで宇宙を見つめつづけることになるだろう。そこで彼の肩ごしに虚空の果てに住む生命についてささやき、存在を確かめるための唯一の方法を教えるのだ。私たちをとりまく凍《い》てつく闇と、天文台のドームのなかにいる天文学者に訪れる孤独について語りかけるのだ。ああ、ウィリアムズの声が聞こえるようだ。星々の運行や宇宙の荒野で吠え声をあげて燃える巨大な炎について語る声。そしてまた、無限の深みや、はるかかなたのつめたい沈黙を語り、人の生命のむなしさを語るのだ。さらに、昆虫が歌うようにかすかに、ほかの惑星に生命がいるかもしれないという希望をささやく。それがまことかいつわりか、それがかつてあったか、未来にあるのかは知らず、孤独を分けあってくれる、私たちに似た外世界の生物について語りかけるのだ。そして、さらに、秘密をみつける術が語られる。

3——偉大なる計画

それは私の秘密ではない。おわかりいただけると思うが、私がそれを請けあうわけにはいかない。あくまでウィリアムズの領域のことで、私のではない。しかし、私には、彼が人の頭のなかに植えつけることのできる、とっぴょうしもない考えについてはわかる。私もまた時間という別の次元において、あのかすかな昆虫の歌を聞いたことがあるからだ。だからこそ、私は骨の収集へと出かける。そして、彼はラドナーにそれをやったにちがいない。私が一年後にひょっこり訪ねたときには、この男にはすでにすべての兆候があらわれていた。

ジムほど人のよい男にはお目にかかったことがない。少々変わり者だが、大きな手をもった実際家だった。ウィリアムズに感化されるまでは、ロマンを求める気質も彼のうちに眠っていた。そして、やもめだった。もし彼に女房がいたならば、彼をうまくあしらって、被害をこうむるまえにウィリアムズから遠ざけることもできたかもしれない。しかし、彼はまったくの無防備状態だった。彼はこの地で、ウィリアムズからもらった小さな望遠鏡を手に、星以外のことは考えられなくなってしまった。

彼の寝室には箱に詰まったファイルカードがひと山ほどもあった。そんなものはこれまでに見たこともない。そこにはなんのシステムもなかったのだ。アルファベットによる整理すらも。隕石の観察および、隕石に関連するあらゆることが膨大なごちゃまぜの山をなしていた。おそらく、それによって科学的な気分にひたっていたのではないかと思う。彼は箱について、なかには「事実」が詰まっているんだと語った。

私は彼のことは以前からよく知っていた。百万年も前に滅びたネズミによく似た動物の調査のために、この地方には以前から何度も訪れたことがあったからだ。私は彼にたずねてみた。「ところでジム。いったいぜんたい、君は何を探してるんだい？　この土地に変人はひとりで十分なんじゃないのかい。私は君とは、はりあいたくないよ」

「骨だよ」彼はそう答えた。

「なんだって？」

「だから、骨だよ」彼はくりかえした。

「よくわからないなあ。君はウィリアムズからもらった小さなすてきな望遠鏡をもっている。それにカードファイルは隕石の情報でいっぱいだ。ドップラー効果による赤色偏移についても教えてくれたじゃないか。それが、骨とどう関係するんだい。君は天文学をやってるんだろ」

「惑星間生物の骨を探してるのさ」彼は自分の靴先を見つめながらそう言った。きっと、骨を探していると聞いて私が気をわるくすると思ったのだろう。しかし、そんな心配はご無用だ。ウィリアムズがたくらんだのだ。私はそれ以上追求する気もなかった。

「そうだったのか」私はそれだけ言うと、その日の朝、丘のほうへ行ってみたことにさりげなく話題を変えた。ウィリアムズが何をやったのかわかったぞ。もし私が近眼ではなかったら、やつは私にもおなじことをやったかもしれない。ウィリアムズは狂信的な男だった。彼のセオリーに基本的に誤りがあったわけではない。本を探せばどれもこれも見つかることだ。私が狂信的だというのは彼の完全な無情さであり、彼が他人におよぼす影響力のことなのだ。彼は自分の理論が百万にひとつ、いや、二億にひとつのものだということを知っていた。そして、彼はその確率を少しでも高めんがために、証拠の発見に人生を投げだそうという二万人ものおめでたい狂信者を獲得するのだ。

証拠というのはもちろん骨だ。惑星間生物の化石の。かつて、そのようなものを発見した者はだれひとりいなかったし、その後だって……いや、いまはどうなのか私は知らないが。人は年をとればとるほど、知りうることは減っていく。ラドナーが最後に意見を述べたときにも、彼はなにも見せてはくれなかった。そんなものは科学ではない。言うまでもないことだが。

鍵は隕石だった。この理論によれば、隕石というのは惑星が宇宙空間で砕けちってできたものだ。化学的組成がそれを物語っている。あるものは地球の核とも共通すると考えられる重金属で、あるものは地球の表面をおおう岩石と似ている。隕石のヴァリエーションからは、すくなくともそれらが、別の惑星の違った深度を起源とするものであることがうかがえる。ひとつの惑星がこっぱみじんに砕けちったということだ。ウィリアムズはまさにこの点にかけを挑んだ。飲物を手に、おちついたクラブで隕石を肴にくつろぐかわりに、彼はつぎの無謀なステップを踏んだ。

隕石というのは、彼によれば、大きいもの小さいものとりまぜて、地球の引力にひきよせられてつねに雨のように降りそそいでいる。そこで、観測をつづけるのだ。そうすればいつの日か、消滅した惑星の燃えつきていない堆積岩の塊を手に入れることができるかもしれない。堆積岩、それはつまり化石をふくむ可能性のある岩ではないか。それさえ手にはいれば、宇宙の秘密も手の内だ。外宇宙から飛びこんできたたった一片の化石が、この地球には存在しない生物の化石が、隕石の中央からあらわれるかもしれない頭蓋骨の化石が、宇宙の秘密を生き生きと語るのだ……そう話すときのウィリアムズのジェスチャーまではっきりとおぼえている。人間はもはや孤独ではない。生命はもはやおそろしい偶然から生まれた独自の存在ではなくなり、回転するいくつもの太陽の仲間入りをするのだ。

やれやれ、私がもっと若かったら、ウィリアムズは私に鳥肌を立たせることができたかもしれない。考えてもみてほしい！　生命が宇宙にもいる、もしくは、すくなくともかつてはいたというのだ。惑星間に並行進化が起こっていたら、どこかに人間のような生物がいることさえ不思議ではないのだ。夜空のかなたから猛烈なスピードで落ちてくる岩のかけらをみつけて調べさえすれば、すべてがわかるというのだ。

だが、ウィリアムズの口からその確率について聞いたことはなかった。ほかの連中から聞いたのだ。私は堆積岩の隕石が見つかったことなど、ただの一度もないことを知っている。さらに、惑星の表層がその全体のごくわずかな部分でしかなく、宇宙に散らばったら、かりになんとか地球に降りそそいだとしても、かぎりなく微小なのだということも知っていた。なかに化石をふくんだ岩の割合は、突然爆発したゴルフボールの表面にくっついた塵のボール全体に対する割合程度にしかならない。確率は、人間のように短命な生物にとってあまりにも、あまりにも低すぎる。悪魔のような確率といってもいいほどだ。

しかし、すでに述べたとおり、ウィリアムズは狂信的な男だ。彼はつめたい狂気の男だ。彼は隕石を追ってどこへでも出かけた。彼は熱狂的隕石信者の協会を組織した。彼はあちこちを語り歩いて、観察者を増やした。私は数年にわたる彼の進捗《しんちょく》状況を追っていた。彼の部屋に隕石が、まるで鉄くずのように積まれていくさまも見た。空気にふれ太陽の光を知るかつて生きていた石ではない鉄だ。化石はそのなかにあるはずなのだ。しかし、かぎりある生《せい》を生きる人間には、百万にひとつのかけには勝ち目がない。ウィリアムズもやがて年老いた。

最後の燃えあがる絶望感に追いたてられて、遠くあの高地にまで登ってきたころには、彼は年老いていた。老境に達した段階でラドナーと会ったのだ。そして、彼はこれが最後とばかりにありったけの怒りと飢餓感と情熱とを、ロマンティックで頑固で、宗教心の篤《あつ》い男にそそぎこんだのだ。

「結局、時間の問題なのさ」その後、私が資材を求めて丘からおりてきた際に、ラドナーはそう言った。プロがさっさと立ち去って家でベッドにもぐりこんだあとに、帽子から冥王《プルトーン》をひっぱりだそうという融通のきかないアマチュアの確信をもって彼はそう言ったのだ。

私は焚火のなかに唾をはいた。

「おれたちに必要なのは、もっとたくさんの観測者なんだ。もっともっと増えさえすれば……」

それはウィリアムズがくりかえし語っていたことばそのものだ。しかし、そこには違いがある。私には彼のことばの裏にあるものが聞きとれる。「いまにわかるさ。そいつはおれたちがどれほど小さくて、そして、同時にどれほど偉大なのかを証明してくれるんだ。いまにきっと、しるしが見つかるんだ。進歩の果てにどこまで行きつくことができるかを示す、地球より古い惑星からやってきた証拠が。そうさ。偉大なる計画《グレート・プラン》の証拠がな」

「うん、わかったよジム」私はドアのほうに目をやりながらそういった。私は彼の日課にはすっかり慣れっこになっていたのだ。「わかったよ。外に出て見てみようじゃないか」私はやさしい声でそう言った。ちょうど流星群の降る時期だったのだが、重い隕石が落ちてくることなどめったにあるものではない。私たちがいた場所が、いくら高地であったところで。

4――奇妙な影響

彼の口から第五の惑星について聞かされたのは、三度目の夜ではなかったかと思う。そしてつぎの夜も。私は、もう一度なんとか彼のまちがいを正そうとこころみた。私にはその妙な考えが彼の頭をおかしくしてしまわないかと不安だったのだ。

「いいかい、ラドナー。第五の惑星というのはいったい何のことを言ってるんだ？　まえにも言ったように、第五惑星は木星なんだ」

彼はじっと私を見つめた。彼の依怙地《いこじ》で真剣な目が、落ちくぼんだ眼窩《がんか》の奥から私をにらみかえしているのだ。「ボーデの法則によれば」彼の反論がはじまった。彼は数式をいくつかもごもごと口にした。私は彼のカードの山を思いだした。それから、ウィリアムズが彼に吹きこんだはずのことを。

「ボーデの法則によれば、木星は第六の惑星なんだ」彼はしゃべりつづけた。私にというよりは、むしろ自分自身に。「火星と木星のあいだにはギャップがあるんだ。何かがたりないのさ。あるべきはずの場所に惑星がないんだよ。第五の惑星があるべきところに」

「ただの偶然だろ」深みにはまってしまったことを感じながらそうつぶやいた。

「それはちがう」ラドナーが言った。私たちは本能的に、何も見えるはずのない天上を見あげた。「たしかにあるんだよ。あんたは小惑星群のことを忘れてる。ケレスやほかのやつさ。そいつらは惑星があるべきはずの場所で動いてるんだ。それこそが第五の惑星の残骸なんだよ。なにかとてつもないことが起こったんだな」

流れ星が頭上はるかを流れて消えた。「もちろん、そいつらは石なんだろ？　なにかでっかいものの破片だったよな。惑星の通り道には何千もの石っころが浮かんでるだけで空気なんかないだろう」

「まちがいなく」彼はふたたび話しはじめた。「ここに落ちてくる小さな隕石は、あの第五惑星の一部なんだ。ウィリアムズは確信していた。彼が言うには……」

「火星のむこうに、生物がいた可能性があったというわけだ。じつに興味深い話だ。いったい何が起こったんだろう」私は冗談めかしてそう言った。

私はからだの向きを変えた。とても寒くて、吐く息が闇のなかに白いリングをつくっている。

「さあ、行こう」そうせきたてて家にはいろうとしたのだが、彼は立ちつくしたまま物思いにふけっていた。私は翌朝早く、彼のもとをたった。だが、それでせいせいできたとは言いがたい。私はラドナーのことが好きなのだ。しかし、いずれにせよ、いまのラドナーは新次元のラドナーだ。東へ向けて動きはじめた蒸気機関車のなかで、ウィリアムズのことと、彼がラドナー・タイプの人間にあたえる奇妙な影響について考えていた。私はまた、この赤い広大な高地のことや、闇のなかから落ちてくるものどものことなども考えた。そのうちポーカーがはじまり、一マイル一マイルと遠ざかるにつれて、おそらくは多分に意識的にだとは思うのだが、このエピソード全体のことを忘れてしまった。言うまでもなく、人は生きていかなければならない。そして、宇宙は本職ではないというのも私の実感なのだ。

5――消滅

現実に反して、ラドナーにとっても宇宙は本来かかわりのないものだったのだろうと思う。彼のように宗教的な資質をもった人びとは、最終的には象徴へと収斂《しゅうれん》していく。ある者にとっては山に埋められた黄金の銘板かもしれないし、なぞめいた文章がつづられた書物かもしれない。そうでなければ、彼らにしか聞くことのできない森のなかからの声そのものかもしれない。ラドナーにとってはそれが第五の惑星だったのだろう。私はそのことに、あの凍りつくような夜の別れのきわに気づくべきだった。

二度と彼に会うことはないだろうと思っていた。私のような仕事にたずさわる者は、ほうぼうでたくさんの人びとと接するのだが、おなじ場所を二度訪れるのはめずらしいのだ。しかし、望みなどしなかったのに、再会の機会は訪れた。

それは、ささやかなきっかけによるものだった。新しく見つかった化石の正確な区域特定をおこなうために、二年後にはるばる二千マイルを越えて再訪することになったのだ。もちろん、ラドナーのことは頭にあった。それどころか、彼のためにと、わざわざ『ニューヨーク・タイムズ』の科学記事のなかから天文関係の記事を二、三切りぬいて持っていったほどだ。きっと彼はよろこんであの事実が詰まった箱におさめてくれるだろう、と考えてのことだった。

あそこのような田舎では、ようすは何ひとつ変わらない。以前とまったくおなじように、砂漠の住人であるフクロウが私の進行にあわせてフェンスの杭から杭へと飛びうつっていく。道はあいもかわらず赤いかなたへとのびている。農場についたのは夜になってからだった。ラドナーは大歓迎でむかえ入れてくれた。いささか老けこみ、目つきは無感情になったと言わざるをえないが、いずれにしろ、だれもが年をとるものだ。

夕食のあと、私たちはしばらく羊について話した。安全な話題だし、私にとっても手慣れたものだ。しかし、じきに私たちのあいだに沈黙がおしよせた。そこで私は、例の切りぬきをとりだした。

最初の記事を読みおえると、なにもコメントを加えずに白いテーブルクロスのうえに落とした。私はつぎの記事を手渡した。それはたしか、火星の大気についての最新の発見を解説したもので、火星に生命が存在するかもしれないという説を強力に支持する内容のものだった。ラドナーをよく知る私としては、この記事はひと晩の会話にはもってこいの材料だと期待していた。彼は無関心と嫌悪感の入りまじった表情で見出しを見つめて、こう言った。「こんなものを発表するべきじゃないんだ」

「君のあの立派なファイル用に、気にいってもらえると思ってたんだがな」私はおちつかない思いでそう切りかえした。彼は頭をあげ、あの小さな黒い望遠鏡がかつて宇宙にあいた穴を探っていたのとおなじように、私を見通すように見つめた。「あれは全部焼いちまったよ」彼は淡々とそう言った。

それはなんとも気まずい一瞬で、その後、なにもかもが私の神経をさかなでしはじめた。座ってはいられなくて立ちあがった。タバコに火をつけ、彼の顔をまじまじと見つめた。それから、すがる思いでたずねた。「あの望遠鏡は？　今晩はとてもいい天気だし、いろいろ見せてもらえないかな」そう言うと、私はドアのほうへ動きはじめた。

彼もなんとか自分を奮いたたせて、私のあとについてきた。彼は風変りではあるが思いやりのある男だし、なんといっても私たちは友人だった。ポーチに出ると彼は私を押しとどめた。星は空高くにまばらに輝き、彼の顔には奇妙な表情がうかんだ。

「もう、星は見ないんだ」彼は二度おなじことばをくりかえした。私はストンと椅子に腰を落とした。彼はおちつかなげにポーチの手すりに腰かけ、私と向かいあった。私たちのあいだには着実に緊張感が高まっていった。

「もう、星は見ない。なぜなら、わかってしまったからさ。〈求めよ、さらば、見つからん〉本にはそんなことが書いてあるさ。でも、それはただ、何かが見つかると言っているだけで、それが何なのかは教えてくれない。そして、ここいらには見つかる可能性がある。ウィリアムズもそれは知っていた」

私は彼のうしろの夜を見ていた。広大な吹きさらしの高地では、ほかに見るものなどないのだ。地平線と交差するように、長い緑の光が尾をひいた。石はいまでも落ちつづけているのだ。私は疲れたようにそう考えた。しかし、頭の一方を使って、慎重にことばを選びながら、ラドナーにさらにたずねていた。「よくわからないなあ。君は何かをみつけたということなのかい？」

彼は私の質問を無視した。「おれは偉大なる計画を信じていた。聖なる計画といってもいい。おれは心底信じてた。生命は進歩するもので、ますます知性的になってゆくものだと思っていた。あちらはここなんかよりもずっとずっと進んだものにちがいないとな」彼はしばらく声を発せず身ぶりだけをしていた。「それを知ったらおれたちに、希望をあたえてくれると信じていたんだ」

彼のことばを聞きながら、無遠慮にもまた質問をした。科学に関係するところがあれば知りたかった。「それでいったい、何をみつけたと言うんだい」

「計画は考えていたようなものじゃなかった」この見なれぬ光のなかでは、彼の目は以前のように、不気味でなぞめいて見えた。「計画は考えていたようなものじゃない。いまはそれがわかったんだ。そして、生命は……」そこで彼はふたたび身ぶりをした。大きくて、あいまいで、これが最後といった身ぶりだった。彼のなかには宇宙よりも空疎な空間が広がっていた。私がそこに座っているあいだにも、その空間が広がっているのが感じられた。

私はおなじ質問をくりかえすことはしなかった。ばかじゃないかと思われる向きもあろうが、そのときの心境は、星がささやきながら降る時間にみはなされた谷間で、つめたい狂気と隣りあわせに座っていた者にしかわかってもらえないだろう。私はその男に恐怖をおぼえた。いや宇宙そのものに、なのかもしれないが。私はなぜかしら、彼がもう一度、何をみつけたのかを尋ねてもらいたがっているような気がしていた。しかし、そのとき私には、もう聞く気は失せていた。なぜかって？　この手の体験は心苦しいもので、忘れてしまいたいと思う類《たぐい》のものだ。しかし、彼は私の心の奥の弱点をうまくひきあてたのではないだろうか。無自覚ながら、私のなかのいい知れぬ深い恐怖に針を突きたてたのだ。とにかく、私は彼の答を信じてしまうだろうという気がしていた。そして、彼の話すことには耐えられないだろうということを、おなじように不愉快な気分で察知できた。そこで私はこう言った。「マッチをもってないかい？」

彼はため息とともに、どこか遠くからもどってきたようだった。そのとき、私はそいつがどのように彼にとりついているのか見たように思った。ウィリアムズは、ほかの連中同様に彼の人生をめちゃめちゃにしてしまった。まあ、宇宙は私の仕事じゃない。翌朝、私は丘でのデータを調べて、羊についてたくさん語りあい、そして、いつもよりはいささかあわてぎみに、その場を立ち去った。

その後、一度ラドナーから葉書をもらったことがある。それは、あれから五年後のことで、よくおぼえている。なぜなら、その葉書はヒロシマへの原爆投下から一週間後に届いたからだ。葉書にはたった一行だけが記されていた。それはまるで、ずっと空中をただよってきて、ようやく私に追いついたかのようだった。「かの計画は君が考えているようなものではない。いまならそれがわかるだろ?」葉書にはそう書かれていた。

しばらくのあいだ、どうとっていいのか確信しがたく、私は困惑していた。しかし、ナガサキのあと、風が電線で奏でる小さな歌のように、そのことばは私の頭のなかで旋律をひびかせはじめた。頭のなかで歌いつづける。「わかったか? 君はわかったか?」もちろん、彼が狂っていたのは私も知っていた。だが、それと同時に、ある一点において彼は正しかった。第五の惑星は消滅したのだ。そして、おそらく私にも、それがわかる。

12 最後のネアンデルタール人

THE LAST NEANDERTHAL

野の石とは契約を結び、野の獣とは和解する。

——ヨブ記第五章二十三節

1——心

科学の世界、とりわけ進化生物学の分野では、自然界には時間をへだてた大きな飛躍はなく、生物はおだやかな段階をへて、ある形から別の形へ移り変わっていくものだと長く考えられてきた。ところが、日没後のしばらくのあいだ熱によって光をはなつ岩が砂漠にあるように、作家や科学者のなかにもおなじような光をはなつ者がいる。独創的な人物は、神秘的な光線を収斂《しゅうれん》し、かならずしもすぐにではないが、数年にわたって反射しつづけるのだ。夢や記憶のかすかな幾何学のすべては、神経や感覚細胞の網のなかで起こるある種のゆるやかな酸化現象の産物にすぎないということは、それだけで十分におどろくべきことだが、脳というおなじ微細粒子の器官からの放散が、旧来の飛躍しない自然という常識にまったくあてはまらないということも、じつに驚嘆すべきことだ。

おなじようなことは、人によってはただの事実にすぎないものが、宇宙の性質をめぐる漠とした暗示となったり、未開の民族にとっての有用な神話になるといったかたちであらわれる。受け手の心しだいで、もとの物質のどこに光があたり、どこが影となるのかが違ってくるのだ。私は観察者として、私自身の孤独な象形文字に熱中する。

その事件は、はるか昔に難破した貨物船のむきだしの肋材《ろくざい》が横たわる、オランダ領アンティル諸島のキュラソー島の浜辺で起こった。そこは廃墟の探求者でもなければ、うろつく理由など見いだせない場所だ。ペリカンたちが、おびえたようすで錆《さ》びついた船の舳先の残骸にとまっていた。港のむこうの散らかった浜辺の端では、目のあらい布に包まれた犬の死骸に出くわした。水葬されたものが波で運ばれてきたのだろう。その犬はもはやほとんど骨だけといっていい状態だったが、水際の石のうえに優美に乗せられた華奢《きゃしゃ》な前足は、まだ何かを物語っていた。その犬はまるで、ただ眠っているだけで、いまにも目覚めそうなようすだった。首のまわりには、彼がだれかの飼犬だったことを示す水をいっぱい吸った黒い首輪がはめられていた。おそらくこの犬は雑種で、島の漁師にでも飼われていたのだろう。彼は、ヴェネズエラとのあいだの海峡を行き来する小さなボートしか知らなかったろう。そして、無関心な海によって運ばれてきたこの浜辺と似たような場所で、かつては跳ねまわっていたのだろう。

死臭にたじろいで二、三歩あとずさりしたが、気が進まないながらもその場を動けずにいた。あき缶やビン、衣服の切れ端などが散らばるこの入り江から、なぜ私は立ち去れずにいるのだろう。そのまま立ち去れば罰《ばち》でもあたるというわけでもあるまいに。やがて、その答が浮かんできた。この襤褸《らんる》は、かつては生きていたからだ。二度とふたたびおなじ姿を見せることのない生きた海の光景が、かつて目がおさまっていた眼窩《がんか》を流れぬけていった。顎《あご》に残った歯がきれいにそろっているところを見ると、この犬はまだ若い。この愛すべき生きものは、幸せそうに人の足にじゃれついて、人間の行くところにはどこへでもついていこうと、はりきっていた。

彼の水葬をぞんざいながら見守った者はいたのかもしれないが、何もかもがうち捨てられるこの場所に横たわることを避けるための手はつくされなかったようだ。にもかかわらず、自然の巨大な力は、彼に悲劇的な威厳を身にまとわせるべく介在した。潮は夜のうちに彼を静かに運び、まるで眠っているかのように石のうえに置いていった。そして、私は日の出どきに、彼には二度と目にすることのできない光のなか、彼の側にたたずんでいる。たとえ私がシャベルを持っていたとしても、石がじゃまで彼を埋めることはできなかっただろう。彼はどこかへこっそり運び去ってくれるつぎの潮を待つか、かつてはこの海岸に立っていたすべてのものと彼の骨のなかの石灰質とをまぜあわせて漂白してくれる、珊瑚《さんご》や巻き貝のうえに運ばれるのを待つしかない。

　海岸の奥に広がる丘へ向かっているとき、低木の生えた半砂漠状の砂地のまんなかに、トカゲの尻尾《しっぽ》によってつけられた網状の模様があることにぼんやり気づいた。砂漠地帯の地面には無数のトカゲがめくるめく陽《ひ》ざしのもと、うようよと這いまわる。こうしたうつろう無数の点のさまは、それと気づくほどはじっとしていない思考さながらだ。何もないはずの場所をかすかに動く点に圧倒され、どうやら私の心のなかも、似たような点におかされていくようだった。沖合いから は珊瑚礁の洞穴にうちよせる海の長いあえぎ声が聞こえた。赤道直下の太陽は容赦なく遮蔽物《しゃへいぶつ》のない私の頭を灼《や》き、ハチドリは緑の炎のように灌木《かんぼく》のなかで輝いていた。私はマンサニヨの木陰に駆けこんだ。この木になる毒をもつ果実は、かつて、コロンブスたち船乗りを誘惑した。

　おそらくはこの果実が契機となったのだ。もしくは、ただ単に、内なるトカゲが動くかすかな音が、フェンス越しに段ボールの箱をわたすように何かを思いださせたのかもしれない。それともやはり、生命に炎を貸しあたえている、結果についてはおそろしいほど無関心な熱帯の太陽のせいなのかもしれない。いずれにせよ、毒をもつ木の葉陰に頭を隠しているあいだにも、動きまわるトカゲの点は模様を描いていた。

　みだれた足どりの年老いた馬が、古着を詰めた袋や捨てられた家具、鉄くずなどを積んだ荷車をひいて私の目の前を通りすぎた。馬具は革紐とロープを繋ぎあわせた間に合わせのものだった。高い御者台に座った顎髭をたくわえた男は、荷台に積まれたガラクタを組み立ててできているように見えた。しかし、最後に私の注意をひいたのは通りの案内板とそこに記された年号だった。その年号はひらめくようなトカゲの機敏さでみるみる形をとった。そこには「R通り」とつづられていて、年号は一九二三年だった。

いまではあの御者も亡く、馬車もばらばらになって、二度と組み合わされることはない。足のもつれたあの動物は、屑《くず》屋の馬としての運命を受けいれた。一九二三年のある特別な日の意味は、まさにその一点に帰着する。一ブロック離れた高校で窓辺にもたれた私が、十六歳という年ごろの者にだけゆるされる、時間についての突発的な発見に夢中になっていたそのときに、馬車はR通りと十四番街の交差点を渡っていた。すべては去っていく。歴史に直面した若者の苦い絶望感におそわれて、ちょうど私はそう考えていたのだ。だれも私たちをとどめておくことはできない。すべてのものが、闇のなかへと葬られる。生きていてさえ、日々の大半の出来事は忘れられてしまうではないか。

その瞬間、私の目は運命の交差点をよこぎる屑屋にそそがれた。今だ、私は瞬間的にそう思った。いまこそ彼を救うんだ。このとらえがたい瞬間に不滅のいのちをあたえるのだ。その屑屋は、あらゆる過ぎゆくもの、すでに行ってしまったものの象徴だった。彼は虚無への交差点を渡っているのだ。私は自分の心にむかって叫んだ。「彼を忘れるな。永遠に」

マンサニヨの木のむこうで蠢《うごめ》くトカゲの点々は、収束し固定した。幻の馬とガラクタを山積みにした馬車は、いまだにガタガタ音をたてながらR通りの交差点をよこぎっている。彼らは決して、渡りおえることはない。決して。四十五年はまたたくまに過ぎてしまった。脳の潜在的な能力について私はまちがっていなかった。あのシーンはいまもなお進行中なのだ。

心の裏にまだトカゲの動きを感じつつ、片目で太陽が傾きはじめたことに気づいていた。火ぶくれを起こさせるマンサニヨの実は、遠くはなれたネブラスカのとるにたらない野生のプラムのことを思いださせた。食べられるものではないのだが、私たちの頭のなかに隠された神秘のより単純な姿を内包している。それは衰退してゆく生命なき宇宙を尻目に、エネルギーをたくわえたり配ったりしている。

「私たちは有機体のことを、自然界の普遍的な法則から逃れるために設計された形としてみなすべきである」地質学者のジョン・ジョリーはかつてそう語った。藪《やぶ》のなかの火とはちがって、生命は巧妙に燃え、自己の資源をたくわえる。種のなかのエネルギーは、個体の死にそなえて供給される。宇宙のあらゆる予期せぬ特質のなかでも、動植物の代謝活動のすさまじい自己組織化能力こそは、もっともおどろくべきものなのだが、日常的に起こる奇跡の常で軽視されている。その最高度の発展をとげた現象、つまり、人間の心のはたらきになると完全に無視されている。しかし、歴史は心からつくられている。R通りの屑屋は死をまぬがれている。あたりにどれほど新しい家が建とうと、記憶に残らない年月が過ぎさろうと、かの幻想はますます古風さを帯びて、R通りの交差点にとどまりつづける。私の心が滅びないかぎり、彼が解放されることはない。

彼を自由にする力は私にはない。ずっと昔に私が自分の脳のなかに一枚の歴史の縮図を作ろうと意思したために、彼は魔法にかかったのだ。脳はからだのどの部分とも比較にならないほど酸素を大量にむさぼりくう。トカゲの尻尾の、海からの文字の、あるいは銀河を超えた領域のヴィジョンを、脳は燃やし、喚起し、変化させる。いかに自然が、この惑星の秋のけむりの目に見えない燃焼活動を大事にしているかは、飢餓におちいった人間の脳が、からだのほかの部分が衰弱しきっても最後の最後まで守られることでもわかる。これは宇宙の予期せぬ特質のひとつといえるだろう。

物理実験室の合理的な宇宙では、このしぶとい燃焼は、現に存在するので認められてはいるが、予測できるものではない。それにもかかわらず、現象は存在し、人間はそのもっとも顕著なあらわれとしてある。身をもって進化の過程の一段でもたどれば、人間の理解のたしになるとは思わないが。生きていたとすれば……いや、起こったことだけを話そう。その解釈はおまかせしよう。

2——先祖返り

これから書こうとしている体験の何年かあと、私は現世の、しかし、まぎれもないネアンデルタール人の頭蓋骨に解剖室で出会った。はるか遠くをよぎっていた忘れられた遺伝子が、たまたま生みだしたきわめてまれな出来事だ。生命がその道を進むとき、ときどき立ち止まり、あと戻りする傾向があるとでも言わんばかりだ。しばらくのあいだ、私は若かったころのあるエピソードを思いだしながら、その頭蓋骨測定の数字を保持していた。

今日のことだが、私はあの体験のことを思って、古いノートを必死で探してみた。しかし、見つからない。年月というものは、印刷の保護にあずからないものをかたづけてしまう。しかし、より古い出来事の記憶は残っている。それは計測や人類学的数値に類するものではなく、私がかつて知っていた生身の人間のことだったからだ。人生の秋を迎えた現在、彼女の顔と彼女の隣人としてすごした奇妙な季節は、おぼろげな教訓のようによみがえるのだが、そのころは私も若すぎて何もわかってはいなかった。

突然の洪水が起こればロッキー山脈の巨大な岩をも海にむかって運ぶ涸《か》れ谷をかかえた、普段は旱魃《かんばつ》に苦しむ西部の広い土地のどこかで起こったことだ。あれから四十年ほどたったいまでは、人口の流出によってあの土地は当時よりも荒れてしまったのではないだろうか。地図でその場所を探してもむだだ。自分でもやってはみたのだが。あまりにも長い年月と、あまりにも不確かな距離が、骨のハンターたちのうしろには広がっている。道路地図に名前をとどめる町などなかった。そこには、強い風をのがれて丘の陰に隠れるように建てられた、芝土を積みあげてできた家が一軒あるだけだった。そして、わき水でできた小さな池が牧草地のなかにあった。私がおぼえているのはそれだけだ。

骨のハンティングはロマンティックな商売とはほど遠い。来る日も来る日もほとんど報われることなく地層の露出部にそって何マイルも歩く。実際のところ、肌は焼け、からだはしまり、タフになっていくのだが、街の明るい灯《あかり》からも希望からも遠くはなれ、マンモスに出くわすという大当たりでもなければ、いつでもキャンプを撤退して、つぎに移ることのくりかえしだ。まさにフィールドで収集にたずさわるジプシー的職業なのだ。

このときは、移動せずにすんだ。近くに浸食された丘があって、その丘の頂上の芝のすぐしたから、絶滅した第三紀のアメリカサイの足の骨が何百と出てきたのだ。なぜ石化した足の骨ばかり、それも、いまだにどこかの博物館の収納庫で束にされてうち捨てられているほど、ものすごい量を集めることができたのかは聞くまでもない。おそらくこの動物は立ったままの状態で水たまりに閉じこめられ、その後につづく何百万年のあいだに、丘のいちばん上の地層から浸食されていき、からだのほかの部分はなくなってしまったのだろう。しかし、ここには足の骨があり、指令がくだされた。そこで私たちは、悪態が口をついて出るほどまで、司令部に忘れられた小隊のように手根骨や中手骨を掘って掘って掘りまくった。

そこにはたったひとつの気晴らしがあった。牧草地のなかにあるわき水の池だ。私たちは土手をくだって、芝土の家の住人から買った牛乳とバターを冷やした。仕事のあとにそこでひと泳ぎしたり、水を浴びせあうこともできた。地元の連中はうちとけず、たいがい自分たちだけでかたまっていた。彼らは頭蓋骨でも宝でもない、丘のうえのたいくつな骨には無関心だった。それも、もっともなところがある。地元民の基準からすれば、私たちは無害ではあるが頭のイカレた連中だと思われていたにちがいない。彼らは最後までうちとけなかった。このあたりの干あがった土地を所有する無愛想な農夫は、彼の未農耕地である丘の頂上に私たちがあたえるダメージを計算していたのだ。だらしのない女房は二、三羽のやせたニワトリを飼っていた。この年がら年じゅう風の吹きあれる土地では、彼らの風車はいつでもかってに派手にまわっていた。

二十歳ぐらいのいつも素足のずんぐりしたひとり娘は、ときどき、はずかしげに私たちのキャンプ地へ卵をとどけにおりてきた。六十日あまりもの日々が、この丘のかたわらですぎていった。私はそのころ、ひとりの老化石ハンターのことばを思いだしていた。彼は若いころ、黄金海岸やアフリカの草原で活躍した人物だ。「木綿が絹のように見えはじめたら」彼はかつてシエラ山脈のキャンプ地の焚火のそばで警告してくれた。「そろそろ家に帰る時期だ」

しかし、そんな心配は無用だ。私たちは若い悪党ではなかったし、その娘は恥ずかしそうに卵やバター、ベーコンをとどけると、そそくさとひき返してしまう。ところが、しばらくたつうちに、私は彼女の外見の特異さに心を打たれるようになった。人間というものは、世界じゅうどこに行っても、その場の毛色の違う人間になじんでいくものだ。そして、現代のなかに過去が侵入してきても、なかなか目にはとまりにくいものだ。なぜなら、過去を見抜くには過去の知識が要求され、そのうえ現代の衣裳をまとってさえいれば、過去はいつでも巧妙に隠れおおせるものだからだ。

ある夜、娘はゆっくりと道をくだってきた。そのとき私は突然、彼女がどれほど孤独に見えるか、そして、どれほど異質に見えるかに気づき驚愕《きょうがく》した。料理番がおこした焚火がつくる影が跳ね踊っているのを見ながら、人に悟られないように岩に背をもたせかけていた私は、突然、十万年もの過去へとひきずりこまれた。あの影と踊る炎のせいなのだ。やつらが現在という時間をすっかり吹き飛ばしてしまった。小道をくだってしぶしぶ火のほうにやってくるあの娘は、私たちとは時間のへだたりがあった。そのことを私同様彼女も潜在意識のなかでは知っていた。現在の基準からいえば、彼女は美人とはいえない。そして、彼女が着ているギンガムチェックの服は、むしろ、違いを決定づけていた。

背が低く、ずんぐりむっくりの彼女の体型は、まだ典型的な農婦のからだにはなっていなかった。焚火の光を背景にして浮かぶ彼女の頭は、前方につきだした量感のある形をしていた。眼窩をふちどる額《ひたい》の骨は、光のなかではっきりと突出しているのがうかがえた。それこそは、ヴュルム氷期の終結以前に消えた、とりわけ女性の頭から消えた特徴だった。彼女は巻毛のしたの頭をまるで動物が大きな鼻づらを振るようにふった。さらに後頭部のいちじるしい出っぱりに気づいて戦慄をおぼえた。彼女のむきだしの腕には、金色の毛が光をはなっている。

いや、私たちは時間を踏みはずしてしまったのだ。私は瞬間的にそう思った。私たちはだれもが皆、本来いるべき場所にはいないのだ。彼女は最後のネアンデルタール人なのだ。そして、彼女はなすすべを知らない。私たちはずっと昔に彼女を消滅させた。それはまるで、何度もくりかえし演じられた古い映画のシーンのようだ。石器としとめた獲物だけが欠けている。

私は影からぬけだして、食料を受けとりながら彼女におだやかに語りかけた。無限ともいえる年月の荒野を超えても、それ以上はなしえなかった。彼女は横幅のある素足で土のうえに無意識に円を描きながら、ほとんど聞きとれないような声で応えた。薄手の服をとおして、彼女の力強い腿《もも》が見えた。彼女はこの寂しい土地で伴侶を得ることのないままゆたかな繁殖力をもてあます。彼女は頭をあげたが、炎のいたずらで、奥深い眼窩が強調されて、私にはその奥には深い闇しか見ることができなかった。私は短い距離を彼女といっしょに歩いた。「あんたがたは、いったい何を掘ってるの?」彼女は必死の面持ちで質問してきた。

「時間にかかわりのあるものなんだ」私はゆっくり答えた。「ずっと昔に起こったことなんだ」

彼女は関心をそそられないといった風情で聞いていた。天地創造の朝にたちあったとしても、きっとこんなふうだろう。

「そんなこと、おもしろいの? あんたがたは、いっつもあっちこっちと動きまわってはほじくってるの? だれがお金を出してるの? 最後には何が起こるの? それに、あんたたには故郷があるの?」彼女はたずねつづけた。芝土の家と無愛想な彼女の父親が、夕暮れにまぎれてぼんやりと見えた。私はことばにつまった。何世紀もの時間を超えてやってきた質問に答えることはとてもむずかしい。

「ぼくは学生なのさ」そう答えたが自信のかけらもない。彼女自身と彼女の弓なりに曲がった尺骨《しゃっこつ》と腕にはえた金色の毛が、長い時間のさかのぼりの証拠だなどということを、突然どのように言えるというのだ。

「そこに何があったのか、これから何が出てくるのか、それをみつけようとしてるのさ。残念だけど自分の故郷を探す役には立たないね」彼女にというよりは自分自身にそう言いきかせた。「実際のところ、ご覧のとおりまったくの正反対さ」

巻毛のしたの暗い眼窩は、どこかしら悲しげでうつろに見えた。「いろいろ持ってきてくれてありがとう」この土地の習慣をわきまえて私はそう言った。「おとうさんがお待ちだ。ぼくもキャンプにもどらなきゃ」それだけ言うと、早足で焚火に向かったが、衝動的にさらに行きすぎて満天の星が輝く闇のなかへと駆けこんだ。

これはワイルドキャット傾斜地につきもののやり方だ。砂が吹きよせ、プロの科学者の思惑を超えて過去は現在とごちゃまぜになる。人も減り、家畜も走らない浸食された牧場で、この娘のように手に入れることのない何かを待っていたのだ。彼らは、自分では知らないのだが、獲物を失った狩猟民族であり、戦士を失った女なのだ。彼らの生き方のうえには衰退が重くのしかかる。

しかし、奇妙な優しさをたたえた彼女は、はるか昔に消えたネアンデルタール人の優しさを思い起こさせる。いずれ私たちの側の無学でつめたい目つきの男と結婚するのは彼女の運命だろう。彼女のからだのなかに復活した繊細な遺伝子は、ふたたびサピエンスと呼ばれる生物の影に埋もれてしまうだろう。おそらく最後のホモ・サピエンスの女性は、好かれることなく、より荒々しい、より聡明な新種のまえに立つことになるだろう。当然のむくいといえようか。私は私が知っている以上にはるか深い場所へと飛びだし、もどってきたときには焚火はおきになっていた。

季節はうつろい、キャンプ地の岩山の木々が冬の到来をつげる時期がさけがたくやってきた。あのもろいエピソードについては、これ以上言うことはない。私は数週間のうちに、いくらかのあこがれのこもったほとんど理解されないことばを交わし、丘のうえの採掘所から彼女にむかって何度か手をふった。私たちの撤退の日が近づいたころ、私は一度、彼女が池のむこうの高台から、私たちのことを恥ずかしそうに見つめているところを見かけたことがある。私たちは若さにまかせて水のわく池のなかへ裸で飛びこんだり、ころげまわってはしゃいだりしていた。そして突然のように木々は紅葉し、葉を落としはじめた。そろそろ出発の時期だ。無尽蔵に思える採掘所の足の骨の発掘もようやく終わりのときを迎えた。

しかし、決して自分では意図しなかった何かが、暗さを増す池のほとりにたたずむ私のなかにわき起こっていた。それはいずれもごく個人的なものであるといえる一方で、個人を超越したものともいえるいい知れぬ苦悩であり、生涯つづくかと思われる郷愁の念だった。それを、どう呼べばいいのだろう?――勝利の道でもあり破滅への道でもあるエネルギーの梯子《はしご》を、ふたつの段階にまたがって登ったひとつの心のなかに持続しているものだ。

私たちの使い古された道具は、深い轍《わだち》の刻まれた高地の道を走行可能な唯一の車であるT型フォードに積みこまれた。丘の頂上の草地をいためたことへの代償として金が支払われ、陰気な別れのあいさつが交わされた。かつて疾走していたサイの足の骨数百個が、ていねいに梱包され運ばれた。そして、すべてが終わった。私は車の踏台のわきに立ち、ゆっくりと、とてもゆっくりと、あのがっしりとした原始的で、悲劇的ともいえる高貴さをたたえた頭へと目を泳がせた。はるか過去からきた生物である彼女は、自分が悲劇の象徴であることなど何も知らない。私は、彼女にむかって惜別の思いを伝えるささやかで個人的なジェスチャーをおくった。彼女はそれに気づいて頭をもたげ、ふたたび落とした。エンジンがかけられた。エネルギーをむさぼりくうホモ・サピエンスがふたたび彼の道を進みはじめた。

車に飛び乗りながら絶望的な気持ちで考えたのは、彼女が以前言ったことばだった。故郷だ。

「あんたには故郷があるの？」彼女はそう質問したのだ。おそらく、かつて一度、私は故郷をもったことがある。その後何年にもわたってくりかえし考えたことなのだが、私もまた、精神的な先祖返りなのだ。私は、あの失われた生物同様に、決して自分の故郷と呼べるような場所を見いだすことはない。それは、だれにもたどることのできない、十万年という時間をさかのぼる道のどこかにあるのだ。気まぐれな目をもち、人を当惑させる身ぶりをする幽霊だけが、そこにたどりつけるだろう。死んだ洞窟の火炉《かろ》の炎のなかで最初に思いつかれた力の大潮にのって、人類は氷河期の人間の知恵をはるかに超えた制御しがたい未来へとまきこまれてゆくのだ。

エネルギーの制御や目的のための秘めた燃焼の秘密をどうにかして身につけた細胞は、最後にはありがたいことに、洞穴の入り口で焚かれた気まぐれな炎を制御する精神を生みだした。あの失われた娘が想像しうる何にもまして、口のなかや図書館に閉じこめられたことばは物質を消滅させ、地球そのものを震わせる原因となる。死に際して解放される個人のエネルギーのわずかな蓄積は、人間のくふうによって暗号化され、何世紀も受け継がれてきた。勝利から勝利へと雪だるま式に。それは人間や人間のあらゆることばの制御を超えるものになるおそれもある。人間以上にして、人間以下なるもの。

焚火の明かりのなかにいた私からは永遠に隠されていると思えるほどに深い眼窩をもつ落ちくぼんだ目が忘れられない。そこには私たちが招いてしまった終末の前兆があるのだろうか。それとも、あれはただ単に、ふれることのできないものには何にでも飢餓感をいだく若かった私の妄想なのだろうか。私はふたたび古いノートを探してみたが、やはり、見つからない。それはせいぜい、生きた幻はいかに巧妙に過去の存在と解剖学的な類似を見せるかを私に教えてくれるだけだろうが。落葉の季節についても、私が夜空のもとで味わった人間の絶望的なよりどころのなさをも語ろうとはしない。

3――意思

私は木の根が、岩の表面をうち砕いたところを見たことがあるし、忘れられた都市の城門をゆっくりとねじ曲げてしまったのを見たこともある。人はあまりにもたやすく見すごしてしまっているが、非常に巧妙な仕業なのだ。生命は無生物とは違って、不毛な状況を避けるために長いまわり道もいとわない。木の根のなかにさえ、ある種、死にものぐるいの意思がひそんでいる。それは軍隊における迂回戦略さながらで、ゆっくりと裂け目にはいりこみ、十分に成長し、もっとも重い霊廟さえをも持ちあげる日まで力をたくわえるのだ。この人目にふれることのない闘いは、しばしば宇宙を支配していると仮定されている「熱死」という熱力学の第二法則にもさからって遂行される生涯をかけた戦闘の一部なのだ。蓄積の方法も消費の手段も多様なこのエネルギーは、人の手にかかるや、とりわけ奇妙なかたちをとる。

有史よりもずっと長い何十万年にもわたって、あの幻の娘の血族たちは、イタリアの地中海沿岸地方や、ほうぼうに触手をのばす氷河以南の地域で、都市を形成することなく生きていた。原始的な偏平な頭蓋冠は、私たちのものとおなじぐらいの容積をもっていた。ネアンデルタール人は、長年の発掘の結果、独自の夢や優しさをもっていたことが最近わかってきた。彼らは死者に贈りものをそえて埋葬したし、野の花を敷きつめたベッドをしつらえた例さえいくつか見つかっている。打製石器や暗い洞窟のなかにともる火以上に、彼らの心は、のちに私たちに宿る心性にはおかされていなかった。最初の弓の名人で偉大な芸術家でもある、ひとときもじっとはしていられない、おなじ血をひく恐ろしい生物の心性には。

ときは、永遠につづくとも思える秋の漂泊の時期だった。つめたい夜に変化をとげたのは、彼自身のおもたい額だったのか、彼の系統のどこかでカッコウの托卵《たくらん》のように自分をかけておこなわれた混血の結果なのかは、だれにもはっきりとはわからない。私たちはただ、彼らは滅びてしまったことだけを知っている。もっとも、ごくまれに、私が高地で出会ったあの娘のように、サピエンスの子宮から原始的な遺伝子が偶然もがきながら再出現することもあるのだが。

しかし、手をはなれた石器はどこかへ消えてしまった。あの悲しげながっしりした娘は征服者の子を宿す。雨と木の葉は過去の洞穴を洗い流してしまう。青銅が石器にとってかわり、鉄が青銅にとってかわる。その間、殺戮《さつりく》はやむことがない。ネアンデルタール人は忘れ去られ、彼らの洞穴はのちの宗教の神託所となる。地中海沿岸には大理石に光り輝く都市が生まれる。氷河とホラアナグマはすっかり消えてしまった。アテネでは白いローブを身にまとった哲学者たちが議論を闘わせる。海上には砲をかまえたガレー船が行き来する。農耕技術は富と職業の多様化をもたらした。さらにプロの軍人も生んだ。武器を身につけたものは増長し、彼らとともに奴隷制や拷問が姿をあらわし、世界じゅうの海は死の影におおわれるようになった。

かつては人を今日の野営地から明日の野営地まで運ぶだけだったエネルギーは、十八世紀には、クック船長をオーストラリアの過酷だが無垢な海岸まで運び、一世紀一世紀と年をかさねるうちに極大点へと向かっていった。日増しに狂信的な宗教と記念碑的芸術の熱が吹きこまれた額の広い戦士たちは、最後には自分自身の心の創造物をさえ疑うほどにまで成長してしまう。

アテネの語らいやアレキサンドリアで燃えつきたものの残映は、ためらいがちにふたたび前方へと這いだしはじめた。十七世紀の初頭にフランシス・ベーコン卿は断言している。「人間の介在によって、ものごとの新しい見方、新しい宇宙が見えはじめた」彼はここで、のちに「第二の世界」と呼んだ概念の基礎を提示している。人間の心のまったき力によって自然界からひきだされる世界のことだ。もちろん、人間はことばを身につけて以来、知らず知らずのうちに同じようなことをおこなってきた。しかし、ベーコンは創意と寛容に満ち、不合理な慣習から解放された新しい社会を夢みていたのだ。彼は科学的手法そのものの先駆者だった。しかし、この手法には歴史も必要だ。ずいぶん昔、熱心な学生だった私が象徴的に交差点のうえに見た屑屋の馬車のかたちをとっているような歴史がだ。過去の知識なしには、未来の藪に立ち入る道は、自暴自棄であいまいなものになってしまうだろう。

ベーコンの第二の世界に包囲された私たちは、本来の自然の摂理も、どうすればそれが復元できるのかも、さっぱりわからなくなっている。大脳の新皮質の神経繊維のなかを弱々しく動きまわっている数式は、この星を難破へと導くかもしれない。これは岩肌に襲いかかる苔《こけ》が思うこともなければ、洞穴の焚火の影のゆらめきのなかで夢みられることも決してなかった一種の代謝エネルギーだ。しかし、こうした原初の起源から、人の飢餓感はひきつがれている。その恐ろしいまでの複雑さが、人間の脳からひきだされた第二の幻想的世界の産物であるのとおなじように、その能力は、私たちが自然界と呼ぶ世界の生命のなかに見いだすことができる。

このふたつの世界の均衡は、ますます崩れてきている。最終的には、どちらかの世界か、どちらの世界でもない、おそろしい虚無におちつくだろう。食物を探す過程を飛びこして、力を直接摂取するという奇妙な代謝機能をもつ人間は、存在をかけた闘いの足もとによこたわる地球の限界のある資源から得たエネルギーが、人の心を通ってほかの次元へと送りこまれていることにほとんど気づいていない。ここにおいて、過去の巨大な影は争いつづける。生命とは炎をうちに秘めた火炉であるから彼らはそうふるまうのだ。

すこし前に、私は野生のプラムの藪のことを書いた。私には秋の日の若々しい訪問の記憶が残っているからだ。夏にたくわえられた果汁たっぷりの実は、だれにも味わってもらうことなく草のうえに落ちる。植物の小さな器官は、夏のあいだもくもくと地面から栄養を吸いあげ、糖分をたくわえた。果実のなかには種《たね》がつくられた。この実をついばんだ鳥は遠くへ飛び去り、数マイルのかなたに、新たなプラムの木を育むだろう。地球そのものが心配して、星の引力に反した過程を促進させたかに見えるほど、あの秋の日の午後のエネルギーの放散は慈悲に満ちている。果実の味をみた私でさえ、私なりの動物的やり方で、そのエネルギーを私の思想や夢の糧としてすくいあげた。

アンティル諸島での冒険からずっとあとに、秋の日にあのプラムの茂みを再訪する機会が訪れた。私はたくさんの齢《よわい》をかさねていた。あの茂みはまだあるのかどうか、そして、生命の中核でのあの奇妙な貯蔵と燃焼は、いまでも私を当惑させるのかどうかが知りたくて、私はその場にもどったのだ。私は比喩的に火を一匹の動物にたとえてきた。おそらくは動物の真髄ともいえるような存在に。つまり、生命と意識のなかに、火は酸化というかたちで参入してくる。

火がつねにいやしがたい空腹感をかかえていることを、私たちは火傷しながら学んできた。火は無生物でありながら、自由自在に動きまわることすらできる。私は青いプラムの実とタバコからただようけむりにそそいでいた目を半分ほど閉じて考えた。もし、いま、私が宿る枝と粘土でできたこのちっぽけな家のなかで、やつが自分の燃焼をひそかにも意識するように成長したとすれば……。私は洗練された火にすぎないのかもしれない。燃焼の程度を自分で調節し、見たり歩いたりするために燃料を調達する能力を獲得した火なのかもしれない。

あのプラムは、まるでだれの目にも見えないだれかからの贈りもののように、私のまわりに落ちつづけた。私は年老いた。自分の手にうきでた血管を目にした瞬間、私はそう感じた。おき火のなかに残ったものを、蓄えておかなければならない。私は屑屋の馬のことを考えた。あの交差点から彼を解放しようとこころみた。

どうやら最後にはうまくいったようだ。よくはわからないが。私はあれから数年後の傾斜地で見た満天の星と、重たげな頭をもつ夢みる娘が地面のうえに描いた円を思いだした。おそらくあの絵は時間そのものだったのだ。私の頭もどんどん重くなり、秋の野からただよってくるけむりは、心にまで染みとおってくるようだ。私は結局、丹念に集めてきたそれらの記憶を捨ててしまいたいのだ。なにか愛情を示すジェスチャーとともに、青いプラムをばらまくように、木の葉のマットが敷きつめられた外の宇宙にむかって、すべて投げだしてしまいたいのだ。ゆたかではあるが独り占めにせず、ただ、だれかのために静かに置いてあげたいのだ。キュラソー島の浜辺で永遠に横たわる繊細なあの前足のように、痛ましい心の荷をおろしたいのだ。

私は木の葉のなかで寝そべっていた。それは、いまだかつて味わったことのない気分で、不思議なまでにやすらいでいた。ひょっとしたら、私はもはやホモ・サピエンスではない。そしておそらくは、あの最後のネアンデルタール人の娘は、最初からそのことを十分に知っていたのかもしれない。結局、私は、自分が燃えるけむりを通してぼんやりとした自分の幽霊を見ている積みあげられた枯れ葉の山にすぎないのだろう。この惑星のうえでは、あらゆるものが奇妙になっていく。やがて私は頭をおとして、木の枝々のあいだに見える太陽をまっすぐ見つめた。なにもかもが行ってしまう。思い出は、あらゆる光をのみこむ、あの虚空かなたの無慈悲な火炎のなかに落ちていくのだ。しばらくはなるがままにしておいたのだが、ポケットに石刃《せきじん》があることに気づいた。あの傾斜地の砂礫《されき》のなかから拾いあげ、ずっと持ち歩いていたものだ。それは私に、決して完結しない旅と、長い年月にわたって魔法にかかったようにそのまわりをめぐりつづけた地面に描かれた円のことを思いださせた。

そこで、私は立ちあがりプラムにかじりついて苦みを味わって、のろのろと谷をくだりはじめた。十万年という年月はたいしたへだたりではない。すくなくとも私にとっては。秘訣《こつ》はいつでも第二の世界ではなく第一の世界を旅することだ。もしくは、すくなくとも交差点に来るたびに、どの道がどちらに通じる道なのかを知っておくことだ。ポケットのなかの石のナイフをずっと握りしめたまま、私は歩きつづけた。まるで最後の火災のように青いけむりが谷から立ちのぼり、私を先導するようになびいた。私にはその熱まで感じられる。せきが出て、目には涙がうかんだ。私の背けむりが渦巻いているあいだ、私は可能なかぎりけむりのペースに合わせるようにした。私の背後からパチパチという音が聞こえた。まるで、私自身が燃えているようだ。しかし、私がけむりの後についているのだ。棒占師《ダウザー》が棒を握るように、鋭い石刃を握りしめていた。それは手のなかでつめたく、かたかった。

*

*

Ⅱ

SCIENCE AND HUMANISM

科学とヒューマニズム

THE STAR THROWER

13 星投げびと

THE STAR THROWER

僧云く、「如何なるか是れ道中の人」。厳云く、「髑髏《どくろ》の裏《なか》の眼睛《めのたま》」と。

——雪竇重顕《せっちょうじゅうけん》〔岩波文庫『碧巌録《へきがんろく》』より〕

1——コスタベルの浜辺

私自身がかつて教育者だったのは皮肉なことだが、私はだれからも教えを受けない運命にあったようだ。空や書物、仲間たちの行動から教訓を読みとろうと考えたことはあったが、結局のところ、私の認知力は不十分で、しばしば私を裏切ってきた。しかし、それでもなお、あえて言おう。人間たちの内にではなく、絶えることなく波のうちよせる薄明の海岸で、私は人間のなんたるかを、漠然とだが一瞥《いちべつ》できたと思っているのだ、と。いつものことながら、そこには、知恵が訪れる以前の自然の断層たる明白な裂け目が存在する。恐ろしい問いかけは、さらに恐るべき自由へと解釈されなければならない。

本書「The Unexpected Universe」に何らかの意味があるとしたら、それは未知の溝をひとっとびしたコスタベルの浜辺にはじまる。ある仏教の賢人の表現を借りるなら、それは髑髏と眼にはじまる。私はその髑髏だった。ことばも希望もなく世界の果ての浜辺をさまよう、無惨に血肉をひき剥《は》がされた骸骨だった。私には哀れみはまったくなかった。なぜならば、哀れみには希望がふくまれているからだ。この干からびた髑髏には、ただ、太陽のない昼と暗黒の夜に向かってむなしく光をめぐらす灯台の明かりのように、眼がひとつあるきりだった。思念は昆虫の群れのようにこの光にたかるのだが、たちまち光に焼きつくされてしまう。あの浜辺では意味はやむ。そこには死んだ髑髏とぐるぐる動く眼があるだけだ。だれかの言によれば、そのような眼をもって、科学は世界を見つめている。私にはわからない。私にわかるのは、私が哀れみのない光を際限なくめぐらす、うつろな髑髏であることだけだ。

街なかの薄汚いレストランである女が言っていた。

「私の父は雁《がん》の骨で天気を占うのよ」ストーンヘンジよりも古い北極の森につらなる原始的占いだと私は思った。

「それをどこでやるんだい?」女の連れがおもしろがってたずねた。

「コスタベルでよ」女は悦に入って答えた。「コスタベルで」その声はうごめく眼のしたの暗闇にたちもどり、しばしのあいだかすかにこだましていた。ばかげているとお思いだろう。だが、コスタベルでは何もかもがばかげているのだ。おそらく、だからこそ、私はコスタベルにたどりついた。おそらく、すべての人間は、私同様にいつの日かあの場所を訪れる運命にあるのだ。

あそこへは、ごくありきたりの方法で出かけたのだが、それでも眼のおさまった髑髏にはちがいなかった。漁師ふうの帽子をかぶりサングラスをかけて隠していたため、浜辺にいるほかの連中と違っては見えなかっただろう。これこそがコスタベルでのやり方だ。まさにあの浜辺で、眼は光線をめぐらせはじめ、髑髏のなかのからっぽの暗闇にはささやきが起こる。

コスタベルの浜辺には、生命の残骸が無数に散らばっていた。打ちあげられた貝が干あがり、深海で新しい家を探していたヤドカリが裸のまま打ちあげられ、待ちかまえていたカモメにずたずたにされていた。潮の干満をしめす濡れた砂の帯にそって、死神の足跡がさまざまにしるされていた。緑の海綿の破片からこぼれた小さな生きものすらもが、彼を育み守ってきた母なる海へもどろうとするいのちがけの闘いの跡を見せつけていた。

結局、海はみずからの子孫たちを拒絶する。彼らはくりかえしくりかえし浜辺へと打ちよせつづける波との闘いにやぶれ、故郷に帰る道を絶たれる。ヒトデの小さな気孔には砂がつまってしまう。太陽は容赦なく無防備な粘液質のからだを干からびさせる。海辺で永遠にくりひろげられる闘争は沈黙に満ちている。叫び声をあげるのは、ただカモメだけだ。

観光客が訪れる季節と大嵐の合間の夜には、足長のハゲタカどもの活動を目にすることができる。潮がひいた夜明け前の浜辺には、まるでホタルのように行き交う電灯のあかりが見えるだろう。それは、貝を捕る漁師たちがおとなしい隣人を捕りつくそうと探しまわっているしるしなのだ。狂気とも呼ぶべき貪欲な衝動が、競いあう漁師たちをのみこむ。嵐のあとには、集めたヒトデを手に急ぎ足で行く漁師たちの姿を見ることができる。また、生きた貝の詰まったバッグをつかみ、重荷に足をふらつかせる漁師もいる。貝殻のなかに隠れた主は、リゾートホテルが戸外に用意した大釜でじっくりゆでられて、ひき剥がされ捨てられる。そんなひと波乱のあとに出くわしたのが、星を投げる男だったのだ。

潮がひきはじめるや、そして、眠れぬ夜をすごす私の眼が浜辺で動く光をとらえるや、私は闇のなかで起きあがり着替えた。浜にでる階段をおりる私の耳には、遠ざかる波のとどろきが聞こえる。わきたつような砂でいっぱいの入り江は、防波堤で鋭く絶ちきられている。パウダースノーのように軽い砂は舞い、あらゆるものを覆おうとする。私は形を変えた入り江の縁《ふち》にそって浜辺への散歩道を確保した。ときおり薄暗がりにうごめく腰を曲げた姿が見えたかと思えば、パタパタとかろやかな音をたてるスコールも通りすぎてゆく。私の背後の東のほうのいずこからか、光がやってくるぼんやりとした気配を感じる。

じきに、私の眼には形が明らかになりはじめる。流木や巻き貝、遠いケルプの森から流されてきた海草などが見える。緑の海綿に閉じこめられたピンクのはさみをもつカニが、波に投げだされて横たわっている。長い足をもつヒトデ《スターフィッシュ》が一面にばらまかれていて、まるで夜空が浜辺に落ちてきたかのようだ。私は一瞬足を止めた。小さなタコが、ぼろぼろにもつれた足のあいだから、砂にまみれた美しい暗いレンズの眼で私を見あげたからだ。私はどぎまぎし、足でそっとふれてみた。しかし、タコはすでに死んでいた。私は広がる白い波頭のまえで、ふたたび歩みを速めた。

海風がまともに吹きつける崖地を巻いて歩いているうちに、浜辺の傾斜はだんだん急になり、海の吠え声はさらに恐ろしさを増し、腹にひびく。貝とり漁師からは離れ、足跡を消してしまう濡れた砂の上をさらに大股にいそいだ。つぎのポイントまでたどりつけば、風を避ける場所がみつかるはずだ。私の背後にある太陽は、水平線をおしやぶって昇ってこようとしていた。黒い雲をおしわけて不吉な赤い炎が昇る。前方のめざすポイントのうえには、信じられないほど完璧な形をした巨大な虹がゆらめきながら姿を見せた。その虹の足もとに、ひとりだれかが立っているのが見えた。彼の位置からは虹は見えないだろうが、私には彼が虹のなかに立っているように見えた。彼は、身じろぎもせず、砂のなかの一点を見つめていた。

やがて彼は身をかがめ何かを拾いあげ、くだけちる波のむこうにそれを投げこんだ。私は彼にむかって、おぼつかない足どりで半マイルもの距離をいそいで歩いた。彼のそばにたどりつくころには、虹はすでに上方へと遠のいてしまっていたが、虹の余韻は彼のまわりできらきらと色を変えながらまとわりついているように見えた。彼はふたたび腰を折りはじめた。砂とシルトの池には一匹のヒトデがいて、息を詰まらせる泥から逃れようと、腕を精一杯つっぱっていた。

「まだ、生きてるんですね」私はおそるおそる声をかけた。

「ああ」彼はそういうと、素早いが、優美さをたたえた動作でヒトデをつまみあげ、私の頭ごしに海へと思いきり投げた。ヒトデは泡立つ波に沈んだ。波がふたたび吠えた。

「潮のひきが十分に強ければ、死なずにすむかもしれないな」彼はおだやかにそう語った。しわの刻まれた赤銅色の彼の顔には、虹の色が微妙に色を変えながらただよっていた。

私は突然の彼のことばにうろたえて、「こんなところまで来る人はめずらしいですね」と言った。「集めていらっしゃるんですか？」

「こうして」彼はやさしくそう言いながら、浜辺にころがる漂着物のまんなかあたりをさし示した。「生きているやつだけをね」彼はふたたび身をかがめ、私の好奇心などには無頓着に、あざやかにヒトデを海へ投げこんだ。

「うまく投げてやれば、助けてやることもできるんだ」彼はそう言った。

それから、瞳にほのかな疑問の光をともして、まっすぐに私を見つめた。その瞳には深海を思わせる深い色合いがあった。

「私も集めているわけではないんです」なんとも居心地のわるい思いで私はそう言った。風が私の上着をバタバタとあおる。「生きているものも、死んだものも。ずっと昔にやめました。死こそ唯一の偉大なコレクターです」私の髑髏《あたま》のなかに暗黒の夜が広がるのを感じた。そして、あの恐ろしい眼が冷淡な探索をはじめるのも。私は軽く会釈をしてその場を立ち去った。砂の丘には、背後に巨大な虹をのばした彼がひとり残った。

海岸の湾曲部についたところでふりかえってみると、彼はふたたびヒトデを投げているところだった。熟練した手つきで荒れくるう波のはるかむこうへと。一瞬、光が変わって、彼の姿が巨大化したように見えた。それはまるで大きな星を、より偉大な海へと投げこんでいるかのようだった。いずれにしろ、彼には神の威厳がそなわっていた。

しかし、ふたたびあの眼が、あの世界を干あがらせるつめたい眼が、私の髑髏のなかで抑えようもなくめぐりはじめた。彼はただの人間だ。私は鋭くそうきめつけて思考を停止させる。あの星を投げる男はただの人間にすぎない。世界じゅうのあらゆる浜辺で、死は彼よりもずっと素早く駆けめぐっているのだ。

私は暗い色の眼鏡をかけて変装し、ヒトデを集めている連中がいる場所へとゆっくりともどって、粗末で小さなシャベルや、年よりの腰を痛めずに砂のなかの宝を掘りだすための細長い道具を手に貝をあさる人びとの脇を通りぬけた。私は、声をもたない美しいものどもが、生きたままゆであげられている大釜をしっかりと見ておくことにした。サングラスの奥ではある種の祈祷がはじまり、静まろうとはしなかった。「荒れ野のかなたに、それはあった。荒れ野のかなたに」

部屋の暗がりにもどった私はサングラスをはずして静かに横たわったが、眼はいつまでもめぐりつづけた。かの荒れ野で、ある年老いた修道士が旅人に忠告した。神の声と悪魔の声を聞き分けることは、たいそうむずかしいと。コスタベルは荒れ野だ。私は静かに身を横たえている。しかし、ベッドの脇においた私の手は、休むことなく眼には見えない深淵の縁《ふち》をまさぐる。「この世には難破船のために用意された浜辺というものがあるのだ」ある洞察力鋭い物書きのことばがよみがえる。まごうことなく、私はまっすぐそこへと導かれたのだ。

2――髑髏

おなじ人間でも、生まれや育ちによって視野には違いが生じる。一歩一歩前に踏みだせる平原に生まれた者と、それとは対照的に、氷河のクレバスのただなかや断崖絶壁にかこまれた環境で育った者とでは、おのずと違った視野をもつことになる。山岳地帯で育った者にとっては、つぎの一歩はいまの一歩のつづきとはかぎらない。つぎは、いのちをかけての地溝の跳躍であるかもしれないし、いつ崩れるともしれない雪の橋へ踏みだす、おそるおそるのつま先立ちの一歩かもしれないのだ。

このような対極的な風景は、人の心にも類似の対極を生みだすだろう。私たちの先史的生活は、森のなかの暗がりで自然に守られた本能的存在であることを放棄した時点にはじまると言っていい。そのかわりに、みずからあやつる知恵をたよりに、月面のような荒れ地や氷原で、冒険者として生きる道を模索しはじめた。前進をかさねるうちに、やがて、孤立した峰々の迷路をぬけだして、科学という名の平原へとゆっくり歩を進めた。こうして、踏みだす一歩が確実につぎの成功へとつながり、宇宙が暗黙の秩序としてあらわれ、人間が何世紀にもわたってもがき苦しみながらそこに道を求めてきた幻想は、過去や未来の壮大な光景にとって代わられた。石の表面をおおう眼が、道をはずれない太陽の動きについて語る。ハレー彗星の楕円軌道は計算され、もはや世界を恐慌におとしいれることはない。地球はつめたい虚空を何年もつき進み、測定をまぬがれたものはほとんど、いやまったくないのだ。

そう、まったくない。人の心だけをのぞいては。私は子どものころから、どこまで行っても均質な科学の領域をさまよってきた。それはちょうど、平原の住人たる私が、断崖によってたちきられることなく、どこまでもとぼとぼと歩きつづけるのにすっかり慣れているようなものだった。いまになってふりかえってみると、住みなれた光景のなかに、ある偶発的な景観をあたえる現象があった。当時は私にとって意味をもたなかったのだが。それは「竜巻」だった。突然いずこからともなく出現する漏斗《ろうと》状の空気の渦は、風車を吹き飛ばし、おそろしい破壊力で地方の町をつぎつぎとめちゃくちゃにしてしまうこともあった。ときには、竜巻のおとなしい対比として、ダストデビルと呼ばれる無害な現象が起こることもあった。ダストデビルはくるくるとおだやかにダンスをしながら、一マイルもの道のりを人のあとを追って行くこともあった。暑い日には、まるで、寄りあつまって恐ろしい巨大な竜巻に姿を変える相談でもしているように、いくつものダストデビルがあらわれて、くるくる回りながらアルカリ平地のうえを行き来する姿を見ることもできた。やつらはどちらかといえば単調な光景にあらわれる、トリックスターとでも呼ぶべきものだった。

空気から生まれた有害な創造物は、そうめったに訪れるものではないのだが、この地域の慎重な入植者たちは、だれもが自宅に竜巻用の地下室をしつらえていた。ところが、私が育った無頓着な近隣地域では、竜巻にまつわる奇妙なほら話や、天気に関する突拍子もない予言を真に受けてはいなかった節がある。子どもながらこれらの話に刺激され、また、地下生活へのあこがれもあって、私は自分で竜巻用の地下室を掘ろうとこころみたことがあった。ほかのほとんどのプロジェクト同様に、結局、完成を見ることはなかったのだが。両親は自然界におけるこのトリックスター的な要素に悩まされるあまり、ストイックに対策を拒んだことは、いまになってわかる。彼らはやがて、予測をすることは、計算高い計画者をさげすみ虐《しいた》げる悪意に満ちた力の関心を、かえってひきつけてしまう行為なのだ、という哲学に無意識のうちに到達したのだった。悪意に満ちた原初的な力は、外的世界におけるさまよう竜巻のなかに存在するのと同時に、人の心のなかにも潜んでいることに気づいたのは、その後、まもなくのことだった。

原初の時代以来、人間にとりついた隠れた二元性は、宗教的概念をよこぎる。それはいまだに違った衣をまとって、現代という科学の時代にも居座りつづけている。いまやそれは、混沌《カオス》と非混沌、つまり形態《フォーム》との対立となっている。進化論的哲学の隆盛以降、形態はそれ自体人目をあざむく資質を有するようになった。私たちの外観は、もはやある神聖なプランに基づく安定性をもたなくなったのだ。そのかわりに形態は予期せぬ方向へゆらめき、溶融していく。過去をふりかえってことばが生まれるさらに前、爬虫類の単純な脳の回路の知恵へと溶けていくまで、生命の漏斗を見つめる。最後には、知覚は極微生物のなかにまで沈みこむ。

　さもなければ、私たちはより深く見つめることに抵抗し、拒絶する。しかし、虚無は残る。私たちはたくさんの時間と皮膚からつくられた人形であり、森のなかの巣で眠っていたか、シュウシュウと音を立てながらよたよた歩きまわっていた無骨な両生類のとりかえっ子《チェンジリング》なのだ。私たちは人となるまえに、そのような役割をにない無限とも思える時間を生きてきたのだ。私たちのアイデンティティーなど夢にすぎない。私たちは過程であり、現実ではない。なぜなら、現実とは白日のもとの幻想にすぎないからだ。永劫の流れのなかで、一夜も経ず、わが種は沈黙のうちに石のベッドのうえに横たわっているだろう。さもなければ、過去にもあったように、別の形態へと姿を変えているだろう。私たちのからだのなかでは、ふたつの力が永遠に闘いつづける。原初の聖書的闇のなかの年老いた海竜ヤムと、それに束になって対抗する私たち人間の形をなんとかとどめる踊る光とが。「私がふたたびあらわれるまで、汝は待つがよい」古い伝説は、イエスがさまよえるユダヤ人にあたえた訓戒として、私たちのあいだに生きつづけている。このことばは人間そのものにあてはまる。人間の心の奥底には似たような指令がある。もはや肉体の寿命とは関係ないが、むしろ、心そのもののために用意された、ある超越的な教えを待ちわびる祈りがそれだ。

　しかし、私たちが直面する事実は、いずれもことごとくおそろしいほど私たちに不利であるかに見える。それはまるで、はるか昔に未開民族の生き残りのなかで私が目にした、仮面をつけ、悪魔的なようすで背中にはりつくトリックスターの役割を演じさせているかのようだ。それはもっとも神聖な儀式において、ジョークスターが提供する役割だった。彼は決して笑わず、一切の音をもたてない。顔を黒くぬり、式をとりおこなう僧のあとに静かについていき、小さな鞭をふりかざして神聖な仕草のものまねをする。彼の間のいい様式化されたポーズには、笑いをしのぐ強烈な嘲《あざけ》りの意味がこめられている。

現代的なことばでは、偶発のダンス、不確定要素のダンスともいうべきものは、私たちすべてをまんまとだしぬく。平原のうえをこちらに迫ってくる不吉なつむじ風は、私の幼年期に幸運にも私を避けて通りすぎていった。焚火のかたわらでくりひろげられたこのパフォーマンスを目にしたとたん、原初の人間が暗いメッセージとともに生きてきたことを私は確信した。彼は宇宙のメッセンジャーの村へ入ることをゆるされ、それに従った。おそらく原初の人間たちは、私たちよりもトリックスターの宇宙観に通じていたのだろう。また彼らは、私たちの知らない稲妻を受けとめ、耐える方法も知っていたようだ。

いずれにせよ、踊りはねる炎のかたわらで、全部は理解できないドラマを見ながら、なぜ現代人さえもが雁の骨で魂の雲行きを占うのかを学んだのだ。儀式のあと、私は心みだされた異教徒として、夜の闇のなかへ入っていった。私にはそれ以降、ふりはらうことのできない影がつきまとっている。その影は、いつでも私のうしろでポーズをとっているのだ。ものまねをする影は、この原稿を書いているいまも私につきまとっている。影は嘲るような大げさな動きでペンを走らせる。その影は私の死の床においても、厳粛な雰囲気を戯画化してみせるだろうことを私は本能的に知っている。この四半世紀というもの、影はひとことのことばも発していないが。

原初の混沌の魔術である黒魔術は、事物の真の姿をときにはおおい隠し、ときには別の姿へと変容させてしまう。時計が十二時をうつ瞬間に、王女は舞踏会から身をひかねばならない。さもなければ、ぼろをまとった台所番の少女と見破られる危険に身をさらすことになり、壮麗な馬車はカボチャにもどってしまう。この不安定さは世界の核心にも宿っている。十九世紀になってはじめて、これこそが真実であると宣言されたことどもを、神秘的な先見性で、民話は長きにわたって象徴的に遊んできた。その真実とはすなわち、形態とは時間の位相のなかでの幻想にすぎず、蛙や狼に身を窶《やつ》すヒーローやヒロインの魔法の変身は、いまも昔も、すべての人間にあてはまる変身であるということなのだ。

ゲーテの天才的ひらめきは、『種の起原』発行のはるか以前に、現在の種がほかの種へと変わってしまう闘いの縮図ともいえる、テーゼとアンチテーゼを感じとっていた。現代風に言うなら、魚から爬虫類へ、猿から人間へということだ。変化をもたらす力は、創造的であると同時に破壊的でもある。邪悪な力が、なんの制限も受けずに、形態の定まらない未完の可能性に満ちた虚無へと導くのだ。この力は、ただ特異化に向けられる等しい衝撃によってのみ均衡を保ちうる。形態は一度できあがると、その独自性《アイデンティティー》に固執する。個々の種も、個々の存在そのものも、現在の性質を執拗に保とうとするのだ。それぞれは、世代を超えてうねる創造的かつ破壊的な大渦巻をとりこもうと奮闘する。過去は消え、現在は瞬間的にとどまるだけで、未来は可能性にすぎない。この真実の見かけ倒しの現在においては、生命は存在するあらゆる外観、個性を維持しようと躍起になる。最後には生命はいつも負けるのだが、不定形で急な流れは残り、形をとどめている有機的な新しい容器へとそそぎこまれるのだ。その形態は昨日の姿とは違っているかもしれないのだが。

現在、目の前に展開している安定的なショーのむこうを見通す進化論者たちは、痕跡器官のなかに隠れていた、過去に放棄されたがらくたを発見した。彼らは持ちあげた鳥の羽根のしたに爬虫類をみつけだし、巨大なクジラ類の脂肪のしたに、退化し失われた地上棲動物の四肢をみつけるのだ。今日、天文学者が無限の暗闇に向けて星雲が飛びこんでいくさまを感じるのとおなじように、進化論者たちは、知られざる中心部から生命が突進してくるさまを見る。回転する星雲が星々を夜の闇に投げとばすように、生命もまた、微小な細胞に宿っている遠心力にうながされて、こなごなになった意識の断片をばらまき、世界の藪《やぶ》をも通りぬけて、もがき闘いながらとどける。

これらすべての遠まわりな切れぎれの道のりは、コスタベルのベッドのうえに横たわる髑髏《されこうべ》におさまった、絶え間なくめぐりつづける眼にさらされている。この眼は、部屋の影から自分のことを探す、おなじぐらい透徹したもうひとつの眼の存在にゆっくりと気づきはじめる。それは、髑髏のなかの心の反映かもしれないのだが、それにもかかわらず、その眼そのものは体外にいて、とりつくのだ。それはからみあった海草の巣のしたの青灰色を帯びた盲目な何かとしてはじまる。それは突然姿を変え、私が浜辺で出会った死んだ頭足類の砂にまみれた眼となる。私の注意が集中するにしたがって変身の速度は増し、ますます恐ろしい姿へと変わっていく。私の子ども時代の体験のどこかからやってきた、うちすえられた動物の血走った眼にもなった。最後には、写真から破りとられたような眼となったが、その眼は私を見通すかのように見つめかえした。それはまるで、ヴィジョンのなかで虚無のけわしい縁《ふち》まで登りつめ、深淵によこたわる恐怖のすべてを吸収してきたかのような眼だった。私はふたたびベッドに身をよこたえ、頭を枕のなかに埋めた。私はあの眼のことも、それをとりまく環境も、それにまつわる謎をも知っている。あれは私の母なのだ。彼女は遠い過去に世を去り、過去にさかのぼる道は失われてしまった。

3——孤独な使命

ここでひとつの疑問が生じるだろう。船の難破をさそう海岸についての疑問だ。なぜ船はそこにやってこなければならないのだろう。これは、知識を追い求める者に向けられるのと同種の疑問だ。結局は頭《こころ》のなかに、海岸にころがる災害のあとや、漂着物ばかり照らしだす探照灯しか残らないのは、いったいなぜなのか。これに対する答はある。しかし、その道は科学の水平な平原とまじわることはない。というのも、遠くはなれた深淵の科学は、もはや人を守ってはくれないからだ。そのかわりに、出自も定かではなく、何とは特定できないおぼろげな変容の連続のうちに、魔法の変身の創造物を見せる。

未来とは単純に明日のことを意味した遠い昔、猟獣たちのコースを決定するために、人間は複雑に動物の姿を刻みこんだ数え棒を投げたり、火に投じた野ウサギの肩甲骨にはいったひびに垢じみた指を這わせたりした。いずれも、翌日の狩りを占う行為なのだが、それはちょうど、年老いた農夫が天気を知るために、雁の胸骨のしるしを読みとろうとする時代錯誤的な行為とおなじものだ。自然の意図を読みとろうとするそんな風変りな占いは、古代から人間の心を満足させてきた。いまではそのようなことはしなくなったし、人間が狩った動物の魂に正当な謝罪をすることもなくなった。狩人たちはついに、小さな村を古代よりとりかこんでいた超自然的な世界の懐《ふところ》から、家なき開拓の土地へ、断崖の縁《ふち》、描写しがたい自然の世界へとやってきた。ここにきて、道具は道具の製作者に対して日増しに復讐を果たすようになり、明日という日は、制御しがたいものとなった。人間はおそろしい自由の領域へと足を踏みいれたのだ。

道具の助けを借りて建ったものをのぞけば、彼らには伝統的な避難所はなにもなく、しかもその道具が、主人からの革命的な独立を達成するはじまりともなった。彼らのふるまいは、いっそう秘密めき、予想しがたくなった。科学は、燃やした肩甲骨に向けて発したシャーマンの魔術的な問いよりはるかに強力で、道具を創造しはしたが、二面性をもつその本性を制御することには成功しなかった。それに、道具はあまりに気軽に私たちのサルとしての遺産の一部に干渉し、消滅させるよう駆りたててしまった。

　私たちはおのれの弱さゆえに、魔法の森で安全に暮らしていた。その暗い領域の力が私たちに授けられた瞬間に、まるで魔女の家のなかのように、あらゆるものが勝手に飛びまわりはじめた。道具は——あるいは科学そのものも——人間の本然にそなわった潜在的なポルターガイスト的側面と、漠然とだが結びついていた。人間と自然界とが互いに引きよせあえばあうほど、それぞれのふるまいはどんどん常軌を逸しはじめた。まばゆい発明のうしろには、巨大な影が勝ちほこったように踊りくるう。巨大に増幅されてはいるが、それはまぎれもなく、厳粛な僧侶の背中にはりつく、黒塗りの道化たトリックスターの一種にちがいない。ここにはひとつ違いがある。影たちはあらゆる人間からしのびでたものだ。その姿には、トリックスターの警告的な踊りにふくまれていたような社会的儀式の色合いはまったくないといってよい。そのかわりに、あまりに巨大でリアルなために、多くの人の目にはふれず、増殖する闇は光の運搬者をも、のみこまんばかりに脅かす。

　ダーウィンやアインシュタイン、フロイトは、影を解きはなった者たちと言ってもいいだろう。しかし、人間はすでに、運命をとりこむ危険な領域へと踏みこんでしまっていた。四百年前に、フランシス・ベーコンは、すでにその二面的な性質を予知していた。彼ら個々人が問題なのではない。彼らが彼らの功績を果たさなかったとしても、必ずだれか別の者がやりとげたはずだ。彼らは善き人間で、人類に覚醒をもたらす者としてやってきた。悲劇は、彼らの背後にいる鞭を手にした儀式的存在が眼に見えなかったことだけだ。もはや、人間の傲慢をいさめるものは何もなかった。世界は、自然の重たい魔法の軛《くびき》のしたに長らくよこたわってきたのだが、それ以降、人間の指令を受けることになったのだ。

人類《ヒューマニティー》は、たちまち光に魅了され、自分も光を反射していると考えてしまった。「進歩」はスローガンとなり、しばらくは影たちは後退したかに見えた。闇の後退を、まったく新しい、より漠然とした恐怖の前ぶれと予測した者はわずかしかいなかった。G・K・チェスタトンのことばによれば、ものごとは予測されることによって、より予測不可能性を高めるのだ。人間の力には限界がある。しかし、人間が自然界へと解きはなった種々の力には、いかなる限界もないのだ。それは、ずぶの素人魔法使いの呪文で呼びだされた、とりかえしのつかない化けものたちなのだ。

しかし、現在災厄を招きかねないおそれのある最初の発見の性質とは何なのだろう。もちろん、そのなかでもっとも顕著なものは、すでに述べてきたある「知覚」だ。それはつまり、たがいに連鎖し、進化していく生命の網の発見だ。ヴィクトリア女王時代の偉大な生物学者は、形態と無形態、混沌と非混沌のあいだの闘争を、見ても見まいと努めた。詩人ゲーテはそれを、ほほえむ自然の表層からは見えない、水面下での闘争と感じていた。「天からの危険な贈りもの」と、彼は不安げな予知のことばを遺している。

存在をかけての闘争という説の筆頭研究者であるダーウィンは、もつれからまる草におおわれた土手に、静かで貪欲な自然の闘争を見ようと努めた。それでも彼はあからさまではない満足感をこめて、人間は「いくらかの自信をもって」「想像できないほど遠いさき」の確かな未来を見通すことができるとほのめかすことはできた。彼はこのことばを『種の起原』のなかのつぎのような観察を記したのとおなじページで語っている。「現生の種のうちで、はるかに遠い未来まで、どんなようすのものであれ、その子孫をのこすのはごく少数のものにすぎないであろう」〔岩波文庫、八杉龍一訳より〕。矛盾は彼の眼をすりぬけた。彼は見たいとは願わなかったのだ。さらにダーウィンは、生命のことを純粋に利己的な闘争をおこなう存在と見ている。その闘争においては、仲間にとって直接的な利益をあたえないような、他種を利するような変化はいっさい起こさないといっている。

彼は主張する。かりに他者の利益のためだけにどこか一部だけでも姿を変えた生物が、ただの一種でもいるならば、「私の学説は否定されてしまう」〔岩波文庫、八杉龍一訳より〕と。この宣言をいかに力強く裏づけ、価値を高めることになろうとも、現代の生物学者は、飢餓や戦争や死をダーウィンの説を証明する唯一の道具として使うべきではない。これらのテーマはじつに微妙で複雑だ。ここでは、暗い洞窟や棍棒というサインが心に染みついて、今日では、それが人間の真実のイメージをあらわすものとして何百何千という書物のなかで言及されてきたとだけ言えば十分だろう。

ダーウィニズムが包含したテーゼとアンチテーゼより、フロイトに進もう。ダーウィンとおなじように、この内面世界の大家は、安全で安定した光あふれる心のなかの領域が、憤怒のさかまく場所であることをあばきたてた。そこに存在する化けもののように変形したもの、跳梁《ちょうりょう》する夜の影たち、ゆがんだとりかえっ子《チェンジリング》は、ダーウィンの自然な宇宙にとりついたものどもとおなじくらいリアルだ。とくにそのために、私は髑髏とそこにおさまった眼として、船の難破をさそう浜辺、コスタベルに出かけたのだ。潜在意識のどこかにひそむ破滅へと向かう暗い衝動をのぞいて、ほかに私があのことばをおぼえている理由などあるだろうか。ベッドに身を横たえる私のとじたまぶたの裏には、苦悶する写真のなかの眼がはりついていた。

何年か離れていたのち、義理を果たすべく田舎にもどり、最後の居住者が去った家を訪れたときに、それははじまる。かび臭い屋根裏の、古いトランクや壊れた水槽、子どものころに集めたほこりをかぶった貝の化石の山のなかで、私は肩掛けカバンをみつけた。そのカバンはすでにぼろぼろの骨董品といっていいものだったが、底のほうから、ジャックナイフと今世紀の初頭に女性たちが使っていたような「入れ毛」をみつけた。そして、そのしたには古い写真の束とノートが二冊あった。見たところその二冊のノートは、別の時代にこのカバンにつっこまれたもののようだった。そして、そのどちらの表紙にも、肉細の飾り文字で、筆記者が重要だと信じていたであろうあるメッセージが書きとめられていた。「このカバンは私の息子、ローレン・アイズリーのものである」と。これは最後のメッセージだ。なつかしい小物。ジャックナイフは私が子どものころ持ち歩いていたものだ。入れ毛は母のものだということも、信じられないほど先のとがった上靴があったことも思いだした。それは正式な舞踏会への招きにそなえてのものだったようだが、母は生涯を通じてただの一度もそのような場所に招待されたことなどないのを私はよく知っている。私はスタジオ写真を束ねているぼろぼろになった紐《ひも》をほどきにかかった。

ほとんどは、背筋を伸ばし、かたい表情をした髭をたくわえた男たちと、重苦しく着飾った女たちの写真だった。写真の初期の時代に特有な、まるで格式ばった儀式にでも臨んでいるかのような雰囲気に包まれている。わが家の家系に通じる面影を、そこかしこに見うけられるような気はするものの、写真のなかの人物の名前を特定することはできなかった。最後にようやく、一八八〇年代に撮られた、堅苦しさのない写真が出てきた。やはり、どれがだれなのかはまったくわからないのだが、裏面に宣伝用のスタンプが押してあって、場所を特定することはできた。アイオワ州のダイアーズヴィルだ。私はその田舎町に行ったことはなかったが、母の出生地であることはすぐ思いだした。

このときはじめてダイアーズヴィルということばが、「悲惨《ダイアー》な場所」という意味と瞬時に結びついた。また、その瞬間、写真の端に映っている姉妹がだれだかもわかった。妹が姉にいやいやくっついている。六歳のはずのその少女は、一瞬幼い子どもの仮面をはずした。ここに、彼女ののであり、私のものでもある苦しみがはじまっている。写真のなかの眼はすでに遠くにあり、内面の動揺のためにか影がさしている。身のかまえは、すでに惨めな人間としての境遇を表面ににじませている。じっと見つめる眼は、もの静かで孤独だ。その眼つきは、耐えがたい差異とさしせまった孤独を知ってしまった子どもの眼なのだ。

私はノートと写真をふたたびカバンのなかにもどした。最後のメッセージはダイアーズヴィルからやってきた。「私の息子」というメッセージは。写真のなかの子どもは、教育を受けない平原の画家として生きつづけた。彼女は聾唖者だった。生涯、精神的破滅への崖っぷちを歩みつづけた。この薄れかかった写真のなかのポーチから、彼女の十字架を背負った長い人生がはじまっているのだ。私は階段をおり、家の外に出た。そして、そのまま数マイル、道を歩きとおした。

いまふたたび、コスタベルにいる私はサングラスをかける。しかし、やぶれた写真のなかの顔はサングラスの裏にとどまりつづける。それはまるで、私が、人間の代表として耐えがたい重荷を背に、宇宙そのものとの対決を迫られているかのようだった。「世界を愛してはならない」聖書のなかの警句がそう告げる。私の心のなかをめぐる光線も、虫のようにささやく知性の声も止まる。最後には、宇宙の審判がくだされるのを待つかのような完全な静寂が訪れた。あの眼は、あのやぶれた眼は、私のことを考えていた。

「しかし、私は世界を愛する」からっぽの部屋で何かを待ちわびる存在に向けて、私はそっとささやいた。「私は小さきものどもを愛する。波にもまれてたたきのめされるものを、歌い、飛び、そして、落ちて二度と姿を見せない鳥たちを、愛する」私は息をつまらせながら言った。やぶれた眼はまだ私のうえにそそがれている。「私は失われたものどもを、世界の敗残者たちを愛する」それはまるで、私の科学的遺産の廃棄宣言のようだった。やぶれた眼は悲しげに私を見まわして、去っていった。私は自然界に口をあけた最後の巨大な裂け目に到達し、哀れみをもたない光線は、もはや私の髑髏のなかをよこぎることはない。

いやそれは違う。あれは裂け目ではなく接合点だったのだ。愛情の表現は、ダーウィンの説である草の密生した土手のしたでくりひろげられる静かな闘争から生まれた生物たちの、種の境界を飛びこえる。「自然はなんの恩恵ももたらさない」と、生まれたばかりの工業化都市に生きたある新進の哲学者は、荒々しくそう言いはなった。にもかかわらず、戦争や飢餓、死をとおしてもなお、自分の出番を待っている突然変異のように、希薄ながら慈悲は存在しつづけている。私は星《ヒトデ》を投げる男があの裂け目を超えるのを見た。彼はそうすることによって、人間にはみずからの前線《フロンティア》をきめる権利があることを再主張したのだ。彼はかりに境界を超えなかったにせよ、自然界の存在としてぎりぎりの縁《ふち》まで達したのだ。それは見方によれば、超自然がおそるおそる、ほんの一瞬自然にふれたようなものだ。

空虚に見える宇宙の深奥では、ひとつの眼が成長しつづけていた。それは、私の部屋のあの眼のようでもあるのだが、そのスケールは茫漠たる巨大さだ。その眼は、ただそれ自体としか表現のしようのないもののうえにそそがれる。その眼は空をさぐり、存在の深さを探査する。それは夜の深みから、人間の形をした気体のように立ちのぼってくる。虚無は奇跡のように虚無を見つめ、満足することがない。それは前例のない自然界への侵入であり、また、自然界からの突出だ。つまり、この活動は絶対的ゼロの領域から発生した価値の主張なのだ。分子がまじりあう小さなつむじ風は、それ自身の宇宙に直面することに成功した。

結局、それこそがダーウィンの草のもつれた土手を越えてよこたわる裂け目なのだ。というのも、その土手で生まれた闘争の申し子である生物は、憐憫《れんびん》の手をさしのばしたからだ。惑星間の力の場に散在し、もしくは、星間宇宙の想像もおよばない冷気のただなかにあった太古の疲れを知らぬ忍耐強い知性は、荒涼とした場所にみずからとおなじくらい神秘的な幻影を授けることを選んだ。人類の運命は、夜と孤独のうえに浮揚する、滅びることのない非難がましい眼となることにあった。多様で、俗に自然と呼ばれるものから自由な、うちなる眼の介在なくしては、世界は存在しているとは言いがたい。

私は信じられないでいた。成熟にともなって硬化する無関心にとらわれ、私はあの星を投げる男から遠ざかってしまった。しかし、眼によって仲介された思考は、自然の無限の変装のひとつだ。遅きに失したが、孤独な使命を帯びて私はたちあがった。私は星を投げる男を探しだすべく歩みだした。

4――虹

人間は、自分たちが生息する宇宙そのもののように、また、自分たちが生まれてきた悪魔的に攪拌された分泌物そのもののように、自分自身が荒廃した物語だ。人間は、生から死へむかって心のなかの浜辺を歩きつづける。波が吠える際限のない幻滅に満ちた長い浜辺を。結局、生へのかかわりは、苦痛へと帰着する。しかし、そのような荒廃の外では、畏怖すべき選択の自由があらわれる。それは、生物の限界を定める狭い境界を超越した選択だ。人間のこの大きな選択の環のなかでは、混沌と秩序はタイタン族がになった象徴的な闘争の意味を一新する。世界の運命をかけて闘うのだ。

どこか遠い浜辺で、星を投げる男が虹のもとをさまよっていた。私たちは短い会話しか交わさなかった。夜明けにあえてあの浜辺へ出かけていく者は、強迫観念で集めた収集物への貪欲さから、他人に憎悪をいだいている者だときめつけていたからだ。それに私は自分の職業と経験に照らして、なにも言うべきことなどなかったのだ。ぶっきらぼうに振るまわざるをえなかった。星を投げる男は狂気におかされていたし、彼の愚行とかかわりをもとうという気にはなれなかった。私は観察者であり科学者なのだ。にもかかわらず、私は大地に根をはやそうとこころみる虹を見てしまった。

私は地上のあるポイントで、私たちを超えた領域へと突出しているかのような星を投げる男をみつけた。雨に洗われた甘やかな朝、あの多彩な色合いを帯びた巨大な虹は、彼の頭上にたゆたっていた。私は物音をたてずにまだ生きているヒトデをみつけて拾いあげ、回転させながらなるべく遠く、波のなかへと投げいれた。私は短くひとりごちた。「そうか、わかったぞ。私のことをもうひとりの星を投げる男と呼んでほしい」彼はもはやひとりではない、と考えることを自分にゆるしたのはそのときだった。私たちのあとにつづく者もいるだろう。

私たちは、自然界にあらわれた説明のつかない投射であるあの虹の一部なのだ。浜辺を歩きながら、私は人間の心のなかに描かれた環を感じることができた。それはまるで、あの星を投げる男のもとにまでおりてきた、うつろう色彩の領域のようなものだった。それはまさに、人間の心がそこをめざして闘ってきた完璧な環《サークル》の、目に見えるモデルだったのだ。

私はまた別の星《ヒトデ》を拾って投げた。ひょっとしたら宇宙の縁《ふち》のはるか外でも、本物の星がおなじように拾いあげられ、ほうり投げられているのだろう。私は自分のからだのなかに、その動きを感じることができた。それはまるで、種まきのようなものだ。無限大に巨大なスケールでの生命の種まきなのだ。私は肩ごしにうしろをふりかえった。薄れはじめた虹を背景に、あの星を投げる男は、小さな暗い姿でもう一度からだをかがめ、星を投げた。その後、彼のほうを見ることはなかった。私たちがひきうけた仕事は、じっと見つめるにはあまりにも大きすぎる。疲れを知らない死の波があげる吠え声にかこまれて、私は何度も何度も投げつづけた。

かの巨大さのまえでは、私たちはあまりに弱く孤独で小さいが、生きた星を思いっきり投げたのだ。底なしの淵のむこうのはるか遠いどこかで、別の世界がもっと楽しげにほうり投げられているのを私は感じた。私は凶暴なよろこびにひたってほうりこむこともできたのだが、虹のなかの星を投げる男とおなじように、わざとゆっくり、ていねいに投げた。この仕事は気軽に受けるべきものではない。というのも、私たちがみつけだして救わなくてはならないのは、ヒトデばかりではなくヒトもなのだから。つかの間、私たちはあの無限の浜辺で、太陽を投げる未知のものとなららんで投げていた。それこそは、目には見えないが、北半球の生物のほとんどが絶滅しかけていた氷河期のハンターの儀式以来の、わが種族の運命なのだ。私たちは道を失ったものの、私たちの一部は、存在の虹の完成ともいえる生から死にいたり、ふたたび生へとつながる完璧な哀れみの環の記憶を保ちつづけたのだ。狩られるものの魂への礼儀をわきまえていた雪のなかのハンターですら、その環のことは知っていた。動物から謝意を得る者は、必要に迫られたとき、暗い森から助けを得ることができるという伝説がつたえられた。

私は投げるたびにからだが思いだす種《たね》まきのモーションで投げながら、浜辺からあがる寂しい道を歩きつづけた。大きなうねりとなって押しよせる先祖返り的な感覚のなかで、あの星を投げる男なら知っているであろう、ある場所へと通じる道を。おそらく、彼はほほえんで、果てしない暗黒の穴へともう一度投げこんだだろう。おそらくは彼もまた孤独で、私たちのいずれにもさえ、つとめの行く末は隠されつづけるのだ。

拾いあげたヒトデの管状の足が、おそるおそる私の指をまさぐる。ほんとうの星とおなじように生への音のない叫び声をあげながら。私はそのヒトデを自分でも意外なほどの清澄《せいちょう》な眼で見つめ、遠くへと投げこんだ。そうすることの報いでもあったのか、私ははじめて存在の知られざる次元へと飛びこむことができた。絶えることのない闘争のつづくダーウィンの草のもつれた土手から、自己本位性や死が発生したのだが、不可解なことに、人間ではなく生命を慈しむ星を投げる男もまた、そこから生まれた。それは、生物学的思考がつまづいてきた、自然界における微妙な裂け目なのだ。私たちは眼には見えない島の最後の浜辺にようやく到達した。しかし、奇妙なことにそこはまた、原初の人びともとっくに知っていた浜辺だったのだ。彼らは直観的に、人間は兄弟である生命たちなくしては、精神的に存在しえないことを感じていた。たとえ彼自身が生命の殺害者であったとしても。私の思考はめぐりつづける。どこかに星々をほうり投げる者がいて、敗北からではなく、みずから選んで荒廃のなかを歩いているのだと。

夜になっても、貝をゆでる大釜のしたのガスの炎は燃えつづける。私は時計の針を正確な時間にあわせた。明日は嵐のなかを歩こう。貝を集める連中や炎とは逆の方向へ歩こう。ベーコンの「生命の役に立つために」という忘れられたことばを胸に。そしてまた、思いがけない宇宙の不連続性を思いながら歩こう。星を投げた男によって明らかにされた裂け目についての知識と、あたりにぼんやり立ちこめるヒントを意識しながら歩こう。不可解なことに、自然のなかには人間が付与した役割以上の何かがあるのだ。私はそのことを、虹の足もとにいたコスタベルの浜辺のヒトデを投げる男から教わったのだ。

14 科学と聖なる感覚

SCIENCE AND THE SENSE OF THE HOLY

1——記憶の化石

ネブラスカの荒れ地《バッドランド》で化石探しに没頭していたまだ若かりしころ、歩きまわっている谷間や干あがった河床、雨裂のはいった峡谷のさまを、私はしばしば、むきだしの巨大な脳のしわに見立てたものだ。大地の内なる脳回の襞《ひだ》の奥深くに、角をもつティタノシアや剣歯虎《サーベルタイガー》のような地球の過去が埋まっているように、人間の脳には過去の記憶の化石が消滅することなく埋もれている。人間の記憶は短い生涯とともに浸食されつくしてしまう。私がよじのぼった地球の脳のコイルからつきだしているのは、火山の爆発と隆起の痕跡をともなって消え去った、何百万年にもわたる哺乳類の全世代の埋もれた痕跡であり、歴史の変動のあとだ。この地球の記憶のアナロジーは、なぜ、これほどにも科学者の心を虜《とりこ》にするのかとたずねるのは当然のことかもしれない。植物界や動物界といった周囲をとりまく親族たちや自然への見方にまで、根本的な影響をあたえるほどなのだから。

生物界を解釈するふたつの極端なアプローチを指摘することによって、この問題はいちばん正しく系統化されうるかもしれない。ひとつは、チャールズ・ダーウィンが二十八歳のときに記したもので、もうひとつは壮年期のジークムント・フロイトが提起したアプローチだ。このふたりの著名な学者は、科学の誕生以来つきまとう対立をきわだたせるだろう。静かなときもあるが熾烈な対立。自分の宇宙観に固執する専門家が、敵対者の本をくずかごへほうり投げたところ、彼に師事する学生が拾いあげて愛蔵し、師が罵倒した意見の生涯にわたる擁護者となる……。客観的な世界と考えられている科学における自然探査の心的道具の選択に際して、感情と気性がかくも大きな役割を果たすことは明らかなのだ。

学識ある人間の大半が動物のことを自動機械、もしくは人間の使役に供されるために創造されたものとしか考えていなかった時代に、チャールズ・ダーウィンは、思慮深くも、進化に関する初期の草稿につぎのようなことばを書きとめていた。

「気持ちのおもむくままに推論を展開するならば、はげしい使役に奴隷として使われ、私たちの慰みものとして傷つき、病み、飢餓に苦しむわれらが同胞である動物たちは、おなじ先祖を擁し、おなじ血を分かちあう仲間なのである。われわれはともに生命の網をなすのだ」

いま、私たちが問うべきは、偉大な科学者が生涯をかけて追求するに足るテーマとみなした世界観とは、どのようなものなのかということだ。後年ダーウィンは不可知論者になったにもかかわらず、また、彼自身、形而上学に関するかぎり「深い泥にはまったようだ」と告発しているにもかかわらず、右に引用した文章には、畏怖の念、自然の聖性への恭順の念が示されていて、現代にいたる数多くのナチュラリストや自然科学者たちの仕事の性格を決定づけるものとなっている。ダーウィンのこの文章は、まわりをとりまく生物たちへの直観的感受性のゆたかさを示し、痛みに無感覚な研究室にこもった実験主義者たちの態度との違いを浮き彫りにしている。さらに、私たちは個々の存在を超えて楽しみ、また苦しむある神秘的な感覚で結ばれたひとつの巨大な動物を形成していると示唆する「われわれはともに生命の網をなすのだ」という最後のコメントには、ナイフやメスで安易に好奇心を満足させるのとはまったく違う次元で自然の世界にひかれている若きダーウィンの心がうかがえる。

一方、ジークムント・フロイトに目を転じると、私たちは奇妙に抑制された反応を見ることだろう。フロイトは学生時代の精緻な医学上の実験に明らかな影響を受けながらも、独自の道を手探りで歩み、定量化を求めず、絶対的検証をこころみない方法によって潜在意識の暗い領域へと分け入っていった。彼の自然界への対応、もしくはすくなくとも彼がいだいていた感情や直観は、つめたく臨床的で控えめなものだった。すべての人間のなかでも、彼こそはある詩人のことば「脳のおそるべき考古学」を認識していた。フロイトはこう述べている。「一度構築されたものは決して消滅することはなく、発達のごく初期の段階のあらゆることがあとあとまで生きのこりつづける」しかし、子ども時代が人を形成すると確信するフロイトは、大人の行動に対して、子ども時代の亡霊が姿を変えて浮かびあがってきたものだという疑念を向けがちだ。このように、きわめて洞察力に富んでいながら、人間に関する彼の研究のそもそもの性質は、若きダーウィンのような他者への共感を否定する傾向をもっている。「私はそのような漠とした特性へのとりくみに、非常に難儀する」とフロイトは告白している。たとえ小さく縮んでいるにしても、子ども時代の化けものがあたりにただよっているという疑念を彼はいだいていた。フロイトは、宇宙の輝かしい性質さえもふくめたあらゆるタイプの宗教的感情は、すべて幻想にすぎないとみなしていた。それゆえに、ダーウィンのような自然現象を前にしての畏怖の念は、基本的には子ども時代の痕跡として却下したのだった。

『文化への不満』においてフロイトは、なにものにも拘束されない果てしのない永遠の感覚をうったえる友人のことを、少々さげすんだ調子で語っている。その友人はその感覚を大洋的《オーシャニック》と呼んだ。この感覚は特定の宗派に起源するものではなく、不滅性を保証するものでもないが、宗教的衝撃の根底によこたわる畏怖の念を暗示するものだ。「私は自分のなかにこの大洋的な衝撃を発見することはできない」とフロイトはつづけている。そのかわり即座に、宇宙との一体感《ワンネス》とは、快楽なものすべてをつなぎとめようとする子どもの快楽エゴなのだと心理分析している。言い換えれば原初エゴ、幼児エゴにはすべてが包含されているというのだ。のちに経験によって、私たち大人のエゴは、「外的世界とは切っても切りはなせない関係を表現する」はるかにひろがりをもった感情の、萎縮した痕跡にすぎなくなるのだとフロイトは主張した。

つまりフロイトは、人間を性格づけるもっとも重要な感情を、子ども時代への退行現象とすることで言いぬけてしまったのだ。もっとも高度に発達した動物は、彼の観察によれば、もっとも下層から這いあがってきた。巨大なトカゲはいなくなってしまったが、矮小化《わいしょう》したワニは残っている。思うに、もしフロイトがこのアナロジーを完成させていたとしたら、畏怖の念をもたず、つまらない関心事のなかに安全にエゴを縮めて封じこめたワニの成獣は、十九世紀の機械論者フロイトが嫌悪した驚異の念にこだわる異常な大人より高く、より実質的な進化レベルの象徴であると言わざるをえなかっただろう。たしかにフロイトは、この幼稚な堕落がめずらしくないことくらいは認めているが、彼はそれを、人間の分かたれた精神の不合理な一面の顕《あら》われにすぎないとした。

いまから六十年以上前に、ドイツの神学者ルドルフ・オットーは、『聖なるもの（Das Heilige）』というテーマを研究の対象に選んだ。一九一七年という辛酸と幻滅の年に発行された彼の本は、当時も現在もひろく読まれている。この本は、特定の宗派の壁を超えて、フロイトが嘆息し、不合理と切りすててしまった宇宙を前にした畏怖の念（mysterium tremendum　戦慄すべき秘儀）に関心をよせるすべての人に向けて書かれている。フロイトは成熟した人間を多分に矮小化した存在として、判断ミスしてしまったと断言してよいだろう。というのも世界じゅうの科学者や芸術家たちは、この偉大な神秘に深く感化されてきたからだ。インドでは、膝のうえの子どもを「宇宙的開眼」に向けて躾《しつ》けねばならないとされてきた。

人は洞窟の暗がりで動物の絵を描いて以来、聖なるもの、神秘的なるもの、存在と生成の謎、ゲーテの卓抜な表現「奇妙な予兆」に対してつねに反応を示してきた。自然の背後に、なにかしら名状しがたいものの存在を感じてきたのだ。極地方辺縁に分布し、考古学的にみてネアンデルタール人の時代にまでさかのぼることのできるクマ崇拝《カルト》は、さらにわかりやすい最古の例だ。トーテム的動物、動物の姿をした守護者、人間に獲獣を放ったりひきあげたりする獣の主という概念から受け継がれ、広く受けいれられてきた信仰は、南アフリカの美しい岩絵からラブラドルの森の民、また、救いをあたえる聖なる魂を求めて絶食し、独居する平原インディアンにまでいたる、数多《あまた》の神聖な体験の一部だ。こうした世界に対する驚異の念は、いずれも人類の遺産なのだ。洞窟の祖先のように超自然的であれ、ダーウィンのように突然の啓示であれ、動物の姿ほどその驚異を身近に印象づけるものはない。それは心底畏怖の念をおぼえずにいられない神秘的な形をしており、一見多様で別個なものに見えながら、共通の遺伝的起源からひきだされたものと感知される。このように、神秘は原始時代の焚火のなかだけに発生するものではないのだ。現代の教室においてもなお、鳥肌を立たしめるものなのだ。

結局、科学の従事者には基本的に二種類のタイプがある。ひとつは、カタツムリの眼のなかにであれ、そのデリケートな器官に飛びこんだ光にであれ、宇宙の神秘のまえで驚異の念をいだきつづけている心あるタイプだ。もうひとつのタイプは、ものごとを切り刻むことにあまりに忙しく、大いなる神秘までも、頭をかすめる価値すらない些細なものにしてしまう極端な還元主義者だ。後者にとっては、色も音も思考もただの幻へと還元されてしまう。そして唯一の現実的な真実とは、絶えず流れつづける素粒子のつめたい虚空だけということになってしまうのだ。

生物学者がこのアプローチをとれば、客観的どころか、サディスティックな深層を示唆する残虐な態度へと走るだろう。もはや、科学とはほど遠い。例をあげればきりがないが、最近の新聞記事によれば、ある都市の国内でも評価の高い大きな博物館が、ネコを切り刻む実験に五十万ドルもの金をつぎこんだという。その実験はあまりに不愉快なもので、とてもここでは紹介できない。しかも、おぞけをふるうような苦痛を代価に得た知識を、博物館が披露しようともしない。その代価として、動物の苦しみにとどまらず、無謀な残虐行為に参加する者の人間性の損失も見すごせない。実験の施行は「実用価値を考慮しない」研究の権利という科学的いいわけを盾に、博物館側のだんまり戦術で抗議の声をはねつける。

これこそが、ガリレオの時代以来、「当局」にはよく知られている乗りこえがたい科学的前提なのだ。おもて玄関の継ぎ目ひとつ見あたらない高潔さの背後には、恐ろしげなものがちらついているし、これからもずっとそうだろう。十七世紀にまでさかのぼるが、ブーレイズ・パスカルは、このふたつの相対する方法を予見した。「おなじように危険なふたつの両極端がある。合理を断ちきるか、合理しか取り入れないかだ」。結果が手段を正当化すると言いつのるのが還元主義者であり、彼らは身を守るために合理を前面におしたて、人間の倫理感を守るこの神秘を、無価値な現実感のない幻ときめつけようとする。

「存在のすべてが私を震撼せしめる」と哲学者のゼーレン・キルケゴールは異議を申したてる。「とるにたらないハエから神の顕現にいたるまで、なにもかもが私には不可解なのだが、とりわけ、自分自身がいちばんわからない」一方、進化論的還元主義者であるエルンスト・ヘッケルは一八七七年につぎのように書いている。「細胞は物質からなる。炭素を中心に水素と窒素と硫黄の混合物からなる。これら構成要素は適切に結合することによって、生物界に魂と肉体を生みだす。適切に育まれれば人ともなる。この理論ただひとつだけで、宇宙の神秘も説明することができるのだ。創造神は廃棄され、無限の知識の新時代が到来した」百年前に発せられた生命の複雑さに対するお気楽なヘッケルの追放宣言は、遺伝アルファベットの本質的な複雑さのまえに色を失う。キルケゴールの慎重な宣言がより重みをもつようになり、すくなくとも、人間に対する畏敬の感情は高まっているようだ。

「世界の合理性もしくは明瞭さへの宗教的感情にも近いある種の確信は、すぐれた科学的業績の背後には必ず存在する」アルバート・アインシュタインはそう述べている。ここでふたたび永遠の二分法がその姿をあらわす。文学者のソローは心をこめて書いた。「私と大地は知性をわかちあうことはないのか？　私のどこにも木の葉や青かびの要素はないのか？」

また、詩人のウォルト・ホイットマンは「ぼく自身の歌」〔以下引用は岩波文庫、酒本雅之訳より〕のなかで訴えている。「しばらく歩いて共感の心の疼《うず》かぬ者は屍衣《しい》をまとっておのれの葬儀に出向いているにほかならず」と。

「ぼくの役目は拡大し応用すること」ホイットマンはそう叫ぶ。

「ぬけめのない行商人よりぼくは最初からさらに高い値段をつけ――

特別あつらえの啓示にも反対はせぬが、ゆらめきのぼる煙でも、ぼくの手の甲の一本の毛だって、どんな啓示にも少しも劣らぬ傑作と思い――」


こうした声は、子どものものではなく、偉大な人物たちのものである。ニュートンは広大な宇宙の浜辺にたわむれ、ホイットマンは哀れみをもってふれ、ダーウィンは生命の系統樹に驚異の念を吹きこむ。奇怪だとのそしりを受けるべきは、こうした数多くの声を、会計事務所や研究所、コンピュータ等に対する反乱であるとしたり、「大洋的」一体感を求めてやまない幼児的エゴからくる先祖返り的な渇望の残滓《ざんし》であるとして、却下する側なのだ。

2――畏怖

それほど昔のことではないのだが、マンハッタンの画廊でアーウィン・フレミンガーの個展が開かれた。彼の絵は、火星のような荒涼とした風景のなかに謎めいた人工物がちりばめられた現代絵画だった。私の目はある絵のタイトルにすいよせられた。「自然の摂理」それがタイトルだった。見たところ生物の気配のない無秩序な荒野に、薄っぺらな木の板が二枚、少しあいだをおいて直立していた。板のてっぺんのあいだには、おぼろげな紐が渡されていて、その接続コードからは、さらにたよりなげな糸くずが垂れさがっていた。それはぞっとするような効果をかもしだしていた。人間をよせつけない広大な宇宙を背景に、姿が見えないがゆえに、いっそう矮小化された人間が、彼の理解をはるかに超えた大きな世界に自然の摂理をもちこもうとした痕跡なのだった。それがどのようなものであれ、彼の努力は、また、彼の「摂理」は、地平線にかすみいる不吉な風景のなかに小さな尺度を示している。ひよわな板切れと、そこからぶらさがる紐は、ニワトリの逃亡を防ぐためにすら十分なものには見えない。

そのメッセージは見るたびにふくらんでゆく。私たちがたくわえてきた偉大な知性の力のすべてを尽くすことによって、徐々に、板切れと紐とに仕切られた空間は、無限の世界へと開かれた小さなゲートだったことを知るようになる。その効果たるや衝撃的で、見る者の眼前にルドルフ・オットー言うところの、通常の感覚を超えた「異質性」の感覚をもたらす。それは還元主義者がなんの価値もないものときめつける、ことばにはならない畏怖の念だ。そこには板切れが立ち、紐が救いようのないようすで垂れさがっている。それは人間が押しつけた自然の摂理なのだ。しかし、その影響力の外には、ふたたびソローのことばを借りれば「人間に親切である必要のない」なにか恐ろしいものが存在している。それは人間の構成要素とはまったく関係なく、生命には無頓着で、生命をこねくりだしたいかなる摂理とも無縁な星の要素なのだ。そのとるにたらない玩具《おもちゃ》を大きく拡張しうる人間などひとりとてない。紐は絶望的にたれさがっていた。人間の挑戦は失敗に終わり、ただ荒野に人工物ひとつを置き去りにしたのだ。おそらくそれが人間の尺度なのだろうと思う。おそらく人間たちはもう姿を消してしまったのだ。背筋の鳥肌は増えつづける。洞窟の暗闇のなかで、出産の神秘に夢中になって、子をはらんだ獣の姿を刻み、この絵と似たような広漠とした風景のなかで必死に食料を得ようとしていた旧石器時代の芸術家のことが頭をかすめた。これらの絵には、神秘的な力で洞窟の限られた世界へと人をいざなう、聖なる母への信仰を形にした象牙の像に通ずる神聖な資質が宿っている。

還元主義者はその神聖な瞬間は迷信の産物だとでも言うのだろうが、あらゆる儀式は狩られた動物に対してさえ、儀礼的な手順をとおして魂への尊敬と同情の念を表出させている。それとは対照的に現代の世界では、「ささやかな、とるにたらない」実験に動物を使用し、その価値をおとしめることによって、ダッハウやブーヘンヴァルドといったナチの強制収容所で、医学博士と称する者が、人間に対する実験的拷問をおこなうことをすら容易にしているのだ。このように今日、両極端の気質が存在している。荒野の二枚の板切れをはるかに超えた広い視野をもち、心のうちに崇敬と共感をいだいた人間と、自分以外の生命への共感などまったくもちあわせない現代の野蛮人とがいるのだ。後者の感受性は容赦ない歯車や、ただの数値的方式にまで萎縮し、慈悲も忍耐もない、教育だけは受けた野蛮人と化している。絶滅の危機にあるハヤブサを救おうと手をさしのべた私の目の前でライフルを手にとり、発砲し、私の足もとでもだえる姿を見て笑い声をあげた収集家のように。フロイトは彼のことをごく正常なエゴの持ち主とでも言うのだろうが、幼な心を生命が複雑にからみあって構成される世界へとひろげた私は、そのさまを見て涙をこぼさずにはいられなかった。

おそらくフロイトは正しいのだろう。しかし、いま一度、いのちに心を痛める数多くの高潔な知性に眼を向け、それがやってきた神秘的な道筋について考察を加えてほしいのだ。ダーウィンが認識していたように、進化の問題を解決したのは、実際家やベーコン風の哲学を故意に歪曲したイメージをまとった十九世紀初頭の帰納論理学者ではなかった。回転する万華鏡をのぞく子どものように生命の世界のすべてを見たのは、むしろ、ダーウィンが「思弁的」と呼ぶようになった、瞳に神秘の光をたたえた、眼に見える世界の背後に起こっていることを見通す、驚異への感受性に富んだ人物たちなのだ。

生誕直後には、ゴリラやその他の大型類人猿よりほんのわずか大きいだけの頭蓋容量におさまった人間の脳が、生後一年でそのサイズを三倍にまで急成長させるそのさまは、人間にまつわる最大の驚異といってもよいだろう。結局、ゴリラの頭蓋容量が三八〇ミリリットルに達するあいだに、人間の子どものそれは、九五〇ミリリットルにまで急成長するのだ。別の言い方をすれば、人間の脳は急激なカーブを描いて成長し、十四歳までにほぼ成人の脳とおなじ容量にまで増える。

このとりわけ人間に独特な、たくみな適応によって、子孫たちはあまり頭の大きくない動物同様に産道を通りぬけてこられるようになった。ただし、生まれたばかりの赤ん坊は、ゴリラの赤ん坊と比べてずっと幼く、ずっと頼りない。脳は生まれおちる前からではなく、生まれてから急速に発達することによって、適切な育児が施されさえすれば、ゴリラには永遠に閉ざされた広大な世界についての知識を吸収することができるのだ。大型の類人猿たちは、決してそのようなひろがりを享受することはない。彼らの脳は急速な発展をみることなく成熟に達してしまう。人間の歴史のはるかな過去のどこかで、進化的発展過程になにか常ならざることが起こったのだろう。人間の頭蓋骨は幼年期に特徴的な球形のまま大きくなり、体毛はほとんど失われたが、残った毛は異常な伸び方をしている。彼は未成熟の状態でこの世に生をうけるため、保護を必要とする長い子ども時代をすごす。長期にわたる家族とのかかわりなくしては、彼のなかにひそむ偉大な芸術的能力や発明の才、人間を人間たらしめる最初の精神的道具である言語能力を発揮することなく死んでいくしかない。人間はまぎれもなく、地球の歴史はじまって以来、もっとも奇妙で、もっとも異常な進化の産物だ。

　こうした現象は幼形成熟《ネオテニー》、もしくは幼形進化《ペドモルフィズム》ということばであらわされる。基本的にこの進化的推進力（この場合、推進力はまったくの無知を意味するのだが）は粗野な通常の霊長類をとらえて、脳の飛躍的成長をうながすために大人の状態をよわめ、消そうとする方向ではたらいたようだ。実際、すくなくとも東アフリカにおける人間の直系の先祖と目される化石についていえば、二足歩行や初期の道具を使用する能力をのぞいては、人間とはまったく違った道を歩んでいたという疑念がふくらみつつある。

脳に関して言えば、長い年月にわたって、類人猿たちの脳と量的には大差ないほぼ同等のレベルを保っていたように見える。直立し、手が自由に使えるようになってからも、彼らがことばを使用していたという保証はなにもないし、二足歩行できるサル以上の存在だったという保証もない。つまり、親戚関係にありながら、人間と呼ぶにはほど遠いものなのだ。五、六百万年もたどれる歴史だけに見すごせない。あれほど顕著な結果をともなって世界へと登場するよう運命づけられた生物にしては、かくも長い準備期間をあたえられながら、非進歩的な期間が異様に長すぎるのだ。

どこかで計算をまちがえたのだろうか？　私たちの祖先ではない二足歩行のいとこを研究する破目になったのだろうか？　うまく整理されているように見える人類の系統学が、いまや、学者の数とおなじほどある素材の多様性ゆえに、混乱をきたしている。素粒子があまりに増えすぎて物理学者をこまらせたように、かつて明白にたどることができると考えられていた人類の進化についても、おなじような道を歩みはじめている。ルドルフ湖で発見された容量が七七五から八百ミリリットルにもなろうかという頭蓋骨や、三百万年前までさかのぼる古代人などが、ちょうど人類のルビコン川の川岸に立っていると考えられる。しかし、それよりもずっと若い化石が類人猿の域を超えているわけでもない。

それらはいずれも、私たちの特定の祖先である動物の変異種のものなのだろうか。それとも、ごちゃまぜの化石のうち、あるものは幼形成熟の脳をもった動物のもので、それ以外は違うのだろうか。科学的な論争のさまは、上院議会における仇敵《きゅうてき》同士の論争よろしく、慇懃《いんぎん》無礼なものだ。「○×博士は牛に踏みにじられた前頭骨を、しかるべき位置に復元するという困難きわまる作業を施されることをお忘れになったようです」といった案配なのだ。そこからは何も発見されていないだけに、百万年の飛躍もありうる。しかし、私たちはある事実から決して目をそらしてはならない。それはつまり、幼形成熟の脳の成長ゆえに私たちはヒトとなったということであり、私たちが慎重に注目してきた南アフリカの原人は、たしかにそのような発展をあらわすのに非常に時間がかかっているということだ。実際、現生人が生きてきたよりもずっと長い期間にわたって、彼らは素朴な草原のサルとしてきわめて栄えていたかに見える。

ではどうして、彼らは皆人間にならねばならなかったのか。なぜなら彼らはおなじ生態的地位《ニッチ》を占めたからだ、と、このごちゃまぜの変異種をいっしょくたにする連中は主張する。しかし、古生物学はいつまでもその論議にこだわりつづけるわけではない。私たちはここで、心のなかにある畏怖すべき小さなきらめきに目をとめ、かすかなささやき声に耳を傾けているのだ。その大洋的感情は、それを子ども時代に押しつけようとこころみた石頭のフロイトにさえ否定しようもなく存在するものなのだ。

まったくおなじ環境と時間を共有していた動物たちにおいては、相争う形態のなかから絶滅にいたるものも出るかもしれない。おなじことは人類にも起こりうるし、実際に起こったのかもしれない。しかし、最初の幼形成熟の脳の衝撃的登場と、それに誘発された家族形態の変遷とによって、新しいタイプのニッチがはじめて登場した。それは道具の導入よりも家族を必要とし、丘のむこうには何があるのか、死とはどういう現象なのかを知りたがる言語のニッチであり、好奇心のニッチなのだ。ヒトが木の実を好もうが肉を好もうが、静かなる親類たちのことをどう考えようが、最初は大きな闘争をひき起こすようなことはなかったろう。幼形進化の脳をあたえられたものだけが、ある程度まで実際の闘争からは足を洗うことになった。それは彼らに危険を迫るものであると同時に、彼らの勝利のはじまりでもあった。彼らは自然界のなかにあるニッチではなく、思考のなかに刻まれた、いずれ苦悩と迷信と偉大なる力《パワー》をもたらすことになる、目には見えないニッチを手中におさめはじめたのだ。

そのはじまりは判然とはしない。なぜなら、それは臼歯《きゅうし》や木の実の問題でもなければ、殺戮《さつりく》の本能やあやまって解釈された小石の問題でもないからだ。むしろそれは、脳のなかで起こった目のくらむようなまばゆいできごとなのだ。その灰色の物質の量が人間の比率に到達するまでのあいだ、その動物がヒトの目をもってまわりを見たのか、ある種の宗教的共感の感情さえをもいだいて生命に目をそそいだのか、確信をもって断言できる者はいない。

この登場したばかりの生態的地位《ニッチ》は、目に見えるものではないため推論にたよるしかない。それは小石や大きな臼歯のなかにまぎれて発見されるのを待っているわけではない。そうしたモノも人間の夜明けにとって大事な手がかりであろうが、その心が産道を通って生まれ、夜間に急成長するキノコのように育つべく定められた神秘的な謎も大事だ。六百ポンドもあるゴリラが、幼い子ども程度の脳のサイズを維持しているのとは対照的に、人の脳は成長しつづけ、複雑に展開し、古い地層をおおいつくすのだ。人類が毛皮を投げ捨て、神経をつうじて舌と直結したこのおどろくべき脳に信頼をおくようになった時点で、彼は夢のために、ニッチを捨ててしまったのだ。それ以降、世界全体が彼のニッチとなった。人類が生まれでた大地そのものさえをも含むあらゆる存在が、人類の寛容のもとに生命を保っていることになる。これこそは、キノコのような脳を植えつけた者にとって、もっとも厳しく高くついた一件だろう。ほかの生物とは違って、神聖なものを畏怖する感情や、哀れみをもたないかぎり、人間の脳はベルゼン・ナチ強制収容所を発明するおそるべき灰色の恐怖ともなりうるのだ。

そもそものはじめばかりか、脳に関する奇妙な点はほかにもある。氷河期が終わった直後の年代と特定される化石が、南アフリカでいくつか見つかっているが、それらから、その容貌や頭蓋骨の外面的特徴が、平均的現代人よりもずっと「現代的」で、ずっと幼形進化していることが明らかになったのだ。頭蓋容量は、一七〇〇ミリリットルを超えており、どのような水準から見ても大きな脳の持ち主と言わざるをえない。骨の乳様《にゅうよう》突起は幼児の特性をそなえており、歯は退行し、頭蓋基底部は短縮している。ボスコポイド、ストランドルーパーなどさまざまな呼び名で呼ばれる彼らは、ある人類学者のことばによれば「脳頭蓋と顔面頭蓋の比率はおどろくべきことに五対一にまで達している。ヨーロッパ人はおよそ三対一だ。顔面のサイズは脳の成長にあわせて近代化している」ということになる。いまだに粗末な食事や原始的な道具にたよっている文化では、顔と脳はSF作家ならよろこんで空想しそうな方向、つまり、人類の進歩をたどる方向へと微妙に変化してきている。しかし、その過程で人間の脳がいまだ窮屈な産道を通りうるという予告をあたえてはいるのだが、ここでは人間のからだの奇妙な幼児化は、その文化的ステータスの域を超えてしまっているのではないかと思える。

　こうした人間たちは、自分たちがぽつんと置かれている原始的な世界のことをどのように見ていたのだろうか。兄弟である動物たちを美しく刻みこんだおどろくべき三次元の芸術品をのぞいては、歴史はなにひとつ答をもたらしてはくれない。子どもじみた、とフロイトはつぶやくのだろうが、その子どもじみた夢が、強力な大人の萎縮したエゴ、ほしいものは何でも手に入れようとするエゴとの抗争へとかきたてる。しかし、いかに私たちはこの人間の物語の失われたエピソード、そのパトスや意味などに手間どってきたことだろう。いったい彼らはどこからやってきたのか。私たちにはいまだわかっていない。はるか昔にケニアをさまよっていた、私たちとの関連がいくつか明らかになっている二足歩行のサルの一団から派生したグループであるのかさえ、はっきりしてはいないのだ。彼らの発達はゆるやかだが、彼らの一部がほんとうにこの道をたどったのだとしたら、この幼形化した脳へいたる奇妙な道は、根菜類などの砂っぽい食事をあたえた小さな生態的地位《ニッチ》から外へと連れだすだろう。

　私たちは、人間の物語を解読する一歩手前まできたと考えていた。しかし、いまや私たちは手に堂々とした顎と繊細な顎の双方ともをたずさえて、人類がたどった道筋は二十年前に想像していたよりもはるかに長いということだけを知ったにすぎない。だが、無知ながら、どうしても知りたいのだ。人の心のなかにある神秘や聖性の謎を。原初の人間は死者のかたわらに贈りものをたむけた。しかし、現代という信じる心のないエルンスト・ヘッケル的世界では、ある高名な哲学者は「存在のすべてが私を震撼せしめる」と言う。あるいは別の謙虚な思想家は「世界を説明するものは、世界には存在しない」と言うが、しかし、彼の足もとに容赦なく投げだされたハヤブサの黄金の目を忘れてはいない。「私に関していえば、そんな感情は一切もったことがない」と語るフロイトに、彼は身を震わせる。だが、フロイトも認めるように、子どもこそ大人を形づくるなら、無自覚な両親の殴打で一掃されないかぎり、畏怖の念を保持しても不思議ではない。宗教同様、科学の世界でも驚異の念や哀れみを破壊しつくせば、人そのものが死ぬ。たとえ研究室内の仕事をつづけていようとも。

3——旅人

あらゆるアメリカ文学のなかから、純粋な感受性をもった人間と、自然を猟の獲物の世界としかとらえない無慈悲な人間との衝突を表現した最高の作品を探すとしたら、私は『白鯨』を推薦する。この作品中の話者イシュメイルの名は聖書に登場するさすらい人から借りている。文学的素養のある者ならだれしも、巨大な白い鯨モービィ・ディックに片足をうばわれたエイハブ船長の狂気じみた追跡の物語のことは知っているだろう。物語を支配しているのはこの鯨とエイハブ船長だ。鯨はいったい何を意味しているのだろう。何人かの評論家が言うように悪のシンボルなのだろうか。それとも、他の学者たちが主張するように、擬人化された運命や宇宙なのだろうか。

あるときエイハブ船長は、モービィ・ディックのことを「やつは磁石そのものだ」となぞめいたことばを吐いている。「やつが代理人であれ、当事者であれ、私は憎しみのすべてをやつにぶちまけるのだ」ナンタケットを出る捕鯨船の甲板に姿を変えて、現代では科学というレッテルを貼られる昔ながらの不滅の疑問がとどろきわたる。なにもかもが問題となる。三たび違う船で、エイハブは周到な征服計画を放棄するよう警告される。鯨がエイハブを追っているのではなく、エイハブが鯨を追っているのだ。かりに白鯨が悪を象徴しているのだとしても、擬人化されることはありえない。自殺の悪、誇大妄想の悪は、あらかじめ運命づけられた破滅を呼びさます魂のなかでのみ作動する。白鯨の航跡のいずこかにボートでただよう息子を探しだしてほしいという兄弟分の船長の嘆願を、エイハブは無情にも一蹴《いっしゅう》している。そのような捜索は、怒りにまかせたがむしゃらな追跡のさまたげにしかならないのだ。

それが神であれ運命であれ、「仮面を撃ちやぶり、当事者と」直面したいという熱のなかで、エイハブは人間性のすべてをかなぐり捨てている。彼は船主たちのことを忘れ、乗り組み員への責任も忘れている。科学におけるファウスト的暴走の妄執に、彼は完全にとりつかれている。ファウストのように彼は悟るべきだったのだ。知ることが死を招くなら、元も子もないのだということを。「私の手段はすべて正常だ」と彼は書いている。ヘッケルおよび彼につづく多くの者同様に。「動機と目的が狂気なのだ」

おそらく、原子の破壊に最初に成功した研究室でもおなじようなことが起こっていたにちがいない。しかし、三日目にはふたたび、不運の航海士スターバックはエイハブにむかって叫び声をあげる。「あきらめてください。ほら、モービィ・ディックはあなたのことなど探していない。あなたが、あなたこそが、彼のことを狂ったように探しているのだ」これは悪の追求ではない。全能の神にじきにこっぴどくやりこめられるのは、高慢な人間なのだ。モービィ・ディックが、太平洋の夜の闇をゆく白い雪山の身となったことにはそれなりの意義がある。その巨大な額にしるされた運命の深遠。モービィ・ディックは、代理人であれ当事者であれ、エイハブと直面したとしても、決して征服することはできない神秘を提示する。偉大な謎の核心をつらぬきとおすことのできる銛《もり》などどこにもない。

心をもたない義足の男の探索は、ここまでにしておこう。私たちは、彼が船をだし攻撃をしかけ、はげしい怒りを帯びた反撃によって、船も仲間も彼自身の命さえをも失ってしまったことを知っている。もし、彼がほんの一瞬でも、「代理人」の仮面を貫いたとしたならば、話にもならなかったろう。しかし、物語の冒頭で無頓着に「私の名はイシュメイルとでもしておこう」と語った寡黙な物語の話者はどうだろう。聖書では皆から打たれる男の名をもつ彼は、いったい何を語ったのだろう？　結局、『白鯨』は彼の本なのだ。

エイハブとは対照的に、イシュメイルは驚異の念を保持する人間だった。すべての人種とその神々の感受者だった。妄執の人エイハブとは逆に、彼は一八四〇年代の巨大な鯨の群れに荘厳な平和の図を思い描いていた。船のまわりを犬のようにかぎまわり、深い情愛で結ばれ、陶然として子どもたちをながめやっている巨大な母親たちの姿を。この平安なさまを数時間にわたって見つめたあと、イシュメイルは声をあげる。「あの深みでは、私は永遠の幸福なやすらぎのうちに身をひたすことができるのだ」と。鯨たちの巨大なゆりかごは、かきみだされることなく不思議で神聖な空気におおわれている。他の者たちとは違って、イシュメイルはそれを知っていた。

最後にエイハブが最悪の行動をとり、海鳥たちがわめき声をあげるなか、傷ついた鯨がピークオッド号ごと海の深みへとひきずりこまれたとき、食人の友クィークェグの棺桶を浮きとして生きのこり、この物語を語るのはまさに彼、イシュメイルなのだ。ホイットマンのように、W・H・ハドソンのように、そしてソローのように、さすらいの人イシュメイルは、白鯨のしつこい追跡者より以上に、自然や人間仲間のことを見つめている。この物語は科学について書かれたものではないが、宇宙を見つめるふたつの方法のあいだの葛藤を、巨大なキャンバスのうえに象徴化して描いている。かたやすべてを静かに見ようという詩人の心で拡大して見、かたや「撃て、仮面を撃ちやぶれ。たとえ傷つき、いのちをうばわれようとも」と叫ぶエイハブは、怒りにさまたげられて可能なかぎり狭い視野でしか見ようとしない。私たちの世代においては、絶滅の危機にある種を救い、地球の略奪を拒否しようという前者と人類を核の災厄の影に置いた後者を見ている。実際には、そのふたつの境界は思うほどに鮮明ではないが、私たちは歴史上かつてないほどに、目には見えない境界の存在を意識している。人間が生きのびるためには、科学が科学自体を見きわめるための価値観を、遅かれ早かれつくりあげなければならないことも知っている。ハーマン・メルヴィルは、二十世紀になってはじめて完全に理解されるようになった何かを、自然の代理人である白い野獣の巨大な神話に垣間見た。

おそらく、アフリカで発見されたあの脳の大きな幼形進化の頭蓋骨の化石は、過去のものではなく未来のものだったのだろう。人間は、フロイトの言うように先祖返り的な子ども時代のエゴをひきずるものではなく、宇宙のなかで真の平和を得るべく、進化のこころみを前へと押し進めようとするものなのだ。マッコウクジラの保育園を知り、楽しみ、世界を傷つけることなくその美を三次元に描きだすイシュメイルのように。

昨日、鉄道の支線にそって散歩をしていておどろくべき光景に出くわした。有蓋《ゆうがい》貨車の屋根にこびりついたわずかな土から栄養を受けて育った一本のヒマワリが、夏のあいだ花を咲かせていたのだ。ようやくその貨車の存在が思いだされ、ふたたび活躍のときがきた。屋根のうえで身をゆらす寄生物を乗せた貨車もまた連結された。エンジンが息を吹きかえし、ゆっくりと、思わず頭をさげたくなるような威厳をたたえて、われらがヒマワリは旅立っていった。

私は夏のあいだ、そのヒマワリが育っていくようすを見ていた。一度も世話をしなかったが、いまや、風に吹かれて私にかるく会釈をしながらさまよいはじめた。この地に降りそそぐ太陽光とは微妙に違った光が花にふれたのだ。それとも私の年老いた目に浮かんだ涙のせいでそう見えるのだろうか。あのヒマワリは長旅を生きぬくことはできないだろうが、種《たね》はすでに秋の茶色に染まっていた。何マイルかごとに、車体がゆれるたびに、種《たね》は土手にばらまかれるだろう。彼らは旅人なのだ。イシュメイルや私同様に。きびしい追跡の手をのがれ、来るべき幾多の秋にいのちをつなぎつづけるよう運命づけられている。イシュメイルのように、彼らもまた真実の唯一の代理人の声で語るのだろう。「汝に告げんがため、我はただひとり逃れてきたのだ」と。

15 人間の冬

THE WINTER OF MAN

「われわれは、おそれている」およそ五十年ほど前のこと、探検家のクヌート・ラスムッセンの宗教的な質問に答えて、エスキモーのシャーマンは語った。「われわれは寒さをおそれ、理解しがたいものどもをおそれている。しかし、あらゆるもののなかでもっとも恐ろしいものは、われわれの内なる愚か者のしでかすことだ」

氷河期の大氷原は姿を消してしまっているにもかかわらず、地球の気象学の研究者は、人類がいまだに切り立った冬の縁で生きているという事実を観察してきた。せいぜいが早春といったところだ。数千フィートの厚みをもち、山々や谷をおおいつくしてしまう巨大な氷原の脈動は、思考能力および言語能力をもつ段階にいたった人類発生以降のこの世界の自然を特徴づけてきた。北半球の風景にしるしを刻みこんできた氷河はまた、植物と動物の王国全土にわたる、長くゆっくりとした進展と後退、移動と消滅にも大きな影響をあたえてきた。

人間は元来熱帯に起源をもつのだが、氷河は有史以前の人類に非常に大きな役割を演じた。ときには人類の移動の自由をさまたげ、遺伝的な選択に影響をあたえたこともある。また、生き残りのためにあらゆる工夫を発揮せざるをえない環境をつくりだしたこともある。それとは対照的に、現在よりもずっと後退しながら、その後、まるで眠れるドラゴンが目覚めたかのように、ふたたび人間に襲いかかったこともあった。およそ百万年にもわたって、人類と氷河のあいだの奇妙な一進一退の攻防はつづいていたのだ。

一万五千年から二万年前にふたたびドラゴンが後退したとき、人類は文字の時代に入りつつあった。ラスコーの洞窟壁画にも明らかなように、すでに偉大な芸術の才にも恵まれていた。壁画は、動物たちの動きを統御する目には見えない力と、狩人の槍が獲物をつらぬく魔法のために捧げられたものだ。このような魔法なくしては、人間は自然の気まぐれのまえで、あまりにひよわでよるべない存在と感じたのだった。それは幸運をひきよせ宇宙の不確かな本質を支配することによって、自然を制御しようとする、科学技術的発想の最初のこころみだったのだ。

数千年の時間の経過のなかで、人類は自分たちが押し開いてやってきた雪の扉のことを忘れてしまった。十九世紀になって地質学の新しい科学技術を使うようになるまでは、氷河期の足どりが再発見されることはなかった。当初人間は、自分たち自身の歴史も、隠れている氷のドラゴンのことも信じようとはしなかった。グリーンランドや極地地方では、現在も当時とおなじ氷が層をなして埋もれているというのに。あのエスキモーがラスムッセンに語ったことが、私たち自身もかつては参加していた古いドラマの、遅咲きの現代版であることに、目を向けようとはしてこなかった。「われわれは、おそれている」かのエスキモーの賢人は核心をついて語った。「われわれは、氷と寒さとをおそれている。われわれは、食物をもたらせば、飢餓をもたらす理解しがたい自然をおそれている」

はるか遠い黄金の陽光きらめく地中海の浜辺で文字を手に入れた人類は、あるがままの世界を永遠のものと考えた。人類はアテネで思弁と知恵の複雑な世界を探るようにもなった。彼らは科学の最初の夢を見、羊皮紙の巻物にしたためるのだ。二十五世紀の後に、夢は広大な農業化プロジェクトや緑の革命、巨大なパイプラインを貫く力、大陸上を行き交う電気的エネルギーというかたちで最高潮に達する。ことばは宇宙のはるかかなたでも語られる。巨大なジェット機が空を切り裂いて飛んでいく。電波望遠鏡は私たちの銀河系外から聞こえてくる星のささやきに耳を傾ける。そして、けたはずれの人口が集中した摩天楼のそびえ立つ大都会で暮らしているのだ。過度なプライドを意味するギリシャ語のヒューブラス（うぬぼれ）ということばをおぼえている者はほとんどいない。このプライドは反対の方向に大きくふれる、目には見えないバランスをやがては生みだすことになる。

今日、極地方によこたわる氷原はおとなしくしている。過去にも数万年以上もの不活動期間を維持した時期もあった。たかだか七千年の都市文明に比べれば、じつに長い期間だといっていいだろう。極地方から赤道にいたる現在の温度変化の勾配《こうばい》は、過去の非氷河期の多くの時代よりも急だ。人類が通りぬけてきた扉は、いまや背後でじわじわと閉じようとしている。

氷河の律動は非常に複雑な要素をふくんでいて、氷河は二度ともどってこないと断言できる科学者などだれもいない。もし、いま氷河がもどってきたら、現在この地球にはびこる人類のほとんどは、自分の住む土地から容赦なく押しだされ、隣国からは受けいれを拒否されて、絶望のうちに惨めに闇のなかで死ぬことになるだろう。ある好天気の夏の日に突如群がりむさぼりつくす蝗《いなご》のように、人間にも軽い羽をもつはかないものの性質がそなわるかもしれない。いま現在の自然のどこか背後にひそむ恐ろしい力を、氷河につきおとされ移動させられた巨礫がころがる場所で、ときおり感じる者もいるだろう。

破壊的な寒さを物語るそれら巨大な記念碑は、存在自体とは別の側面からも検討されねばならない。それらは人間の内面の思慮を外面に具体化しているのだ。そこには、おそらくこれまでに人間が自然から受けとったいかなる警告よりも偉大な象徴的警告が隠されている。巨大なかけらがアインシュタインのことばを借りてささやく。「自然はいつもおなじサイコロ遊びをするわけではない」自然は私たちが学んできた以上に老獪《ろうかい》だ。最高の学者たちはつねにそれを感じとってきた。「彼女はことあるごとに、あなたに露骨な嘘をぶつけてくるだろう」チャールズ・ダーウィンは好意的な聴衆にむかって、そう警告したことがある。しかしながら、私たちのからだに前進化的な痕跡を認めて警告したダーウィンでさえ、ジークムント・フロイトが人間の心の奥まであさった奇妙な精神の考古学を見通してはいなかった。今日、私たちは、潜在意識のなかの目には見えない影のような力に気づいている。交互にあらわれる魂の冬と日なたに。

地球の氷河期の冬は、科学にかけてほんとうに沈静したといえるのだろうか。否と地質学者は答えるだろう。ただ人間の世代交代の短さゆえに、永遠にも思えるつかの間の陽ざしのなかに立っているだけなのだ。

人間の悩める魂を吹きすさぶ寒さは、すくなくともおなじように、つかの間、退却したのだろうか？　魔除けのお守りを身につけたエスキモーは、人間のその側面をくりかえし語る。「われわれは皆、われわれの内なる愚か者がおかす隠れた悪事をおそれているのだ」

社会科学者もまた、否と答えるだろう。人間の冬は立ち去ってはいないと。雪のなかに立つエスキモーに、彼の信念についての質問があびせられる。彼は言う。「われわれは何も信じない。ただ、おそれるだけだ。われわれにかかわることどもを、われわれに確かな知識のないことを」

しかし、この老人のことを、自然におびえる無知な氷河期の遺物と断じることもできる。今日、私たちには科学があり、このエスキモーのいう邪悪な幽霊などおそれるにたらないのだ。私たちは魔除けのお守りなど身にはつけない。私たちは宇宙の果てまで見通しているのだ。私たちは何光年もの時間を自由にめぐる。

たしかにそのとおりだろうが、それでも私たちもまた、おそれるのだ。雪のなかの老人よりははるかに深くおそれるだろう。正直なところ、私たちの心はいまだに冬の手の内にある。はるか昔に氷のただなかで私たちの足をすくませた冬の手の内に。

私たちはいったい何をおそれているのだろう。私たちは外を跋扈《ばっこ》する幽霊をおそれているのではなく、自分自身のなかにいる幽霊をおそれているのだ。現代にいたっては、私たちは飲み水をおそれ、呼吸する空気をおそれ、大きな果実に降りかかった農薬をおそれている。みずからの手で川に流しこんでしまった汚染物質ゆえに、海の幸をもおそれている。そして、私たちは自分自身の愚かな行為によって海そのものをも殺そうとしている。

私たちは、自然から拝借しておきながら、返すことのできなくなってしまった、はかりしれない力をおそれているのだ。私たちはみずからが生みだした兵器を、憎しみをおそれている。そして、躊躇《ちゅうちょ》なく売りつけてしまったそれらの兵器によって、狂信的な連中がひき起こすかもしれない破壊行為をおそれている。また、食物や住まいを象徴的に意味するポケットのなかの金銭の価値をおそれている。そして、そうしたすべてのものを私たちからとりあげてしまう国家権力の増強をおそれている。夜の道を歩くことをおそれ、いまでは科学者と彼らがもたらす贈りものさえをもおそれている。

つまり、私たちは、長い夜のもとで自足して生きるあのエスキモーとは別の類《たぐい》のことをおそれているのだ。衣服ではなく私たちの心には、目に見えないお守りがいっぱいぶらさがっている。そのお守りとは、クロロフィル入り歯磨き粉であれ、占星術に使う十二宮のマークであれ、決して効くことのないかぜ薬であれ、健康のために毎年とりかえる常備薬のようなものなのだ。そしてまた、責任感をともなわない自由を声高にかかげて争いあう大衆と化した私たちの社会のための、魔術めいた秘薬でもある。

皆がおそれている。今世紀中、決しておそれることをやめないだろう。あの雪のなかの老シャーマンには決して恐怖をひき起こすことのなかった人類の終末を。冬はまだ私たちをとりまいている。洞窟と氷河の時代から執拗《しつよう》にまとわりつく人類の冬が。あの年老いたエスキモーはうまく言いあてていた。これは愚か者の冬なのだ。私たちは冬のただなかにいる。一度たりとも冬の吐息からのがれることはないだろう。

*

*

16 人間対宇宙
MAN AGAINST THE UNIVERSE

1——衝撃

人間対宇宙。しかし、人間とはだれのことで、宇宙はどのように定義されるのだろう。ジークムント・フロイトは、近代、人間の心は三つの非常に重要な出来事による衝撃にさいなまれていると述べた。第一の出来事とは、四百年以上昔に、ニコラス・コペルニクスが地球は太陽のまわりを回っていることを示したことだ。それによって人間は、宇宙の中心を占めるという優越感をうばわれてしまった。人間の宗教的感性に大きな打撃をあたえた第二の出来事は、一八五九年に起こった。この年、ダーウィンは、人間は自然界の大きな生命の網のほんの一部をうけもつ存在にすぎず、過去に生きていた獣の末裔であることを提示したのだ。そして、心理学の最強の征服者《コンキスタドール》たるフロイト自身が、最後に第三の衝撃《トラウマ》を加えた。彼は人間の深層心理に埋もれた不条理な資質をあばきだしたのだ。

つい最近、コペルニクスの生誕五百年が祝われた。一九七〇年代の科学は、人間が人類以前の状態でアフリカのサバンナをさまよい歩いていた期間を長く引きのばしてきた。また、ここ五十年ほどのうちに、ハーロー・シャプリーの研究のおかげで、私たちは銀河系の中心部にいるのではないことさえ知ることになった。それどころか、まるで砂粒のような無数の星々とともに渦巻状の銀河の長い腕のさきをただよっているのだ。実際のところ、私たちには宇宙の中心を定めることすらできない。私たちの目がとどくかぎりの範囲では、数百万光年以上遠くの星々は遠くへ遠くへ飛び去っているというのだから。

しかし、人間の自己分析が、コペルニクス時代の科学の夜明けにはじまったとすれば、ヨブとつむじ風から聞こえる声とのおそろしい対決を無視することになる。失意のヨブが、その声に「わたしが地の基《もとい》をすえたとき、どこにいたか」とたずねられたあの対決を。さらに、古代より東洋ではつねに現世を幻ととらえ、善良な生活こそが輪廻の苦しみから解脱する第一の近道であると考えてきた。自然を前にした人間の卑小さ、動揺などといった疎外感は、それが現代科学によって促進された精神的障害であるとフロイトがみなすはるか以前から存在したのだ。数年前にロビン・コリンウッドが指摘したように、六世紀にアニシウス・ボエティウスによって書かれた『哲学の慰め』は、中世にもっとも盛んに読まれた著名な本だった。千年もの長きにわたって教養ある者はだれしもが、この『哲学の慰め』のなかに慰めと平安を見いだしたのだ。この本は決して禁書の対象にはならなかったが、ものごとの枠組みにおける人間の占有する空間のかぎりない小ささにふれている。一方、コペルニクスは天空の領域にまでとどく人間の力の可能性を積極的に開いた。まぎれもなく彼こそは、宇宙旅行にはなくてはならない先駆者だったのだ。

しかし、偉大な学者や芸術家の功績はどこでも通じるわけではない。全人類に再生不可能なほどの精神的な傷をあたえたり、ねじ伏せたなどと語ることは、一天才の影響をあまりに過大評価することになる。今日、ダーウィンおよびダーウィンの思想とはまったく無縁で、ほかの時代の影響など少しも受けていない何百万人という人びとが生きている。数世紀をへて勢いを増した思想は、時代の思潮をも変える。だが、大衆のただなかにいる革新者に気づいている同時代人はほとんどいない。この現象はとりわけ、ニュースを広く伝えるメディアのないときには顕著だったが、現在でもなお、ほとんどの科学や哲学の中身は、ごく限られた学問の環のなかにとどまり、幅広い聴衆にまでとどくものはまれだ。自然の世界へとくいこむ探針が高性能になればなるほど、専門家への依存度は増大し、ごく狭い仲間同士でしか通じあえなくなる。

いまや、偉大なアイディアをだれかひとりの聴き手に向けて詳細に伝えようとする者はない。むしろ、星から放たれ遠く旅する光のように、ときには発信してから何世紀もたってはじめて耳を傾けてくれるかもしれない聴き手にむかって語りかけるのだ。人間は単一の聴衆ではない。多種多様で、受けとめられるメッセージにもさまざまな曲解が加えられるものだ。またしても、もっとも真摯で善意の学者が、そのときどきの時代の要請のなすがままに歪められ、方向を変えられ、刈りこまれてしまう。さらに、どんな偉大な科学的統合でも、大衆が期待をこめて受けいれ準備をしたうえでなければ、決してその心に定着することなどないだろう。

たとえばダーウィンの場合、一世代前の地質学や古生物学における成果のおかげで、彼の思想が受けいれられる道は部分的にせよ開かれていた。地質学的時間が膨大な広がりをもつという事実は認識されるようになっていた。動物の育種家たちは、家畜の内側に秘められたダイナミズム、変化への可能性に気づきはじめていた。先進的なジャーナリストであり、アマチュアの地質学者でもあったロバート・チェンバースは、一八四〇年代に匿名ではあったが、進化論を支持する本を書き、それがベストセラーとなりたくさんの読者を得た。ダーウィンが創出したもっとも重要な概念とされる自然淘汰（選択）説までもが、彼に先立つ何人もの物書きによって、ホタルのように明滅をくりかえしていた。ダーウィンが達成した偉大な思想の価値をいささかも減ずることではないのだが、教養のある市民のあいだでは、すでにある程度まで彼の見解を受けいれる機が熟していたことは容易に見てとれるだろう。当時の巷間の狂騒を尻目に、知識人たちのあいだではダーウィン存命中にその思想は受けいれられたのだ。

一方、ダーウィンとおなじぐらい独自の重要な意味をもったグレゴール・メンデルの概念は、科学界において決して真剣な認識をもって受けいれられることはなかった。彼の遺伝学上の発見が正当に評価されたのは、彼の死後三十五年もあとのことだったのだ。彼は時代の先駆者として、今日ならば実験遺伝学者とでも呼ばれる手法で、家庭菜園を舞台にあまり見栄えがするとはいえない豆を相手に実験にとりくんだ。彼は重い宗教的責務を背負った修道士だった。彼は富がはなつ香気や壮観な世界旅行とはまったく無縁で、高名な科学者仲間も、彼の威光を高めてくれるようなパトロンももたなかった。進化論のメカニズムを完全に理解するにはなくてはならないメンデルの発見は、数学的要素をたっぷりふくんだ、十九世紀のというよりは二十世紀の生物学に属するものだった。

複雑にからみあった生物界の奇跡について、より高い次元での理解へと導くにたる業績をなしとげていながら、メンデルはけっきょく大衆に顧みられることはなかった。そして、メンデルの発見が世界観にあたえる影響を、衝撃的にであれ、気持ちを高揚させるようなかたちであれ、評価しようとした哲学者もひとりもいなかった。彼の思想は、その仕事とともに封印され、より単純な十九世紀のダーウィニズムと同等にあつかわれてしかるべきとはされなかったのだ。さらにわかりやすいことに、メンデルは、フロイトの哲学的な注意をまったくひかなかった。彼の思想は大衆の興味の外にあり、心理学的な衝撃をあたえる者としてフロイトの関心を獲得することはなかったのだ。

フロイトは自分自身が社会にあたえた衝撃を高く評価している。しかし、知性の深層における彼の発見を認めるにしても、私には不思議でしようがないのだ。自分が神のような特質をもつ理性に対する人間の信仰を破壊したとする主張は本当だろうか。それとも、彼はただ単に成功した精神科医としての幸せな気分の高揚を表現しているだけなのだろうかと。というのも、不条理の深み、深層心理の暗闇からは、もっとも鮮烈な芸術作品や文学もまた生まれてくるからだ。科学者さえもが、ときにこの地下水脈から恩恵を受けていることを認めているのだ。フロイトは、実際には心に対する人間の信仰心をうちこわしなどしなかった。彼はただ単に、傷もののうすらぼけた幽霊だけではなく、白昼に呼びだすことができる以上の美を、心もまた創造できることを理解したことによって、心というものにさらに新たな神秘を加えただけなのだ。フロイトの生まれる以前に、なみはずれた文学的才能に恵まれたラルフ・ウォルド・エマソンはこう書いている。「私は人間とはいつも背後から語りかけられ、決してふりむいて語り手を見ることのできない存在なのだと思っている」このことばからは、十九世紀のロマンティシズムの声が聞こえてくるようだ。エマソンとダーウィンを、十九世紀の思潮のなかで対立しながら力を収斂《しゅうれん》させる存在として、つぎにとりあげてみよう。

2――ふたつの哲学

卓越した知性を誇る歴史学者ジョージ・ボアズは、三十年ほど前に、ひとつの国家のなかにはつねにすくなくとも二種類の哲学が存在する、と述べている。ひとつは人びとの生活を基礎にして生まれた哲学であり、もうひとつは宇宙についての瞑想の結果生まれた哲学だというのだ。このふたつは、最後にはたがいに相争うことになってしまいがちだ。その完璧な例として、評論家によってロマン主義というレッテルを貼られた主義の興隆があげられる。十九世紀のはじめには、ロマン主義は特異な熱を帯びるまでにいたったのだが、その主たる理由は十八世紀の形式主義や社会的制約への反動だとみられている。

ロマン主義的反動が生んだ最初の主義は、宇宙に対抗する自己の主張だったとあえて言うことは可能かもしれない。その自己とは「薄汚く滑稽」で、深夜の恐怖におののき、にもかかわらず、形式的な習慣の園の制約から飛びだして、荒々しい岩場とはげしい奔流の野生の自然へと永遠に逃れてきた、そんな存在だった。理性はさしあたり、長く制限を受けながらも熱い情熱をたぎらせる心の現実へと道をゆずる。人びとはバイロンやシェリー、キーツやコールリッジらがつぎつぎと生みだす新しい詩を読んでは涙した。彼らの詩のなかには、突飛な革命家や月に冴えわたる風景などがあふれんばかりだった。紳士たるもの、すくなくとも公衆の面前では笑うことも泣くこともつつしむべきだと信じて疑わないチェスターフィールド卿をはじめ彼の同時代人の目には、それはさぞかし滑稽なものに映ったことだろう。きわめつけは、時間の感性がうしろむきの郷愁へと後退し、資産家たちがこぞって小ぎれいにととのった庭園をわざわざ人工的につくりだした廃墟ふうの構造物に置き換えはじめ、そこで瞑想にふけるようになったことだろう。自然を体験するという行為は、高次の覚醒を示すものという色合いを帯びはじめた。まるで、自然を観察するということそれ自体が、神に通じる心をのぞきこむことでもあるかのように。各自のその時どきの印象の背後にただよう何かしら主観的なものが、このようにして自然のなかで感じとられた。通常の思考方法を超越しようとねがう強い共感能力は、突如解放され拡大された自己の一部となった。

このとりこまれた思考としての自然への感情や、おのれの能力をはるかに超えた力を吸収しうる創造的な力に支えられた人間の自我《エゴ》という概念は、大西洋を渡り、のちに超越主義者《トランセンデンタリスト》と呼ばれるようになるエマソンおよび彼の追随者たちに受け継がれ、きわめてアメリカ的な色合いを帯びるようになる。この体験の神秘的な側面は、エマソンの初期の作品に見られる。

むきだしの大地に立ち、――頭をさわやかな大気に洗われて、かぎりない空間のさなかに昂然《こうぜん》ともたげれば、――いっさいの卑しい自己執着は消え失せる。わたしは一個の透明な眼球になる。いまやわたしは無、わたしにはいっさいが見え、「普遍者」の流れがわたしの全身をめぐり、わたしは完全に神の一部だ。

［岩波文庫『エマソン論文集（上）』酒本雅之訳より］

このような文章がつまらない大仰なものにしか見えないとしたら、それは最初のロマン主義者たちを襲った手つかずの自然への完全なる陶酔とでも呼べる手放しのよろこびが、いまではすっかり失われてしまったからにほかならない。彼ら最初の革新者たちは、白昼夢を見がちな、高山を夢遊病者のように歩く者たちで、格式ばった庭園をぬけだす道を模索して、木の葉の舞いちる不明瞭な小道をいそがされているのだった。束縛からの突然の自由のほうが目的地よりも重要なのだ。

ピューリタン的伝統をひきつぐニューイングランドの地で、古の航海者やバイロンふうヒーローによる冒険物語に夢中になるのではなく、詩文が依然として命脈を保っていたことはおどろくにはあたらない。しかし、ウォールデン湖のほとりに花開いた散文のなかでは、花崗岩の山肌までもが、この世ならざる光を帯びることになった。エマソンはこのアメリカでの文学のうねりの開祖にして教師、そして父なのだ。彼は海外へも旅し、コールリッジと語りあい、カーライルとともにストーンヘンジへも訪れている。そこで彼は巨大な石柱を見て、瞬時に古の卵を思いうかべたと述べている。その卵からすべての教会建築が生まれ、イギリス諸島の歴史が育まれたのだ。彼に賦与された偉大な随筆家《エッセイスト》としてのことばに対する才能は、無意識のうちにアメリカ思想史における自分の役割を見通していた。彼の言説は、ホイットマンの民主主義への信奉を鼓舞し、ソローの禁欲的生活をうながすよう運命づけられていた。

コンコード派《サークル》のなかで、エマソンはたぶんだれより科学に通じていると見てよいだろう。彼はチャールズ・ライル卿の地質学に関する書物に親しみ、地球科学が明らかにしはじめた広大な時間の深淵と比べれば、キリスト教的年代学はお粗末な「台所時計《キッチンクロック》」にすぎないことに十分気づいていた。雲に頭をつっこんで歩く夢想家と非難された彼こそ、現実に目を背けてはいなかったのだ。曰く「人間はなんと恐ろしい問いをはじめたことか」父祖の神への思いをすでに捨てている現代人の姿を、彼は見ていた。

いや、この風や星のロマンが真の自然に無縁だったとは言いかねる。氷河時代の専門家ルイ・

アガシは彼の友人だった。エマソンは原始人たちがすすった骨髄の話や、痛みや幻滅、夢の探求や真夜中の天啓などについて、なんの躊躇《ちゅうちょ》もなく語ることができた。それでも彼は、人を惑わすかのごとくよそよそしい態度をとりつづけていた。彼に対する非難の多くも、彼の厳格主義《ピューリタニズム》が進化論哲学を到底許容できなかったというまちがった前提も、おそらくこれが原因となったのだろう。

彼はかつて、ユーモアをまじえて語っている。「私は新しい講義用の原稿を完成させた時点であることに気づいた。それはすばらしい構築物なのだが、不幸なことに設計者は階段をつけ忘れてしまったのだ」そして、エマソンがしたことはそのとおりのことだった。それにもかかわらず、階段、もしくはおぼろげで透きとおった階段の亡霊は存在する。それはつまり、彼が言う個人の無限性だ。しかし、ある個人が自分自身の無限性を知るには、探索へと乗りだし、梯子を手に入れ、よじのぼらなければならない。これこそエマソンの主たる仕事であり、それゆえ彼は、ただ単にダーウィン以前の真の自然の予言的世界をもたらしただけではなく、人間の精神の内なる動物相のおどろくべき明確な理解をもたらしたのだった。

ダーウィンとエマソンのように、対極にある知識人の関係を説明することはそう簡単ではない。両者は、同時代に生き、ともに先覚者たちの科学的発見から多くをひきだしているという共通点はあるものの、その思想においては両極に立っている。ダーウィンは自分のことを透明な眼球になぞらえるようなことは決してしなかったし、エマソンもまた、「不器用でぎこちないぞっとするほど残酷な自然の作品」などというダーウィンのことばを使うことは決してなかった。ダーウィンはまた自然には「露骨な嘘」をつく能力があることを明かしたがっていた。しかし、彼が示すたびかさなる抗議や疲労感、疑念にもかかわらず、自分の日記は支離滅裂な夢と「無謀さ」に満ちていると、エマソンのように告白するダーウィンを思い描くことはできない。「私は自分が考えていることを語るよろこびをおぼえる」エマソンはある手紙のなかでそう断言している。「しかし、いったいどこがそうなのかとか、なぜそうなのかと問われれば、私ほど役に立たない人間はほかにいないだろう」エマソンは、見ることのかなわぬ語り手に思考を乗っとられていることを認める正直なロマン主義者だ。しかし、彼は自分に授けられた才能も熟知していた。それは「すばらしいことばの助けを借りて、すべての古い荷馬車や薪の山をぐらつかせ、踊らせる」力だった。

ダーウィンは生きた生物の痕跡器官の存在から、彼らが目には見えない旅をしてきたという事実を見通す能力をもっていた。動物は媒介と媒介のあいだの隙間をすりぬけ、機能をもたない爪や歯の痕跡といったかたちで過去の進化の跡をひきずっている。それでもやはり、「神が創造したあらゆるものには瑕疵《かし》がある」というエマソンの表明もすべての生物学者に知ってほしい。エマソンは、コンコード周辺のオーク林は、せいぜい自然のごく僻遠《へきえん》の光景を見せるにとどまっていることに完璧に気づいていた。「自然の内側とは、ヒドラやワニがうようよする恐ろしいところなのだ」彼はそう語っている。彼の日記には、エッセイのなかではめったに見られない秘めたる憂鬱《メランコリー》が見受けられる。

ロマン主義運動は、社会秩序や哲学、文学、音楽、視覚芸術にあたえた影響などさまざまな側面から研究されている。しかし、十九世紀の科学にあたえた衝撃に関する適切な論述を見たことはないし、ここで私がこころみるつもりもない。ただ、初期のロマン主義者たちの目に映った自然は、まったく啓示的といってもよいものだったことは認識されてしかるべきだ。過去の廃墟たる歴史は、この啓示を共有する。十九世紀初期にあらわれた天変地異説もまたしかり。人びとは自明の自然、現有世界の安定した自然の背後にある、鋭い観察によっても明らかにはならない神秘《ミステリウム》へと目を向けるようになった。十七世紀および十八世紀の学者たちを満足させていた自然を測る固定化した尺度は、崩壊のきざしを見せはじめた。進歩や革新が、よりよい世界を先導するとみなされるようになった。現在の状況は過程へと置き換えられはじめた。エマソンは述べている。「目覚めてみると、私たちは階段の途中にいることに気づいた。下を見れば、私たちがのぼってきたらしき階段が見え、見あげれば、階段ははるか視界の外までつづいている」

ダーウィンは、人前では自分の思想を純粋にベーコン的、帰納法的なものであると主張しているが、若いころにはすでにロマン主義的潮流の洗礼を受けている。そこには、オデュッセイア的冒険や、すぎさった過去の痕跡、ただの明日ではなく、なにがしか今日からひきだされた、違った明日をさまよう影への強いあこがれなどがあった。一八三一年にビーグル号の帆をあげたとき、彼の同時代人たちの頭のなかには、こうしたことどもが渦巻いていた。保守派の憤激をそらすために、最初の発見者たちのほとんどがみずから丁重に否定してみせたとしても。ダーウィンが九歳の少年だった一八一八年に、キーツは『種の起原』の出版以降にはかまびすしく語られることになる「存在のための闘争」について書いている。

私は、ゆったりとくつろぎ、
もっとも幸福なはずだった。だが、私は見てしまったのだ。
大魚の口がより小さき魚をとこしえに呑みこみつづける遠い海の果てを。
私は見てしまった。永劫の獰猛な破滅の核心をまざまざと。
そして、私は幸福から遠くはなれてしまったのだ。

先見の明あるロマン主義者キーツは、ダーウィンがのちに見るものを、また、エマソンが一瞥《いちべつ》し「いまだ癒されることなく宇宙に巣喰う悪徳」と書き遺したものを見てしまったのだ。「獰猛な破滅」に秘められた創造的な役割の解明に全力をそそいだダーウィンは、同時代の凡庸な論理派よりも「思弁的な人間」、イマジネーションにあふれ過激な論議を愛する、ひとことで言えばロマン主義的な人間をひきつけていた。気持ちが高揚したダーウィンは、しばしベーコン主義者の仮面をかなぐり捨てて叫び声をあげている。「私は野蛮な実験を愛するギャンブラーにすぎないのだ」と。こうしたことばのなかで、ダーウィンはロマン主義的な魂を明かし、忘れられたおぼろげな時代を踊りながら練り歩く幽霊どもにつらなる気質を明かしている。

にもかかわらず、彼が『種の起原』のしあげにかかったとき、ある種の保守的な穏健主義が彼をとらえ、彼がかつて声をはりあげて語った残虐で荒涼とした世界の獰猛さをふたたびおおい隠してしまった。

自然選択はただおのおのの生物の利益によって、またそのためにに、はたらくものであるから、身体的および心的の天性はことごとく、完成にむかって進歩する傾向を示すことになるであろう。

〔岩波文庫『種の起原』八杉龍一訳より〕

そして、ダーウィンはこう結論づける。

このようにして、自然のたたかいから、すなわち飢餓と死から、われわれの考えうる最高のことがら、つまり高等動物の産出ということが、直接結果されるのである。生命はその数多《あまた》の力とともに、最初わずかのもの、あるいはただ一個のものに、吹きこまれたとするこの見方、そして、この惑星が確固たる重力法則に従って回転するあいだに、かくも単純な発端からきわめて美しくきわめて驚嘆すべき無限の形態が生じ、いまも生じつつあるというこの見方のなかには、壮大なものがある。

〔岩波文庫『種の起原』八杉龍一訳より〕

このような結論の一方、神秘主義者たるエマソンは、ときは前後するがごく似たような状況に対しておちつきはらって述べている。「イギリスの書物のなかに見られる神への丁重なおじぎほど不敬なものがあるだろうか？」

実在《リアリティ》を逃れた男、もしくはそう言われているこの男は、一八四一年に二十世紀におけるプロセス哲学の隆盛をあますところなく先取りすると同時に、ダーウィンの『種の起原』の最後の節に雄弁ないろどりを添えそうな宣言を発表している。エマソンは感慨をこめて語る。「自然の方法をだれが分析できようか。この流れの速い奔流は観察者のためにとどまってなどくれない。私たちは自然を窮地に追いこむことなど決してできないし、流れの果てを見とどけることもできない。最初の石がどこに置かれたのかを言いあてることも。鳥は卵を産もうといそぎ、卵は鳥になろうといそぐ。自然のなめらかさは、大瀑布《だいばくふ》の落下のなめらかさだ。自然の永続性は、永遠のはじまりなのだ」

ダーウィンのある種如才ない完璧さと進歩のほのめかしとは違って、つぎのエマソンのことばは姿を隠した唯物論者のものではなく、理想主義者のものだ。「自然をひとつの目的のもとに判断することはできない。もし人間が目的で、宇宙の目的因が神聖で賢明で美しい人間をつくることにあるならば、その失敗は明らかだ」

ダーウィンの自然選択という鍵をもっていなかったにもかかわらず、エマソンは熟考の末、自然が無限大とも思える数多の太陽系を浪費してきたことに気づいた。自然はたとえば人間のようにある特別なもののために存在するのではなく、ただ宇宙の終末のためにだけ存在するとしか考えられないことを、彼は認識していた。「終末の宇宙へ向けての陶酔の作業」と、あとから思いついたようにエマソンは書き加えている。自然は特定できるものではないと彼は主張する。「自然は椰子と樫の区別は知らず、ただ、芽ぶき、森を成し、地球を花で飾る植物を知るのみだ」目的などどこにもない。自然は固有の意思などもたない。自然は固有の質問には一切答えない。エマソンは瞑想し、彼に批判的な嘲笑をもたらした、はるか遠くまで見通す陽《ひ》にさらされた眼球で見つめる。「宇宙にはなんらの痕跡もしるされず、人間のもっとも偉大な行為もまた、広漠とした思想になんらの波紋も残さない」

しかし、おそらくエマソンは知られていた以上に心配していた。闇にはじまり闇に消える絶望的な階段の途中にうずくまり、ダーウィンが彼の最後の大熱弁のなかで語らないことを選んだのと同様に、彼は語ることを選んだ。エマソンはおそろしいほど透徹した目で、過去へとつづく下方を見通す。「魂の輪廻転生は決してつくり話などではない。私はそうであってくれればと願っている。しかし、人間はだれもかれも不完全だ。動物たちはすべて、裏庭にいるものも、野や森、地中や水中にいるものも、かの直立して天に向かいことばを話す人びとのなかに、足がかりを築き、自分の容貌や形態の痕跡をとどめようと画策してきた」彼はダーウィンの言う完全へ向かう自動的な流れではなく、過去のすべてが下方から上方めざして格闘したのとは逆の、人間の魂のキツネやイタチへの退潮、疲弊した滑落《かつらく》といった、目に見えないエントロピーを感じとっていた。

これはウォルト・ホイットマン呼ぶところの「限界を超越した、勇気ある純粋なアメリカ人」のゲッセマネの園なのだ。

3――明日

世界が新鮮で緑にあふれ、創世の日のようにすばらしいと感じられた子ども時代に、私は叔母の鏡台のうえに置いてあった大きな熱帯産の貝殻に強くひきつけられていた。二十世紀がはじまってまだ十年そこそこで、人びとはいまのように頻繁に旅行をすることもなければ、物の収集に熱心なわけでもなかった。叔父と叔母は、アメリカ中央部の海のない内陸の土地に住んでおり、どのような縁のある放浪者が、この虹のようにきらめく美しい貝殻を彼らにもたらしたのかは見当もつかない。その貝殻は私のまだ小さな耳におしあてられ、じっと耳を傾けると海の音が聞こえるよと告げられた。静まりかえった寝室にいてさえも、その大きな貝殻からはいまだ海を見たことのない私に、ささやくような小波の音を、浜辺にうちあげる波のため息を、うごめく水のつぶやきを、太陽の明るい陽ざしを受けて空を舞うカモメたちの複雑な鳴き声を聞かせてくれたのだ。それは私にとって最初の奇跡であり、おそらくは自然の他者性、ある意味で、数光年のかなたの出来事に耳をそばだてる「自分自身の外にいる自分」の存在に気づいた最初だったのだと思う。おそらくは、装飾用の小間物や骨董品のならぶあのヴィクトリア調の寝室で、私ははじめて、自分が住み、頼りとしていた自然から突如ころげおち、おどろきをもって探索に乗りだしたのだろう。

その音は長年私につれそってきた。さもなければ、いまも呼びもどすことなどできないだろう。私は学生時代に、あれは海の音ではなく、大きく増幅された私自身の血流のささやきであり、室内の音であると知ってしまったが、さしたる問題ではない。いずれにしても、あれは私にとって十分奇跡たりえた。海の奥深くで形づくられたあの貝殻が、はからずも、まだ見ぬ海の世界の要素を凝縮して、私の前に見せてくれたのだ。

分類学者たちは満足ゆくまで人類にラテン名を付して定義しようとしてきた。彼らは人類を「賢いもの」と呼んで、フロイトがいだいたような疑問を生んだ。彼らはまた「道具使い」「物づくり」などとも呼んだ。さらに、唯一笑ったり泣いたりする存在としての性格づけもおこなった。世代から世代へと思想を伝えることによって世界を導き、変えていく「時間のつなぎ手」とも呼んでいる。唯一の宗教的動物であると類別もし、挙句の果てには、ホモ・デュプレックス（二重人）と呼んだ。つまり、肉体と魂からなる生物だ。

私は、専門用語を採用すべき立場にある人類学者だが、この最後の定義にはひかれるものがある。人間は自然を意識することで、途方に暮れる冒険に、秩序を求める超越的な探索に身をのりだすのだと、科学的な人類学の隆盛以前にエマソンは述べたのではなかったか。神学者も科学者もそれなりの方法でこの探求をしている。

哲学者によるもっとも深遠にして簡潔な類似《アナロジー》のひとつは、ジョージ・サンタナヤによって提起された。「宇宙は真のアダムであり、天地創造は真の堕落である」書斎にひきこもりながらも、彼は、宇宙が虚無から生みだされる瞬間に、のちに人間という形を達成することになる力をもった素粒子が、みずからの運命を理解しようと懸命になる姿を目撃したのだ。貝殻のつぶやきに耳を傾ける疎外された孤独な個人は、むなしく自分の心のなかを探る。彼は素朴な方法で、目には見えないせせらぎの精や、モミの木に宿る精霊をなだめようとするだろう。彼はまったきものから引き離されて、つむじ風から発せられる嘲《あざけ》るような質問につねに脅かされているのだ。「汝はどこにいたのか。汝はどこにいたのか。汝これをことごとく知っているならば言え」

最大のトラウマは近代科学の産物であるというフロイトの主張を論破するのに、これ以上明確な証拠はない。自然から知識への堕落は、はるか昔、洞窟住まいの人類の黎明《れいめい》期からすでに明らかに見られるのだ。アダム的宇宙は、天体望遠鏡の視野と顕微鏡の視野のあいだにまで広がったというだけのことだ。私たちがいまでも科学的自然のショックに新たに苦しめられているとしたら、同時に、野蛮な迷信の束縛から解き放たれつづけてもいるのだ。もし、素粒子が集団と再結合できないのならば、二十世紀の量子力学の範疇で、ニュートン的機械神にたよることなく、すくなくとも創造的自由を達成したとはいえるだろう。

エマソンの『自然の方法（Method of Nature）』をはじめて読んだとき、彼がいかに先進的なプロセス哲学者であるかにおどろかされた。すでに述べたことだが『種の起原』の二十年ほども前に、自然のうちにはひとつの目的も見あたらないことを巧みに表現している。人間のためにでも、ネズミのためにでもない。彼はそこで、自然全体が一切の私心なく一体となって「七月のトウモロコシ畑のように成長している」と説くのだ。

科学の伝統にどっぷりつかった若者だった私は、このような文章に遭遇し、エマソンの明晰な洞察に打ちのめされた。そこで、こう考える人がいるかもしれない。もし、エマソンが宇宙大の目的しか見ていなかったなら、もし、自然のあらゆる物質が他の物質からの放射物にすぎないのなら、そしてもし、それぞれの放射物が別の未来へと爆発するのだとしたら、エマソンはなぜ、人びとの希望を曇らせたあとに、彼があれほど雄弁にしりぞけてきた人間という種へと、彼の関心を強くさしむけるのだろうと。というのも、キツネやウッドチャックとともに、私たちもまたこの地球のつかの間のとるにたらない間借り人として登場したにすぎないのだから。

年をへて、若いころの論理的思考を捨ててはじめて納得できた。なぜエマソンが、あのエッセイで矛盾するように一巡して、人間の本質《ネーチャー》を激賞したのかを。それは私がホイットマンのある一節に出会い、このふたりのあいだに密接な知的血縁関係を認めたことによるのではないかと思っている。その一節とはつぎの部分だ。

日々、おもてに出かけていく少年がいた。
そして彼は、その日、目にした最初のものに、すっかりなりきってしまうのだった。

種だけが放射物なのではない。私たちの思考そのものが刻一刻と私たちを変えるのだ。エマソンの初期の宣言にこの一節がどれほど力強く反映されていることだろう。「ひとりの人間の内なる世界の完結は、知性の最後の勝利であろう。宇宙＝普遍は個人の内に宿ってはじめて私たちの関心をひく。可能性だけの不毛な深淵にだれがあえて心をとめるだろう」

まさしく可能性は、ホイットマンの言うように、「散らされず」に具体化されなければ、見むきもされないのだ。私ははるか昔、巻き貝の内側から聞こえてくる秘密と噂話のささやき声のぶつかりあいに聞きいっていた。貝殻を耳にあてて、最初は幼いロマンチックな海の光景を聞きとり、最後には、彼自身の内面と同時に、とどろきわたる宇宙の浜辺から人間の耳が聞きうる音のすべてを象徴として聞いたのはヒトだ。

人間を過剰に誉めすぎることに慎重だったエマソンは、『自然の方法』のなかでさらにつづける。「私たちは、無形のかたち、広漠の濃縮、理屈の在処、記憶の洞窟たる人間を讃えねばならない」記憶の洞窟！　これこそが捧げもった貝殻にこだましていたものであり、エマソンに星々や広大な銀河への対抗勢力として、とるにたらないいつかの間の運命の人間をさしはさましめたものだ。人間は星の化学も星間の距離も、すべて頭のなかにおさめて運ぶことができるのだ。彼は日記に走り書きを遺している。「自然の自己解析者としてのもっともみごとな業績以外に、人間などいったい何だというのだ」今日という日が永久ではないのと同様に、その解析もまた永続的なものではない。エマソンが明らかにしたところ、世界は過程のなかにあり、人も思想も去っていくように、世界もまた去っていく。批評的で悟りを開いた目が自然の精査にそそがれないかぎり、今日の自己解析は、あくまで近似的なものにすぎず再整理が必要とされる。エマソンは純粋に自然を知覚できる者の数に幻想をいだいてもいなかった。さらに、彼は彼の言うところの自然の「近郊にも果てにも」、世界を物置小屋から秩序ある宇宙へと変えうる真実が内包されていることに気づいていた。この所見は、ダーウィンが自然の果てたるガラパゴス諸島へと探索の旅に出て、自然選択の原理を思いついたおなじ年に書かれている。

エマソンはダーウィン同様に、病を得、十九世紀のロマン主義者たちの多くがたどった奇妙な道程である旅をおこなった。ロマン主義者たちは、結局、安穏な自然界への白いドアストーン［沓摺石］を、科学であれ、芸術であれ、野生的で月にとりつかれたようなものにわざわざ置き換えたのだ。彼はかつてみずから語っているように「過剰な信仰」をもっていたのかもしれない。今日私たちにおちつかない気持ちをひき起こす人間に対する信仰を。しかし、彼がそう語ったのはロンドンが真に恐怖に満ちた夜の街だった時代なのだ。何にもまして、彼はアルフレッド・ラッセル・ウォレスが信じていたことを直観的に感じとっていたかに見える。つまり、あたえられた時代のなかで文化として表現すること以上の隠された精神的な力が、人間には賦与されているということを。氷河期の洞窟では、人間は芸術家の目で絵を描いた。現代に生きる原始的生活をいとなむ人びとは、それまでに一度も経験したことのない音楽や文字、機械のあつかいをマスターすることができる。フランスの高名な生物学者ジャン・ロスタンのことばを借りれば、「人類という種は、その起源より、やがてなるべく運命づけられた姿と同等であった」アメリカのかの超越主義者の主張を注意深く読みとれば、彼の目は宇宙のサイズによっても、私たちに共通する人間性の不完全さによっても、いささかも曇ることがないほどたしかに、しっかりとこの原則を直観的に把握していたことがわかる。彼は私たちの世代が忘れがちのことも、過去にひとりの善人がいたのなら将来はもっといるということも、確信をもって知っていた。自然は自然が生んだ生身の生物以上に懸命にたたかっている。エマソンは主張する。私たちは、「暫定的な生存者」なのだと。もし、前世の爬虫類が人間の心の奥底をいまも泳いでいるとしたら、その隠れた領域に生息しているのは彼らだけではあるまい。

明日は私たちのなかに潜んでいる。かつて達成されたことのないあらゆるものになりうる潜在物として。それこそが、夜と昼とがマンモスの雄叫びやトナカイの行進などの奇妙で奇跡的なもので満ちていた五百万年前に、原生人を旅へと誘ったものなのだ。それこそが、時間の曙に洞窟を絵で飾らせたのだ。そして、それこそが、人間にクマを崇拝せしめたのだ。それゆえに、人は本能の安全な世界から驚異に満ちた場所へと足を踏みだしたのだ。その驚異はいまもなお、人間の心に歩調を合わせるかのように広がり、変化しつづけている。彼は直立して貝殻を耳におしあてて聞き入っている。彼は無限の宇宙の前ではいまだに子どもにすぎないのだが、いささかのおそれも抱いてはいない。彼はそうして旅をはじめたのだ。おそらくは、こだまをひびかせる貝殻からひきだしたメッセージを胸に。いまでは彼はみずからがつくりあげた巨大な耳で、無限のかなたからのメッセージを聞きとろうと耳を傾けている。自然の古い家のなかには、どの戸棚のなかにも化けものがいる。だからこそ、自然の子どもである私たちは、根っからのロマン主義者なのであり、自然を訪《おと》なうのだ。そして、だからこそ、このアメリカの偉大なエッセイストは「心のなかへ自然が足を踏みいれた瞬間に、人間が誕生したかに見える」ということばで、当時まだ生まれていない人類学という科学を予期していたのだ。もし、それが彼に恐怖をもたらしたとしたら、彼の目覚めた好奇心は世界の隅々にまで向けて開かれただろう。これが実際に人を、幽霊の声がこだまする屋敷の相続人にした。私たちが自然と呼ぶ刻々と変化する目には見えない可能性は、成長という目に見える伝言をのぞいて、人間にのこされた。私たちの予見不可能な明日だけが、私たち人間が、エマソンが予測した知恵へとむかって成長するのかを決定するのだ。

17 自然へのソローのまなざし

THOREAU'S VISION OF THE NATURAL WORLD

1——コンコードヤマネコ

百数十年の昔、コンコードの森の奥で一頭のヤマネコが殺された。このヤマネコは、ヘンリー・デイヴィッド・ソローによって測定され、検分された。文字どおり鼻面から尻尾《しっぽ》のさきにいたるまでの綿密な観察と熟考がおこなわれたのだ。人びとははるか北の未開の地から迷いこんだカナダヤマネコだと言ったが、ソローはかたくなに主張した。これはとてもまれな土着のヤマネコ、夜のうろつき屋のコンコードヤマネコなのだと。この件でソローは一歩もゆずらなかった。最近のことだが、遠くヴァーモント州で、ある優秀な女学生が私に語ってくれた。森を散歩中に、彼女のラブラドル・リトリーバーが突然立ちすくんだかと思うと、カナダヤマネコに襲われたというのだ。彼女はそれがカナダヤマネコであることに絶対の自信をもっていた。私は気おくれがしてしまい、もしかしたらそれは、ソローが傲然《ごうぜん》と確信していた、植民地時代にはすでに希少だった純粋なニューイングランド土着のヤマネコの生きのこりだったのではないか、とたずねることはできなかった。

ソロー自身は純粋なコンコード産のヤマネコだった。それについては疑問の余地はない。私たちは彼の出生地も、希少性も、いささかの生態も、夜のうろつき癖も知っているし、ときとして紙面にうなり声をのこすことも、沼地や見捨てられた地下の穴蔵や植林地に頻出していたことも知っている。彼の気性については、彼がしばしば探し求めていた霧や真夏の靄《もや》にあらわれるというおぼろげな人影とおなじぐらい曖昧模糊としていた。ソローはときによく見ることができない一方で、ときに必要以上に見てしまっていた。人はコンコードヤマネコにうまく焦点を合わせることができず、その結果として、多彩で議論に富んだ文献が私たちに遺されたのだ。原因は知られているものの、彼の死との向きあい方すらはっきりとはしておらず、ある者は、粗野な屋外生活《アウトドアライフ》によって虚弱な体質を克服しようとしたと主張している。一方、きびしい気候に長く身をさらすことによって、持病の肺結核を意図的に悪化させたのだと、議論をふっかける者もいる。

人間の視界の外縁にいる野生動物にはありがちなことだが、ソローの気性の正確なところは、推測にたよるしかない。数冊の著書と、一見率直に書かれているように見える日記《ジャーナル》は遺されているのだが。しかし、すくなくともある高名な評論家によれば、彼の日記は周到にねりあげられた神話であるとみなされている。彼はさまざまな呼ばれ方で評されてきた。禁欲主義者、議論好きな道学者、寄生虫、放火魔、厭世家、度はずれた自己中心主義者、体制に憎悪をぶつける父親嫌い、どういうわけだか文学史上に遺る古典作品を生みだしてしまった凡庸な作家、等々。彼はまた、知的貴族であると評されるのと同時に、哲学的アナーキストとか田舎町の失敗者などとも描写される。ただ単にネイチャー・ライターに分類する者もいれば、科学的手法を理解していない似非《えせ》科学者だと決めつける者もいるといったぐあいだ。二十世紀の社会現象に彼があたえた世界的な影響、彼のたぐいまれな洞察力と文章スタイル、神秘とでも呼ぶのがいちばんふさわしい、決して見つかることのない何かへの執拗な追求について語る者もいる。英文学界の重鎮から道学者先生呼ばわりされたことすらあった。一方、彼のことをよく知る若者たちは、友好的かつ、快活で親切な彼の姿を明瞭に語ったことばを残している。彼の記憶に名声がつけ加えられるはるか前におこなわれた彼の葬儀の折りには、コンコードの諸学校が休日になった。

つまり、かのコンコードヤマネコは、惜しまれて墓地へとおもむいたのだ。彼の目的と性格にまつわる十人十色の解釈を生んだのちの世の論議のほとんどは、彼が生涯忌み嫌っていた高慢ちきな文学界の産物だった。偉大な作品が世代を超えて伝えられる際にはつきもののことではあるのだが、身の毛もよだつような悪意が、しばしばこの解釈にそそぎこまれた。そもそも、鋭敏な作家は同業者からは離れているべきなのだ。活字にするのもはばかられるような妬《ねた》みや嫉《そね》み、緊張関係、なくもがなの無作法などが、良好にはじまった友情にさえも、やがて狭いつきあいのなかで増幅されてしまいがちなのだ。作家の人生とは孤独なものだし、断固としてそうあるべきものでもあるのだが、下卑《げび》た好奇心はいかなる偉大な芸術家にも墓石のしたでの安寧をゆるさない。

ソローに関する評論はいまや何百にものぼるが、そのほとんどが、かのコンコードヤマネコを藪《やぶ》のさらに奥へと隠居させてしまうばかりではないかと私は疑っている。彼の全体的関心は、科学でも文学でもないところに向けられていた。彼は森の端に立ち、人間の占拠を疑いのまなざしで見つめるキツネなのだ。実際に彼は、全米科学振興協会からの早々の入会招聘《しょうへい》を断わっている。この男は科学技術の進歩にまつわる幻想を一度として楽しんだことはないし、彼が電信技術から受けとった唯一のメッセージは、あるインディアン同様、電線を吹き鳴らす風の歌だけだった。

ナチュラリストとしては、彼にはある種のシーンを心のなかに永久にとどめておく記憶力が、広大さや自然にこめられた神秘への感情が、そして、彼自身のことばを借りれば「千もの裸の小枝が陽《ひ》ざしをあびたクモの巣のように輝く」瞬間に反応する強力な美意識がそなわっていた。言ってみれば彼には、幼い日々に見た故郷の光景が刷りこまれていたのだ。おなじように、ソローの意味を読み解こうとする私のこころみは、基本的に記憶だけを元になされなければならない。それに、彼の最初と最後の日記の調子とを比較した引用も多少加えて。私の現在のソロー考は、きびしい高地の旅で本人もいだいたであろう孤独な記憶のようなもので、彼の知的な業績にふれて感じるようになったものの残りかすにすぎない。

しかも、ソローについて書かれたものの大半は、彼がなれ親しんでいた領域のもの、つまり文学であるのに対して、私の観察はもっぱら科学の領域に属するものなのだ。彼の科学への関心はこれまでさんざん侮辱されてきており、彼自身「科学の残酷さ」を嘆いてみせるほどに自覚していた。だから、そうした職業にたずさわった者として私が、今日不評をかこつ超越主義にか細い共感をよせたからといって、糾弾されることもあるまい。しかし、私がここで考えてみたいのは、この哲学の様相であり、とりわけソロー流のそれなのだ。というのも、ソローはエマソン同様予言者であり、これほどにも広く二十世紀を席巻したプロセス哲学者の先駆者でもあるからだ。彼は実存とありうべき自然との境界に立っているのだ。

2――地水火風《エレメンツ》

あらゆる宗教の背後には自然の概念が潜んでいる。ネアンデルタール人の埋葬儀式にも、クロマニヨン人の狩猟画にも、ヨブの問いかけとそれに対するつむじ風からの答の声のなかにも、等しく存在している。結局それは、目に見えるものであれ見えないものであれ、自分の世界を定義し、境界を定めようとする人間のこころみのことを言うのだ。人間は直観的に、自然は自分の誕生以前から存在し、自分の死後もありつづける現実だということを知っている。人間は自然の定義のなかに、いまあるもの、およびあってしかるべきものをも含めているといってもよいだろう。自然は、人間をもふくんでいながら、人間には明かすことのない秘密の存在を本能的に感じさせる他者性をもちつづける。

筋金入りの無神論者も、近年の物理学が完成させたサイクロトロンのなかにあらわれては消えるはかない素粒子を説明しなければならない。自然の背後にそれをおさめる神性を認めるか、自然そのものを漠然と神のようなものだとみなすかして。人間は自分が自然から生まれてきたのであって、逆ではないことを知っている。これは太古からの知識だ。「考える葦」、記憶する獣、未来の予言者である人間は、何百もの宇宙発生論を考案し、何百もの自然の解釈を創出してきた。さらに最近では、科学的手法の夜明けにともなって、制約のない思弁によってではなく、実験によって自然の秘密を解き明かそうとしはじめた。

にもかかわらず、日常的なことばのなかで、これほど神秘的で、これほどつかみどころのない単語はない。自然の背後には、世界の調和と同時に混沌もまた潜んでいるのだ。そして、すべての背後には、地球上の生物のうち唯一人間だけが明らかに感知し、自然へと投影することのできる実体をもたない神性が隠されている。

私たちは科学的不可知論者として、みずからに超えてはならない想像上の一線を画すかもしれない。私たちは触知できるものに固執するのだが、たとえ不毛で科学とはなんのかかわりもないものだと断わりながらでも、私たちはなお、「不可知」とか「目的因」などといった話をしてしまう。心のなかで自分が引いた線、つまり、勝手に自分自身を制限してきた定義、現実と一致するしないを問わない人間の限界を認識するだろう。ネアンデルタール人もそうだったように、私たちは依然として自然に関心がある。そのことばを意味論上洗練させることはできるとしても、追い払うことはできない。自然は人間をおさめた容器であり、人間は最後には休息を求めてその奥底に沈む。それは、人間が知っていることも知りうることも、すべてを、まったくすべてを包含している。そのことばは分岐し、違った意味を帯びながら世紀を超えて駆けぬける。

あるときは背後に映る名もない影さながら幽霊のようにあらわれ、またあるときは、荒々しく、明確に、堅固な面をみせる。また、物質はエネルギーと互換性をもち、事物が影となり、法則は蓋然性へと変わる。自然ということばは、人間とともに発生したにちがいない。自然は人間の他者性の一部であり、人間性の一部なのだ。ほかの獣たちは自然のなかで生きている。ただ人間だけが、間断なく舌のうえでその概念を何度も何度もころがして、どんな定義にも不満を感じ、自分以外のだれの目にも見えず、彼自身によってもほんとうに一瞥《いちべつ》できたのかどうかは定かではないものを求めて、自然の外を休むことなく見つめている。

ヘンリー・デイヴィッド・ソローがプロセス哲学者であると提起するためには、まず、十九世紀初期の科学および哲学によってもてはやされた概念のなんたるかを理解することが必要であり、さらに、知識の流れの変化についても考察する必要がある。ニューイングランド派はイギリスの思潮によるところ大ではあるのだが、よく知られているようにそのアイディアのいくばくかはヨーロッパ大陸に起源をもつ。この件について徹底的な分析は必要ないだろう。ソローは時代の申し子であったが、時代を超えてもいたのだ。

十九世紀初期のイギリスの科学界は、ベーコン的帰納法にとりつかれていた。新しい地質学の成果をおそれる保守派は、事実にこだわり、広範囲の有用な仮説を徹底的に排除しようと懸命だった。まさしく科学的手法の革新者であるベーコンの思想は、反宗教的科学の進歩に抗するお手軽な障壁《バリアー》として悪用されていた。初期の進化論者であるロバート・チェンバースは、その批判勢力の重みに苦しんだし、のちにダーウィンも世紀半ばを超えて、それを経験している。未熟な手にかかれば、真の科学者のための正規の帰納法的手順を装った単なる無目的な事象収集におちいってしまうのだ。全部ではないがソローの概論と詳細な観察には、まさに博物館的分類学と彼が侮蔑する態度があらわれている。

典型的なソロー的パラドックスなのだが、彼は自分で貯めこんだ事実の束を捨てることもできなかったし、「科学的リポートの衰退期だ」とつぶやくことに抗《あらが》うこともできなかった。日記の最後にさしかかってはじめて、彼はのちの読書の影響を受けて、自分の資料をより自覚的、科学的に利用しようという方向へ傾いたように見える。新しい斉一説的地質学は、太古の世界についての概念を一変させてしまったことを明確に見据えていたエマソンは、幅の広い折衷的読書家だったが、ソローと交流があった知識層の大半が文学界の人間であったことは心にとどめておく必要がある。

ソローの科学界との直接的接触の欠如の唯一の衝撃的例外とも呼ぶべきは、ルイ・アガシとの接見だった。ヨーロッパ氷河学の権威で、分類学者でも教育者でもあったアガシは、一八四〇年代にハーヴァード大学のスタッフに迎えられ、その後にふたりは出会った。しかし、聡明で卓越したナチュラリストであったルイ・アガシが、ソローに最良の影響をあたえたかという点についてはかなり疑わしい。彼は生物の構造的関連をたどり、アメリカに比較分類学を紹介した。そしてソローには、凍りつき、ふたたび息を吹き返すイモムシなどの奇異を観察せよと教えた。いわばアガシの目がソローの目に加えられたということになるのだが、それはソローにかならずしも不利益をもたらしたわけでもない。概してアガシは執拗に自分自身の自然の解釈を追い求める一方で、性急な一般化をいましめた。

この氷河期の詩人たるヨーロッパ人は、同時に時代錯誤の人だった。彼は進化論を信じていなかったのだ。彼には自然選択のもつ重要性が理解できなかった。一八五七年に彼は書いている。「地質学は、ただ単に、違った時代には違った種が存在することを示すにすぎない。先行する時代からあとにつづく時代への移行を示すものなど、いまだかつてどこからも発見されていない」彼は自然の背後に情けぶかい知性をみていた。彼は心の底ではプラトン主義者だった。ひたすらに永遠の形相の分類にいそしみ、進化論者が指摘する痕跡器官についても、機能のないその器官は調和美のためにあるとして、神聖なる計画にのっとっていることの直接的な証拠にすぎないときめつけている。

ソローは冬越しのための安全な蓑《みの》をつくる蛾《が》に超自然的な知性を見る。「身をおおう蓑をわずかな葉でこしらえるこのイモムシと、その〈超自然的〉心のあいだにはどのような理解が存在するのだろう」彼は明らかに、ほかの多くの学者同様、発展段階における形態の霊的継承を認めながら、生物界を生みだした純粋な有機的変化は認めていなかった、かの偉大な生物学者のあとを追っている。ついでに言えば、現実とのこのプラトン的妥協は、多くの超越主義者には受けいれやすいものだった。彼らは十九世紀の科学の機械論的解釈への嫌悪を日増しに増大させるロマン主義運動の一翼をになっていた。しかし、アガシの特異な目的論的自然解釈が、長く支持されうるものではないことを知るのにダーウィン的宇宙を全面的に受けいれる必要はない。おどろくほど多彩な生物の形態の背後に隠されているものは、何であれ、そう簡単に人間にその秘密を明かしてはくれないだろう。

ソローは早くから自然のなかの神秘に気づいていた。若き日のダーウィンが生物の世界の不完全さや野蛮さなどについて考えこんでいたのとおなじように、彼は堅固な現実を見て、自然界は人間の道徳観になどまったく無関心であるという認識を得ていた。「目的地も知らず、終着地へのパスポートももたない人間が、どのようにこの長い旅をなしとげられるというのだろう」ソローはそう書いている。このことばは、自分の内部で勝手にふくらませた神の動機の具現化したものと自然とを混同するような、同時代の一部の超越主義者たちの言動とは遠くかけはなれている。反対にソローはうんざりしたように書いている。「病こそが存在を支配するのではないのか?」と。彼は虫食いだらけの葉とイモムシのはびこるつぼみを見てしまったのだ。

もし、エマソンのような超越主義者とダーウィンの進化論が描いた二枚の自然の絵の前に、たたずんでじっくりながめる者がいたとしたら、自然の理想の姿と現実の姿とのあいだのあまりにも大きな差に気づくだろう。超越主義者はふたつの世界に同時に住んでいた。その片方で彼は自分自身の姿を自由に変え、現実の醜い決定論から逃れることもできたのだ。エマソンは「思考のふたつの次元はいちじるしい対比をみせて、刻一刻と分岐する」という。

おなじようなアイディアは、ソローの日記の第一巻にもこだましている。「人間の一面は現実的であり、別の一面は理想的である」これら特殊な世界は同時に存在する。生命は観察可能な世界と、もっと理想的ではあるが私たちの心に植えつけられたわかりやすいプラトン的設計図ともいえる一連の「教示」とに枝分かれしている。私たちは、心の内側に存在するこの力を適切に理解することを通して、世界を学ばなければならない。超越主義者たちは、地上にエデンの園が創出されるという、初期の共和主義者のような強力な楽観思考をもっていた。

変化に満ちたダーウィン的世界を克明に観察すれば、進化の過程の本質は、途切れることのない純粋な系統的地盤のうえに築かれうるもの以外の、あらゆる関係性を否定するものであることを認識するにいたる。プラトン的形相を継承する抽象的な設計図は、あまりに希望的なつくりものとしてしりぞけられてきた。痕跡器官はその名前が暗示するように、先駆的に存在した形態からのなごりだ。睡眠病をひき起こすトリパノソーマという条虫は、人間同様自然選択の産物といえる生きものだ。現在存在しているあらゆる生物、植物は始生代にまでさかのぼることのできる先祖をもっている。すべての種は、多かれ少なかれ不完全で、その種に存在をもたらしてきたのとまったくおなじ過程が原因となって消滅するよう予定されている。ところが、この果てしない闘争の世界にあってさえ、ダーウィンは『種の起原』の最後のページで、よるべない楽観的な一文を紹介せずにはいられなかった。それは彼独自の理想論だった。自然の闘いのなかから、つきることのない競争のなかから、彼は高らかに万物は完全へと向けて進歩すると宣言したのだ。

このことばは、いささか虚《うつ》ろにひびかないでもない。ダーウィンが仮定した理想的世界は、人が飛びつけるいかほどの速効性も提示していない。実際に、ダーウィンはおなじページで、現在生きている生物のうち遠い未来にまで生きのこることができるものは、ごくわずかにすぎないだろうと述べている。目的論的方向性は宇宙から追放されてきた。それは二十世紀に入ってより洗練されたかたちで再出現することになり、さぞやソローをよろこばせることだろうが、さしあたり、「偉大な伴侶」は死んだ。ダーウィン主義者たちは自然に過程《プロセス》をもちこんだのだが、自然そのものの精査をおろそかにした。アルフレッド・ノース・ホワイトヘッドのことばによれば、「科学は自然の原因ではなく、整合性に関心をもっている」のだ。別のことばで言い換えれば、何かが自然と呼ばれるものを結合させ、変化と冷徹な合理性のさなかに存続させている。

晩年のソローが、自分の哲学的問題点を一切解明できなかったというのは、十分ありうる話だ。そもそも、いったいだれが成功したというのだろう。若い作家の自信と明晰な知性が、中年にさしかかるにつれて、よりねばり強い真実の探求へと道をゆずったともいえる。彼のなかの科学者が、芸術家のいた場所を占めるようになった。文学界の立場から見れば、これは大きな損失に見えるかもしれない。しかし考えるに、重荷から解放された彼が、新たな希望をいだいてなしとげた孤高の業績は目をみはるものがある。

今日、人間の行動は二種類の規範に分けられる。保守的な規範と進歩的な規範がそれだ。前者は人間を全体として、先行する祖先の影響を強く受けたものと見なしていると言ってよいだろう。ハクスレーによれば、人間は「サルでありトラ」なのだ。その祖先は獣性に満ちているがゆえに、人間の倫理上の限界が生じる。潜在的な攻撃性によって、人間は気まぐれで危険な生物となっている。

最初の進化論者たちは、おそらく無意識のうちに、自分たちが発生してきた動物の世界と人間とを、少しでも緊密なものととらえようとしたにちがいない。皮肉なことに、この概念が人間を進化の途上で凍りつかせてしまった。あたかも白亜紀のツパイだったころに決定打をくだされたように。たしかに人間は不完全だ。すべての生命とおなじように、人間も過程にある。最終的に生きのこれるかどうかはともかく、生きつづけているかぎり、彼は変化しながらつき進む未来の一部なのだ。彼はまた、あまんじて変化を受けいれなければならない。事実、人間は現在、意識的にみずからの変化を誘発するポイントへと近づいていると言ってもいいのかもしれない。

超越主義とルイ・アガシとの論争の影響のもとで成熟したソローは、偶然性と変化に満ち、変遷しながら迫ってくる未来に対してどう反応したのだろう。彼がチャールズ・ライエルの著作に親しんでいたことは明らかなのだが、それは彼がロバート・チェンバースの発展理論（つまり、進化論）を知っていたことを意味する。彼の最後の日記からは、一八六二年の死以前に、彼がダーウィンの思想について思索をめぐらせたことを示唆する箇所すら見つかっている。

彼は晩年に、最後の元気をふるいたたせていたようだ。「発展理論は自然のなかのより偉大な活力を暗示している。なぜなら、それはより柔軟で適応力に富んだ、一種の連続的な新しい創造にも等しいことだからだ」

彼は自然のなかの莫大なむだに気づいていたが、存在のための闘争を把握するのとおなじように、努めて慎重にその意味を理解しようとした。彼の目は、彼の愛してやまない雪や木の葉、季節の移ろいなどにむけても開かれたままだった。彼は木の年輪を数え、森の変遷を理解しようとした。世界は、おそらく彼が想像した以上に広大なのだが、最初から自然は、しばしば理不尽で、かつ、想像もつかない魅力的な可能性と映っていた。『森の生活』で述べているように、彼は「自然そのものを先取りするために」未来とのぎりぎりの狭間であるそこに立つことを選んだのだ。

これは新ダーウィン派の保守的なパラダイムではない。むしろ、これは二十世紀になってあらわれるアルフレッド・ノース・ホワイトヘッドの思想をはっきりと予期している。ソローは、山塊《さんかい》の無骨な形であれ、種子の旅であれ、シカネズミであれ、あらゆる形態にひそむ自然を観察しようと、なみなみならぬ集中力を発揮した。彼の意識はヒマワリのように大きく広がった。多くのものを見れば見るほど、彼は不朽の存在になった。「私の感覚は休むことがない」彼はそう書いているのだが、これはまるで、ホワイトヘッドのつぎのことばを予言しているかのようだ。「変化は自然――つまり、既知の事物――だけの資質なのではなく、意識の感覚――つまり、知られつつある感覚――の資質でもあるのだ」ソローはみずから知りたる者と認じていた。彼は書いている。「一切の変化は、考えるだに奇跡だが、それは刻一刻と起こっているのだ」彼は人間が自然のかたい皮をおしやぶろうとしていると見ている。「まるで楔《くさび》を打ちこむように。傷が癒えるまでは……。私たちは自分の居場所を見いだせない」彼はまた、すべての人間をただの可能性にすぎないと見ている。影のような、形の定かではない、だが、いまにも形をとりそうな。彼はただひとり「言語に絶する雨」に耳を傾けてきた。彼は、自然のなかの超自然な生命へと人びとを導こうと模索した。そして、成功したのだ。彼は当初、彼自身存在するとは思っていなかったパスポートを人びとにあたえたのだ。彼が最後に記している「地水火風《エレメンツ》から手に入れた」パスポートを。

3——永遠の目

彼の日記の複雑な寄り道の跡を追うということは、自然そのものよりは自然へといたる自分自身の道筋を、ひとりの人間が区分し、選択し、問いかけるさまを観察することでもあり、ソローが表現するように「自分自身の特許」を探すことでもある。ソローは完全な超越主義者だったわけでは決してない。彼はある意味では二重スパイだった。精神的人生と、野生的人生の両方にひかれている。「私たちは、まるっきり難破船荒らしではないと言えるのだろうか？　すくなくとも難破船荒らしの習慣に手を染めていないだろうか？」と彼はたずねる。「難破船荒らし」ということばを、彼は文字どおり、偽《にせ》の明かりで船をおびきよせ、破滅へとおとしいれる浜辺の盗賊という古い邪悪な意味あいで使っている。彼はさらに問う。「私たちの人生は十分に無垢だと言えるのか？」彼はまた別の表現でも語っている。「私には殺人者の経験がある」さらに、いささか不快そうにこうも言っている。「歴史上、偉大な成功の記録などどこにもない」

ソローはかつて鬱々《うつうつ》たる気分で、決してやってはこない訪問者《ヴィジター》を待っていたことを書いている。彼はその待ち人のことを「偉大な観察者《グレート・ルッカー》」と呼んでいる。これらのことばのなかに怒りや失望の色を読みとって、彼のその後の仕事に影響をおよぼすことになったと考える人もいる。私がこの説に与《くみ》する道を選ばなかったのは、『森の生活』の別のページで、彼が「古い入植者で、もともとの所有者だった、ウォールデン湖を掘りそのまわりに松の木を植えたと言われている」客人を迎えたことを実際に思いだして書いているからだ。いささか異教的僧侶がかつて観察しているように「神は崇高な魂に注意をひくことしか求めない」のだ。

このことばを補うように、ソローは断言している。「始源より、太陽と目しかなかったのだ」と。この目は、ソローにとって、すべてのことを見のがすことのない目だった。彼のまわりにあまねく存する自然の碑銘が雪に埋もれた冬のさなかにさえも、雪道をゆく牛を追いたてる、着実で、単調とすらいえる農夫の残酷な鞭の痕《あと》を彼は見のがすことはない。その光景は彼を傷つけた。自然は人に親切であるべき拘束など受けてはいないことを彼は知っていた。事実、この作家と同様、自然にもある種の二面性があった。内なる目は、とり去られた。自然体としての人間の、長くは耐えられない目が。「訪問者」は人間の装いでやってきて、短い夏の世界を見守った。死の床にあるソローのもとを訪れた知人が、神と仲直りしたのかとたずねたとき、彼のなかの「訪問者」が「私たちは一度も争ったことはない」と無邪気に応えたことを思いだせばいい。

ソローは雪のことを「偉大なる暴き屋」と呼んでいた。雪のうえには、柔和な季節には隠されていたすべての象形文字が刻まれる。昨冬、森を歩いていて、私はおもしろい光景に出くわした。凍結と解凍、そして再凍結によって、古い足跡が、オークの葉の小さな尖塔《せんとう》のうえに閉じこめられてもちあがり、まるで、そのオークの低木が用事であたりを歩きまわっていたかに見えたのだ。ソローはこの現象を百年以上も前に記録している。雪のなかにじっと立ちすくんで、私はそのことの不思議に思いを馳《は》せていた。訪問者が、おそらくはあの「訪問者」が、ふたたび通りすぎたのだ。

いちばん最初の日記にソローは書いている。「可能性はいつでも存在している。つまり、宇宙のすべてになるか、一素粒子として宇宙にただよいつづけるかの可能性が」彼は最後にいたって、自然は人間のエゴを拡大したものではないことを学んだ。エマソン言うところの「人間のはかりしれない影」ではないということを。人生の終焉に向けて、彼は文学の世界から、新しい科学という成長しつづける恐ろしい世界へと方向を変えた。二十世紀にあらゆるものを無限小の粒子へと縮め、最後には荒々しいエネルギーの渦へと還元する科学へ。

しかし、ダーウィンをさえ身震いさせた、説明することのできないかの目は存在しつづける。経験したあらゆることが、第二の資質、物理学が拒否した幻影となるのだが、かの目は、ソローが断言したように、始源からの太陽と目として残りつづける。ソローは逝ったが、その目は無数で、決して消えることはない。

私はオークの落葉のほうへと進んだ。私たちは、皆、物理学では説明することのできない「訪問者」の目なのだ。世代から世代へと目は受け継がれていく。私たちは素粒子なのだが、物理学がつめたい虚無をただようつめたい波へと矮小化《わいしょう》してしまった太陽の光を見つめる、記録する目でもあるのだ。ソローはその人生をこの説明しがたい目のために捧げた。

若い時分から、私は幻影を目の迷いとしてしりぞけ、夕陽を現実だと拒否し、自分という形態すら、蚊柱のようなつかの間の粒子の集まりにすぎないと考えるように訓練されてきた。このつかの間の幻さえ、私は自分の心の目だけで見た。私はもはや歩きながら抵抗することはない。瞬間的に私のなかに宿ったこの目が何を見、何を記録したのかをはっきり確認しようとゆっくり歩いた。目の資質は人間よりも神に属していると語ったときに、ソローがよしとしていたことを。

しかし、そこにはソローが伝えようとしたメッセージがあった。彼は読者に向けて知らしめた。「もしあなたが世界の果てにまでたどりつくことができたとしたら、あなたはそのさらにむこうに別の人を発見することになるのではないかと疑っている」メッセージが遠くまで運ばれることを願っていたのは明らかなのだが、そのメッセージとは何だったのか？　私たちには決して完全にはわからない。彼は格言のようなことばに有頂天になっていた。橇《かんじき》をはいて夏を追い求めたかのように。

「私は現実をさほど重んじてはいない」彼はそうつけ加えている。「雪が舞うように」すばやく年月が流れていた冬の日のウォールデンの偉大な旅人の唯一のメッセージがそれなのだろうか。おそらくそのように意図したのだろうが、ことばは依然なぞめいたままだ。彼の最後の日記からも明らかなように、ソローは、当時はまだ名前もなかった科学、つまり、生態学の基礎を築こうと奮闘していた。いろいろな道筋で、彼は彼の世紀を超えて生きぬいた。彼はいつでも現実を見つめていたが、それはプロセス哲学者の展開する現実だった。彼は言う。「宇宙は、説明される日を待ってなどいない」

それゆえに、彼は人を距離をおいて観察しがちだった。おなじ理由から、自分自身のことをもっとも古い入植地の家に住む、いちばん最初の自然への入植者だと見ていた。ソローは心のなかで西部開拓者の夢を反映させていた。その点、彼は完璧なアメリカ人といえる。

しかし最後まで、彼は彼自身の冬の白い空間にひかれていた。彼は川辺で見たキツネのようにうろつき、朝の空気のなかに見たハヤブサのように優雅に飛翔した。彼は、動物たちのなかに入って一体化し、生命の境界線を最大限にまでおしひろげた。「一度きりのひとつの世界」と彼は死の床でふざけ半分に語ったが、その世界は凡人の耐えられる世界ではあるまい。それはただ単にソローの世界、「無法者の大草原」なのだ。私たちのひとりひとりは、そこにいたる独自の道を探し求めなければならない。彼の最後のメッセージはこうだ。ひとりひとりは永遠の目であり、その目は「訪問者」だ。生命のためのどのような救済が存在しようとも、ウォールデン湖では決して見つからない。かりに存在したとしても、現実のウォールデン湖が存在する、どこか「宇宙の目」の途方もない次元でのことだ。

18 ウォールデン──ソローの未完の仕事

WALDEN: THOREAU'S UNFINISHED BUSINESS

1──放浪者

ヘンリー・デイヴィッド・ソローの生涯は、およそ一世紀にもわたり、評論家や伝記作家らの手によって徹底的に探求されつづけてきたのだが、旅行文学を読み、旅行には出かけなかったこの男の神秘は、彼自身の古くからの散歩仲間、エラリー・チャニングが書き遺した文章のなかに表現しつくされている。「彼の生涯がもつ意味を、私はけっきょく理解できないでいる。彼はなぜ、あんなにも他人への失望感をいだいていたのか。なぜ、あれほど川と森に心ひかれていたのか。なにか妙だとしかいいようがないのだ」。

ソローの親しい友人であるチャニングがとまどうくらいなら、ソローの文学者としての地位が上がるにつれて、彼の人生と思想の絶えることのない謎が成長しても不思議ではない。高名な小説家で評論家でもあるライト・モリスは、残酷ともいえるような口調でおなじ疑問をちがったかたちで提示している。チャニングの疑問から個人的色合いをとりのぞき、さらに力強く時代を超えた文学的な文脈に置き換え、ウォールデン湖のほとりでの二年間の実験的生活を終えたソローのことばを引用しながらモリスは主張する。ソローは「もし、生きているのなら、さあ、仕事にとりかかろう」と語っているが、その仕事とは何なのだ、とモリスはけんかごしにくってかかる。ソローは肝心なことを語っていない。ウォールデンは、私たちを虜《とりこ》にする人生の幕あけの章だったのに、残りの章は見あたらないというのだ。

『森の生活――ウォールデン』が編まれてから十年以上にもわたって、ソローはコンコード地方の動植物の生態や土地の状況についての集中的な探査をつづけていた。しかし、彼がウォールデン湖を捨てて追求した「仕事」については、奇妙なほど避けられている。現に、一度彼は日記《ジャーナル》のなかでこのような思いをめぐらしている。「私にとっての最大の目新しさは、一年前の自分といまの自分との違いだ」彼はそこで何らかの仕事にとりかかるべきだったのだ。たとえ、モリスのように鋭い嗅覚をもった批評家に、すでにその仕事を演じおえており、みずからをもてあまして手探りをしているにすぎないと思われても。時間を超えた次元においては、この批評家の指摘は真実であるといえるかもしれないが、別の見方ではまちがっているともいえる。探し求めるということは、それ自体が芸術的な仕事だといえるからだ。

ソローへの言及は一切ないのだが、カール・ユングのよく練られた一節に、おそらくはかつて暴かれたことのなかったソローの目的にもっとも鋭く切りこんだと思えるものがある。彼は錬金術についての研究のなかでこう語っている。「中世の錬金術は、人間がかつて挑むことのできなかった宇宙の神の秩序へのもっとも偉大な挑戦への準備を果たした。錬金術の時代は、科学的精神の悪魔的段階をへて、自然とその力をかつてなかったほどにまで人間への奉仕に供しようとする自然科学の時代の曙なのだ。科学と技術は、実際に世界を屈服させてきた。しかし、魂に利するものがあったかどうかは別の問題だ」

ソローはまさに現代世界の荒野をさまよう魂の放浪者だった。ほとんど本能的に、のちに彼の世紀をあれほど夢中にすることになる科学技術の波を、最初から拒否していた。彼はまた、冬には氷をはり、夏には陽《ひ》を照りかえす、季節を公平に受けとめるこの偉大な自然の目であるウォールデン湖のほとりで見いだした平和をも拒否した。結局、湖のあまりにも偉大で時間を超越した姿に、彼は耐えられなかったのだ。彼は休みなく野原を歩きまわる人間であり、ときどきの侮辱などおかまいなしに、遠いところに行って自分の故郷をおろそかにするような連中にしばしば説教しながらも、旅行文学からの暗喩に目がなかったし、人の心のなかの未知の空間をすばやく読みとる人間なのだ。

「自然を見ることのできる大人はほとんどいない」ソローのかつての師であり友人であったエマソンはこう書いている。ソローは自然を見ることのできる大人のひとりだった。それ以上に、彼は自然を人間の心にとじこめられた世界としてより、はるかに広大な摂理と奇行に満ちたまったく別の文明だと見ていた。メインの森を訪れたとき、彼は過去の忘れられた地下室の湿ったドアを閉めるように吹きぬける風を全身に感じた。

「別の仕事」のためにウォールデン湖の陽のあたる小屋を捨てさせたのは、そのようなことを調べようという真夜中の好奇心にそそのかされた衝動だったのだろうか。ウォールデン湖にいるときでさえ、彼は深夜に、森のなかの明かりのついた窓のむこうから聞こえる「人間の初期段階」のキツネのしつこい鳴き声に耳を傾けていた。宇宙は躍動し、じっとしているものは何もなかった。自然は残酷で予想のつかない「無法者の大草原」なのだ。ウォールデン湖のほとりで、ジャングルに突如出現したマヤの巨大な建築物のようにたしかに見いだした偉大な文明のただなかを、ソローはひとりさまよい歩いた。雪が降りはじめた夕暮れどきに見かけたインディアンの踏みあとについて、声高に語ることは決してなかったし、彼らがどの方向の草原に消えたかについても一切語っていない。私たちに語りかけることはなかったが、彼は過去をとおして未来を追跡することのできるもっとも偉大な芸術家であり科学者でもあった。それこそが、彼がいまもなお老若を問わず人びとの心のなかに住んでいる理由なのだ。ある評論家は「表面的な男」と呼んだが、鏃《やじり》、ドングリ、オークの葉、永遠をめざすおかしがたい思考の跡といった「表面」は、おなじ畑でくりかえしくりかえし耕された。それこそ伝統的な概念を粉みじんにする人間を超えたもうひとつの文明、つまり自然そのものの広大で無法な心の跡なのだ。

最後の日記でソローは、ゴルゴンやスフィンクスとともにあった古代人は、実在するもの以上のことを想像する力があったと述べている。一方、現代人には実在するものほどの想像力すらない。百年以上にわたって、このことばは私たちを嘲《あざけ》りつづけてきた。年をへるごとにソローが正しかったことは証明されていく。自然という偉大な象形文字は、これまでの過去同様読みとりがたく、自然の子孫である人間とおなじように野蛮で予想がつかない。失われた石器のもろい表面をなめるように精査するソローのように、私たちは人間の間接的な研究者にすぎない。私たちは、自然という名の偉大な秩序の研究者なのだ。「野生は私たちのものとは別の文明なのだ」ソローはそう主張する。そこから外に出て、人間の踏みあとは曲がりくねった。彼は氷河とともにやってきて、その猛威のまえにもみくちゃにされ、落ちていた火打石を漁《すなど》る。現在の彼がなんであれ、氷河が彼をつくったのだ。湿ったドアからの息吹と、圧倒的な寒気と、無慈悲な冬が。

『森の生活』の最後のページで、ソローは、木の古テーブルの隠れ家から死をのりこえて飛びだしてきた、嫌われもののイモムシについての伝説を生みだした。この作家は、人間についても夢想しただろうか。氷の束縛から、ついに自由になった人間の夢を。彼の思いを伝えるようなことばは一切のこっていないが、凍らせたイモムシについての彼の熱心な実験については記録が残っている。殺人的な寒さにとらわれた不滅の生命の炎にとりつかれていた男の研究だ。人類の救済こそが芸術家の真の「仕事」ではないのだろうか。そして、現在の人間ほどには無法者ではない人間をつくるために成分を理解し、文明化し、巨大な他者性のなかにもどし、彼が発生した星の構成物質へもどそうというのだ。おそらくは、偉大な生命の網のなかに十分に根をおろして、私たちはふたたび出現するだろう。目が雪におおわれて何も見ることのできないウォールデン湖の冬にではなく、人間が求めてやまない永遠の春に。

人間はウォールデン湖の氷にとざされた目であり、夏の目でもある。しつこいキツネにあとをつけられている人間を無法者に仕立てているのは、彼の片方の目は灰色に霜枯れて見えず、もう片方の目は興味をそそるほかの世界をとらえては幻想ときめつけ捨てさってしまうからだ。これほど異質な目をした生物が長生きできないのは確かだ。それを知ればこそ、ソローは痛くなるほど必死で目を見開き、目にしたすべてのものを記録しようとしたのだ。一輪の花は人の心をひらき、ハコガメは彼に慈悲の心をさずけ、霧は人におのれの変節と外観のあいまいさを悟らせるかもしれない。しかし、ソローのなかの錬金術師の試金石は、力ではなく視力を彼にあたえた。ただみずからの心、芸術家の心だけが、人のなかの冬を変えることができるのだ。

2――心の跡

若いころの思い出ゆえにか、朝めざめたときには無骨な光景を見ることを好む者もいる。それは鉄製の寝台架《ベッドステッド》の脚かもしれないし、天井の古びた梁《はり》かもしれない。また、うち捨てられた炭坑跡や、墓石であってさえかまわない。一九七三年七月十四日の明け方に、コンコード地方の宿屋で目覚めた私の頭上には、十八世紀の梁に刻まれた鑿《のみ》の彫りあとが見えた。墓地に向かって通りをぶらついていると、二、三人の浮浪者を見かけた。黒人も白人もいたが、不法占拠して眠りをむさぼった墓地から起きだすところだった。私はソロー家の区画に参った。そこには、彼が眠っているかどうか定かではないが、「ヘンリー」と刻まれた黄色の小さな石が置かれている。このあいまいさはもっともだろう。評論家たちもまた、彼の日記の矛盾や意図をはっきり理解しているとは言えないからだ。あの古典『森の生活――ウォールデン』についてさえも。姿を変えられる亡霊は、墓石のあいだから抜けだしてきたものの、非現実なまま、いまだに解釈されないでいるのだ。

私は早朝の朝露をはらうように、私が若いころをすごした地方では湖と呼んだであろうかの有名な「池」をひと目見るために墓地をはなれた。私はその青い池をまるまる一周、ある博識なコンコード市民とともに歩いた。浅瀬のそこかしこにビール瓶が浮いているとはいえ、水面には依然として空を映したこの世ならざる光をたたえていた。私は古い鉄道の跡にそって歩いてみた。そこは、ソローがしばしば電線の歌を聞いていた場所だった。彼は鋭利な輪郭をもつ人工物に関心をよせていたのではないだろうか。プカプカ浮いているビール瓶も、缶ビールの口金をも、彼ならば宇宙のシンボルとして後世に伝えたかもしれない。湿地のにおいのなかに過去のすべてを嗅ぎとったように。彼は植物にびっしりおおわれた水面のうえで大きく鼻孔を開いてこう語った。「あらゆる時代がいまもこの場所にある。それぞれを嗅ぎとることもできるのだ」

インディアンの焚火の灰や、煉瓦や貯蔵穴もまたしかりだ。鏃に関しては印象深いことばを残している。「今日の午後、二か所で一ダースもの鏃を拾った。このアメリカの大地のいたるところにころがっているといってもいい。集会所の地下室にも、遠くはなれた牛の牧草地にもあった。いずれもまるで穀物の種《たね》のように大地にまかれていた。鏃のひとつひとつが私にある思いをひきおこす。鏃は地球の顔に彫りこまれた人間性ではないだろうか。足跡《フットプリント》が、いや、むしろ、心の跡《マインドプリント》とでも呼ぶべきものがいたるところに残されている。これらは骨の化石ではなく、いわば思考の化石としてそれをこしらえた者の心を永遠に私に思い起こさせるのだ。私は心の跡をたどっている」

しばらく前のこと、ある高名な先史学者の訪問を記念しておこなわれた大学院生のためのセミナーの席上で、私は、その学者と聴講生たちが大昔に刻まれた石の意味をつかもうと懸命になっている姿を見た。意味論上の混乱におちいっていながら、参加者のだれひとりも「心の跡《マインドプリント》」という単純明解な表現の提示にいたる者はなかった。不可解なことに無視されることになってしまうのだが、独りコンコードの鍬《くわ》跡をたどる男は、芸術と人類学の両方に地平線のかなたにまでとどく表現を残したのだ。

心の跡は最初の人間が残し、最後の人間が残すことになるものだ。それがたとえ最後に残った者の手からころげおちたビールのあき缶にすぎなくとも、廃屋の壁にかけられた写真であろうとも。あき缶には鋭利な輪郭があり、ある種の無骨さもある。あき缶もまた心の構造と、おそらくは態度さえをも象徴しているのだ。そのことにはきっとソローなら気づいたことだろう。事実、彼ははるか昔に書き遺している。「人間の外面がそれほどに多彩で広がりをもっているのだとしたら、その内面はいったいどれほどなのだろう。人はプラット川ほど高貴で、広漠とひろがる砂漠であり、草におおわれた平原だ。そこにはアナフクロウが住みつくプレーリードッグの巣より大きい穴はひとつもない」彼はそう主張する。

おそらく彼はこの数行のなかで、何世紀をもへた人類の旅の大半を見たのだ。いずれにしても、彼は二種類の比類のないことばをあてた。千年単位の人類の奇妙な道筋になる、この惑星の地下にばらまかれて眠っている、あらゆる生物の骨と人間とを完全に区別する「心の跡」だ。そして、「もうひとつの文明《アナザー・シヴィライゼーション》」という荘厳な表現で、自然をあらわしている。ソローのいうこの「文明」には、シカネズミが残した神秘的な象形文字や、冬になると木の葉の協力を得て蓑にこもる蛾の超自然的な能力などがふくまれている。たたきつけるような吹雪のなか、ウォールデン湖に張った氷のうえで踊りはねるキツネの姿のなかに、彼は「心のゆらぎ」を見たのだ。

ソローは思考の跡を、近年、私たちが自然《ナチュラル》と呼ぶようになったものを超越したところにまで広げた。彼は自然《ネイチャー》そのもののなかにそれを読みとった。言いかえれば、つねに彼を駆りたてた無法者の大草原をよこぎる何らかの痕跡のなかに。山の頂上では星の本質に気づき、「人間に親切でなければいけないという制約を受けていない存在」としての自然を感じとった。にもかかわらず、彼は日記のなかで力強くうち明けている。「この目で見てきた大地は私を葬り去ることなどできない」と。彼はすべての感覚を研ぎすまして、私たちの祖先の心が読みとれる細片の埋めこまれた偉大な象形文字を読み解く方法を絶望的な思いで模索している。人間の限界についてのより明確な知識をもち、経験的な事実を重んじる私たちは、秩序や自分が生きる可能性をもつ別の文明があるという現実を拒絶するかもしれない。ソローは自然のふるまいの整合性を信頼していた。彼は変化の申し子だったから、絶対的な信用ではなかったが。

はるか後になってアルフレッド・ノース・ホワイトヘッドは、あらゆる芸術家がじっくり噛みしめてみるべきことばを遺している。「われわれは世界の内にあり、世界はわれわれの内にある」偉大な文明の摂理かなにかが、非存在の虚無の内外で刻一刻と自然を支えている。このプロセス哲学者はさらにつづける。「これら存在の統一性および経験の機会は、その集合的統一性のなかで進化する宇宙を構成する真に現実的なものである」現在では自然界における超顕微鏡的粒子レベルでの不規則性が強調されているのだが、数学者でもあるホワイトヘッドは警告する。「単なる可能性から事実にいたるまで、別のことばで言えば、単なる数学から具体的な自然にいたるまで、確実な推論などいっさい存在しない。形而上の仮定をのぞけば文明など存在しえないのだ」ホワイトヘッドがソローの日記を精読したかどうかは疑わしいが、両者は奇《く》しくも「文明」ということばにたどりつく。それは、人間社会とその芸術的生産物によってミニチュアサイズで永遠の新奇性までもが象徴される私たちの知る自然をつくりあげている、たがいに連動した奇妙な進行中の他者性を示すことばなのだ。

ソローは出不精な人間として、旅行文学とウォールデン湖のそばの両方を心のなかで旅している。コンコードで講演をおこない、ウォールデン湖をこの目で見た直後に、私は恐竜がうろついていたモンタナ州の谷と荒野へと飛んでいかねばならなかった。そこに暮らす先住民の一部は半文明化されながらも野生を残し、ソローがメイン州のインディアンのガイドについて書いたのとおなじような状態にいた。「彼はよい陽気の一日を、今世紀に生きる私の同時代人としてすごすのだろう。では、時代も世代も現在なのだとしたら、なぜ、歴史を読むのだろう。彼は三千年の時代の深みのなかに生きていて、そのたったの一年分もいまだに詩に書きとめられてはいない」野生の血にうながされるかのように、われわれに複雑な感情を示した混血のシャイエン族の男のあとをついて歩いているとき、だれもが考えることではあるが、ふとひらめいた。見ることと理解することは別ものだと。

一枚の落葉を見てもなんの感興ももよおさない者もいるが、ソローの目で見る者は、私たちが秋と呼ぶ郷愁に満ちた世界のすべてを呼びさます。ある者は一条の太陽光のなかを駆けるアカギツネを目にしてライフルを手に取り、もう一方は、同伴者の腕に手を置いてこう言うのだ。「どうか生かしてやってくれ。あそこを行くのはこの世界の最後の野生の恵みなんだ。どうか見すごしてやってくれ」と。これは錬金術師の、真実の、そしてときに口では言いあらわすことのできない芸術家の役割なのだ。彼は秋の夜のコオロギの音を心のなかの空虚な痛みの声に変え、舞いおちる雪のかけらを飛ぶように流れる年月に変える。そして、考古学者は、ソローが「思考の化石」と呼んだ忘れられたものどもを地面から拾いあげ、私たちにもっともかかわりのある至高の謎である人間という偉大なドラマに深みと悲劇性を吹きこむのだ。ただ人間だけが、過去の自分のすべてと、自分がなりそこなってきたもののすべてを理解することができるのだ。

私たちがさまよった灼熱の高地では、珪岩《けいがん》のかけらのひと粒ひと粒、古つやのでた石器のひとつひとつが、他の土地にある巨大な遺跡《モニュメント》ほどに大きく輝いて見える。希薄な空気のなかで私たちが見る光景は信じられないほどに増幅され、長くとどまる。ソローは自然をひとつの反射する目だと考えていた。彼が孤高のその一部になろうと努め、全存在をかけて理解しようとしたウォールデン湖の目のように。日が暮れないうちにモンタナの恐竜の床までたどりつけたのは、まったくの偶然だった。ソローもきっと、おもしろいと思ったにちがいない。彼はいつもそのような場所を夜の女神《ノクス》［古代ローマの夜の女神］のはかない幻想に満ちた、すべての規則が無効となる場所だとみなしていた。彼は鏃のことを心の跡と呼んだ。それならば、私の手のひらに乗ったティラノサウルスの歯のことを、彼はなんと呼んだだろう。もうひとつの文明のしるし？　それともうひとつの心の秩序？　また、私たち人類への途上にあったあの白亜紀の小さな哺乳類をなんと呼んだろう。それはたしかに心を、私たちのつくったものではないが、胎児期の心を象徴している。さらに、それまで存在していたものがすべて無効となり、自然界の生物のなかに決して生まれることのなかった芸術家の目にとって変わられた奇跡的な瞬間のことを彼はなんと呼んだだろう。大きく伸ばした爪をもつ疲れた恐竜のように横たわるこの巨大な高地のうえで、それらは彼のために答えただろうか。自分たちが生まれてきた場所のおぼろげで未発達の力をどう解釈していいか知らずに、私たちがときどきするように、彼もまた、それをただ単に「自然」と呼んだだろうか。それとも、彼は自然そのものを私たちの読解力や解釈する力を超えた心の跡だと分類したろうか。

トリケラトプスの素描《スケッチ》はできても、それを構成するアルファベットは絶えてひさしい。人間を成すアルファベットはどのように構築されてきたのだろう。人間がつかのま宿る自然は、内容がつぎつぎ変わる日記のようなものだ。ウォールデン湖の氷のうえの踊るキツネの足跡のようだといってもいい。私の周囲に広がっていたのはソローが読みとろうと必死になった偉大な日記であり、ついにはソローをウォールデン湖からひき離すことになる「仕事」なのだ。彼はそのような日記のことを「人間」と呼ぶには賢明すぎ、大地に近すぎ、畏怖の念にとらわれすぎていた。それは明らかに星の構成物質から刻まれたものだ。あの日記のなかの、ちっぽけで短いのが人間をあらわす象形文字だ。ソロー同様に私たちは世界の終わりにまで到達したのだが、それは自然の終わりでも時間の終わりでもない。そこから読みとれるのは、私たちには過去があるということだけなのだ。これこそは、この惑星上に生きたすべての生物が学ぶことのできなかった何かなのだ。私たちもまた突きとめることができたのだが、たしかに未来はあった。

とかくするうちに、ソローは抗議したにちがいない。そこには目があるのだ、目と太陽があるのだ、と。「なにものも延期されるべきではない。すべての瞬間のうちに永遠を見いだしなさい」しかし、ソローのほとんど悪魔的ともいえるビジョンに耐える才能を賦与された者がいかにすくないことか。ここ、ここにこそ、ユングが私たちひとりひとりのなかにもいるとした真の錬金術師の存在理由がある。変容するのは、鉄でも銅でも金でもなく、私たちの自然界のなかでの足跡なのだ。最後にはウォールデン湖のほとりの錬金術師に授けられた能力、自己認識と宇宙の目のヴィジョンでふりかえるのだ。

「内から瘴気と伝染病が這いあがってくる」と彼は書いている。心自体がぬけだしてしまった心の跡である人工物に、長年、陽ざしをあびて古びた石器の清潔さを求めていたかのようだ。それはおそらくはピラネージのようなごくわずかな芸術家だけが、環状列石《クロムレック》、土器片《シャード》や廃墟のただなかで理解してきたことなのだ。砂漠漆［鉄・マンガンの酸化物により砂漠の岩石の表面に生ずる黒光り］で黒光りする石のなかに賢者の石をみつけ、かつては恐竜の滋養となった大気や太陽光のなかに、蒸発していった自分の姿を、自分の心を、そして、自分の種を見ようとすることは、錬金術師としての人間の最後の行為なのだ。ただ人間だけがみずからがたどった道を知り、みずからの身を完全なる清浄へと昇華させることのできる錬金術師的動物なのだ。ひたすら芸術の力によるにせよ、三十年以上も前にロスアラモスで産声をあげた恐怖の発明によるにせよ。

ウォールデン湖から飛んでいったその日に、モンタナの巨大な丘で、私は、一万年以上前のものと思える石英性のナイフをみつけた。それは、まるで太陽の光のように清潔で、私は突然、ソローが彼の「心の跡」である鏃について考えていたことがわかった気がした。それらは最後には自由になった。人間の歴史からぬけだして古び、堕落からも自由になった。自然界全体を流れるある種の力の証拠であるもうひとつの文明に合流したのだ。よりすぐれた知性の証拠と考えてソローが熱心に研究した霜が描きだす編目模様のように、それらはいまや人間を超越したしるしとなった。

ほんのしばらくのあいだ、私は人間の悪影響を超越した心とともにウォールデン湖にまいもどっていた。その錬金術師の心は本能的にどのように摂理が無効となるかを知っており、偉大な文明が、秋の一夜に突然あらわれるキノコのようにはかなくあらわれるものだということも知っていた。私もまた砂漠漆を身につけた。私はこれまで人間だったかもしれないが、たとえそうだとしても、何世紀もの時間をはぎとられた人間なのだ。私は変質しつづけ、摩耗しつくした。私の手のうえには何千年も不動だった石器がある。それは、すでにメッセージを発することをやめ、私が人間としてウォールデン湖から運んできたメッセージもことごとく忘れ去られていた。

石化した丸太のなかに寝そべった私は、自分のからだもまたすでに硬直化していることに気づいた。自然はどこかへと向かっている。偉大な心はなにかまた新しい実験を準備しているのだが、おそらくは人間のためにではない。私はその解放の清潔さに、小さなため息をついた。私は巨大な空のもとで、深い眠りについた。ぐっすりと。ほんのつかの間、夢うつつの状態で、私はコンコードの墓地で見た「ヘンリー」と刻まれた小さな石のことを思った。彼は知っていたにちがいない。偉大な錬金術師はいつでも知っているものだ。そう思いながら、ふたたび私は眠った。かつて「最高の哲学はすべて虚偽である」と書いたのはヘンリーだった。それはつまり、人間にとっての虚偽だ。野生の草原をよこぎるものの足跡はいつでも変化しつづける。それがこの世界の条件であり、唯一問題となるもの、唯一芸術のためのものなのだ。

3——文明の鉄則

しかし、なぜ？　と私の脳に住む真夜中の質問者が問いつづける。しかし、なぜ彼は、未知の神秘的な「仕事」のためにウォールデン湖の陽のあたる小屋を立ち去ったのか。彼はその地に永遠にとどまるかのように書いてはいなかっただろうか。チャニングはなぜ、ソローの悲痛な絶望感を書きとめたのか。彼は何を探し求め、それはどのように彼に影響をあたえたのか。かりに、ウォールデン湖が人生の第一章だとしたら、彼の記録上の死のかなたの最終章たるメッセージは、どこかに潜んではいないのだろうか。

小春日和《インディアン・サマー》の靄《もや》のなかにぼんやりとただよう、おぼろげで巨大な祖先たちによる赤銅色を帯びたアメリカの文化のすべてを彼は見ていた。コンコードの近くにある一本の古い木について彼は書いている。かつて矢がつきささり、その柄がまだついたままの木だ。その飛び道具の推進力は彼の心にとどまりつづけた。あるいは、かつては東部の森という森でそのメッセージを鳴らした矢のほうが、かの電線琴より大きな声を発したのだ。彼自身は旅を否定し、散歩を奨励したにせよ、ランプの明かりのもとで読む作品を書くような根なし草の旅人を毛嫌いしたにせよ、彼自身が永遠の旅行者だった。ニューハンプシャーの山のうえで、彼は「いくつかの川の源となる、魚も見えずほかに住むものもない、静かでつめたい、凝縮した雲のように奇妙で小さな池を」発見した。彼は最初の氷河の後退の時期にまで起源をさかのぼる場所にまぎれこんだことに気づかないままその地をさまよった。

「ザンジバルの猫を数えるために、はるばる世界をへめぐって行くことにはなんの価値もない」彼はある不運な探検家のことをそう酷評したことがある。しかし、ならばなぜ彼はこの生命のない氷食湖《タルン》を熱心にのぞきこみ、アパラチア山脈の隕石性の岩くずに夢中になったのだろう。彼はひそかに生命のない世界へ行くことを望んでいたのだろうか。私自身がモンタナの石化した木の一部となる経験をしたように、人間が硬直して不動となるような世界へ。彼のことを確信をもって分裂した人間だと言ってもいい。いらいらするような村の討論の場では大胆な発言者であり、市民の不服従運動の唱道者であるジョン・ブラウンの弁護者であり、一九六〇年代、若き革命家に年長者たちにぶつける多くの語句を提供したこの男は、世界は自分にとってあまりに広すぎると感じていた。

大学の卒業に際して、彼はコンコードを離れる可能性を考えただけで泣いた。ソローをニューヨークに送りこみ、知的な生活にふみこませようというエマソンの周到な努力は、完全に失敗に終わってしまった。彼は自分がよろこんで「落葉やドングリとともにクレバスに」落ちこむと認めている。子どもたちにまじってハックルベリー・パーティーをひきいたり、感知の目による所有は別にして、みずからは決して所有することのない農場や植林地をめぐる地元の測量技師に満足したりしているソローに、エマソンは大いに失望するが、「生活のために人生の大いなる部分を浪費することほど致命的なへまはない」と彼は反論する。ウォールデン湖で彼はその瞑想的観点を強調した。いやそれを生きた。都市が成長し、見習うべき田舎ロビンソン・クルーソーとして世界に受けいれられるまで、自分の道をとおしたのだ。

よく陽あたりのいい戸口に座り、マツやヒッコリーやウルシの木にかこまれて、かきみだすものとてない孤独と静寂にひたりながら、日の出から昼ごろまで、うっとりと夢想にふけった。あたりでは鳥が歌い、家のなかをはばたきの音もたてずに通りぬけていった。やがて西側の窓にさしこむ陽ざしや、遠くの街道をゆく旅人の馬車のひびきで、ふとわれに返り、時間の経過に気づくのだった。こうした季節に、私は夜のトウモロコシのように成長し、どんな手の仕事をするよりもはるかによい時間をすごしていたのである。

［岩波文庫『森の生活』飯田実訳より］

この一節からは、現代の精神科医なら良好な適応者とでも呼ぶような、おだやかで時間を超えた生活をおくる東洋の賢者を思わせる。にもかかわらず、この穏和な表層は人をあざむいている。ソローがこのことばを吐いたときには、正直にことばどおりの意味をこめていたことは疑いようがないのだが、彼の心は嵐のごとくはげしかった。彼は自分の人生の第一章にあぐらをかく人ではない。彼は真の芸術家にふさわしく、湖の底からさえも夢を掘り起こしたのだ。

一八三七年にソローはぶっきらぼうに日記のなかで告白している。「真実は背後から、闇のなかで私たちを襲う」ソローの人生は長くもなく幸運に恵まれていたとも言えない。したがって、私たちは、秋の野の彷徨《ほうこう》についてでも、時間が永遠に止まっている好ましい戸口でのうたた寝についてでもなく、古いオークの木のなかに置き去りにされ震えていたあの失われた矢の一閃《いっせん》について問わなくてはならない。その矢は一見、無目的に見える人生の目的をめざして飛んだシンボルなのだ。この点は、これまでソローの伝記作家からは見すごされてきた。その大きな理由は、彼らが研究者だったり森の専門家だったりすることだった。彼らは海辺の専門家でもなければ、芸術家の目をあたえられた者でもなかった。彼らはこのナチュラリストが歩んだ海辺の長い道のりをたどることはなかった。白くさらされた骨や壊れた日常品が西部の死の湖の浜辺で強調されるように、そこにはふたつの要素の闘いのあとがもっとも小さな物さえをも強調して残されている。

一八四九年にソローはコッド岬にひきよせられた。一度訪れたあと、さらに二度訪れている。そこは現在のような観光客のためのリゾート地ではなかった。貧しい農場の男たちが海上や浜辺へとくりだし、難破船荒らしのようにうちよせられた船荷を探すようなところだった。自分の目で見ることはなかった死後出版された本のなかで、ソローはこの地の浜辺についてこう述べている。「人家を目にすることはほとんどない……孤独感は、大洋と砂漠との相乗効果でつのる」絶え間のない波の吠え声、岸にうちあげられた海草やクラゲ、冬の浜辺にうちあげられた水死体の物語などは、ソローの内面で、エマソンの友人、海難事故で死んだマーガレット・フラーのことを思いださせたにちがいない。彼は記録している。ここには野生的で人をよせつけない自然があると。また、浜辺に横たわるものはいずれも、本来の姿よりグロテスクで膨張しているとも。うちあげられたひと組の手袋が手の真の姿を象徴していた。

『コッド岬』における慈善の家に関するソローの記述は、彼の彷徨に特別な意味をもたせている。仲間たちに見せたソローの絶望感に関するチャニングの疑問への最後の解答を、それは何らかのかたちで具現化しているのではないかと私は考えている。彼の死の二年後に出版されたこの本には、彼の「仕事」の、そして彼の探求のともいえると思うのだが、終局へ向けての処方がふくまれている。単なる旅行記と切りすてられてきた本のなかに、メルヴィルの『白鯨』にも匹敵しうる途方もないエピソードが隠されているのだ。

しかし、その前に私はまず別の浜辺の話をしなければならない。それによって、ソローの最後の洞察がよりいっそう輝きを増すと思うからだ。ロングアイランド湾の浜辺に住むある男が、冬の明け方にみつけた物について語ってくれた。夜のあいだじゅう激しい波がうちよせ、すべてを凍りつかせるような風が吹いていた。夜が明けて海岸に散歩にでた彼は、まもなく砂利浜にうちあげられた救命ボートと、水平線にあらわれた太陽を背景にしたじっと動かない黒い何者かの姿をみつけた。ある予感にひかれて彼は走りよった。防水服を身にまとった船乗りがひとり、からだを起こした状態で硬直していた。彼の凍えた手には磁石がにぎられていた。男の体は氷におおわれている。彼の髭も衣服も手も、大きく見開いたままの目も氷におおわれていた。生きて浜辺についたものの、寒さに動けなくなってしまったのだろうか。真相はだれにもわからない。彼の名も、彼が乗っていた沈没した船の名もだれにもわからないのと同様に。絶望的な勇気をふりしぼって、荒れ狂う夜の海で正しいコースを選んでたどりつきながら、救助の目のとどく場所で凍えて死んでしまった男。

コッド岬で魚釣りをしながらすごした日々に、ソローはこれと似たような話をたくさん聞いている。悪天の警告をきかず冬の海に叩きつぶされた船、浜に流れついたびしょぬれの男たちへの施しなど。冬の波に呑まれて飛びこんできたものは、生きていようが死んでいようがまったくおかまいなしに、無情にもてあそぶ海。昔、それはごくありふれたことだったのだ。

十九世紀のはじめに、この浜辺の土地でささやかな生活をいとなむ住民たちは、岸辺にたどりついた難破した海の男たちが救助されるまで暖をとり、食事のできる十分に物資が備蓄された「慈善の家」もしくは「人道の家」と呼ばれる小屋を何軒か用意した。そして、だれか責任ある人物が定期的に小屋を訪れ、藁とマッチと食料がたりているかに気を配るという寸法だ。土地の人びとのこのすばらしい善行を知り深い感銘を受けたソローは、「遭難した船乗りの手引」について書きとめている。ついには、彼はこうした慈善の家のひとつに足を運んだ。しかし、それは「墓場への途上にしかすぎなかった」。煙突は倒れていた。彼と彼の同行者はそこに「人道の家」の片鱗《へんりん》を見たいと願いながら、かわるがわるドアにあいた節穴に目をあて、なかをのぞきこんだ。「私たち二人は、いささか内部を見つめる修練を積んできたのだから――やがて瞳孔が開いて、暗闇のなかを彷徨《さまよ》っている光線を捕捉できるようになったのだ（瞳孔は凝視することによって拡大されるからである。小さくても信仰に厚く、忍耐強い目が、いつかは克服できないほどの暗い夜など、これまであったためしはない）」ソローは皮肉たっぷりにそう書いている。

　彼はそこに、ついにウォールデン湖にはじまった彼の旅の、そして、彼の仕事の最後を見た。彼はコッド岬の浜辺に建つ慈善の家のなかをのぞいた。海難事故に遭い、凍えきった船乗りのために用意されたはずの暖炉にはマッチの一本とて見あたらず、食料はおろか、床に寝藁すら敷かれてはいなかった。「私たちには、このように節穴から人道の家、つまり慈善の腸の中までのぞき見ることができたわけだ。おまけに、パンを求めて石をあたえられた」漂着者のように身を震わせながら彼はさらに語る。「時折節穴からあの星のない夜の世界をのぞきこんでいたが、やがて、この小屋は人道の家とは似ても似つかない［以上、工作舎『コッド岬』飯田実訳より］」との結論に達したのだった。ソローがウォールデン湖から追いつづけてきた矢は、エイハブ船長の銛《もり》さながらに深くさしつらぬいた。ソローの小屋の窓の外で跳ねていた悪魔的なキツネたちが、彼を追いたて、立ち退かせたのだとしてもなんの不思議もない。彼はつねに未来に通じるクレバスを探していたが、彼は内側をのぞきこんでしまった。未発達な人間なのは私たちのほうだった。

　つい最近、北極圏で研究中の私の学生のひとりから、旅の途中で猫を手に入れたという手紙を受けとった。彼の説明によれば、その猫はエスキモーの村の背後にひろがる荒野で狩りをするという。ときおりその猫は、レミングや鳥を彼の小屋まで自慢げに運んでくるらしい。エスキモーたちは、この見なれぬ動物に関心をもっている。

「この猫はどうして、獲物を運んでくるのだ」私の友人である学生がそうたずねられる。

「いい猫だからですよ。獲物をぼくにも分けてくれようというのです」と彼は答える。

「そう、そう。それは人にとっても獣にとっても正しいことだ。いい人、いい獣は、ほんとうに分けあたえる。私たちは獲物を分けあうのだ」老人が分別たっぷりにうなずく。

頭の回転の速いこの若い友人は、即座に冬の目を開いたにちがいない。私は彼の手紙を脇に置くまえに、夏の陽ざしのもとで見たウォールデン湖の目のことを思った。氷河時代の人びとに強い印象をあたえたのは分けあたえることであり、ソローがあの湖のほとりでこころみたこともまた、偉大な分かちあいだったのだ。彼の死後百年以上たったいまも、人びとは彼が何をしようとしていたのかを理解すべく努めている。彼らは依然、両の目をあけようと努力している。あの街の測量師が仲間たちと分けあおうとした何かを理解しようとしている。もし、分けてもらえるならば、別の世界へと誘ってくれるかもしれない何かを。

コンコードの角張った墓石を見つめながら、私はふたたび、風に磨かれたモンタナでみつけた石器を手に握りながら、「分かちあい」こそが究極のことばではないかと考えた。そう、たとえ晩年のソローが「分かちあい」も慈善の家の節穴に見た人間の浅ましさに変わりないと考えたとしても。それなら、芸術家はどのようにものを見るべきなのか。節穴に目をあてて？　砂が詰まって膨張した浜辺にうちあげられた手袋によって？　これこそが死の床に横たわるソローが皮肉のつもりでか、混乱ゆえにか「一度きりのひとつの世界」とつぶやくにいたった孤独な仕事だったのだろうか。

これは私たちの時代の恐怖だ。どうやって見るべきなのか。私たちはいったいどの世界にいるのか。私たちは自然から落ちこぼれてしまったがために、ときにより多く、ときにより少なく見る。私たちは過去を見、うかがいしれない未来を見る。そして、混乱しつつ情ない人の心を映す慈善の家をさかさにのぞきこむのだ。節穴からのぞいた「人道の家」は、ソローの最後のシュールリアリスト的ヴィジョンだったろうか。すくなくとも、最後には彼が逃れてきたウォールデン湖の、交互に入れ替わる偉大なふたつの目のうちの、どちらかの目から見た光景であったとは言えるだろう。冬の盲目の目か、時間が永遠に思えるうたた寝をさそう青い無垢の瞳孔かいずれかの。偉大な詩人と予言者にはつねに知られていたことだが、そのいずれもが等しく現実だ。しかし、無限の端にとらえられたふたつのしわのよった手袋に沈みこんだ人間を、限界を超えた視力で見てしまうことはソローの悲劇的宿命だった。それは彼の文学への最後の貢献であり、モリスが正しく見立てたように、『森の生活』を第一章とする書かれることのなかった人生の、最後の隠された結論だった。

古い聖書的警句に、私たちの日々はひき延ばされ、あらゆるヴィジョンは私たちを見捨てるというものがある。私はこれに断固異議をさしはさみたい。偉大な芸術家のヴィジョンは決して見のがさない。異質なもののすべてがそぎ落とされるまで、それは年とともに鋭さを増し、洗練される。「単純化せよ」とソローは説いた。肉体を欠き、引潮にもまれ石をつかむ手袋は、世界でもっとも恐ろしい物質へと変化をとげた。

「始源より、太陽と目しかなかったのだ」ソローは、彼の唯一の仕事が観察と「夜のトウモロコシのよう」に成長することだったころに、そう書いている。太陽と目は、おかしがたく結びついた自然のふたつの側面なのだ。しかし、人の目はどのニュートン式プリズムよりもはるかに大きな屈折率をもつ畏怖すべき水晶玉を構成する。

私たちは芸術家として、科学者として、それぞれのやり方で、自分ではとり変えることのできないレンズをとおして見ている。固定されておらず規則もないとソローが認識していた自然のなかでは、何が起きても不思議はない。芸術家の努力によって、耐えられるものであれ、気を狂わすものであれ、無秩序な来るべき世界が実現される。しかし、それはいずれも、つねに天才の恐ろしい水晶玉をとおして一瞥《いちべつ》された、荒っぽい真実の様相から形成されたものなのだ。それこそが、私たち自身のものよりも偉大であると知るようになった、もうひとつの文明の鉄則だ。ソローはウォールデン湖のほとりの小屋をあとにした当初から、これを「未完の仕事」と呼んでいたのだ。

19 「自然」はどれほど自然か

HOW NATURAL IS "NATURAL"?

――マスクラット

　私が親しんでいる蒼然とした科学領域には、いまはすでに亡きある優れた科学者についての伝説が流布している。彼は晩年、彼の足には不相応に巨大な長靴を、詰め物をしてまで履くことにこだわりつづけたと言われているのだ。そのさまは、すきまだらけの分子空間からころがりおちる恐怖に駆られた一般人そのものだった。居間をうろつきまわることは、彼にとって、エンパイヤー・ステート・ビルの窓拭き作業にも匹敵する目のくらむような活動に変わってしまったのだ。実際、おなじ理由から、彼は幽霊じみた手を自分自身のあばら骨のあいだにつっこむこともできたやもしれない。

　ぷるぷる震える彼の神経網、つまり、畏怖の念を喚起する彼の思考活動は、はるかな銀河までを包含する何光年ものあいだにひろがる広漠とした電子雲となった。これこそが、彼が創造を手助けした自然の世界であり、ついには彼自身がその孤独な囚人となった世界だ。まわりでは堅固な幻の床を無知の徒が駆けまわり、素粒子から素粒子へと、底なしの淵のうえを跳びはねる。彼らを支える素粒子の実在についての疑問さえ起こった。しかし、実体のない新聞が売られることも、実体のない愛がつくられることもさまたげることはできない。

ついこのあいだ、もうひとつの世界に気づくことになった。人間が忘れかけているこの世界は、老科学者のそれとおそらくおなじくらい自然で現実的なものだった。きっかけはニューイングランドの船着場のたもとでの出会いだった。その湖には人の手がはいり、俗化されていた。ヴァケーションシーズンには日がな一日、無軌道な奔放さに身をまかせる魅力的な若い男女を乗せた高速のモーターボートが行き交う。湖畔には、力強いモーターのとどろきと、はかりしれない馬力を手中におさめた若きアメリカ人たちの明るい叫び声がこだまする。正直なところ、船着場のたもとに腰かけていた私は、湖に飛びこむか、かつてこの地方をおおっていた偉大な森の古い作法にのっとってカヌーを漕ぎだすかしたい衝動に駆られた。どちらも愚かな思いつきにすぎない。そんなことをしようものなら、ティーンエージャーたちに陽気に切り刻まれるのがおちだ。彼らの目は、いつでも水平線のはるかかなたか、さもなければスピードメーターに釘づけなのだから。かくして私は、モーターボートの立ち入ることのできない船着場のたもとや浅瀬に、もうひとつの世界を見いだすこととなったのだ。

湖水の透明度がひときわ高かったよく晴れたある朝、いつものようにそこに腰かけていた私は、湖底に暗い影が素早く動くのを目にした。それは、岸辺のほとんどをビール缶に埋めつくされたかに見えるその湖で、私が見たはじめての生命のしるしだった。やがてその影は、湖底の石から石へと動きまわるのをやめた。そして、まったく意外にも、まっすぐ私のほうへつき進んできた。毛におおわれた鼻面と、灰色の髭が水面をやぶってあらわれた。髭面のしたには、からだとおなじくらいの長さの緑色の水草をV字型にひいていた。この湖にはまだマスクラットが生息していたのだ。そして、ちょうど朝食の時間というわけだ。

私は桟橋のしたの太陽光線の帯のなかで息をひそめて座っていた。おどろいたことに、この緑色の朝ご飯をたずさえたマスクラットは、私のすぐ足もとまでやってきた。彼は若く、私はにわかに確信にいたったのだが、彼自身の幻想のなかで生きていた。彼は、動物と人間はいまだにエデンの園で暮らしているとでも考えているのだ。緑の葉をかじりながら、ときどき親しげな視線を私に投げかけた。いったん湖に入り、さらにもう少し水草をたずさえて、ふたたび私の足もとにもどってきさえした。どうやら、人間についてはほとんど何も知らないらしい。私は身ぶるいした。その前日の夜、ペチューニアをかじろうとした庭のネズミをいかなる方法で駆除したかを得々と語る男と出会ったばかりだった。当の殺人兵器まで見せさえした。角の鋭い煉瓦を。

この楽しい湖畔では、人間以外の生きものがすべて死に絶えるまで戦争はつづくだろう。この灰色の愛くるしい顔をした生きものが、いかにわずかなものしか求めていないとしても。彼に必要なのは、起伏をもったわずかな細い浜辺と日光と月光、そして、いささかの湖底の水草だけなのだ。彼は、不意にあらゆるものを破砕する機械に占領された深い湖と消えゆく森との狭間の境域に生きる者だ。彼は口に緑の葉をくわえたまま、まるで近眼の人が見るように私のことをまじまじと見つめた。彼はライオンと羊についてのあやふやな記憶を想起させた。

「すぐにここから逃げなさい」私は光の柱のなかで身じろぎもせずに、静かにそう語りかけた。「おまえがここにいるのはまちがいなんだ。一度とおなじことをくりかえしちゃいけないよ。私はほんとうは、恐ろしくてずる賢いけだものなんだ。石をぶつけることだってできるんだぞ」そう言いながら私は小石をひとつ、彼の足もとにほうった。

彼は半分目がくらんだように私を見た。彼の目は空気のなかの光景を見るよりも、湖底にゆれる影を追うことに慣れているのだ。彼は前足で私がほうった石ころを拾いあげるかのような仕草をした。しかし、そのときある思いが彼の脳裏をかすめた。フロイトがかつてほのめかした、人間の下層、人間以前の暗い世界の深い穴の底から聞こえる、太古の災いのささやきをテレパシーで受けとめたかのように。いずれにせよ、ここは決してエデンの園などではないのだ。彼は神経質そうに鼻をひくつかせ、水のなかへと身を沈めた。

彼がおしよせる波のなかに姿を消したのと同時に、自然の世界もまた行ってしまった。女の子やモーターボートの世界とは明らかに違う、科学者が必死にしがみついているような世界とも明らかに違う世界が。あのマスクラットの岸辺の宇宙は、一方を丘の暗い壁にさえぎられ、スズメバチの羽音のようなモーター音は遠い。しかし、水草を収穫するのは陽《ひ》のあたる世界なのだ。その世界はそこにたたずんで、私の退場を待っている。私はそこを立ち去った。おぼろげながら、私の行為によって闇が生命にのしかかることがなかったことをよろこびながら。思うに、たくさんの世界があるなかで、「自然《ナチュラル》」とはどれほど自然《ナチュラル》なのだろうか。そしてそもそも、自然な世界と呼びうる世界は存在するのだろうか。

2——知識と倫理

十七世紀にジョン・ダンが論じたように、自然とは神が私たちを支配するために使う普通法《コモンロー》だ。ダンはすでに新しい科学を認知しており、人間が無知の深淵のうえに築きあげはじめた広大な抽象概念の光景に感銘を受けていた。しかし、ダンは現代人の耳にはいささか奇妙に聞こえる留保を付した。もし自然がコモンローなのだとしたら、奇跡は神の特権なのだと彼は語ったのだ。

十九世紀にまでいたると、このクモの巣のようなコモンローは、宇宙空間や時間の深みにまで張りめぐらされることとなった。エマソンは熟考している。「天文学によってははるかかなたにいたっても、われわれは見知らぬ体系のなかに足を踏みいれることはない。地質学によってははるかかな過去にいたっても、われわれは異邦人たりえない。われわれの形而上学はいかなる飛翔力の変容にも耐えられるものでなければならない」

ある意味では、あらゆる世界が現実であり、十分に自然でありうる。あのマスクラットの世界は、ナイーブで閉ざされた、生物界のなかにおけるほんの小さな断片にしかすぎないということもできる。名もない岸辺に積まれた濡れた石ころの小山から見たひとつの光景にすぎないのだ。モーターボート上のスピード狂から見た光景も、本質的には似かよっていて、ナイーブそのものだ。足もとの虚無の流れのうえで必死にもがくスイマーのような、かの学者の前ではあらゆる世界が道をゆずるだろう。いまふうに言うならば、物理学者は生命の深奥までさしつらぬいた。閃光の渦中にいたって、その閃光も幻影と知った。彼は科学が尽きはて、神の特権が顕現しはじめる虚空へと迫っている。ダンは言う。「最初の創造にたちあった者は被造物ではありえない」

しかし、この科学と機械の時代の人間の知性は、まちがった道を選んでしまったのだととらえることもできる。私たちのヴィジョンには断層がある。おそらくそれは、私たちがすくなくともそうあるべきだと考えている類《たぐい》の生物が生んだものなのだ。二本の手で自分のまわりの世界をあやつる人間は、自分の姿をほかの生物には決してまねできないようにまわりの環境へと投影してきた。手の内で石をもてあそぶ最初の半人半猿の時代からすでにそうなのだ。つねに自分のまわりの物質を支配しようと追求し、今日にいたっては、長い年月をへた物質とエネルギーの垣根を消滅させてしまうほどまで、現象の銀幕《スクリーン》をさしつらぬいてしまった。彼の賢明なる知性の創造物は、天駆け深海へともぐり、巨大な鉄塊を、かつて畏《おそ》れをもって見ていた月へと投げあげた。彼は太陽の熱を手中におさめ、まだ見ぬ子孫の幸福といのちをも脅威にさらしている。

ある目先のきく生物学者のことばによれば、人間は「生理的な罠にはまり、みずからの発明のオからの逃避を余儀なくされた生物だ」。直観的な感受性をもっていたパスカルは、近代科学の黎明《れいめい》期からすでに気づいていた。「私たちが自然にできないものなど何ひとつない」彼はそう記し、さらに、予言者然として人間についての評価を重々しくくだしている。「私たちが破壊せずにいる自然など何ひとつない」ホモ・ファーベル（道具づくり）という表現ではまだ不十分だ。この奇妙な生物の心の奥には、別の道、別種の人間が潜んでいることはまちがいない。しかし、その力が、太古より霊長類にみられる万物破砕性向に太刀打ちできるほどのものかどうかは、まだわかりかねる。

思考に生きる者は、世界を理解する鍵は過去と未来両方の知識であると想定したがる。それさえ手にしていれば、知恵も手に入ると。学習の価値をけなすつもりなど毛頭ないが、学習にはきりがなく、実在世界の背後のどこへも導いてくれはしないことは、知っておくべきだとだけ申し述べておこう。知識は無知からくる偏見を減らし、骨を組み立て、都市を建設するかもしれない。しかし、知識そのものが私たちに倫理感を植えつけることは決してない。それでも現代は進歩の時代であり、過去のだれよりも時間や歴史について知っているがゆえに、倫理的にも進歩しているものと思いちがいをしている。社会が物質的に改善されるにつれて、個人も改善されるものと信じたばかりに、二十世紀前半の恐ろしい集団的動向をことさらに恐ろしく感じたのだ。

その日の朝、私は死すべき運命のふんぷんたる香りに辟易とし、考古学的遺物のがらくたのなかですごしてきた年月に飽いてしまっていた。私は馬を駆ってキャンプをぬけだし山をよこぎった。私は馬に乗って過去へと踏みこむことができるなどとは一度たりとも信じたことはなかった。その朝、それが起こるまでは。目的をもって馬に乗ったことはまちがいないが、それは自分の内部の葛藤を鎮めることだった。

私は思った。そろそろ自分の心のなかにあるものと向きあうころあいだと。塵や折れた歯、砂に染みこんだ生命の成分にいたるまで。生命とは大地、つまり土に属するもので、どろどろのタールへと変質してしまうものなのだと認め、人間とは火格子《ひごうし》にはぜる種子程度にしか、自分の運命になすべきことのない存在なのだと受けいれるころあいなのだ。世界を色眼鏡ぬきで見、愛や誇りや美が、泡立つ液のなかへと溶けていくさまを見るべきころあいなのだ。私はだれにも負けぬりっぱな経験主義者になりうるはずだ。もはや、音楽に惑わされることもないのだ。私は無慈悲な思考の黒雲のなかへと足を踏みいれた。しかし、馬ははからずも山越えの道を選んだ。

馬の蹄《ひづめ》が急にひびきだした。世界の高所に吹きつける風のなか、傾いたテーブル状の花崗岩を慎重に渡った。長い年月のあいだ、嵐に磨きあげられた岩が光をはなつ。古代の氷河の動きで磨かれた道を選び、動くもののひとつとてない岩場をぬけた。しかし、その岩場では、石のひとつひとつの背後に敵が隠れているかのような奇妙な時間をあじわった。

この高みに生命があるとすれば、それはむなしく網を張るたよりなげなクモか、岩のあいだを音もなく行き来する小さな灰色の鳥ぐらいのものだろう。峠の風が頭をおおい、あらゆる思念を私の背後にできた空気の渦のなかへと吹き飛ばした。あとには、私と馬だけがとり残され、過去のしがらみとは無縁の、永遠に危険な現在のなかを動きつづけることとなった。

さらに高地の雪原からやってくる氷の香りを帯びた風をよこぎり、ヒマラヤスギのなかからやってくるそよ風とともに軽快に駆け足で進んだ。そして、砂漠からまっすぐに立ち昇った地獄の吐息のような突風をも越えた。風は道連れとはならず、ほどなく、私たちは彼らの領域からくだった。興味深いことに、薄暗い森や谷間をぬけてくだればくだるほど、山を越えてきた私の磨き清められた心は、まるで音をたてて谷間を流れる水のように、いかに多彩な声で語り、論じ、岩をおし、障害物を巧妙に巻きながら曲線を描きはじめたことか。ときどき私は疑問に思う。私たちはただ単に、頭のなかで際限なく論争をくりかえしているだけなのではないかと。くだける岩や頑固な木の根の世界の底部でくりひろげられている論争を。

「落ちろ、落ちろ、落ちろ」とどろく奔流ところがる石がそう叫んだ。「さあ、いっしょに帰ろう。光のない故郷へ」しかし、木の根はしがみつき、よじ登り、木々は流れをさまたげて身をおしあげる。そして森は吹く風さえもそのため息で満たし、必死に枝を陽へとのばす。心のなかではそうなのだ。夜、岩ががらがらと音をたてて落ちるのを耳にするが、木々のような思考は場所を確保する。耳のむきを変えることによってその雑音を遮断できることもあれば、恐ろしい嵐のように山中にひびくこともある。また、あるものは目覚めたまま横たわり、夜明けを待つ木の根のようにしのぶ。山に登ったのはそのような夜をすごしたあとのことだ。しかし、突然、永劫の過去への旅へとひきずりこまれたのは、山のむこう側をくだっているときのことだった。

私はピンクや灰色のコケが斑点模様を描く岩のあいだをくだっていた。そこは、つめたい未来世界の希薄な空気のなかで、生命の最後の夢をむさぼる荒野だった。

山の花々から降り落ちる花びらのシャワーのなかにたたずむハタネズミのいる草地を通った。気づかなかったが、それはほとんど私自身の姿といってもよい、人間が登場するまえに失われた哺乳類の黄金の時代だった。私ははるかにさかのぼる爬虫類の闇の時代へ向けて、重々しく馬の歩を進めた。

高木限界のしたまでおり、さらに松林の奥へ奥へと進んだ。草の生えていない斜面には、散り落ちた松の針が分厚く敷きつめられ、弾力のある感触が伝わってきた。赤茶けた松の針や松毬《まつぼっくり》、そして、どこまでもつづく密生した緑の森は、恐竜の時代へと足を踏みいれたしるしだった。私は音をたてずに進み、きざしを待った。そしてついに見た。石のうえの緑のトカゲを。私たちは、はるかな過去へとさかのぼったのだ。トカゲは不審げに私のほうへひょいと頭をもたげた。私はノスタルジックな気分に駆られて、彼に父さんと話しかけようと、手綱をひき、しばし立ち止まった。しかし、すぐに、彼にとって私は迷惑な亡霊であることが見てとれた。話せるものなら、私に早く立ち去ってほしいとたのんだだろう。時間の道をくだりおりてきた人間は、交流を求めてはならないのだ。たとえ親族といえども。挨拶もそこそこに通りすぎる私に、彼の返事はなかった。孤独感はますますつのる。私は砂漠から連なる古い海岸をのぞむ不毛の尾根へといたった。いまや生命は小さく陳腐に見える。あざやかで警戒心をかきたてる砂漠のアリの緋色《あか》が、ときどき岩場のあいだでひらめく。私は自分自身の痕跡のすべてを見失ってしまい、私を導いてくれたかもしれないあのトカゲのことを後悔の念で思い返した。

ひっくり返した石のしたからは、ただ、邪悪な気配をたたえて尾を巻く一匹のサソリが姿をあらわしただけだった。私はそのサソリを用心深く観察した。彼は私の起源の秘密を知るにたるだけ古いことは確かだが、彼もまた毒された土壌からひきだされた古い痛烈な敵意を宿し、それゆえ、尾をあげる。私は身をひるがえした。巨大なむなしさが徐々に胸を去来する。私は違った道を通って、山のうえの薄い空気のなか、宇宙のつめたい星明かりのなかのあらゆるものの終焉にまでたちもどった。

塩におおわれた涸れ谷《アロヨ》の壁のなかの、何ともわからない骨や貝殻の脇を通りすぎた。馬を止めてみると、私の前にはただ波のうねりのような砂丘がたちあがり、たとえ生物がいたとしてももはや目にすることはできなかった。ついに最後までくだったようだ。私たちの原初の炎の場所にまで。私はふりかえり、視線を少しずつあげた。地を這う砂漠の藪《やぶ》から、はるか上方の巨大な傾斜地にそびえる松林まで。

生命もまた乾いた毒気を帯びた存在から、はるか高みの草地でわが子に鼻をすりよせる鹿へと、この道を登りつめていったのだ。私はその道筋をすべて通って、砂におおわれた場所へとくだり、埃でくぐもったような虚《うつ》ろなささやき声で問いかける。「生命とはいったい何なのだ？　なぜ私はここにいるのだ？　なぜ私はここに？」

そして私の心は、答を探し求め、年月の梯子を象徴する骨から骨へ、頭蓋骨から頭蓋骨へと、登っていった。答らしい答はなかった。見いだしたのは、あの峡谷で荒々しいエネルギーの奔流に足場を確保し、松毬を少しばかり上方の岩の割れ目へと投げこみながら上方へと進軍する別の体系の流れだけだった。

そしてふたたび、今度は過去にではなく、風がうなり、最後の苔《こけ》が裸の岩にしがみつく開かれた未来にたずねる。「なぜ私たちは生きてきたのだ?」と。私には答の声は聞こえない。生きた川がいずこからともなくあふれだし、いずこへともなくそそぎこむ。それは幻なのだ。それを目にしなかった者が、その実在をあかす手段などあるはずもない。

そう、心のなか以外にあるはずもないのだ。そして奇妙にも山中で出くわした風のように、時間の鋭い切断面を逆進する心は、同時に永遠を語る小さな頭蓋骨のイメージもいだいている。広大無辺な宇宙の内なる形見に頭のなかでふれ、受けとめるのは私だけではない。私が、三葉虫に触れて、自分の誕生する幾世代も前の光を知っているからではないのだ。それはただ、人間の心は、時間に閉じこめられているかに見えて、それを超越することができるからなのだ。どこか遠い場所から、私は自分の子ども時代を、そして若者時代を見、ある種、冷徹な客観性をもって、よかれあしかれ今日の私を築きあげてきた若かりし日の自分の愚挙や涙を観察する。身の毛もよだつ思いだが、若き日の自分が、その存在に気づきさえせずに、暗い谷間の縁《ふち》をよろめきながら歩くさまを見るのだ。また、胸の痛みとともに、もしかしたら彼を救い、清らかで高貴なる道へと導いたかもしれぬ行為をやりすごしたことをも認めねばならない。すでに若さを失った私は、彼のまわりをまるで幽霊のようにうろつく。私は必死に話しかけ、嘆願する。しかし、彼は私の声に耳を傾けようとはしない。やがて、彼もまた幽霊となってしまう。彼は私になった。私はいまの私だ。しかし、重要なのは、私たちは完全に時間に身をゆだねてしまうわけではないということだ。もし、身をゆだねてしまったとしたら、あの灰色の媒体のなかでの行動や跳躍など不可能なのだから。おそらくは神その人も、宇宙の暗い道でおなじ痛みをかかえてさまよっているのだ。始まりと終わりを一時に包含するというのは、どのような感じなのだろう。夜に起こる世界の落下は、どのように聞こえるのだろう。

想像を絶する「外部」から、宇宙および世界じゅうの生物のあらゆる視界の断片の複製として微小世界を見ることこそが、人間の心が達成しはじめたばかりのことなのだ。歴史の永遠性を体験するために、馬で山に登る必要などないのだ。教室のなかで訪れることもできる。

私がこれから述べようとするある感覚は、白日のもとで、しかもなぜだか、とりわけ人ごみのなかで明瞭にあらわれる傾向にある。わざわざことわるまでもないが、それは幻覚などではない。現実そのものだ。いわく言いがたいのだが、それは、いのちあるものは決してのぞきこむべきではない、次元の裂け目だ。それは、二十年の軌跡が形をなした視覚を超えた感覚なのだ。人間とは時間を律する動物だと言われる。しかし、このような体験を意図したことなどない。

私は講義をするべく演壇にあがった。古教授にありがちのとおり、頭をかきむしったり、紙をガサガサいわせたり、黒板のほうへ行きつもどりつしたりしながら、若者たちのおちつかぬ顔の海のなかで、三十億年の時間を板書と判然としないことばによって移し変えるという、途方もない作業へおずおずと乗りだすのだった。時間は彼らに恐怖心をあたえることなどない。それが私には妬《ねた》ましい。彼らのほとんどは、目覚めたまま横たわったことも、簡易寝台の足にしがみつきながら時計がゆっくりと時を刻みはじめるなか、暗闇の奥へとじっと目を凝らしたことも、一度たりともないだろう。

「先生」生徒の声が私を現実にひきもどす。私は眉をひそめてクラスをしげしげ見わたした。うしろのほうの席で注意をひこうと手がゆれている。「先生は進化には方向性があるとお考えですか？　先生、いかがでしょう」私の耳にはことばに代わってかすかな笛のしらべが聞こえてきた。目には胸をたたくサルのからだのうえで押しつぶされ溶けてゆく真剣な学者の顔が浮かんだ。「先生、方向性はあるのでしょうか」

そして、そのとき私は、彼の背後に巨大な象の鼻のようなものを見た。そのさきは身をよじらせながらドアをつきぬけ、地下室へとつづく暗い廊下へと伸び、床のしたへと消えていた。のたうち、這い進みながら沼の臭いをまき散らし、うめき声をあげ、鼻を鳴らし、吠える。その蒼白な若い学生の顔は、時間の壁をやぶってふきだした好奇心旺盛な生きものの先端に開いた最後の花なのだ。私たちのうちのだれに、つめたい考古学的観点から、彼の多様な形態のうちのどれが真実なのかを見きわめられるというのだろう。あるいは全体としての形態は、個々の見かけ以上には壮大でもおもしろいわけでもない生きものだということを、だれに感知できるだろう。

私はその代物が、床を這って不気味に私の背後にまで伸びていることにも気づいている。私もまた、きりもなく木の葉の散りつづける暗闇から這いあがり、氷河が青白いきらめきをはなつ夜を、毛皮をまとってしのび歩いていた、たくさんの顔をもつ生きものなのだ。本を手に眼鏡をかけ、演壇のうえで滑稽にも震えている教授たる私は、一匹の哲学的動物だ。私は闇から光のなかへとかぎりなく形を変えてゆく這い進む地虫であり、泥魚であり、気味のわるい世界樹だ。

これは幻想ではないことはすでに述べた。絶対的存在へと開かれたかすかなひび割れという、おそろしくも新しい感覚を知るのは、私が見たようなものを目にしたり、なにか奇妙な感覚に打たれてにぎやかな通りのまんなかで足を止め、連れの顔をまじまじとのぞきこんでしまうような瞬間なのだ。唯一そのような方法をとおしてのみ、人は、生命と時間のあいだに、無生物とは決して共有しえない興味深い関係があるという壮大な神秘をつかみとる。

この世界は脳のなかで開かれる。私たちの末裔にはありふれた場所となるかもしれないが、私や私と同類の人間たちのあいだには、世捨て人を生みだしてきた。私には、夕暮れどきにぞろぞろと家路につく人たちのような時間のなかでの避難場所がない。その結果、就寝時間になってもコーヒーを手にいつまでもキッチンを離れなかったり、終日営業のレストランに頻出したりする輩《やから》のひとりとなっている。にもかかわらず、私はなんの後悔の念もたずこう言いきることができる。どんな職業にも危険はつきものだと。

3――奇跡の隠し味

ここまでのところは、自然界についてのずいぶんまわりくどい考察に見えるだろう。それはじつは、あえておこなったことだった。エマソンが指摘したように、時間と空間の深奥および生物界を織りなす個々のメンバーのあいだに張りめぐらされたクモの巣のような法則は、とてもすばらしく、それと同時に物騒でもある知識を私たちにもたらすということに気づいてほしかったのだ。つまり、人間は、精霊の気まぐれによって目に見えないところで支配されている自然の世界から、ニュートンの万有引力の法則によって視覚化された時計のように正確な天文学的宇宙へと足を踏みいれたのだ。

信心深かったニュートンは、太陽系を創造する際に、神はすべての天体が適切な軌道をめぐるようセットしたのだと仮定した。しかし、天体の運行には、いずれ完璧な天文機械を破滅へと導きかねない、いくばくかの不規則性があることに彼は気づいていた。この点について、十七世紀の科学者であった彼は、機械の誤差を正すために神が定期的に介入するのだという説を違和感なく受けいれてしまっている。

一世紀後、ラプラスはこの神の介在の最後の形跡を葬りさることに成功した。ハットンは地球創世における超自然主義をおなじようにかたづけ、十九世紀のダーウィンは生命の機械論的説明の産出に向けておおいに貢献した。天で動きはじめた機械は、ついには人間の心と脳のなかへと移植されたのだ。「われわれはあらゆるものを自然にすることができる」というパスカルのことばは正しかった。目に見えないものへのよりナイーブな崇拝のかたちは姿を消しつつある。

しかし、奇妙なことに、純粋に継続的な時間とは対照的な進化論的時間の発見にともなって、安全で健全な機械的宇宙に、ときとして十八世紀の合理主義者には到底予期できないような、奇跡的とは言わないまでも、ある種、突発的で新奇なるものが発生するようになった。

科学の分野において「奇跡」なることばは、過去の神学論の論争ゆえにうさん臭いものとみなされていることは百も承知だ。しかし、このことばは既知の自然の摂理を超越した事象と定義されてきた。ここまで見てきたように、自然の摂理は科学者の世代交代につれて変化しうるのだから、自然という幅のひろい感覚のなかにわずかな奇跡の隠し味があったとしても、なんら害をなすものではないだろう。自然それ自体が、闇と虚無の現実を超越したひとつの巨大な奇跡であることを忘れてはならない。私たちひとりひとりのいのちそのものが、奇跡のくりかえしであることを忘れてはならないのだ。

物理学者が見通してきた舞いおどる塵の背後の力がどのようなものであれ、それは、偉大な詩の世界をつくるのと同様に、マスクラットを照らす光をつくる。実際に、それは人間の頭のなかに存在するひとつひとつ違う無数の世界をつくるのだ。生命という奇妙な積荷を乗せたこの惑星では、いつでも非自然的な世界から自然な世界へ、人間がつねに崇拝してきた目に見えない世界から、日々のささやかな現実の世界へと超えてくるのだといってもいい。もし、あらゆる生命が化学的成分だけを残してこの世界から掃き清められてしまっていたとしたら、ほかの星からの訪問者は、そのような幻を現実として定着することなど決してできないだろう。空気のない月のクレーターの塵や、ドアのすぐ外の道路の塵とおなじように、黙って静かに横たわっているだろう。

しかし、その死んで微動だにしない塵は、生命というプロセスに組みこまれて音楽に耳を傾け、心を動かし、時の流れや喪失を嘆き、唯物論者いうところの虚無のまったき影にすぎない未来におびえる塵とおなじものなのだ。ヒトはヒトになる前にどれほど自然だったのだろう。歩行するサルに島宇宙のはるかかなたの宇宙で起こる赤い光の変化を観察するよう指図し、巧妙に工夫されたアンテナで、まだ見ぬ星々からの電波信号に耳を傾けるよう導いたのは、いったいどのような力だったのだろう。気まぐれにも、この世界が泥のなかからはじまり、どこかでだれかと終わるような筋書きを思いついたのはいったい何者なのだ。人間は小賢しくも、生命は化学的偶然によるのか否かといった論議を戦わせるが、化学物質のなかの生命こそがもっとも偉大な偶然で、もっとも神秘的かつ説明しがたい性質だということは忘れがちだ。

「科学の特別な価値は、世界の内にではなく、それを知る人の内にひそむ」ある洞察力あふれる哲学者はそう述べている。数年前、西部の広大な浸食地でキャンプ生活をしているとき、私はそうした真実に光をあてるおよそ信じがたいような光景に出くわした。

その巨大な岩石のあいだでは、何世紀ものあいだ、生きてうごめくものなどなかったにちがいないと思う。巨石はまるで倒壊したドルメンのように、もたれあうように横たわっていた。私はつねづね、巨大な岩とは、ある種の野獣なのではないかと考えていた。人間はあまりに速く生きいそぐため気づかないだけなのだ。彼らのなかの生命のテンポはあまりにもゆっくりで、一見生命など宿っていないように見える。彼らはおなじ場所で長いながい時間を生き、人間が見ていないときだけ動くのだ。夜のあいだ、私はときどき低いとどろきを聞くことがあった。それはあたかも、巨石がからだを少しずらし、新しい位置にふたたび身を沈めるような音だった。ときには、山肌に深く刻まれた彼らの移動の跡を目にすることもあった。

ある日の午後、その不毛の谷間を渉猟《しょうりょう》していて、驚嘆すべき光景としか描写のしようのないあの場面に出くわした。少し離れていたのでしばらくのあいだは気がつかなかったのだが、やがて私の目は灰褐色のフットボールほどの大きさの物体に吸いよせられた。その物体は、定期的に荒れ地のうえで跳ねあがっていたのだ。奇妙に思った私は、少しずつ近づいて、観察をつづけ、そのボール状の物体から太陽の光を反射するロープのようなものがぶらさがっていることに気づいた。その物体が何であるのかはわからないが、私が近よれば近よるほど、跳ね方は速く、はげしくなるように見うけられた。周囲は周囲で、一見ありきたりの石にしか見えない物体のヒステリカルなダンスに興奮しはじめ、あたかも、この谷のあらゆる物体が突然ジグを踊りだすのではないかと思えるほどだった。さらに近づいて、私は真相を解明した。

太陽の光をはねかえしていたのはからだの一部で、雌のキジを締めあげている大きなクロヘビの鱗だった。鳥は必死に飛びあがろうとするが、蛇もまた必死で締めあげるので、そのたびに少し飛びあがっては落ちて、蛇のからだが地面にたたきつけられていた。私はその光景を驚嘆しながら見つめた。この静寂に支配された不毛の地で、どこから来たのでもないふたつの狂おしい霧が、ふたつの小さな相い争うエネルギーのつむじ風が、死へと向かって互いに打ち据えあっているのだ。存在しない未来へと突っ走る計画が、蛇対鳥というかたちで投げかけられる。ひとつの卵が翼あるものへと姿を変えるのか、それとも鱗におおわれた姿へと変わるのか、それこそが問題なのだと言わんばかりに。

鳥は蛇の餌食としてはどう見ても大きすぎた。案外、キジの卵を掠《かす》めとろうとしたところを、逆に嘴《くちばし》の反撃を受けたというのが真相かもしれない。そして、かれこれもみあっているうちに、からだがキジに巻きついて部分的に羽の動きをさまたげるようなことになったのだ。キジは飛びあがれないし、蛇も放すに放せない。蛇は石畳にはげしくたたきつけられるし、母鳥は必死の飛行のこころみではげしくエネルギーを消耗し、みるみる弱っていく。そばに立ちすくんで見ていると、キジの目が赤く充血し、どんよりとした膜がおりているのが見えた。彼女が力つきるまで待って、その後になにが起こるのか見とどけるべきではないかとも考えた。科学的に記録にとどめる価値があるというものではないか。しかし、私はもうそれ以上、砂利のなかでの血まみれのどたばた劇にがまんできなかった。私はどこか近くにあるはずの卵のことを思った。その卵は、鱗の鎧を着た細長い姿に身を窶《やつ》してのたくることになるのか、それとも、野生の力に満ちた母とともに、鳴きながら風をきっていくことになるのだろうか。

そこで、あまり本能のしがらみに縛られない、柔軟な生きものである哺乳類として、私は仲裁に入ることにした。私はキジにからみついた蛇のからだをほどき、シューシュー音をたてるがままにして、痛めつけられたからだを私の腕に巻きつかせた。羽をばたつかせ、ぐらつきながら両足で立っているキジは、はげしくあえいでいた。彼女を巣から遠く追いたててしまわないように、その場を立ち去ることにした。このようにして、蛇と私、恐ろしげで怖がられている二匹の生物は、すみやかにキジの視界から去ったのだ。

もう危害を加えることがないと思える尾根ひとつ離れた場所で、いまは怒りもおさまった蛇をゆっくり腕からほどいて滑り落ちるにまかせた。蛇はバンチグラスのまばらな茂みにスルスルと消えていった。いまはもう、私の腕にからみついたままやってきた遠い道のりのことは忘却のかなたにあるかのようだ。腕には、ただしびれだけが残った。あのキジは、来るべき鳥の未来のために闘った。バンチグラスのなかに身をくねらせていったあの蛇は、ただ蛇族のために必死で闘った。そして、この谷間に降ってわいた幻のようなこの私は、いったい何のために闘ったというのだろう。蛇も鳥も身のうちに秘めた、そのからだに書かれている長い過去を読みとるこの私は。

小人にでもなったような気分で、のしかかるようにそびえる峰々のあいだをぶらつく私の顔に、目に見える過去の痕跡である巨大な石化した地層が、まるで生と死のような巨大な影をリズミカルに投げかけているうちに、ゆっくりと答が訪れた。人間は彼自身よりももっと多くのものを内包している。空を飛び、水中を泳ぎ、つかの間、生を得るたくさんの形態の生物のなかで、ただ人間だけがその特別の能力をあたえられたのだ。

ルネッサンス期の思想家たちの「ミクロコスモスたる人間の内面には、マクロコスモスが潜んでいる」ということばは正しかった。私はこれまでに自分以外の生物の生命にふれ、その形が時間の回廊のなかでけむりのようにゆらめいたり、吹き飛ばされたりするさまも見てきた。私はまた、瓶から出てきた魔神のように種から展開した、私自身であるこの脳の観察に突然の集中的な関心をよせたこともある。そして、目を前方へと走らせて、それがふたたび形のない大地の成分へと消えていくさまをも見た。

さて、ところで、あの荒れはてた谷間で蛇と鳥の仲裁にはいった私は、いったい何のために闘ったというのだろう。いまになってようやく気がついた。私は、巨大でより包括的な別のかたちの私自身のために闘ったのだ。

4——緑の島

私は人生の大半を、ひざまずいてすごしてきた人間だ。とはいっても、祈りを捧げてきたわけではない。べつに誇るほどのことでもないが、この姿勢ないしは、それにともなう気がまえとでもいうべきものが、決定的に有益な効果をもたらしてきたのではないかと思っている。私は、生涯を通じて地面を這いつくばってきたナチュラリストであり、化石の発掘屋なのだ。底なしの穴を這いくだり、風や鳥の金切り声に襲われながら、小石の落ちていく音がこだまする心臓が縮みあがるような地面の亀裂を這いあがり、からだを押しこんだりもした。いまとなれば、人間には知恵などというものが備わっていないことはわかる。そのことを私は、地面に顔をこすりつけながら学んだのだ。今日、人間がそれを理解することは非常にむずかしい。なぜなら、人間は大きな力をもってしまったからだ。しかし、人間の脳のなかには、ただ単に宇宙の沼地のようなものがあるだけなのだ。そこには現代科学のつかみどころのない安定のなさを示す、ゆらゆら揺れる緑の島が点在している。それらの島々は、しばしば人目にふれたとたんに姿を消してしまう。

こうした考えをすぐさま否定するのが人間の習い性だ。私たち人間は、精密で規則正しく論理的な生物であり、説明できない事象を毛嫌いし、拒絶するというわけだ。それもまた緑の島だ。私たちは、自分たちの人生が知識の面においてはつねに成長しつづけることを望み、そうであることを予期している。しかし、いまから百年以上も前にキルケゴールは、成熟とはつぎのようなことを発見で成り立っていると看破した。「成熟の果てには、すべてがひっくり返ってしまうある決定的な瞬間が訪れる。その時点をすぎると、理解不可能なものがあるということへの理解を深めることが重要になる」

私が蛇と鳥をひきはなし、野生の高地へと返してやったのは、知識を得るためではなかった。私がかつて科学から学んできたいかなるもののためでもない。そうではなく、簡単にいえば、私はただいつもそうしてきたように、あの蛇と鳥を自分の内に受けいれただけなのだ。私はもはや争いあう霧の一部ではなかった。私は彼らを私自身のからだのなかにだきこみ、ある非現実的な方法によって、彼らを和解させたのだ。あの浜辺でマスクラットとの和解を見いだしたように。私は羽毛も鱗も超越して、別次元の現実世界へと進出したのだ。私は違った自己に生命をあたえようとしていた。その自己とは、ふたたびパスカルの深い信仰に基づいたことばのなかにだけひそむ表現なのだ。「汝、我を見いださないかぎりは、我を探し求めもすまい」

　私は自分が何を探しているのかも知らなかったのだが、とうとう、何かが私をみつけたことに気づいた。私はもはや自然《ネイチャー》が、自然《ナチュラル》でもあり自然《アンナチュラル》でもないなどとは信じていない。ただ、いまは自然《ネイチャー》が人間の前で自然《ナチュラル》に見えるだけだ。しかし、人間に見える自然は、船着場のしたのマスクラットの世界や、物理学者がつくったゆらめく通路のうえできらめく、つかみどころのない火花の別の姿でもあるのだ。いずれも特殊化された知恵の表出なのだ。つぎつぎと押し寄せる未来のなかでは、たちまち押し流されてしまう現実ならぬものだ。

　私たち人間の源となったゴリラ頭の小さなサルの自然の世界には、いったい何が起こったのだろう。食べかすの魚の骨がころがり、巨大な氷河期の豚がいた薄暗いアフリカの片隅で。それはあのマスクラットの小さな世界よりももっと完全に姿を消してしまった。しかし、それははるかな時をへだてて、目に見える法則を超越した想像もつかないもの、つまり、私たち人間を産み落としたのだが。人間も最初から、未知の自然界で起こる事象をじっと待っていたかに見える。ソローはかつて、賢明にもこう述べている。「身近な過去を参照することによって、私たちは皆、共通感覚《コモンセンス》［常識］を占める。しかし、未来を見通すことに関しては、私たちは本能的に超越主義者［夢想家］なのだ」。これこそが自然を「自然」たらしめる人間の正しいありかただ。奇跡が現実化する地点に立ち、それが起きた以降、彼はそれを「自然」と呼ぶのだ。人間の想像力は、そのもっとも高いレベルにおいては、無限へ、そして、私たちが知る自然を超越した世界へと通ずる扉にかぎりなく近い地点にある。結局、この点において、人間は、ダンが三世紀も前に神の特権と呼んだ行為を行使する権能をもっているのだろう。

確実性の追求とは、つまるところ、意味の追求ということになる。しかし、その意味とは、人間が太古よりむなしく探し求めてきた虚無のなかではなく、むしろ、人間自身に埋められている。おそらく、その進展の最初のきざしは、ほかの仲間にはあたえられなかった、ある難解で破天荒な夢をみてしまったおどおどした未発達の獣の頭のなかではじまった。私たちをかくも深く悩ます美や知恵のひらめきは、この種族が達成すべきことを予言するものでしかないのだろう。私たちをさまたげるもの、それは疑念だ。それは、「自然」や「超自然」ということばが意味を失ってしまう、超絶した領域までをも見通す能力などもたずとも、あらゆるものを自然にしてしまう力なのだ。

結局、人間は自然を装った自分自身と直面しているのだ。「われわれが自然にしたものを、われわれが破壊する」パスカルはそう言っている。最上級の洞察力を有する彼は、世界に流布する自然ということばのもつ意味あいを凌駕《りょうが》しなければならないことの絶対的な必要性を理解していた。私たちを脅かしているのは、道具づくりとしての人間の皮相な力ではない。それは成長しつづける危機として、すでに世界を広範にわたっておかしている。その危機とは、私たちの崇拝の対象として耐えがたい最後の偶像をつくりだしてしまったということなのだ。日々、私たちが直面する、絶滅し破壊された顔であるその偶像は、人間がつくりだした自然にほかならない。その顔は私たち自身の複製を超えて、私たちをも震えあがらせるほどすでにあまりにも非人間的になり、いまだ、人間の夢のなかの孤独な人物に手招きをしている。それは、この時代の自然ではない。それは、獣からの敷居をまさにまたぎかけた生物が目にした光や、はるか昔のゴルゴタの十字架の暗い影からもれる絶望的な嘆きの声にこそふさわしい自然なのだ。

人間は、私たちが理解していると称する自然のみから合成されているわけではない。人間はいつでも部分的には未来なのであり、その未来を形づくる力を賦与されている。「自然」とは奇術師の用語だ。そして、その常として、把握しがたい気ままな世界や、使い古された無分別な音節が生む化《ば》けものじみた風刺画を生みだしたりしないように、慎重に使われるべきものだ。もし私たちが賢いのであれば、墓に小さな石器の贈りものをたむける忘れられた控えめな生物のようにあることを好むようになるだろう。そのときにこそ、目に見えない戸口が開かれたという幽《かす》かな感覚を得られる瞬間がやってくるのだろう。大きくあけ放たれたその戸口は、人間を既知の自然を超越したところへと導いてくれるのだ。

20 内なる銀河

THE INNER GALAXY

人間の意識の誕生と同時に、あたかも双子のごとく、その意識を超越しようとする衝動が生まれたことを示す強力な考古学的証拠が存在する。

——アラン・マグラシャン

1——本物の芝居

もう何年も前のこと、おなじ年ごろの友人に誘われて旅に出て、まる一日かけてある高い山を登ったことがある。山頂には、さる有名な天文台があった。ガイドブックによると、その天文台はときどき一般市民に観測設備を開放し、遠い天体を見せてくれるということだった。レクチャーを受けることもできるらしい。

好奇心は旺盛だが一文なしの私と友人は、その山の谷あいの観光ホテルが企画したさまざまなツアーのひとつである天文台ツアーに参加することはかなわなかった。そのかわりに、観光客の集団が大挙して訪れる前にたどりつこうと、何時間もひたすら登りつづけた。むさぼるように読みかじって知ったはるかな宇宙のかなたを、この目で見るという夢を彼らにうちくだかれてはたまらない。

それはもう遠い昔のことだ。私たちはナイーブな若者だった。貧しくはあったが、山頂では歓迎されるにちがいないと考えていた。なんといっても、私たちには学びたいという情熱があるのだから。天文台には賢者たちが蟄居《ちっきょ》しているという噂があった。彼らはきっと、おなじく外宇宙の神秘を見つめたいと願う私たちを、やさしく迎え入れてくれるはずだ。私たちはまったくのところ、大人の世界の作法には不慣れだった。結局、私たちは賢者たちに会うことも、魔法のガラスをとおして外宇宙を見つめることもゆるされなかったのだ。高名な天文学者たちには、私たちのような若者は数に入らなかったようだ。しかし、私たちには考えおよびもしなかったことだが、どうやら、谷間のホテルと山頂の天文台に住む人びととのあいだには、なんらかの契約関係があったらしい。

骨を折ったかいがあって、ホテルの客たちがバスで天文台におしよせる前に到着することには成功したものの、私たちは脇に押しのけられ、観光客たちが途切れたあとにもういちど出直してこいと言いわたされたのだった。天文台の前につぎからつぎへとバスがやってきて、大声でわめきちらす観光客を吐きだすようすを見ているうちに、あれは遠まわしの拒絶だったことが、私たちにもわかってきた。たとえ私たちを受けいれてやろうという気になったとしても、そのころにはもう夜明けが訪れていることだろう。

守衛は私たちに目を光らせ、私たちの着ている服に対して露骨ににがにがしげな嫌悪感を示した。山頂では縮みあがるような寒さだったにもかかわらず、観光客用の休憩小屋が、私たちを歓迎していないことは明らかだった。仕方なしに、なけなしのコインをはたいて、わずかばかりのチョコレートを買った。私たちは顔を見合わせた。うんざりとしてことばもなく、ついには踵を返して暗闇のなかの長い坂道をくだりはじめた。長いながい時間がかかるはずだ。そのうえ登りとは違い、輝く惑星を見ることができるかもしれないという心の支えとなる希望も失せていた。

これが外宇宙の商業的側面との初めての出会いだった。現在、私は、かつて私を拒絶した道を志す若者を支援する機関に勤めているが、この若き日の経験は、科学とそのまわりをとりまく世界との関係に関する思索と好奇心を深め、膨らませることに、まちがいなく寄与していると思う。

あの山頂にはびこる秀才たちは、どこか決定的に違う。閉ざされた扉の外を吹きすさぶ寒風のなかで、知識とは自由なものではないことを私は学んだ。何時間も苦労して登っていった私たちよりも、ただその場かぎりの興味の対象でしかない多くの人びとのほうが、簡単に手に入れることのできるものなのだ。私のこの思い出は、はるか昔の一九二〇年代のものであり、宇宙に関心をもつ当時は拒絶していた若者にむかって、現在ではあの手この手で気をひこうと手招きしていることを承知している。しかしながら、私はいまだに、変化をとげたのは役者のほうではなく舞台のほうなのだという居心地のわるさを感じている。私はいまでも宇宙への冒険は無意味なことであるという強迫観念にしばられている。内的膨張、つまり、宇宙の内側へと向かう永遠の成長と、望遠鏡で追いかけつづけるはるかかなたへの小宇宙群の飛散とが同時進行で起こっていなければ、無意味だ。

あの孤独な山頂で、私の心はついに内面にむきを変えたのだ。私がこれから語ろうとしているのは、あの内的天空の領域からのことだ。それは夢の世界であり、たとえアルクトゥルスまで行っても、私たちが決して逃れることのできない光と闇の世界だ。人間の内的天空は、いかなる虚無へも、時間の果てへも、彼とともにおもむくだろう。この内的世界はある一面においてのみ外宇宙とは異なっている。内的世界は、それを生みだした宇宙よりもはるかに気まぐれで動きがはげしく、より恐ろしく卑しくもなり、しかもそのうえ、気位が高いのだ。この大変革の世代の教育者にとって、私たちがあの内的天空でうながしてきた変化は、すくなくとも、ゴールを月の軌道のむこうに定めている連中の仕事と同等の重要性をもって立ちあらわれた。

人間の頭のなかにはそれぞれ異なる固有の世界があることを、人から教えてもらう必要などない。しかし、電波望遠鏡を向けて、宇宙の果ての出来事を示すザーザーという音にたくさんの人間が耳を傾けている今日、他人の宇宙は、都会の不潔なごみ捨て場のただなか、救いようもなく貧困だ。私の知るあるタクシーの運転手は、星々はただ「上のほう」にあるのであって、私たちの乗り物が完璧なものになりしだい、夏場にコッド岬におしよせる観光客のように大挙して出かけられると考えていた。彼は、そうした宇宙旅行が人口問題を解決するものと期待している。おそらく、そう信じこまされてきたのだろう。アーク灯のもと、テントのなかで上演された偉大なオペラを、友人である詩人とともに観賞していたある夜のこと、かの詩人が私の腕に手を置いて無言で一点を指さした。はるか上方の闇のなかを一匹の巨大な蛾、アカスジシンジュサンが、歌い手たちに投げかけられた光から光へと、ぎこちなく羽ばたいていた。

友人は興奮しながらささやいた。「あの蛾は知らないんだ。自分が、明るく輝く見知らぬ宇宙のなかを通過していることを。彼には見えやしない。彼は彼で別の芝居を演じているのさ。彼には私たちは見えていない。彼はなにも知らないのさ。もしかしたら、それはぼくたちだっておなじなのかもしれないがね。ぼくたちはどこにいる？　いったいだれの芝居が本物なんだ？」

その蛾と詩人の宇宙のあいだに、私は困惑して座っていた。私の心は、永遠の生命を吹きこもうとした、古代エジプトの王たちのアラバスター製の頭像へとひきもどされていた。事故にそなえて、自身のもろく腐敗しやすい脳に代わって、永遠の旅を遂行させようともくろまれたものだ。アーク灯のしたの蛾と同様に、ファラオたちは、太陽の炎の旅にすっかり魅了されてしまったのだ。なかには、望みをこめて太陽の舟を建造した王さえいた。思うに、その舟はのちにプラトンが言うところの、もろい舟の象徴なのかもしれない。人間が避けがたく希求してやまない生命の、いや、永遠への危険な航海へと乗りだしていく舟の。私に関していえば、高慢ちきな哲学がでっちあげた筏《いかだ》に知恵を求めるようなことはしなくなった。私はあの蛾が光の旅路の途上で燃えつきるのを見てしまった。プラトンが探し求め、だれもが長く確保することのできなかったことばをのぞいては、あらゆる舟が沈んでしまったのを私は見てきた。

本物の芝居がたしかにある。しかし、その芝居では、人間はいつも探求者の役まわりをうけもつ運命にあり、探求者こそが、彼が求めていた彼の真の性質であるべきものなのだ。脆弱《ぜいじゃく》な舟とは彼自身なのであり、山頂にまたたく星のなかにあるものではない。これこそがプロティノスが言わんとしたことではないのか。もしだれかがもっとさきを書くべきなのだとしたら、彼は最後のことを書きとめることになるだろうと私は思うのだ。

2——人間の顔

数年前のこと、カリフォルニアのある小さな町に住む男が奇妙な事故に遭った。その事故自体は、ごくありきたりなものだ。しかし、それに付随する心理学的エピソードがあまりに奇妙なので、ここで詳しく述べてみようと思う。そのころ、その男、つまり私は、長い期間にわたって何とかなしとげたいと願っていた本の著作に没頭していた。ある日の午後おそく、ひとりぼんやりしながらオフィスへと歩く道すがら、私はいまいましい排水溝につまずいてしまった。絶妙の力学がはたらいたのか、私は縁石のうえで激しくもんどり打った。その瞬間、すさまじい音が私の耳に鳴りひびいた。つぎに目を開いたとき、私は歩道に頬をつけて横たわっていた。鼻は片方によじれ、額にあいた傷口からは血が滝のようにしたたりおちていた。

私はゆるゆると注意深く舌を動かして、口のなかと歯のぐあいを調べてみた。顔のしたには、みるみる真っ赤な血の海が広がっていく。明るい陽ざしのもと、近眼の目で、私からどんどん流れ出ていく血をながめているときに、そのおどろくべき出来事が起こったのだ。すっかりとりみだし、痛みに耐えながら、駆けよる目撃者たちの足や心配の声には無関心に、私は血まみれの手をかざして同情の念からこうつぶやいていたのだ。「あー、いかないでくれ。ごめんよ。ほんとうにわるいことをした」

このことばはまわりに集まってきた人びとの耳にはとどかなかった。その声は内なる声であり、まぎれもなく私自身の一部にだけ向けて語られたものだった。私はきわめて正気だった。奇妙に超然として冷静だったといってもいい。私は、私のからだの一部としてからだのなかを流れる、生命をもつ独立した驚異とでも言うべき血液細胞に、つまり、白血球や血小板にむかって声をかけていたのだ。私のばかげた不注意から、浜辺にうちあげられた魚のように、熱い歩道のうえで死んでいくものたちに。祈りとさえいえる深くはげしい悔悟の念が、大きな波となって私の心におしよせ、宇宙的スケールの愛が駆けめぐり、この体験を、いくつかの太陽系を失った銀河の嘆きとおなじぐらい広大な破局として心に刻みこんだ。

私は何百万というちっぽけな生命からできている。私という巨大な存在が傷ついたとき、みずからは知るべくもないのだが、私を構成している愛に満ちた細胞たちは、身を挺して傷をおおい、修復しようと大いそぎでかけつけるのだ。私は、生涯ではじめて、細胞たちを顕微鏡下の奇妙な物体としてではなく意識したのだ。それどころか、私という存在の深い井戸の底から力のこだまがわきあがってきて、ゆさぶられた脳の回路いっぱいにあふれた。私は彼らにとっての銀河であり、彼らの森羅万象なのだ。親切な人びとの手によってその場から抱き起こされ、連れ去られながらも、私ははじめて彼らへの愛を意識した。そのとき私は、自分の住む宇宙のなかで、大宇宙における超新星の爆発にともなうのとおなじぐらいの大量の死をもたらしたと考え、そしていまでもそうだったと回顧している。

数週間後、傷も癒え、私は事故のあった場所を訪れた。歩道にはかすかな血痕が残っていた。私は心みだれて、その場所をうろつきつづけた。彼ら小さな存在たちは逝《い》ってしまった。完全に破壊されて。それなのに、彼らが支えていた存在はいまだに生き残っている。「太陽を、そして、他の星々をも動かす愛」思わず詩人ダンテのことばが浮かんだが、私は頭をよこに振った。

この一節は、今日の私たちの口の端にやすやすとのぼるようなものではない。この一世紀というもの、私たちは、存在のための闘争、けんか好きの半猿、野蛮な戦士たる人間について、好んで語りつづけてきた。ゆらめくろうそくの明かりをたよりに潜在意識という暗い地下室を探索し、そこで出くわした顔に心底肝をひやしてきたのだ。ゆえに、もし私たちが愛とも哀れみとも呼ぶあのはげしい衝撃の歴史を精査しようと選択したところで、それが何らかの害をおよぼすことはない。その衝撃は今日では減退してしまっているとはいえ、二千年という長きを経てもなお、ゴルゴタの丘で死にゆくキリストを動かしたほどの力をもっているのだ。

「知恵への信服は、人間の悪疫だ」十六世紀にモンテーニュはそう書いている。毎世紀、人類《ヒューマニティー》は流行という鏡のなかで自分を見つめてきた。そして、その鏡はいつも、ゆがむ像を返し人間の真の姿を映してきた。ある時期に、不変の法に支配されていると信じていたかと思えば、つぎには偶然に支配されていると信じている。また、ある時代には、天使の羽ばたきに祝福された新しく誕生した生命が、つぎの時代には、つねに変化をくりかえす無意味な化学物質から生まれ落ちたこの世の孤児になりさがる。私たちはある時代の光輪を別の時代の毒牙にすげ替える。私たちの宗教、および哲学的概念はあまりにも素早く変わってしまうため、ある時代の神学および倫理上の訓戒は、つぎの時代にはただの紙くずになってしまいかねない。何百万人もの人間がいのちを捧げた思想が、つぎの世代にいたっては、退屈であくびを誘うだけのものになってしまう。

モンテーニュはつづける。「どのようにかは知らないが、われわれの内面には二重の自己がひそむ。信じているものを信じず、排除すべきものを身の内にとどめるといったぐあいに」

この複雑で多面的な自意識の強い生物が、ついに先史学の研究者が捧げもつ鏡をのぞきこみ、じっくり自分の顔を検分しはじめた。氷河期以前の地層から発掘される骨片への問いかけは、だんだん増えている。その骨と自分たちに関係があるのかどうかを問うよりは、彼らが私たちをどのような生きものとするのかを知るよすがとして。地中から見つかるかもしれない答を、私たちだれもが心底おそれていることは疑いようがない。なかには思いあまって評決を言いわたしてしまった輩《やから》もいるほどだ。彼らは言う。「あなたを駆りたてる暗い本能に目を向けよ。かたい殻におおわれた化石のような血まみれの心の奥深くをのぞきこむのだ。そのときあなたは、人間の何たるかを知るであろう。洞窟から生まれ、ベルリンの壁へといたった人間を知るだろう。かように人間は生き、これからも生きつづける。それは人間の骨に刻みこまれたことなのだ」

しかし、このことばが発せられ、書きとめられたその瞬間、私たちの暗い本性をよろこばせたり、許容したりする恐ろしげな画像や、奇妙なことに美しくさえある画像は、ゆらゆらと揺れながら変化しはじめる。鳥の聖者フランチェスコは水辺でもの思いにふけり、セルボーンのギルバート・ホワイトは、古くからなじみのペットの亀とともに静かに庭をそぞろ歩く。現在のアフリカよりもはるかに未開の世界で生まれたおだやかな哲学者イシは、ルソー主義者のでっちあげと弾劾されながらも、シエラ山脈の森のなかから存在を主張する。

私たちは「二重の自己をもつ」存在なのだとモンテーニュは言う。では、その心のなかの二重性をとおして、いま一度、化石時代の過去をのぞきこんでみよう。私たちの祖先である半人たちのうつろな眼窩《がんか》の化石を。それらの骨はよく知られている。彼らの痕跡は一世紀以上にわたって旧世界のいたるところから大量に発掘されている。氷河期のヨーロッパの洞窟や砂礫層《されきそう》をはじめとして、北京近郊のかたく堆積した角礫《かくれき》や、荒々しい火山活動によって定期的にゆさぶられるジヤワ島のようなアジアの島々でも発見されている。また、東アフリカの高地や聖地パレスチナの岩屋からも見つかっている。

それにもかかわらず、私たちの先祖の顔つきは、永遠に知られることのない謎として残されている。貧相でいいかげんな教科書の挿絵となって、私たちのことをじっと見つめ返してはいるのだが。肌の色を知る術《すべ》はなく、髪質もわからない。また、彼らの表情も、医学用の教科書に載るよせ集めの人間性を象徴する無名の死体とおなじくらい判別しがたいものとなっている。それは、人間の恐ろしい敵である剣歯虎《サーベルタイガー》や恐竜にさえ比しうる、灰色の無名性に埋もれている。

人間の場合、その顔つきの再現は格別むずかしい。人間とは、うつろいやすい表情をもつ生きもので、ひとりの人間の顔つきも一日のうちに幸福が満ちたかと思えば後悔にくもり、憤怒や慈愛もよこぎる。街にでて道行く人をながめれば、ずるい顔、粗暴な顔、穏和な顔とさまざまだ。しかし、もし、化石の世界に人間の魂を探し求めようとするなら、私たちはどうしても、頭蓋骨のうつろな眼窩や、過去の概念を無情な死者に投影するに敏な芸術家が描く表情からそれを知るほかない。

おそらくそれは人間の野望のしるしなのだろうが、人間はいつまでも自分自身のことを詮索し、つねに再評価しつづけようとする悪癖をもっている。これまで私たちが知りえた範囲でいえば、モグラは草の根のしたの暗闇の世界に満足しているし、ユキヒョウは、猛吹雪のなかを幽霊のように出没する自分の姿に満足している。それに対して、人間は満足を知らない内なる目によって特徴づけられている。今日のように社会的暴力があたりまえの時代には、その目も、不安でますますくもっているのだ。ときには私たちのからだは内側からゆらめいているように見えたり、内部で争う力によってずんぐりと膨張して見えたりすることもある。

そうした自己の詮索には知恵と同時に危険もつきまとう。ある特殊な環境に安全に封じこめられた下等生物とは違い、人間には自由が授けられている。彼は自分の人間性、自分自身の概念をくりかえしくりかえし評価しなおすことができる。そうしているうちに、魂に翼をあたえることも、おのれの本質に従ういかなる捕食獣よりもさらに純粋な獣性をそなえた生物へと変身することもできる。自身の夢にそった形をとるという能力において、人間は目に見える自然を超えて、もうひとつの道の領域へと足を伸ばすのだ。

聖人にせよ、怪物にせよ、完全になりきる者はごくわずかだ。他人にゆがんだ自己投影をゆするうちに、無意識に自分のイメージを好ましくない方向へとつくりなおしてしまうのだろう。多くの人が人間の本質を、つとめて「現実的」にとるのはいいが、そのために、魂の大望に制限を加えたり、シニシズムや絶望の淵へとつき落とさせては困るのだ。私たちは変幻自在であり、両極端のあいだにいる。とはいってもジョン・ダンが述べたように「自然を本来あるべき高さにまで称揚し、洗練しうる人間はひとりとてない」。傾聴に値しよう。

過去が芸術のうえでどのようにとらえられてきたかを調べていくと、ネアンデルタール人の描写として、彫刻であれ、絵画であれ、アデノイド病みでもあるかのように粗暴に大口をあけ、棍棒をたずさえた姿にしばしば出会うことになる。それとは対照的に北京原人はていねいに身づくろいした、証券取引所に出勤する株式仲買人でもあるかのような、目もとの涼しい知性あふれる容貌に描かれている。ここには、なにか決定的なまちがいがある。上品に身づくろいした姿に描かれる北京原人は、恐ろしい牙を剥《む》いた旧式の図解が施されることの多いピテカントロプスとおなじ解剖学的位相に属している（この牙は画家の想像力による虚構にすぎない。私たちの現存する縁戚であるゴリラからの借りものなのだ）。一方、棍棒を手にしたアデノイド病みの低能者、ネアンデルタール人は、死者に副葬品をたむけたり、けが人や障害者を仲間内で介護していたことがわかっているのだ。

人間とは社会的な存在だ。過去の断片を身中にかかえていることは確かだが、人知れず心の社会的鏡をのぞきこんで、自分がどう映っているかを丹念に調べてもいる。このようにして、私たちだれもが、幻視の資質をもっている。エマソンは、このことを十分に知っていた。彼は自問している。「なぜ人は、人間の自然誌はいまだかつて書かれたことがないと感じているのだろう。いつも自分の過去の言動を置き去りにして古びさせ、形而上学の書物を価値のないものにしているのに」

このエマソンのことばは、おそらく、人間が学ぶべき知恵のなかでも、もっとも難解なもののひとつだろう。原初の人びとに対してあるイメージをおしつけたように、私たちは自分の心理学的構造を固定したものと考えがちだ。進化論登場以前の時代には、存在意義や意識、自由意思をともなう人間の心は、現在とまったくかわることなく、神によって瞬時に、人間の機能にはじめから組みこまれて創造されたとみなされていた。

十九世紀の半ばにダーウィン的進化論が興隆をきわめるにつれて、はじめから確固とした形質を賦与された種という概念は、当然のことながら、人間もほかの動物も過渡的で不完全な、ある状態から別の状態へと永遠にうつろいつづけるものだとする説へと道をゆずった。ダーウィンの同僚であり擁護者でもあったトマス・ハクスレーはこう述べている。「宇宙の本質は美徳などではない。人間は、野蛮な状態において進歩を遂げていくために、類人猿や虎たちと共有する資質に大きく頼ってきたのだ」

偏平な頭蓋骨や大きな眼窩上隆起をもつ人類の化石を調べている知性ある研究者で、人類は、まぎれもなく気の遠くなるような先史時代をへて、少しずつ変化をとげてきたのだということを否定できる者など、ひとりとていない。たとえそれがいかに困難な旅と見えようとも。自然選択は疑いようもなくこの過程を主導する役割を果たしてきたのだ。ここで私たちは誤った推論へとおちいらないよう、慎重にことを進めなければならない。さもなければ、せっかくの過去の探求から、人間の本質はかくあるべきだというもうひとつ別の固定観念をひきだすことになってしまう。そしてそれは、進化論の登場以前に発展した思想と同様に、かたくなで独善的なものとなりかねないのだ。そうした固定観念は現在もなお、人間の獣的な本質の証拠として前面におしだされつづけているのだから。

人間生来の協力的性質や利他的特質は、ハクスレー言うところの類人猿や虎たちの資質よりも、人類が文明化への道を歩むうえではるかに重要な役割を果たしてきた。類人猿や虎は、せいぜい、質《たち》のわるい隠喩でしかない。類人猿は主として非戦闘的な社会的動物であり、虎は孤独な肉食のハンターだ。彼らをいっしょくたにして人間と比較するなど、人目はひいても混乱を招くばかりだ。初期の進化論者たちによって描かれ、虎によって象徴された自然のおそろしげな闘争についていえば、私たちは、最大の肉食獣さえもが、通常、餌食とする動物とバランスを保ちながら生きることを知っている。満腹時や狩りに参加していないときには、餌となる動物の群れのなかをうろついたところで、気にもとめられないのだ。

ダーウィン主義者たちのなかにも、絶え間ない闘争によるきびしい選択をとおして、人間は高度な知性を獲得するにいたったのだとしか想像できなかった者もいた。今日では、初期の人類はからだも小さく、個体数もすくなく、生存のためのエネルギーは抗争のためではなく、もっぱら食料獲得のためにそそがれていたことがわかっている。これは決して彼の破壊的資質を矮小化《わいしょう》するものではないのだが、脳が十分に成長するまでの、長くひきのばされたひ弱な子ども時代を考えると、安全で安定的な家族の機構、長い期間にわたって子どもたちの面倒をみる、利他的な行為を特徴とする集団があってはじめて繁栄を遂げることができたことはまちがいない。

十九世紀の進化論者や、今日にいたる多くの哲学者は、闘争という概念に拘泥しすぎている。彼らは自然選択を、ダーウィンその人は避けていた、あるひとつの側面からのみ定義しようともがいている。彼らは、寛容や自己犠牲、宇宙へも探査の手をのばす知恵などの、人間のよりすぐれた資質をすべて無視し、原生人の脳におさまっていた小さなカプセルのなかに閉じこめてしまおうとしているのだ。こうした立場の人が書いたものを見ると、往々にして、人間の成長しつづける美的感覚や、世界を開放し定義する言語や、死体のかたわらに供えられたささやかな贈りものなどの探求をまったくおろそかにしている。

このような行為のどれひとつをとっても、人間が登場する以前にはまったく予期されないことだった。それらは、純粋な唯物論者が、人間という新奇な現象が正式に出現する以前の暗い物質の集合のなかからひきだしうるものとは違った何かを暴いてみせた。人間を類人猿かツパイへとおとしめることによって、可能となる定義や描写などいっさい存在しない。かつて、そのツパイのなかに彼がいたことは真実なのだが、彼はもういない。彼は、先行人類の脳の莢《さや》をうちやぶって飛びだし、アザミの綿毛のように宇宙の虚無の空間へ向けてただよっている。彼は次世代の人間の光とヴィジョン、そして、そう、恐ろしい暗黒とに満ち満ちている。

私たちがいま見知っている世界の先行きは予測しがたい。人間は部分的に自分自身を飼いならしてきた。その点に、人間の奇妙な本質と、部族間の協力や安全といった、小さなダーウィン主義的関心を超越した愛がひそんでいる。というのも、これは注目に値することだが、人間は空気の精エーリエルの島の音楽を愛することができるし、心のなかで、永遠ではないギリシャの理想都市を愛することもできるのだ。

野生の生物に作用する選択の摂理は、しばしば抑圧的にはたらく。わずかばかり明るい色の目立つ毛皮をもって生まれてしまえば、それは死をもたらす。自然の底の闇からおしよせる強力な創造の波は、抑止力としてはたらき、決してやってはこないかもしれない繁殖期をじっと待ちつづけるのだ。白鹿はハンターに撃ち倒される。怒りにまかせて手にした石を、獲物ばかりか兄弟や息子にまで打ちおろす恐ろしげな化けものとして原初の人間を描かせたのは、この果てしのない闘争なのだ。

自然選択は現実だが、それと同時に姿を変えてゆく怪獣キマイラでもある。それは「法則」そのものであるよりは、世代が移るにつれて独自の法則をつくりだすものだ。「飼いならされた人間」について考察するまえに、ヨーロッパではごくありふれた海鳥であるアジサシの生活にとって、相互の援助がどれほどの意味をもつのかを見てみよう。この鳥は、身を隠すための慎重な配色にはほど遠い姿をしている。卵の形や巣の形態に関しては変異がはげしい。アジサシの身辺では、あらゆる形態に気まぐれな逸脱が見受けられる。環境への適応をうながす自然選択は、アジサシに関しては突然変異の創造力に道をゆずっている。本質の背後に隠された潜在能力は、幅広い行動の多様性というかたちで花ひらいている。このように、私たちが自然選択と呼ぶ「自然の闘争」は、生命体を特殊化の虜へと追いこむこともすれば、ときには、思いもよらない驚きに満ちた、未知の世界へと大きく扉を開くこともする。集団で暮らす進化度の低い人類の縁戚であるキツネザルにさえ、特徴的な個体差が見られる。それぞれが個体を認識しあい、相手によって異なる行動をとる必要があるからだ。ここでは環境への適応は、限られた身体的多様性と行動の個別的一致のための淘汰圧に道をゆずってきた。

人間の場合にはいささか複雑な話になるのだが、子孫たちにまでおよぶ精神性を離陸させた選択的な力の支配に、社会的な動物として身をゆだねたちょうどそのときに、扉が開かれたのは明らかなように思える。言語を通じて、自身の夢を洞窟で焚火をかこむ仲間たちに伝えることができたのだ。必然的に、豊富な知的多様性と、相互にひかれあうことを基礎にした選択的な交配が、自然の暗い貯蔵庫からたちあらわれた。石器時代にはすでに残虐と穏和がおなじ焚火をかこんで腰をおろし、それぞれが今日とおなじような別々の夢をみていた。

幻視者はすでに永遠の都市を待ちわびていた。天賦の才を受けた音楽家は、まだ存在しない音楽にじっと耳を傾けていた。なんらかのおぼろげなやり方で、だれもが頭のなかで未来を待ちわび、あるいは手に入れていた。底知れぬ暗闇と偉大な光が、彼らの野営地のまわりで気づかれることなくよこたわっている。遠い未来の幻想の都市は、その未分化の時代にはまだ名のない、隠れた能力の登場を待っていた。

しかし、何にもまして、自分たちのまわりにいる動物や風の歌、女性たちのやわらかな声を愛した者たちがいたはずなのだ。たとえ各世代にほんのひとにぎりにすぎなかったとしても。洞窟の平坦な壁には、動物の形態や動きをとらえた三次元の世界が描かれている。ここに、斧や弓をたずさえずに、自分たちの真の王国へとつづく扉を探し求める人間がいた。困難な時代に静かな崖の背後で、石器を手にした人間に対抗して、鳥の聖人フランチェスコが息をひそめていたのだ。いまもなお、同族のなかを用心しながら歩かざるをえない愛に満ちた人たちが。

3——カモメと木箱

いまや私も中年となり、土に埋もれたエジプトの石の頭像や、私の前にあらわれた心やさしき人びととおなじように、人間のなかに居残りつづけている野蛮さが去るのを、じっと耐えて待っているところだ。私は幾度となく海辺を歩いたものだ。自分が何を探しているかも知らずに。私が訪れた西の岬では、おだやかな気候の日にも、波がわき立つようだった。水面下のリーフの洞窟からは泡が吹きあがり、青や紫の荒れくるう流れは、別の流れとぶつかりあいねじれ逆巻く。私はよくそこへ出かけて行き、半分砂に埋もれた古いウィスキーの木箱に腰かけ、小一時間ほどたたずんだものだ。

予測もつかない思いがけなさで絶えず動きを変える不確かな流れを見つめていると、あたかも未来をのぞきこんでいるかのようだ。徐々に力をたくわえたかと思えば、みるみる使いはたし、流れが遠のいたかと思えば、たちまちもどり、巨大でグロテスクな形に荒々しく盛りあがり、ねじれ、ゆがむさまを目の当たりにする。意味はとらえられないが、カモメたちは来る日も来る日もそのうえを鳴きわめきながら飛び交い、水際ではカニたちが逃げまどいながら、威嚇のためにハサミをふりかざす。

私はなお歩きまわった。

あるときのこと、そこには例の砂に埋もれた木箱と私と海だけしかなかった。そこにあれがあらわれた。彼に気づいたのは、じつはその後、数日がたってからだった。はじめて彼と出くわしたのは、私が未来と感じていた波しぶきが炸裂し、雷のようにとどろくなか、リーフの縁《ふち》まであがってきた潮のそばへ下《お》りていったときのことだった。絶え間なく波が表面を洗う平たいすべりやすい石に達したとき、私は、灰色の翼がわずかに舞いあがり、数フィートさきに移動したのを見た。それは大きなセグロカモメで、ふたたび岩の表面をおおう海草のなかへ下りていくところだった。彼は老練の知恵をふりしぼり、ぎりぎり私の手がとどかないところまで動いたのだ。彼はもはや、うさんくさい未来の塊として岩礁のうえを鳴きながら飛び交う仲間たちとは別のものだった。彼は現在のぎりぎり最後の縁《ふち》に、自分だけの場所を見いだした。彼はそこで海からの贈りものをついばむ。彼は年老いて、休息をしているのだ。あの潮のただなかにいることを休息と呼べるとしたらだが。

私が近づきすぎると、彼は立ちあがり、リーフを越えてやってくる突風のなかに少しだけからだを浮かせる。私が動きさえしなければ、彼もまた動かない。私は危険をおかして岩の裂けめを飛びこえ、駆けよるような輩ではない。数日ののち、私たちのあいだに、ある種の厳かな関係が結ばれた。私たちはともに灰色で、ともに未来の方向には気がむかない者同士だった。どちらにとっても、未来はあまり意味をもたないものとなっていたのだ。私たちは少し距離をおいて立つか座るかして、たがいを無視しあっていた。つまるところは別種の存在として。

毎朝、私がその場を訪れるとき、彼はいつもそこにいた。彼は見るたびにやせこけていったが、私が近づくと立ちあがり、偉大な海の旅人のあかしである翼で、低く舞いあがることはやめなかった。そこで私は例の木箱を探し、彼は残された生命のすべてをふくんだ小さな空間へと舞いもどる。波がくだけちる、かたい石ころの小さな砂利浜のまんなかで、まるで、健全であきれるほど単純な秘密を共有してでもいるかのように、私はこの鳥を探しに通いつづけた。

数日後、彼はいなくなってしまった。彼を失うことによって、私の生命の一部がはぎとられてしまった。私はいまだに泡を吹きつづけている未来に向けて石を投げつけた。そこからは何もあらわれはしない。手が伸びてくることもなければ、何かの姿があらわれることもない。あの年老いたカモメこそが、たったひとつの合理的な姿だったのだ。あまりに賢いがゆえに、わずか翼の長さほどしかからだを宙に浮かべることのなかったあのカモメこそが。ついには、彼の空間のぎりぎりの外縁部が、おずおずと私の心にふれたのだ。私たちはどちらも先は長くない者同士だ。そして、そのがさつなまでの単純さが、ともかくも、あの場にはふさわしく、心地よいものだった。小さな塩に洗われた岩が、私たちふたりを包みこんでくれた。

ここここそが、すくなくとも心のなかでは、私が最後を迎えるべき場所なのだと思いさだめた。海がサンゴや骨を小石のように磨き、夜になるとカニどもが新鮮な死骸を求めてあらわれるこここそが。ここではあらゆるものが姿を変えながらも生きつづけ、また、生まれていくのだ。

私が人間の心のなかの愛の最終的な局面を知ることになったのは、まさに、この場においてだった。その局面は、生存にばかり気をとられた無味乾燥な進化論者を超越している。それ以降、私は生存にこだわることはやめにした。私はただ愛するようになったのだ。そして、その愛は、がさつなヴィクトリア調のダーウィン主義者が理解していた愛や、ダンセイニ卿がかつて指摘したような無粋な近代の唯物論者の愛とさえおなじように無意味なものだった。卿はこう言ったのだ。「科学についての豊富な知識をもちながら、科学以前の叡智にも長《た》けた人間は、ほとんど見受けられない」

あの荒涼たる場所でお気にいりのウィスキーの箱に腰かけ、私は、ほとんど実体がないほどに希薄な、相克のない愛を感じていた。それは一羽の年老いたカモメへの愛であり、波とたわむれる野良犬たちへの愛であり、うち捨てられた貝殻を住処《すみか》とするヤドカリへの愛だった。

それは、腹蔵のない子ども時代の望みと、大人の欲望の痛みと歓喜のなかで育まれた愛なのだ。そしていまや、ついに私のくたびれた肉体から解き放たれ、ほかのたくさんの愛を包みこみながら、なおかつ超越した。とうとう、エマソンがかつて書きとめたことばどおりになったのだ。「輝かしいよそものにして、見ず知らずの自己」に。

くだけちり、私たちの背後にある地球のひび割れのなかでどんどん小さくなり、消失していく頭蓋骨をとおして、見知らぬ者はしのびより、道をつけていった。しかし、彼が来た道の詳細も、その運命も、私たちの知るところではない。それが、まったく私たちの時間のものでもこの星のものでもないことをのぞいては。

おそらく、人間たちのあいだで見知らぬ者となることは、哀れみ深い者に定められた避けがたい役割なのだろう。失敗してはゆき、失敗してはふたたびやってくる。人間の種《たね》はアザミの綿毛なのだから。その運命はほんの一吹きの息に支配され、詩人のひとことによって偉大なるものへと祭りあげられる。オペラが催されているテントを深夜によこぎる蛾の羽が、私たちに向けて「だれの芝居が本物なのだ」と問いかけのメッセージを送っていることに気づく者など、めったにいるものではない。

若い日のあの山頂の巨大なレンズよりもはるか遠くまで見通す目をもつ者として、この若き詩人のほうに私は顔を向けた。私たちの眼前には、あの問いかけを発した蛾のように、それ以降、人間にさまようことを運命づけた宇宙の無限な通廊が伸びているかに見えた。しかし、その虚無は、私が向かいあって瞑想しつづけた海とおなじぐらい無限の、私たちひとりひとりの心にある内なる虚無と一致するにいたった。

荒涼とした海辺の崩れ落ちる波のただなかに、一瞬、繊細なクラゲが、またつぎの波にのみこまれることになるにもかかわらず、小さな傘を懸命に動かしているのを見た。私は、「愛は愛するものをつくれば生死を問わぬ」という古い一節を、躊躇《ためら》いながら口にした。私たちは勝利をおさめるにちがいない。私はそう確信した。たとえ、人間の姿のときにではなくとも、いずれ別の姿で。愛はつきることのない無限の生命によってあたえられるものなのだから。これまで勝ちをおさめてきたのは、つねに失敗者のほうだった。しかし、勝ちをおさめるころには、彼らは成功者と呼ばれているのだ。これが最後のパラドックスだ。人間はこれを進化と呼ぶ。

TRANSLATOR'S POSTSCRIPT

訳者あとがき

アイズリーの前作『夜の国』に続いて『The Star Thrower』も、との打診を受けたとき、正直言って悲鳴をあげてしまいそうだった。あのアイズリーを、しかもさらにボリュームのあるものをもう一度やるんだって!? これは凡庸な翻訳者にとってみれば拷問の宣告を受けたにも等しい。穏当にいいかえても長い苦行の旅への出立を申し渡されたというところか。なにせ、人類学、科学史、考古学に古生物学といった自然科学の幅広い領域に深く通じている科学者である上、哲学や文学にも並外れた知識を持ち、自ら詩人でもあるという超人的碩学によるエッセイなのだ。

ならば、受けなければいい。わざわざ苦しむことないのに。しかし、大変なことはわかっていながらも断ることができない、それがアイズリーの恐るべき魅力なのだ。あの、宇宙の暗闇を手探りで前進するような感覚にもう一度浸ってみたい……。そんな思いがむくむくとわき起こる。苦しみの末に、自分のからだのすみずみまでもがアイズリーの言葉でいっぱいに満たされときのあのよろこびをもう一度感じたい……。

また、誰かが我がアイズリー博士の文章を、万が一にも自分より劣った翻訳で出しはしないかと考えただけでいてもたってもいられない。なんとしても、ほかならぬ自分の訳で読みたいのだという気持ちが渦巻く。こうして、再び難事業にとりかかることとなった。

アイズリー作品の翻訳作業は夜に限る。前作『夜の国』はまさにタイトル通りの内容だったし、本作においても夜や宇宙をめぐる思索が多いということもある。しかし、内容は別にしても、自分の影を意識し、部屋の暗い隅に何かが動く気配を感じるまでに神経が研ぎ澄まされなければ、彼の言葉のニュアンスをくみとることなどおぼつかない。やがて自分が広い宇宙の闇のただなかにぽつんと浮かぶ存在であると感じられるようになってようやく、すこしずつ作業は進みはじめる。手がけた当初には永遠に終わらないのではないかと思えたものだが、遅々とした歩みではあったが、とうとうやりとげることができ、いまは心底、安堵のためいきをついているところだ。

この、長い旅の過程では、おもしろい出会いもあった。昨年のこと、過去に一度訳したことのあったジェリー・スピネッリという児童文学作家の新作をひもといたところ、その巻頭の献辞に「ぼくらが何者で何になろうとしているのかを教えてくれたローレン・アイズリーに」という言葉があったのだ。なぜこんなところにアイズリーの名が、といぶかしく思いながら読み進めると、なんと、大学教授を退いた後のアイズリーをモデルにしたとしか思えない不思議な人物（「骨の家」に住み、サボテンと会話を交わす）が、主人公のメンター役で登場し、物語の中で重要な位置を占めているのだった。関心をもたれた方は、一足先に拙訳で出版されたこの作品『スター・ガール』（理論社）にも手を伸ばしていただけたらと思う。

また、レイ・ブラッドベリの作品のなかに、登場人物の蔵書として本書が本棚にあるという描写も見つけた。こんな具合だ。

……男はたしかなしっかりした足どりで部屋を歩きだしたが、目は閉じたままだ。「こっちにパイプ立てがあり、こっちに本がある。四段目の棚にはアイズリーの『星投げびと』。ひとつ上の棚にはH・G・ウエルズの『タイム・マシン』、まさにうってつけの本だ。……

——『二人がここにいる不思議』（伊藤典夫訳　新潮文庫）

大好きなブラッドベリが、と思わずほくそえまずにはいられなかった。

アイズリーの広範な学識とその思考の深さは、畏怖心をすら抱かせるほどだ。しかし、科学の進歩とは恐ろしいもので、各分野において、さすがのアイズリー博士の想像力をもってしても描き得なかったろう新局面が展開している。アイズリー博士への報告のつもりで、その例をいくつか上げてみよう。

第二章に登場するリリー博士は、その後も順調にイルカの研究を続け、一九八〇年代のはじめには、一九九〇年までに人間とイルカとが直接会話を交わすための一種のコンピューター辞書を完成させる目処をたてるまでにいたった。ところが、博士はその後、ぷっつりと研究をやめてしまう。研究が軍に利用され、イルカを戦争の道具にしようという圧力に嫌気をさしてのことだったという。第三章に登場する冷たい血をもつ動きの鈍い恐竜というイメージも、いまではすっかりくつがえされてしまった。映画『ジュラシック・パーク』を見たら博士はどんな反応を示したろう。また、第十一章に結びつくニュースも世間を騒がせた。火星から飛来した隕石ALH84001のなかから、生物の存在の痕跡をうかがわせる「説得力のある証拠」を発見したというＮＡＳＡの発表だ。そして、第八章で語られるかのイースター島には、いまやスペースシャトルの非常着陸基地がある！　太平洋の僻遠の島が直接的に宇宙と結びついたことを知ったら、アイズリー博士はまた新たに深遠な哲学をくりひろげたことだろう。

なお、本書が形になるまでにはロビン・ギル氏のアイズリーへの愛情（『夜の国』の氏の解説をぜひ参照いただきたい）と、その愛情故の厳しい叱咤激励はなくてはならないものだった。心よりお礼申し上げたい。

そして、驚嘆すべき編集能力で導いて下さった十川治江さん、小林恭子さんにも心からの感謝を。

千葉茂樹

二〇〇一年九月

邦訳参考文献

アニシウス・ボエティウス『哲学の慰め』畠中尚志訳／岩波書店、1938年出版
ウォルト・ホイットマン「ぼく自身の歌」酒本雅之訳／岩波書店、1998年出版（『草の葉』）
カール・バルト『教会教義学』新教出版社、1988年出版
雪竇重顕＋圜悟克勤『碧巌録』入矢義高＋溝口雄三＋末木文美士＋伊藤文生・訳／岩波書店、1992-1996年出版
ジークムント・フロイト「文化への不満」浜川祥枝訳／人文書院、1969年出版（『フロイト著作集　文化・芸術論』井村恒郎ほか編）
チャールズ・ダーウィン『種の起原』八杉竜一訳／岩波書店、1963-1971年出版
ハーマン・メルヴィル『白鯨』田中西二郎訳／新潮社、1983-1984年出版
ヘンリー・デイヴィド・ソロー『森の生活』飯田実訳／岩波書店、1995年出版
ヘンリー・デイヴィド・ソロー『コッド岬』飯田実訳／工作舎、1993年出版
ホメロス『オデュッセイア』松平千秋訳／岩波書店、2001年出版
ラルフ・ウォルドー・エマソン『エマソン論文集』酒本雅之訳／岩波書店、1996年出版
ロバート・ルイス・スティーヴンソン『声たちの島』高松雄一訳／国書刊行会、1989年出版
ロバート・ルイス・スティーヴンソン『ジキル博士とハイド氏』夏来健次訳／東京創元社、2001年出版

出典

“Concerning the Unpredictable,” by W.H.Auden, copyright © 1970 by The New Yorker Magazine, Inc. Reprinted by permission of Curtis Brown Ltd.

“The Judgment of the Birds,” copyright © 1956 by Loren Eiseley, “The Bird and the Machine,” copyright © 1955 by Loren Eiseley, and “How Flowers Changed the World,” copyright © 1957 by Loren Eiseley, reprinted from *The Immense Journey*, by Loren Eiseley, by permission of Random House, Inc.

The following selections by Loren Eiseley are from his volume *The Unexpected Universe* and are reprinted by permission of Harcourt Brace Jovanovich, Inc.; © 1964, 1969 by Loren Eiseley: “The Inner Galaxy,” “The Hidden Teacher,” “The Last Neanderthal,” “The Star Thrower,” and “The Innocent Fox.”

“How Natural is ‘Natural’ ?” from *The Firmament of Time* by Loren Eiseley. Copyright © 1960 by Loren Eiseley, © 1960 by Trustees of the University of Pennsylvania. Reprinted by permission of Atheneum Publishers.

“The Long Loneliness,” copyright © 1960 by Loren Eiseley, originally appeared in *The American Scholar*.

“Man the Firemaker,” copyright © 1954 by Scientific American, Inc. All rights reserved. Reprinted with permission.

“The Fire Apes,” copyright © 1949 by Harper's Magazine. All rights reserved.

“Easter: The Isle of Faces,” copyright © 1962 by Loren Eiseley, originally appeared in *Holiday*.

“The Winter of Man,” © 1972 by The New York Times Company Reprinted by permission.

“Thoreau's Vision of the Natural World,” afterword by Loren Eiseley for *The Illustrated World of Thoreau*, edited by Howard Chapnick, copyright © 1974 by Howard Chapnick. Used by permission of Grosset & Dunlap, Inc.

著者紹介

ローレン・アイズリー

Loren Eiseley

ソロー、エマソンの系譜をつぐナチュラリスト。二〇世紀のアメリカを代表するエッセイスト、詩人として知られる。一九〇七年九月二日、アメリカのネブラスカ州に生まれる。画家で巡業芝居の役者だった父と耳の聞こえぬ母のもと、「ひとりっ子」として貧しい家庭に育つ。青年時代には世界恐慌を体験、アメリカ中を旅しながら職を転々とした。やがて学問の道を志し、ペンシルヴァニア大学教授に着任。同大学の学部長、全米人類学会の次長、そして米国科学促進協会の次長およびその科学史部の議長を務め、理系・文系を問わず多くの賞や名誉学位を受ける。著書に、『Darwin's Century』『The Immense Journey』『The Unexpected Universe』『夜の国』(工作舎刊)など多数のエッセイ集がある。享年七〇歳。没後、傑作エッセイを厳選して一冊にまとめあげたのが本書『星投げびと』。ほかに進化論誕生の舞台裏を探る『ダーウィンと謎のX氏』(工作舎刊)などが公刊されている。

訳者紹介

千葉茂樹 [ちば・しげき]

一九五九年北海道に生まれる。国際基督教大学卒業。編集者としてR・カーソン著『センス・オブ・ワンダー』をはじめ七〇数冊の出版に携わったのち、英米作品の翻訳に従事。アイズリーの『夜の国』(工作舎)を皮切りに、『スター・ガール』(理論社)、『心は高原に』「恐竜探偵フェントン」シリーズ(小峰書店)、『ちいさな労働者』『ウエズレーの国』(あすなろ書房)、『木』(小学館)、『みどりの船』(あかね書房)など、多くの児童書を中心に翻訳活動に専心する。現在、北海道当別町在住。

星投げびと

発行日——二〇〇一年十一月二十日第一刷　二〇二二年二月二十日第三刷
著者——ローレン・アイズリー
訳者——千葉茂樹
編集——小林恭子
エディトリアル・デザイン——中垣信夫＋吉野愛
印刷・製本——文唱堂印刷株式会社
発行者——岡田澄江
発行——工作舎　editorial corporation for human becoming
〒169-0072　東京都新宿区大久保2-4-12新宿ラムダックスビル12F
phone: 03-5155-8940　fax: 03-5155-8941
URL: www.kousakusha.co.jp　e-mail: saturn@kousakusha.co.jp
ISBN978-4-87502-360-9